ROCKY MOUNTAIN LIFE

Band 7 der Rocky Mountain-Serie

von

Virginia Fox

Dragonbooks

ISBN 978-3-906882-20-8

DIE AUTORIN

Virginia Fox, geboren 1978, war bereits im Alter von vier Jahren mit ihren zwei Hauptleidenschaften infiziert: mit der Liebe zu Büchern und Texten in jeglicher Form und der Liebe zu den Pferden. Nach dem Lesen zahlreicher Bücher und dem Schreiben verschiedener Kurzgeschichten und Essays startete sie ihr bis her größtes Projekt: Die Drachenschwestern-Trilogie. Nach der Fertigstellung der Trilogie musste sie feststellen, dass sich der Schreibvirus nicht abschütteln lässt. Im Dezember 2014 veröffentlichte sie Band 1 der neuen Rocky Mountain Serie: Rocky Mountain Yoga. Weitere Bände folgen in regelmäßigen Abständen.

Die Autorin lebt zusammen mit ihrer Tochter, ihrem Australian Cattle Dog und einem launischen Kater in Zürich. Wenn sie nicht gerade am Schreiben ist, widmet sie sich ihrer zweiten Leidenschaft, den Pferden.

Mehr über die Autorin auf Facebook facebook.com/authorvirginiafox, Twitter @fox_virginia oder virginiafox.com.

Bei Dragonbooks von Virginia Fox auch erhältlich:

Die Rocky Mountain Serie:

(Genre: Liebesroman/Spannung)

Band 1 – Rocky Mountain Yoga
Band 2 – Rocky Mountain Star
Band 3 – Rocky Mountain Dogs
Band 4 – Rocky Mountain Kid
Band 5 – Rocky Mountain Secrets
Band 6 – Rocky Mountain Fire
Band 7 – Rocky Mountain Life
Band 8 – Rocky Mountain Race
Band 9 – Rocky Mountain Lion
Band 10 - Rocky Mountain Gold
Band 11 - Rocky Mountain Crime
Band 12 - Rocky Mountain Heat
Band 13 - Rocky Mountain Snow
Band 14 - Rocky Mountain Horses
Band 15 – Rocky Mountain Kiss (Juni 2018)
Band 16 – Rocky Mountain Games (September 2018)
Band 17 – Rocky Mountain Love (Dezember 2018)

Drachenromane:

Die Drachenschwestern Trilogie

(Genre: Frauenromane mit einem Hauch Fantasy)

Band 1 - Die Drachenschwestern
Band 2 - Das Drachenkind
Band 3 - Das Drachenpferd

Das Drachenmädchen

(Genre: Jugend-/Fantasy)

Band 4 - Das Zeichen des Drachen
Band 5 - Die Drachen der Neuen Welt

Alle Neuerscheinungen und Preisaktionen werden unter virginiafox.com oder auf FB (authorvirginiafox) angekündigt.

1

Ein kräftiger Föhnwind blies über den verlassenen Friedhof. Noch hielt der Wind die dunklen Wolken in Schach, die sich in der Ferne am Horizont auftürmten, und erlaubte einen unglaublich klaren Blick auf die Alpen. Lara sah nichts von alldem, sondern starrte blicklos über die in Reih und Glied stehenden Grabsteine. Sie stand auf einer kleinen Anhöhe vor einem frischen Grab und hieß die Gewalt des Windes, der an ihren Haaren zerrte, willkommen. Wenn nur der vorhergesagte Regen endlich einsetzen würde. Dann würde das Wetter wenigstens zu ihrer Stimmung passen.

Die letzten Trauergäste waren vor einer Viertelstunde gegangen. Höflich nickend und mit einem aufgesetzten Lächeln im Gesicht hatte sie sämtliche wohlmeinenden, aber völlig unwillkommenen Trostversuche abgelehnt und sich von allen verabschiedet. Sie brauchte einen Moment der Ruhe. Um sich zu sammeln, innezuhalten. Und endgültig Abschied zu nehmen von ihrem Vater. Doch jetzt, wo sie tatsächlich alleine war, fehlten ihr die Worte.

Ihre Mutter war gestorben, als sie ganz klein war. Seither hatte es nur sie beide gegeben. Sie beide gegen den Rest der Welt. Nicht im Sinne von wir gegen die andern, sondern einfach das tiefverwurzelte Wissen, dass der eine für den anderen da war. Immer. Ohne Ausnahme. Auch wenn sie seit ein paar Jahren ihr eigenes Leben führte und schon lange nicht mehr zu

Hause wohnte, hatte sich an dieser Tatsache nie etwas geändert. Der Gedanke, nicht mehr Teil eines Teams zu sein, fühlte sich fremd an. Ungewohnt.

Endlich fielen die ersten Regentropfen. Groß und schwer fielen sie auf ihren Kopf und ihre Hände, wo sie zerplatzten und in kleinen Rinnsalen der Schwerkraft folgten. Ihr Mund verzog sich zu einem schiefen Lächeln.

„Papa, wenn das deine erste Amtshandlung im Himmel war, dann bin ich schwer beeindruckt“, flüsterte sie.

Mit einem tiefen Seufzer schob sie den Ärmel ihres schwarzen Trenchcoats nach hinten und warf einen Blick auf die ungewohnte Uhr an ihrem Handgelenk. Die Uhr ihres Vaters. Eigentlich war sie zu schwer und zu groß für ihr Handgelenk. Doch sie konnte sich einfach nicht davon trennen. Das Ziffernblatt zeigte ihr, was sie bereits vermutete hatte. Es wurde Zeit. Sie musste zur Testamentseröffnung. Schweren Herzens machte sie sich auf den Weg zum Ausgang des Friedhofs. An den Grabsteinen, den hohen Bäumen und dem unterschiedlichen Blumenschmuck vorbei, in Richtung Busstation.

Das Schreiben des Rechtsanwalts hatte sie unvorbereitet getroffen. Darin wurde sie gebeten, sich kurz nach der Trauerfeier im Büro von Herrn Inglin einzufinden. Sie hatte nicht einmal gewusst, dass ihr Vater überhaupt ein Testament geschrieben, geschweige denn einen Anwalt damit betraut hatte. Der ganze Aufwand machte überhaupt keinen Sinn, dachte sie auch jetzt wieder. Sie hatte keine anderen Verwandten, also würde sowieso alles auf sie übergehen. Sie runzelte die Stirn, als sie in der Schaffhauser Innenstadt aus dem Bus stieg und über das nasse Kopfsteinpflaster hastete. Wozu also der Anwalt?, fragte sie sich und bog in die nächste Gasse ein. Auf der Suche nach der richtigen Hausnummer blinzelte sie die Regentropfen aus den Augen. Dreiundvierzig. Sie brauchte Nummer siebenundvierzig. Endlich stand sie vor der richtigen Tür. M.

Inglin lic. iur. und K. Müller lic. iur., Rechtsanwälte. Bevor sie auf die Klingel drückte, atmete sie tief durch und strich sich eine Strähne ihres braunen, schulterlangen Haars aus der Stirn. Vielleicht wäre ein Schirm doch eine gute Idee gewesen.

*

Eine halbe Stunde später stieß sie völlig geschockt die Tür zu einem kleinen Café in der Nähe auf. Es war klein, aber gemütlich eingerichtet und bot eine erstaunliche Vielfalt an Kaffee und Kuchen an. Normalerweise gönnte sie sich jeweils ein Stück der verschiedenen hausgemachten Kuchen und wählte einen exotischen Kaffee aus. Heute bestellte nur sie mit knappen Worten einen Espresso. Mehr aus Gewohnheit als aus einem echten Bedürfnis nach Kaffee. Koffein war das letzte, was sie in ihrem aufgeregten Zustand brauchte. Aber jetzt stand die Tasse vor ihr und verströmte nebst dem köstlichen Aroma auch eine angenehme Wärme. Also nahm sie trotz allem einen Schluck, bevor sie mit zitternden Fingern den Brief aus der Manteltasche zog, den sie eben vom Anwalt ihres Vaters erhalten hatte. Noch nicht bereit, sich mit dem Inhalt auseinanderzusetzen, legte sie ihn vor sich auf den Tisch und studierte die markante Handschrift ihres Vaters. Wie sich herausgestellt hatte, war doch einiges mehr zu regeln, als sie gedacht hatte. Sie hatte zwar gewusst, dass ihr Vater finanziell gut gestellt war. Nicht, dass sie verwöhnt gewesen wäre, nicht direkt auf jeden Fall. Aber es hatte ihr auch nie an etwas gefehlt. Was sie nicht gewusst hatte, war, dass ihr Vater mehrfacher Millionär war. Sprich, dass sie jetzt mehrfache Millionärin war. Sie schluckte leer, als sie der vertraute Schmerz über den Verlust zu überwältigen drohte. Tränen füllten ihre Augen, und sie griff blind nach ihrer Kaffeetasse. Wütend über die unwillkommenen Emotionen, schließlich brachten diese ihren Vater auch nicht zurück, suchte sie nach einem Taschentuch und schnäuzte sich die Nase. Früher wäre sie in so einer Zeit zu ihrem Pferd gegangen. Bria, eine wunderschöne Lusitano-Stute, war es immer gelungen, sie aus ihrer Traurigkeit rauszureißen und in eine zufriedene Stimmung zu versetzen. Leider war ihre vierbeinige Gefährtin vier Wochen vor dem Tod ihres Vaters an einer Kolik gestorben. Jetzt hatte sie zwar so viel Geld, dass sie gar nicht wusste, wohin damit, dafür war sie ganz alleine auf dieser Welt. Um den nächsten drohenden Weinkrampf abzuwenden, griff sie schließlich nach dem Brief. Erstaunt sah sie, dass er das Datum von diesem April trug. Wenige Wochen vor seinem Tod also. Nicht zum ersten Mal wünschte sie sich, dass er sie von Anfang an über seine Krankheit informiert hätte. Ihn zu verlieren wäre so nicht weniger hart gewesen, aber sie bildete sich ein, dass sie dann besser vorbereitet gewesen wäre. So vorbereitet man halt sein konnte für so einen schmerzlichen Verlust, dachte sie dumpf. Trotz allem neugierig geworden, strich sie das Papier glatt und begann zu lesen.

„Liebe Lara. Wenn du das liest, heißt das, dass ich nicht mehr bei dir bin. Es tut mir leid, dass ich dir meine Krankheit verschwiegen habe. Ich weiß, dass dich das bestimmt geärgert, vielleicht sogar verletzt hat. Doch ich wollte diese letzte Zeit, die mir mit dir blieb, unbelastet genießen und nicht mit Fragen nach meinem Gesundheitszustand verschwenden."

Sie ließ den Brief in ihren Schoß sinken und zog die Nase hoch. Das war so typisch Papa. Einmal tief durchatmen, dann ging es wieder mit dem Weiterlesen.

„Wie dir Herr Inglin inzwischen bestimmt mitgeteilt hat, bist du nun eine sehr reiche Frau. Auch wenn dir das zu diesem Zeitpunkt vermutlich herzlich egal ist…"

„Genau, Papa. Herzlich egal", murmelte sie.

„…bietet es dir doch gleichzeitig eine Chance. Die Freiheit, zu entdecken, wohin du gehörst und was du mit deinem Leben machen willst."

Überrascht las sie den letzten Satz noch einmal. Hatte ihr Vater etwa gemerkt, wie sehr sie mit ihrer Arbeit am agronomischen Institut der Uni haderte? Anscheinend war sie nicht halb so gut wie er darin, etwas zu verbergen. Kopfschüttelnd setzte sie ihre Lektüre fort.

„Um dir einen kleinen Ansporn zu geben, schlage ich vor, du beginnst deine Entdeckungsreise in Amerika. Genauer gesagt in Independence, Colorado. Dort gehört dir die Hälfte einer Ranch mitten in den Rocky Mountains.“

Wow. Lara war ganz froh, dass sie bereits saß. Eine Ranch, nein, warte, eine halbe Ranch in den Rockies. Sie runzelte die Stirn. Wie kam sie zu einer halben Ranch in den Rockies? Trotz der vielen Fragen, die sich in ihrem Hirn einfanden, kam sie nicht umhin zu merken, wie ihr zum ersten Mal seit dem Tod ihres Vaters ein wenig leichter ums Herz wurde. Bei dem Gedanken, sich vielleicht schon bald auf ein Abenteuer zu begeben, breitete sich ein Kribbeln in ihrem Inneren aus. Vielleicht sollte sie endlich den Rest lesen? Sie wandte ihre Aufmerksamkeit wieder dem Brief zu.

„Auf der Rückseite findest du die Adresse der Ranch. Melde dich bei George Wilkinson, wenn du dort bist. Er erklärt dir alles Weitere.“

Alles Weitere?, dachte sie verwundert. Was gab es da weiter zu erklären? Ihr gehörte die Hälfte, jemand anderem die andere Hälfte und nach ihrem Besuch würde sie ihre Hälfte der anderen Person verkaufen. Nahm sie zumindest an. Was brauchte sie eine Ranch in Colorado. Ihr Leben war schließlich hier. Und wie zum Teufel sollte sie diesen George Wilkinson finden? War Independence etwa ein 100-Seelen-Dorf? Auf der Suche nach Antworten drehte sie das Papier um.

„Breite deine Flügel aus und genieß das Leben in vollen Zügen, mein kleiner großer Schmetterling.“

Bei der Erwähnung des Kosenamens ihrer Kindheit zog sich ihr Herz wieder schmerzlich zusammen.

„Ich hab dich lieb. Dein Papa.“

Hastig griff sie nach ihrem Taschentuch, das sie vorhin achtlos auf den Tisch vor sich geworfen hatte. Scheiß Tränen, wirklich wahr! Sie wusste, dass das normal war und zu den gefühlten dreihundertsiebenundzwanzig Stufen der Trauerverarbeitung gehörte, bla, bla, bla. Das interessierte sie alles nicht. Sie wollte einfach ihren Vater zurück. Und ihre Stute Bria. Oder sich wenigstens endlich wieder normal fühlen, glücklich sein. An die schönen Momente mit ihrem Papa denken können, ohne jedes Mal gleich zum Wasserspeier zu mutieren, verdammt noch mal.

Die Inhaberin des Lokals, die mitbekommen hatte, dass es ihr nicht so gut ging, näherte sich vorsichtig ihrem Tisch.

„Darf ich dir noch was bringen?"

Entschlossen verdrängte Lara die schwelende Traurigkeit und lächelte sie tapfer an. Es wurde Zeit für ein neues Kapitel in ihrem Leben. Die Rocky Mountains warteten schließlich auf sie.

„Was ist denn eure Kaffeespezialität des Tages? Ich glaube, ich habe etwas zu feiern."

*

Hank schob sich den Hut aus der Stirn und wischte sich den Staub aus dem Gesicht. Es war ungewöhnlich heiß heute. Dieses Mal brachte der Wind, der von den Rockies wehte, keine Erfrischung. Wenn das so weiter ging, würde bald das Wasser in der Region knapp werden. Zum Glück führte ein Flusslauf über sein Land. Er griff zu der Wasserflasche, die er hinter sich in seinem Quad verstaut hatte, und trank gierig. Immerhin waren jetzt sämtliche Zäune auf der Westweide kontrolliert. So hatte er am Nachmittag Zeit für die Pferde. Ganz zu schweigen von dem Papierkram, der sich in seinem Büro türmte. Wieder ein Stapel Rechnungen, von denen er nicht wusste, wie er sie bezahlen sollte. Als er hinter sich Schritte hörte, verspannten sich seine Schultern.

Seine Schwester Rebecca schlenderte um die Ecke der Scheune.

„Hey. Ich dachte doch, ich hätte dein Quad gehört."

„Da hast du richtig gehört." Ihr zuliebe rang sich Hank ein Lächeln ab. Er liebte seine Schwester über alles. Ihr Verhältnis, das immer sehr eng gewesen war, hatte sich seit dem Tod seines Vaters noch vertieft. Doch gerade jetzt hätte er viel dafür gegeben, sie erfolgreich auf dem Rodeo-Circuit zu wissen. Leider hatte sich ihre Stute Roxie in der letzten Saison verletzt, sodass sie eine Pause eingelegt hatte und nach Hause gekommen war, um ihrem Pferd Zeit zur Erholung zu geben. Eine Sorge mehr, die ihn nachts wach hielt.

„Willst du auch etwas essen? Ich habe gekocht."

Hank hob skeptisch die Augenbrauen. Rebecca konnte vieles. Reiten wie der Teufel, fluchen wie ein Seemann und alle Arbeiten rund um die Pferde erledigen. Kochen gehörte nicht dazu.

„Du meine Güte. Etwas in der Mikrowelle aufwärmen schaffe sogar ich!"

Unwillkürlich verzog er das Gesicht. Mikrowellengerichte konnte er nicht ausstehen. Er brauchte richtiges Essen. Leider hatte er den Koch, genau wie die meisten anderen Mitarbeiter außer Jerome, entlassen müssen.

„Jetzt stell dich nicht so an und komm rein", meinte Rebecca ungeduldig und versetzte ihm einen schwesterlichen Stoß an die Schulter. „Jerome ist schon drinnen."

„Vielleicht. Die Futterlieferung ist heute gekommen. Die will ich noch wegräumen", brummte er.

„Lass das doch und komm zum Essen. Dann können wir es nachher gemeinsam machen."

Wortlos packte er seine Sachen zusammen und wanderte zum Stall hinüber.

Rebecca starrte ihrem Bruder etwas hilflos hinterher. Sie wusste, dass die Ranch in Schwierigkeiten steckte. Leider war er genauso stur wie sein Vater und schwieg sich über das Ausmaß der Geldprobleme aus. Sie hatte ihm angeboten, ihm Geld zu leihen, als Investorin, doch davon wollte er schon gar nichts wissen. Immerhin war ihm dabei herausgerutscht, dass ihm die Ranch nur zur Hälfte gehörte. Sie war sehr überrascht gewesen, das zu hören. Ihrem Verständnis nach waren das Haus und das dazugehörige Land bereits seit Generationen in ihrer Familie. Doch allem Anschein nach war dem nicht so. Sehr merkwürdig, die ganze Geschichte. Vor allem, da Hank behauptete, er hätte keine Ahnung, wer der andere Teilhaber war. Ob das stimmte, wusste sie nicht. Sie wusste nur, dass sie seither vergeblich versuchte, ihren Bruder zum Reden zu bringen. Mit einem Seufzer drehte sie sich um und ging auf das alte Ranchhaus zu. Es war riesig. Mit seinen achthundert Quadratmetern Wohnfläche eigentlich viel zu groß für sie zwei. Doch sie liebte das ausladende Gebäude, das den Charme des alten Wilden Westens ausstrahlte. Von der Küche aus überblickte man den Reitplatz und den Roundpen, während das Esszimmer direkt vor den Paddocks lag. Vor der Veranda gab es eine hölzerne Anbindevorrichtung für die Pferde, wie früher vor den Saloons. Sie ging an Roxies Paddock vorbei und streichelte ihre Nase.

„Hoffen wir, dass Hank aufhört, so stur zu sein und endlich meine Hilfe annimmt, bevor es zu spät ist", flüsterte sie ihr zu.

Die Stute suchte ungerührt weiter in den Hosentaschen ihrer Besitzerin nach Leckerlis. Als sie nicht fündig wurde, stampfte sie ärgerlich mit einem Huf auf.

„Beruhige dich. Ich bringe dir am Nachmittag einen Apfel mit. Und dann gehen wir spazieren."

Als Sportpferd, das tägliche Arbeit gewohnt war, kam Roxie mit ihrer Zwangspause nur schwer zurecht. Wenn sie sie wenigstens mit den anderen Zuchtstuten und Jungpferden auf die Weide lassen könnte. Doch sie traute sich nicht. Der Tierarzt hatte den überlasteten Sehnen eindeutig Ruhe verordnet. Auch wenn die Herde meist im Schritt unterwegs war, kam es doch ein- bis zweimal täglich vor, dass sie im Galopp über die weitläufige Weide donnerten.

*

Hank lud sich gerade den letzten der vierzig Kilo schweren Futtersäcke auf die Schulter, als er ein Auto heranfahren hörte. Ein sehr altes Auto. Nein. Nicht schon wieder Mrs. Fitch. Die hatte ihm gerade noch gefehlt. Da er genau wusste, was die ältere Frau wollte, und auch genau wusste, dass es ihn nicht interessierte, fuhr er stoisch mit seiner Arbeit fort.

Mrs. Fitch parkte ihre alte Klepperkiste und stieg aus.

„Hank!“, rief sie aus.

Seine gute Kinderstube zwang ihn dazu, stehen zu bleiben und sich zu ihr umzudrehen. Allerdings beschränkte er sich auf ein knappes Kopfnicken.

„Mrs. Fitch.“

„Ich bin gekommen, um mein Angebot zu wiederholen.“

„Das können sie sich sparen. Ich bin nicht interessiert.“

Sie ignorierte ihn, kam mit kleinen Tippelschritten auf ihn zu und stopfte ihm einen Briefumschlag in die Brusttasche.

„Ich habe das Angebot nochmals erhöht. Überleg es dir gut.“ Mit einem wissenden Lächeln tätschelte sie das Kuvert in seinem Hemd.

Seine Augen verfolgten ihre Bewegungen. Ansonsten bemühte er sich mit aller Kraft, nicht auf ihr unverschämtes Verhalten zu reagieren. Wenn er sich die geringste Reaktion erlaubt hätte, würde sie nämlich in hohem Bogen von seinem Grund und Boden fliegen. Da er keine Lust auf eine Diskussion mit dem Sheriff hatte, biss er die Zähne zusammen und zählte innerlich bis zehn. Dann bis zwanzig. Als er bei dreißig angekommen war, hörte sie endlich auf, mit gierigem Blick seine Ranch zu betrachten und wandte sich zum Gehen. Erleichtert atmete er auf. Doch er hatte sich zu früh gefreut. Mit einem Bein bereits im Auto, drehte sie sich noch einmal um und schenkte ihm ein falsches Lächeln.

„Überleg dir mein Angebot gut. Wenn du nicht darauf eingehst, bin ich leider dazu gezwungen, die Schulden deines Vaters endlich einzufordern."

Diese Frau war schlimmer als die Klapperschlangen auf seinem Land. Die Schulden, die sie ansprach, konnte Hank überhaupt nicht einordnen. Sie gab an, dass es Spielschulden waren. Doch sein Vater hatte in seinem Leben nie gezockt. Da war er sich ganz sicher. Nichtsdestotrotz hatte er die Kopie des Schuldscheins über zwanzigtausend Dollar gesehen. In diesem Moment schwor er sich zum x-ten Mal, dass er die Ranch auf keinen Fall an Mrs. Fitch verkaufen würde. Komme, was wolle. Irgendwie würde er ihr Geld schon auftreiben.

Als er endlich die Stufen zur Veranda hochging, stand seine Schwester bereits mit besorgtem Blick in der Tür. An ihrer Seite saß Leonie, die große, weiße Pyrenäenberghündin, und ließ ihre Zunge heraushängen.

„Was wollte die denn hier?"

„Ach, das Übliche. Die Ranch kaufen."

Rebecca schluckte.

„Und?"

Überrascht schaute er auf und seiner Schwester ins Gesicht. „Und was?"

„Na, ob du sie ihr verkaufst oder nicht."

Ungläubig starrte er sie an. „Bist du jetzt von allen guten Geistern verlassen?"

„Ja, wie soll ich denn das wissen? Du erzählst ja nie etwas! Die Rechnungen stapeln sich. Jeden Monat hast du mehr Ausgaben als Einnahmen."

Wütend stemmte er die Arme in die Hüften. „Woher weißt du das? Warst du etwa an meinem Schreibtisch?"

Alle Farbe wich aus Rebeccas Gesicht. „Natürlich nicht. Aber ich habe ja Augen im Kopf. Und den Kopf benutze ich tatsächlich auch manchmal zum Denken."

Frustriert strich sich Hank mit der Hand übers Gesicht. „Sorry, Becca, ich…"

Seine Schwester holte tief Luft. „Schon gut. Mir ist übrigens ein Gedanke gekommen. Wenn diese Ranch nicht alleine dir gehört", sie hielt inne, um Hanks Reaktion abzuwarten, doch er schaute sie nur fragend an, „dann müsste sich der andere Teilhaber doch auch kümmern. Kannst du nicht den anderen um eine Finanzspritze bitten? Teilhaber zu sein gilt ja nicht nur in den guten Zeiten, oder?"

Hank rieb sich die Nasenwurzel, bevor er antwortete. „Gute Idee. Nur… ich weiß weder, wem der zweite Teil gehört, noch wurden jemals Gewinne ausgeschüttet über die letzten zwanzig Jahre. Ich kann also schlecht plötzlich auftauchen und um Hilfe bitten, selbst wenn ich wüsste, an wen ich mich wenden muss. Wäre nicht gut, wenn dieser Person plötzlich auffallen würde, dass sie nie ihren Anteil bekommen hat. Das würde mir definitiv das Genick brechen."

„Oh." Betreten schaute Rebecca zu Boden und musterte ihre Füße, die in schmutzigen Socken steckten.

„Ja. Oh. Aber wir werden das Kind schon schaukeln. Irgendwie. Komm. Lass uns reingehen. Jetzt bin ich hungrig genug, um auch eine Mikrowellen-Lasagne zu essen."

Er legte seiner Schwester den Arm um die Schulter und bugsierte sie ins Haus. Leonie folgte ihnen vertrauensvoll. Er hoffte bloß, dass ihn sein Versprechen nicht irgendwann in den Hintern beißen würde. Momentan sah es nämlich gar nicht gut aus.

Hank legte seiner Schwester den Arm um die Schultern und bugsierte sie ins Haus. Leonie folgte ihnen, erleichtert darüber, in den Schatten des Hauses und aus der ungewohnten Hitze zu kommen.

2

„Nein. Das ist mein letztes Wort.“

„Aber du könntest das Geld doch gebrauchen.“

„John, das sind Babys. Ich trainiere keine Babypferde für Turniere.“

In der Hoffnung, möglichst schnell viel Geld mit ihren Pferden zu machen, schickten viele Züchter ihre Pferde bereits im Alter von einem Jahr ins Training. Das Ziel war, die Pferde dann mit knapp zwei Jahren an einem der prestigeträchtigen Futurity-Turniere erfolgreich vorzustellen. Hank konnte mit diesem Brauch gar nichts anfangen. Die Belastung auf die noch weichen Knochen der jungen Pferde war oft so groß, dass sie innerhalb weniger Jahre beim Schlachter landeten. Er hatte gar nichts dagegen, schon in jungen Jahren mit dem Training anzufangen. Schließlich gab es ganz viel, das spielerisch und ohne Druck erlernt werden konnte. In kurzen Trainingseinheiten. Vom Boden aus. Ohne das unfertige Skelett mit dem Reitergewicht zu belasten. Leider war seine Haltung nicht sehr populär, sodass er ziemlich allein dastand. Der schnelle Profit war oft das Einzige, was zählte, ganz egal, was die Wissenschaft über das Wachstum junger Pferde sagte. Wie alt die Pferde wurden, interessierte niemanden. Ihm war das egal. Immerhin waren seine eigenen Ranchpferde zufrieden, kerngesund und motiviert sowie zuverlässig bei der Arbeit.

„Dir ist schon bewusst, dass einfach ein anderer deinen Job kriegt, wenn du es nicht machst? Ein anderer, der vielleicht nicht so viel Geduld hat mit den Youngstern“, antwortete der andere sarkastisch.

Hank biss die Zähne zusammen. „Das ist mir durchaus klar. Aber wenn jeder so denkt, wird sich an dem Scheiß-System nie etwas ändern.“

„Du bist ein verdammter Idealist“, fluchte John.

„Schon möglich. Dafür schlafe ich gut in der Nacht.“

„Das bezweifle ich, bei dem Berg Schulden, auf dem du sitzt.“

Das war das Problem mit guten Freunden, dachte Hank. Die wussten einfach zu viel über einen.

John fuhr fort: „Hör zu. Ich habe vielleicht noch ein anderes Pferd für dich.“ John organisierte die Rinder, Bullen und Broncos für die Rodeos und kam so immer wieder in Kontakt mit Pferdebesitzern, sodass er Hank schon oft lukrative Aufträge vermittelt hatte.

„Und das wäre?“, hakte Hank misstrauisch nach.

„Sie nennen ihn nur den gelben Teufel.“

„Na großartig!“ Er konnte sich genau vorstellen, worauf das hinauslief. „Lass mich raten. Auch einer dieser ehemaligen Futurity-Champions. Nur, dass dieser hier sich mit, wie alt ist er? Drei? Vier?, entschieden hat, dass er von den Menschen die Schnauze voll hat. Und ich soll ihn jetzt vom Gegenteil überzeugen.“

„Genau“, bestätigte ihm John ungerührt. Er wusste genau, dass Hank das Pferd wieder hinkriegen würde. Vielleicht nicht so, dass ihn die aktuellen Besitzer handeln konnten. Die hatten nämlich so wenig Ahnung von Pferden, dass von Glück zu reden war, wenn sie am Pferd hinten und vorn unterscheiden konnten. Aber immerhin so, dass man ihn guten Gewissens in erfahrene Hände verkaufen konnte. „Es ist ein Hengst mit super Papieren in einer seltenen Farbe. Eigentlich sollte er als Zuchthengst eingesetzt werden."

„Und wieso tun sie das nicht? Dann müssen sie ihn ja nicht reiten." Geistesabwesend kritzelte er Muster auf den Block, den er vor sich liegen hatte.

„Ähm", druckste John herum, „es scheint, dass sie schon Probleme haben, den Teufel von A nach B zu führen."

Hank schüttelte den Kopf. Es frustrierte ihn immens, immer wieder Pferde zu rehabilitieren, die überhaupt keine Probleme gemacht hätten, wäre das ursprüngliche Training sinnvoll und pferdegerecht gestaltet worden. Seiner Erfahrung nach waren praktisch alle Probleme, die ein Pferd hatte, haus- beziehungsweise vom Menschen gemacht. In den wenigen Fällen, wo dem nicht so war, war meistens ein medizinisches Problem der Grund für das auffällige Verhalten.

„Und?", fragte John ungeduldig nach, als sich Hank so lange nicht äußerte.

„Klar. Sie sollen ihn einfach bringen. Ich schau ihn mir mal an." Erstens brauchte er das Geld. Und zweitens brauchte ihn das Pferd, so wie sich das anhörte. Zumindest, wenn es länger am Leben bleiben wollte. Diesem Ruf hatte er sich nie entziehen können.

„Sehr gut, ich bin gespannt, was du zu ihm sagst. Ich muss los. Grüß deine schöne Schwester von mir. Sag ihr, es vermissen sie alle auf dem Circuit."

„Finger weg von meiner Schwester", grummelte Hank als Antwort. Das war beinahe so was wie ein Insiderwitz zwischen ihnen. John und Becca waren ebenfalls sehr gut befreundet. Sehr zu Johns Leidwesen hatte Becca schon vor langer Zeit klargestellt, dass John für sie so etwas wie ein zweiter großer Bruder war. Das hatte ihm zwar zu dem Zeitpunkt gar nicht gefallen, doch inzwischen verband sie wieder eine tiefe Freundschaft.

„Ja, ja", antwortete John deshalb lachend und legte auf.

Ein gelber Teufel, sinnierte Hank. Das würde bestimmt spannend werden.

*

Mit kritischem Blick betrachtete Lara die Tankanzeige ihres gemieteten Autos. Die Nadel neigte sich immer mehr Richtung null. Und weit und breit keine Tankstelle in Sicht. Nichts als Berge, Bäume und Felsen, während sie die Interstate Richtung Independence fuhr. Es hatte zwei Wochen gedauert, bis sie in der Schweiz alles soweit organisiert hatte, dass sie für ein Weilchen nach Amerika verschwinden konnte. Eigentlich überraschend wenig Zeit, um ein ganzes Leben abzuschließen. Heute war sie dann in Denver auf dem erstaunlich modernen Flughafen gelandet. Um sich ein wenig zu akklimatisieren, hatte sie eigentlich eine Woche in Denver und der näheren Umgebung verbringen wollen. Die Stadt, die auf 1.600 Metern Meereshöhe auf einer Hochebene lag, hätte sie sich gerne angeschaut. Vor allem Boulder, die Universitätsstadt fünfundvierzig Kilometer nordwestlich von Denver, hatte es ihr angetan. Dort reihten sich laut Reiseführer Kaffeehäuser und kleine Brauereien an Galerien und Läden, die allerlei Kunsthandwerk verkauften. Leider hatte sie es nicht geschafft, früher abzufliegen. Jetzt konnte sie es nicht mehr erwarten, nach Independence zu kommen. Denver und seine Umgebung würde warten müssen.

Sie war gespannt, ob sich Independence als genauso pittoresk zeigen würde. Gut, sie hatten dort kein Universitätsleben. Aber der Tourismus würde hoffentlich schon dafür sorgen, dass die kleine Stadt nicht ganz ausgestorben war. Ihr Auto bewältigte die nächste Steigung und die anschließende Kurve mit einem verdächtig klingenden Stöhnen. Erleichtert entdeckte sie eine kleine Raststätte inklusive Tankstelle. Gut gelaunt fuhr sie an eine der beiden Zapfsäulen. Während sie darauf wartete, dass das Benzin in den Tank floss, ließ sie sich den Wind durch die dunklen Haare blasen. Er trug einen Hauch von Sonne, Salbei und Kiefernholz mit sich. Einfach herrlich. In der Sonne hatte es angenehme zwanzig Grad. Sobald die Sonne weg war, wurde es jedoch empfindlich kühl. Kein Wunder, in der Höhe. Wenn sie mit ihrer Schätzung richtig lag, befand sich diese Tankstelle bereits auf über 2.000 Meter. Und immer noch wuchsen Bäume, dachte sie fasziniert, gewohnt an die deutlich tiefere Waldgrenze in den Schweizer Alpen. Wie sie den Gesprächen entnommen hatte, hatte die Region gerade eine ungewöhnliche Hitzewelle hinter sich. Davon war heute nichts zu spüren und sie war froh, dass sie ihren winddichten Anorak eingepackt hatte.

Mit gefülltem Tank, erleichterter Blase und vollem Kaffeebecher setzte sie ihren Weg fort. Ungeduldig trommelte sie mit den Fingern aufs Lenkrad. Nachdem sie sich nach dem Lesen des Briefes ganz rational und ziemlich emotionslos an die Umsetzung ihrer Pläne gemacht hatte, merkte sie, wie allmählich die Neugier darüber, was ihren Vater mit Colorado und den Rocky Mountains verbunden hatte, überhandnahm. Sie hoffte wirklich, Antworten auf all die Fragen zu finden. Vielleicht würde die Suche danach ihre Trauer lindern.

*

„Boss?"

Abwesend schaute Hank von den Papieren auf, die vor ihm ausgebreitet auf dem Tisch lagen.

„Jerome, was gibt es?"

Sein Angestellter trat unruhig von einem Fuß auf den anderen.

„Nun, Devil wollte sich wieder nicht einfangen lassen."

„Was du nicht sagst", antwortete Hank trocken, inzwischen an die Sperenzchen des palominofarbenen Hengstes gewöhnt. „Hast du es mit dem Lasso versucht?"

Betreten nickte Jerome. „Ich habe ihn sogar erwischt. Doch er führt sich auf wie … na, wie ein Teufel eben. Das Seil hat ihn gar nicht beeindruckt."

Insgeheim fasziniert von dem Kampfgeist, den das Pferd zeigte, schüttelte Hank den Kopf. „So geht das nicht weiter. Der Kerl spielt mit uns. Kann er ja auch gut, solange er genau weiß, was ihn erwartet. Ab sofort schläft er draußen", entschied er.

„Draußen?"

„Ja. Füttere ihn im Paddock. Ich werde mit ihm dort arbeiten, bis er und ich uns auf eine Arbeitsmethode geeinigt haben. So wie es aussieht, sollten die nächsten Tage trocken sein."

Jerome wollte gerne anmerken, dass es leicht Winter werden konnte, bis so eine Einigung zustande kam. Schließlich hatte das große gelbe Pferd, seit es hier war, noch nicht den Anschein gemacht, als wäre irgendetwas außer kompletter Freiheit eine Option. Doch er verkniff es sich. Solange Hank von ihm nicht erwartete, mit dem Pferd zu arbeiten, war ihm alles recht. Ihm waren die beiden wohl erzogenen, älteren Stuten seines Bosses lieber. Die waren immer freundlich.

Als Hank mit dem leidigen Bürokram fertig war (besser gesagt, er hatte ihn zusammen mit zwei neuen Kaufangeboten von Mrs. Fitch entnervt in eine Ecke seines Schreibtisches verschoben), schlenderte er nach draußen. Leonie lag am Fuße der Veranda auf dem Boden und passte auf. Von diesem Punkt aus hatte sie die Paddocks, den Eingang zur Scheune und die Zufahrt perfekt im Blick. Im Vorbeigehen bückte er sich und kraulte sie hinter den Ohren. Dankbar leckte sie über seine Hand. Dann richtete er sich auf und suchte die Paddocks ab. Wo zum Teufel steckte jetzt Devil? Irritiert drehte er sich ein wenig und schaute nach Roxie. Ach nein. Roxie war zwar da, wo sie hingehörte. Nur nicht allein. Devil stand stolz daneben. Als er Hanks Aufmerksamkeit spürte, warf er herausfordernd den Kopf hoch und schnaubte.

„Ja, ja, ich hab's verstanden. Du hast sie gerade flachgelegt und bist der Größte." Er konnte das breite Grinsen nicht verhindern, das sich über sein Gesicht ausbreitete. Wenigstens einer von ihnen hatte Glück bei den Frauen. Sein letztes Date war so lange her, dass er sich schon fast nicht mehr daran erinnern konnte. Er griff in die Tasche seiner Jeans und zog sein Mobiltelefon heraus. Über die Kurzwahltaste wählte er die Nummer seiner Schwester.

„Hey, was gibt's?"

„Sag mal, was hältst du davon, Großmutter zu werden?"

Eine Viertelstunde später, die er damit verbracht hatte, Becca zu beruhigen, indem er ihr Devils tolle Abstammung in den buntesten Farben schilderte, beendete er das Gespräch. So verliebt die beiden auch aussahen, in vertrauter Zweisamkeit auf dem Paddock, musste er die beiden leider doch trennen. Er hatte keine große Lust, beim bevorstehenden Training zusätzlich gegen überschäumende Hormone anzutreten. Also holte er seinen zuverlässigen Wallach Slate aus dem Stall. Der kleine, gedrungene Quarter verdankte seinen Namen seinem schiefergrauen Fell, das auch mit dem Alter nicht wesentlich heller geworden war. Er sattelte ihn und rollte sein Lasso neu auf. Vom Pferderücken aus öffnete er das Gatter. Devil merkte natürlich sofort, dass etwas im Busch war und versuchte, Roxie in die Ecke zu drängen. Zum Glück war die Stute davon nicht sehr beeindruckt, sie ließ sich problemlos einfangen und aus dem Paddock führen. Der Hengst war darüber gar nicht erfreut und versuchte, sich auch noch durchs Tor zu drängen. In der letzten Sekunde gelang es Hank, den Riegel umzulegen. Aufgeregt steppte Devil am Zaun hin und her. Ohne Zeit zu verlieren, sprang Hank vom Pferd und führte Roxie in den Stall. Als er wieder herauskam, stand Slate nach wie vor wie angewurzelt an dem Platz, wo er ihn stehen gelassen hatte. Nur von Devil war weit und breit nichts zu sehen. Er ging zu seinem zuverlässigen Partner hin und belohnte ihn mit einer Möhre.

„Sieht so aus, als hätten wir ein ganzes Stück Arbeit vor uns", murmelte er seinem vierbeinigen Freund zu. Slate spitzte die Ohren, als er seine Stimme hörte. Ihn schien die Aussicht auf ein wenig Beschäftigung nicht zu stören. Hank tätschelte ihm den Hals und schwang sich in den Sattel, das Lasso locker in der rechten Hand.

*

Endlich erspähte Lara das ersehnte Ortsschild. Independence. 9.396 ft. Schnell rechnete sie die Angaben in der amerikanischen Maßeinheit Fuß im Kopf in Meter um. Also umgerechnet ungefähr 2.864 Meter Meereshöhe. 1.024 Einwohner. Außer dem Schild gab es allerdings recht wenig Anzeichen von Zivilisation. Sie hoffte nur, dass es in dem Ort wenigstens etwas zu essen geben würde. Immer wieder erblickte sie vereinzelte Auffahrten, die zu kleineren und größeren Häusern zu führen schienen. Immerhin waren einige der Objekte beeindruckende Bauten aus Glas und Holz. Gegen so eine „Skihütte“ hätte sie selbst nichts einzuwenden. Nach zehn Minuten war sie sich langsam unsicher, ob sie sich noch auf dem richtigen Weg befand. Hatte sie vielleicht eine Abzweigung zum Ort verpasst? Oder bestand die ganze Kleinstadt nur aus verstreuten Häusern? Langsam breitete sich ein ungutes Gefühl in ihrem Magen aus. Bevor es sich in ihrem ganzen Körper verteilen und eine waschechte Panik verursachen konnte, rief sie sich streng zur Ordnung.

„Du wolltest ein Abenteuer, jetzt hast du eins“, ermahnte sie sich laut. Wieso auch nicht. Sie war ja allein im Auto. Niemand konnte sie hören und sie für verrückt erklären, wenn sie Selbstgespräche führte. „Das Dorf, oder die kleine Stadt, wie die Amerikaner einen Ort mit knapp tausend Einwohnern größenwahnsinnig nennen, kommt bestimmt bald.“

Dank ihrer kleinen Motivationsrede brachte sie die nächsten paar Kilometer hinter sich und wurde mit einer Ansammlung von Häusern belohnt. Während sie langsam die Hauptstraße entlang fuhr und ihr neues Zuhause für die nächsten paar Monate in Augenschein nahm, fiel ihr auf, dass die meisten

Leute, die sich auf dem Gehsteig befanden, ihr Auto neugierig betrachteten. Da sie dabei freundlich grüßten und winkten, ließ sie sich davon nicht weiter stören. Die Häuser links und rechts der Straße waren mehrheitlich aus Holz gebaut. Über dem Gehsteig spannten sich Balkone, sodass die Passanten bei schlechtem Wetter trocken blieben. Sie entdeckte einen kleinen Mini-Markt und ein Yoga- oder Fitnessstudio. Sie war sich nicht ganz sicher, was von beidem, nachdem das Schild von Yoga sprach, im Erdgeschoß aber ein Boxsack hinter der Milchglasscheibe zu erkennen war. Ein Café gab es auch. Wenn einer der Parkplätze davor frei gewesen wäre, hätte sie sich gleich in die Schlange eingereiht, welche im Inneren vor dem Tresen zu sehen war. So aber fuhr sie weiter. Sie kam an einem Futtermittelhändler vorbei, der noch allerlei andere Dinge wie Arbeitskleidung und Blumentopferde im Angebot zu haben schien. Nicht wenige Schaufenster waren dunkel und leer und schienen verlassen zu sein. Sie runzelte die Stirn. Ob das wohl an der aktuellen Wirtschaftslage lag? Oder doch eher ein Überbleibsel der letzten Krise? Sie hoffte es und beschloss, die heruntergekommenen Gebäude eher als unbegrenzte Möglichkeiten zu sehen.

Schließlich entdeckte sie ein Schild, das öffentliche Parkplätze versprach. Sie folgte den Anweisungen und parkte vor dem Gemeindehaus. Sobald sie draußen war, streckte sie sich. Die lange Anreise steckte ihr in den Knochen. Langsam spürte sie, wie sich die Müdigkeit anschlich. Sie warf einen Blick auf die Uhr ihres Vaters. Kein Wunder. Sie war schließlich schon beinahe vierundzwanzig Stunden wach. In der Schweiz war es bereits nach Mitternacht. Mit einer Hundertachtzig-Grad-Drehung verschaffte sie sich einen Überblick über die Umgebung. Erfreut entdeckte sie das Diner-Schild an einem der größeren Gebäude. Leuchtbuchstaben, die das Haus zusätzlich als Bed & Breakfast auswiesen, ergänzten die Information. Der Gedanke, sich erst einmal eine Nacht hinzulegen und sämtliche

Nachforschungen um einen Tag aufzuschieben, ließ sie herzhaft gähnen. Leise über sich selber lachend, zog sie ihre Handtasche vom Rücksitz. Ihre Reisetasche konnte sie nachher noch holen. Erst einmal wollte sie das Diner in Augenschein nehmen. Von außen sah es ganz in Ordnung aus. Doch der Schein konnte trügerisch sein, wie sie nur zu gut wusste. Allerdings war ihr sehr wohl bewusst, dass sie keine wirkliche Alternative hatte. Sie konnte ja schlecht via Navi an die angegebene Adresse fahren und sich gleich häuslich einquartieren. Irgendwie waren ihr die Löcher in ihrem Plan vorher nicht so bewusst gewesen.

Seufzend gab sich Lara einen Ruck und ging los in Richtung Diner. Eine Nacht lang konnte sie sich ein Zimmer mit Kakerlaken teilen, wenn es denn unbedingt sein musste.

3

Lara stieß die Tür zum Diner auf. Ein Schwall einladend warme Luft kam ihr entgegen und brachte den leckeren Duft von zünftigem Essen mit sich. Augenblicklich lief ihr das Wasser im Munde zusammen. Kein Wunder. In den vergangenen vierundzwanzig Stunden hatte sie sich von Flugzeug-Essen, das nach Karton schmeckte, und Tankstellen-Snacks ernährt. Eine gute, frisch zubereitete Mahlzeit wäre sehr willkommen.

Das Restaurant war erstaunlich voll dafür, dass es erst kurz nach vier Uhr nachmittags war. Eine Vielzahl von Leuten, von jung bis alt, saßen in dem großen Raum verteilt und unterhielten sich lebhaft. An der langen Fensterfront bildeten mit rotem Kunstleder bezogene Bänke praktische Vierernischen. Total retro, dachte Lara amüsiert und fühlte sich direkt in die fünfziger Jahre zurückversetzt. Fehlten nur noch eine Jukebox und der Eiscreme-Stand. Stattdessen gab es einen riesigen Kamin, in dem allerdings momentan kein Feuer brannte. Darüber hing ein riesiger, ausgestopfter Hirschkopf mit einem eindrucksvollen Geweih. Gewöhnungsbedürftig. Wahrscheinlich spielte die Jagd in dieser Gegend eine große Rolle. Wenn der Rest des armen Hirsches wenigstens auf dem Teller gelandet war, spielte es vermutlich keine Rolle, ob der Kopf jetzt als Trophäe in diesem Raum hing. Eigentlich war es so etwas wie ein Tribut an das Tier. Auf jeden Fall war der Rest des Diners weniger Eisdiele und viel mehr ein waschechter Saloon. Die abgenutzten Stühle und Bänke, die im restlichen Raum als Sitzgelegenheit dienten, passten zum dunklen Holz der Bar. Stilechte Drehtüren führten in einen hinteren Bereich. Die Küche, vermutete sie. Auf der rechten Seite trennte ein niedriger Holzzaun einen Spielbereich ab. Es gab einen Billardtisch und zwei Dartscheiben. Im Moment war dieser Bereich leer. Sie konnte sich gut vorstellen, dass es abends hier ganz lustig zu- und herging.

Langsam bahnte sie sich einen Weg durch die vielen Gäste. Immer wieder musste sie auch einem Hund ausweichen. Als sie beim Tresen angelangt war, hatte sie doch tatsächlich fünf verschiedene Hunderassen gezählt. Ob hier in der Gegend wohl gerade eine Ausstellung im Gange war? Das konnte sie sich zwar gar nicht vorstellen, so hoch oben in den Bergen. Allerdings wusste man das ja nie so genau bei den gut betuchten Leuten, die die Gegend hier im Umkreis von Breckenridge, Vail und Aspen bevölkerten. Ihr entschlüpfte ein nervöses Kichern, als ihr bewusst wurde, dass sie rein buchhalterisch jetzt zu diesen Leuten gehörte.

„Einen Kaffee, Schätzchen?"

Diese Frage wurde ihr von einer fülligen Frau um die sechzig gestellt. Das graue Haar war zu einer modischen Kurzhaarfrisur geschnitten. Über einem Hemdkleid trug sie eine knallrote Schürze, auf die in geschwungenen Buchstaben *Miss Minnie* gestickt war. Lara stutzte. War das etwa ihr richtiger Name? Oder ein Mitbringsel vom letzten Disneyland-Besuch? Um ihre Unsicherheit zu überspielen, setzte sie ein freundliches Lächeln auf und nickte.

Miss Minnie erwiderte ihr Lächeln und besorgte ihr mit effizienten Bewegungen das Gewünschte. „Wir haben noch Fleischeintopf vom Mittag. Rind. Oder, wenn du lieber etwas Süßes magst, gibt es Nusskuchen, Brownies oder Zimtschnecken."

„Ich überleg es mir."

„Tu das, Schätzchen", stimmte ihr die Bedienung zu und eilte geschäftig weiter.

Lara sah ihr nach, wie sie durch die vielen Leute wuselte, Kaffee nachfüllte, Bestellungen aufnahm, einem Hund den Kopf tätschelte und links und rechts mit den Besuchern scherzte. Sie seufzte. Wie eine große Familie. Eine Welle der Einsamkeit schwappte in ihr hoch. Da erhielt sie unverhofft einen Stoß gegen ihr Hinterteil. Erbost drehte sie sich um. Doch hinter ihr war niemand. Irritiert schaute sie sich um, bis sich ihr Blick schließlich in Richtung Boden senkte. Ein schwarzer Königspudel stand da und wedelte, begeistert darüber, dass er endlich ihre Aufmerksamkeit geweckt hatte, mit dem Schwanz. Seine weißen Zähne und die rosa Zunge, die ihm lang aus dem Maul hing, bildeten einen schönen Kontrast zu seinem dunklen Fell. Sie streckte ihm die offenen Handflächen hin.

„Ich hab nichts für dich. Ich glaube, du verwechselst mich", erklärte sie ihm.

In diesem Moment kam eine junge Frau mit blonden, kinnlangen Haaren und einem Kleinkind auf dem Arm auf sie zugeeilt und fasste nach dem Halsband des Hundes.

„Sorry. Hat er dich belästigt? Tut mir leid. Rambo fühlt sich hier so zu Hause, dass er denkt, er müsse alle neuen Gäste persönlich begrüßen. Ich habe versucht, es ihm abzugewöhnen, aber wie du siehst nur mit mäßigem Erfolg." Sie zuckte nachlässig mit den Schultern.

Lara lächelte. Sie kramte in ihrem Englischvorrat im Hirn nach der entsprechenden Antwort.

„Kein Problem. Ich mag Hunde. Sieht so aus, als würden hier die verschiedensten Rassen aufeinandertreffen." Sie umfasste mit einer vagen Handbewegung das Restaurant.

„Wir sind hier etwas hundeverrückt, das stimmt schon. Bist du auf der Durchreise?"

„Herrje, mein Akzent muss ja fürchterlich sein, wenn man mir das gleich anhört."

Die andere Frau setzte das sich windende Mädchen neben dem Pudel ab, worauf es sich sofort dem großen Hund an den Hals warf. Beziehungsweise versuchte, sich an seinem Fell hochzuziehen. Laufen oder auch nur stehen konnte sie nämlich noch nicht. Der Hund zuckte nicht mit der Wimper. Offensichtlich war er diese Behandlung gewohnt.

„Keine Sorge. Dein Akzent ist nur schwach hörbar. Aber du sprichst nicht wie jemand, der hier aufgewachsen ist. Zudem würde ich dich sonst wahrscheinlich kennen."

„Ah, die Vor- und Nachteile einer kleinen Gemeinde."

Jaz legte den Kopf schief und studierte sie. „So in etwa." Sie streckte die Hand aus und stellte sich vor: „Ich bin Jaz, auch ein Import. Vorher habe ich in Seattle gewohnt. Jetzt führe ich hier ein Yogastudio."

Lara ergriff ihre Hand und schüttelte sie. „Freut mich. Ich bin Lara. Das Yogastudio habe ich gesehen, als ich gekommen bin. Nur die Trainingsgeräte im Erdgeschoss haben mich etwas verwirrt."

„Mein Studio ist im ersten Stock. Pat und Tyler haben unten einen Trainingsraum für Kampfkunst und Tanz eingerichtet."

„Kampfkunst und Tanz. Interessante Kombination."

„Das kannst du laut sagen. Wie lange bleibst du hier, hast du gesagt?"

Lara grinste. „Gar nichts habe ich gesagt. Diese Frage habe ich bis jetzt elegant umschifft. Allerdings habe ich nicht damit gerechnet, dass du so hartnäckig bist."

„Mit einem Sheriff verheiratet zu sein hat so seine Vorteile. Zum Beispiel Einsicht in gängige Verhörtechniken", scherzte die andere.

„Sieht ganz so aus", murmelte Lara, bevor sie laut sagte: „Ich weiß es noch nicht genau. Die Gegend gefällt mir bis jetzt sehr gut. Aber es ist von verschiedenen Dingen abhängig."

Jaz entging nicht, dass Lara sehr ausweichend antwortete. Doch sie beschloss, es fürs Erste gut sein zu lassen. Es war ja nicht so, als würde irgendetwas in Independence lange ein Geheimnis bleiben. Und es ging sie eigentlich auch nichts an. Innerlich schüttelte sie den Kopf über ihre eigene Neugier. Anscheinend hatte sie sich an Independence und den überwältigenden Drang, über alles und jeden Bescheid zu wissen, mehr angepasst, als sie gedacht hatte.

„Komm doch rüber an unseren Tisch. Dann hast du die Gelegenheit, Tyler und Pat persönlich kennen zu lernen. Neben ein paar anderen aus dem Clan."

Unschlüssig schaute Lara in die von Jaz gedeutete Richtung. Mehrere Leute in ihrem Alter saßen beisammen und schienen sich bestens zu unterhalten. Das kleine Mädchen, das eben noch mit Jaz hier gewesen war, hatte offensichtlich den Weg auf allen Vieren bewältigt und saß jetzt bei einem gut aussehenden Mann auf dem Schoß. Überhaupt war der Anteil der attraktiven Menschen in diesem Ort erstaunlich groß, stellte sie fest. Ob das am lokalen Wasser lag? Dann lohnte es sich auf jeden Fall, hier einen ausgedehnten Urlaub zu machen. Sie verkniff sich ein Grinsen. Wahrscheinlich hatte es eher damit zu tun, dass die Leute hier viel Zeit an der frischen Luft und in der Sonne verbrachten. Zumindest vermutete sie, dass das der Grund für die frische Ausstrahlung war.

Jaz wartete geduldig auf ihre Antwort.

„Wenn du dir sicher bist, dass ich nicht störe, komme ich gerne zu euch an den Tisch. Lass mich nur kurz die Frau fragen, wie es mit einem Zimmer für die Nacht aussieht."

„Die Frau? Meinst du Miss Minnie?"

„Heißt sie tatsächlich so? Ich war mir nicht sicher."

„Doch, doch. Ihre Schwester, die die Küche managt, heißt Miss Daisy. Die beiden sind auch als die Disney Sisters bekannt."

Amüsiert schüttelte Lara den Kopf. Eins musste man den Leuten hier lassen: An Humor fehlte es ihnen offenbar nicht.

„Melissa arbeitet seit einer Weile auch hier. Sie ist ein richtiger Gewinn für das Lokal. Ganz im Gegenteil zu Kurt“, sie rollte theatralisch mit den Augen, was Laras Mundwinkel zum Zucken brachte. „Kurt ist Miss Daisys Lover, ein bärbeißiger Biker, der ab und zu hier aushilft, um die Disney Sisters zu entlasten.“

„Also kann er so übel nicht sein, wenn er mit einspringt, um den beiden zu helfen.“

„Da hast du recht. Bis gleich. Ich muss mich mal wieder um meine Tochter kümmern.“ Mit einem Winken wandte sie sich ab und ging zu ihrem Tisch hinüber.

Rambo hingegen blieb zu ihren Füßen sitzen. Lara schaute auf ihn hinunter. „Eskortierst du mich etwa zum Tisch?“

Der Hund blinzelte sie an und wedelte mit der Schwanzspitze. Sie hätte schwören können, dass er grinste. Sie schüttelte den Kopf und nahm einen Schluck des inzwischen kalten Kaffees. Brr. An dieses schwache amerikanische Gebräu musste sie sich erst gewöhnen.

Miss Minnie hielt fragend die Kaffeekanne in ihre Richtung hoch. Lara schüttelte den Kopf. „Nein, danke. Aber ich würde gerne etwas zu essen bestellen.“

„Gerne. Was darf es denn sein?“

„Eine Portion von dem Eintopf, falls noch was da ist.“

„Aber klar doch. Hast du dem Ruf der Süßspeisen widerstanden?“

„So würde ich das nicht sagen.“ Lara wackelte vielsagend mit den Augenbrauen. „Ich fang nur mit etwas Gesundem an.“

Miss Minnie lachte. „Das nenne ich eine vernünftige Einstellung. Sonst noch etwas?“

„Ich habe draußen ein Bed & Breakfast-Schild gesehen. Vermieten Sie Zimmer?“

„Natürlich. Wie lange willst du denn bleiben?“

Wie schon vorher, als Jaz gefragt hatte, zögerte sie mit einer Antwort. Sie wusste es ja tatsächlich nicht. Sie hielt es auch nicht für klug, jedem, dem sie über den Weg lief, gleich den Sinn und Zweck ihrer Reise zu erklären. Lieber wollte sie erst ganz unauffällig die Lage checken. Deshalb antwortete sie. „Kann ich das Zimmer erst einmal nur für eine Nacht buchen? Ich weiß noch nicht, wie lange ich bleiben werde." Sie kramte in ihrer Handtasche. „Ich kann gerne im Voraus bezahlen."

Miss Minnie winkte ab. „Lass nur. Das regeln wir dann, wenn du wieder abreist. Die Touristensaison hat noch nicht angefangen, wir haben also genug Platz."

„Danke. Ist es in Ordnung, wenn ich erst esse und nachher einchecke?"

„Auf jeden Fall." Miss Minnie machte eine scheuchende Handbewegung. „Geh nur. Jaz und ihre Freunde warten schon auf dich. Ich bring dir dein Essen dorthin."

Hoppla. Anscheinend entging Miss Minnie nichts, was im Diner vor sich ging. Lara beschloss, sich das für die Zukunft zu merken. Wenn sie die Gründe für ihre Anwesenheit vorerst für sich behalten wollte, würde sie sich vorsehen müssen.

Lara ging zu Jaz und ihren Freunden hinüber. Wie hatte sie es genannt? Einen Clan? Alle drehten sich zu ihr um, als sie sich einen Stuhl heranzog. Im Angesicht dieser vielen Augenpaare, die sich auf sie richteten, fühlte sie sich plötzlich etwas überwältigt. Sie räusperte sich und winkte schüchtern in die Runde. Puh. War schon lange her, dass sie irgendwo ganz neu angefangen hatte.

„Hallo, zusammen."

Jaz, die ihr Unwohlsein erahnte, sprang sofort in Aktion, um ihr über die ersten unangenehmen Minuten zu helfen.

„Leute, das ist Lara. Sie ist auf der Durchreise und genießt unsere schönen Berge."

Freundliche Gesichter wandten sich ihr zu. Die einen winkten, andere lächelten sie freundlich an und einige stellten sich direkt vor.

„Ich bin Paula", sagte die groß gewachsene, schlanke Frau neben ihr. Ihre rotbraunen Locken hatte sie zu einem hohen Pferdeschwanz zusammengefasst. Ihre Füße steckten in abgenutzten Cowboystiefeln. Jeans und ein rotbraun kariertes Hemd vervollständigten das Outfit.

Lara schluckte leer und ergriff die ihr dargebotene Hand. Paula erinnerte sie extrem an ihre Freundin Sierra, die sie nun für lange Zeit nicht mehr sehen würde. Wieder einmal wurde ihr die Größe des Schrittes, den sie gewagt hatte, bewusst.

„Ist irgendetwas nicht in Ordnung? Du siehst aus, als hättest du einen Geist gesehen", bemerkte Jaz besorgt.

Lara zwang sich zu einem Lächeln. Es gab keinen Grund, sich so anzustellen. Sie war aus freien Stücken hier und hatte die Gelegenheit, neue und allem Anschein nach sehr nette, aufgeschlossene Menschen kennen zu lernen.

„Alles gut. Hallo, Paula. Du hast mich nur eben an eine gute Freundin aus meiner Heimat erinnert. Das ist alles."

„Dann bin ich froh. Ich dachte schon, mein schlechter Ruf sei mir vorausgeeilt. Dabei habe ich Betty gar nicht dabei", witzelte sie.

Lara verstand den Insider-Witz natürlich nicht und runzelte verwirrt die Stirn.

Jaz boxte Paula in die Schulter. „Benimm dich!" An Lara gewandt meinte sie: „Hör nicht auf sie. Sie hatte früher den Ruf, schlimmere Laune als ein aus dem Winterschlaf geweckter Bär zu haben. Inzwischen weiß jeder im Umkreis von ungefähr fünfzig Kilometern, dass sie eigentlich ein völliger Softie ist."

„Bin ich nicht", protestierte Paula prompt.

„Und wer ist Betty?", fragte Lara, die immer noch nicht ganz durchblickte, um was es eigentlich ging.

„Meine Schrotflinte."

„Aha." Die Ähnlichkeit zwischen ihr und Sierra, die oft auch sehr sarkastisch sein konnte, war verblüffend. „Sag mal, du arbeitest nicht zufällig mit Pferden?"

Verblüfft starrte Paula sie an. „Doch. Wieso?"

„Ach, nur so. Wie ich vorher schon sagte, habe ich eine Freundin. Du erinnerst mich sehr an sie. Mit Pferden und anderen Tieren sowie mit Kindern ist sie ein Traum, aber mit den meisten anderen Menschen kann sie nicht viel anfangen."

„Das ist ja spannend." Jaz war ganz fasziniert von der Vorstellung.

Paula schien nicht recht zu wissen, was sie mit dieser Information anfangen sollte.

Lara konnte das verstehen. Sie wusste auch nicht, was sie sagen würde, wenn ihr jemand von einem Doppelgänger erzählen würde.

„Sie ist deine Freundin?", fragte Paula schließlich.

Lara nickte.

„Na, dann musst du ja wohl in Ordnung sein", stellte sie fest und zwinkerte ihr zu.

Erleichtert, dass Paula ihr den unbedachten Vergleich nicht übel nahm, wandte sie ihre Aufmerksamkeit den anderen zu. Der Mann neben Paula, ein Hüne mit dunkelbraunem, wuscheligem Haar, streckte ihr die Hand hin.

„Ich bin Nate, der Tierarzt hier im Ort. Und verheiratet mit der da." Paula funkelte ihn an, doch er lachte nur und gab ihr einen Kuss, welcher sie auf der Stelle zu besänftigen schien.

Als Nächstes war die zierliche Tyler mit dem langen, blonden Zopf an der Reihe, sich vorzustellen. An ihrer Körperhaltung und den eleganten Bewegungen war unschwer zu erkennen, dass sie lange getanzt hatte. Der Mann neben ihr musste Pat sein. Auch er war groß und dunkel. Doch während Nate eher Ähnlichkeit mit einem großen Bären aufwies, erinnerte sie Pat an eine große Raubkatze. Ach ja, richtig. Er war ja derjenige, der sich der Kampfkunst verschrieben hatte. Das erklärte es.

„Hast du unsere Vierbeiner schon kennen gelernt?", wollte Tyler wissen.

Lara lachte. „Erst den Pudel. Wie war nochmals sein Name?" Fragend schaute sie zu Jaz hinüber.

„Rambo. Aber keine Angst, er ist völlig harmlos und wird seinem Namen nicht wirklich gerecht."

„Hunde sind Klasse. Ich habe keine Angst vor ihnen. Und wie heißt die kleine Prinzessin?" Sie deutete auf das kleine Mädchen in Jaz' Arm.

„Prinzessin ist gut. Heute benimmt sie sich eher so, als wollte sie mit den Erdferkeln in Konkurrenz treten. Ihr Name ist Camelia, kurz Cammie genannt."

„Ach was", mischte sich Paula ein. „Sie ist eben unternehmungslustig. Sie kann ja nichts dafür, dass ihre zwei Beine noch nicht richtig funktionstüchtig sind und sie all die weiten Wege auf dem Bauch zurücklegen muss."

Jaz verdrehte die Augen. „Ich erinnere dich daran, wenn ihr einen eigenen kleinen Wirbelwind habt."

Paula hob beide Hände. „Keine Chance. Wir haben alle Hände voll zu tun mit den beiden Schlaumeiern, die wir bereits haben." Mit einem Seitenblick auf Lara, die dem Gespräch fasziniert folgte, erklärte sie: „Nate und ich haben zwei Töchter. Shauna wird neun und Leslie ist vierzehn. Die beiden sind die besten Mädchen der Welt, aber sie haben es auch faustdick hinter den Ohren."

„Von wem sie das wohl haben", scherzte Lara und zwinkerte ihr zu.

„Also, wenn du Hunde magst, komm doch zu mir rüber und lern Ranger kennen."

„Ranger?" Lara stand auf und schob ihren Stuhl zurück. In wenigen Schritten war sie um den Tisch herum und sah sich einem wunderschönen Schäferhund gegenüber. Sie kauerte sich vor ihm hin und streckte die Hand nach ihm aus. Prompt hielt er ihr seine Pfote entgegen. Lachend nahm sie sie in die Hand und schüttelte sie.

„Wow. Du bist ja ein Schöner. Und so höflich."

„Nicht wahr?“, erwiderte Tyler stolz.

„Ich nehme an, das ist deiner?“

Tyler nickte. „Er ist ein ehemaliger K9-Diensthund. Er genießt bei mir seinen Ruhestand. Dann haben wir hier noch Maybellene, eine Schipperke-Hündin, die der rotblonden Frau, die dort drüben sitzt, gehört. Das ist Paige, unsere Journalistin und PR-Fachfrau. Der breitschultrige Mann neben ihr ist Ace, unser Feuerwehrchef und ihr Verlobter.“

Lara brummte der Kopf von den vielen Namen.

„Ich hoffe, ihr erwartet nicht, dass ich mir all eure Namen auf Anhieb merken kann.“ Sie rollte ihre Augen in gespielter Verzweiflung.

„Keine Angst. Das würde ich auch nicht schaffen. Ich mach trotzdem mal weiter. Vielleicht bleibt ja der eine oder andere Namen hängen.“

„Die Hundenamen wahrscheinlich am ehesten“, brummte Lara.

„Das kann ich verstehen. Dann lass uns gleich mit den Vierbeinern fortfahren. Vor der Feuerstelle liegen Rocky, Bella und Nikita. Rocky und Nikita sind die beiden Bordeaux-Doggen. Und die dritte ist Bella …“

„… ein Mix aus allem Möglichen“, vervollständigte Lara den Satz. „Wurde sie für Hundekämpfe eingesetzt?“ In der Schweiz hatte sie mit der lokalen Tierschutzorganisation seit ein paar Jahren darum gekämpft, dass mehr gegen diese illegalen Kämpfe getan wurde. Dabei war sie häufig mit den eigentlichen Opfern, den Hunden, in Berührung gekommen. Nachdem viele Kampfhunde inzwischen auf einer schwarzen Liste standen und verboten waren, wurden immer mehr dieser undefinierbaren Mischlinge gezüchtet.

Tyler warf ihr einen anerkennenden Blick zu. „Du hast es erfasst. Sie hat Kat“, sie deutete auf eine Frau mit dunkelbraunen, langen Locken und ausgeprägten Wangenknochen, die neben einem blonden Mann saß, „dazu gebracht, den Safe

Haven zu eröffnen. Ein Tierheim, das sich um ausgesetzte Tiere kümmert und sie an gute Plätze vermittelt. Der Mann neben ihr ist Sam, ihr Partner. Er spielt gerade seine letzte Saison bei der Colorado Avalanche.“

„Wow. Ich komm mir vor, als wäre ich ins Who is Who von Independence geraten“, scherzte Lara, obwohl sie es zum Teil durchaus ernst meinte.

„Ach, wir sehen das hier nicht so eng. Aber wenn du schon von Lokalprominenz sprichst, dort drüben ist unser neuer Bürgermeister. George Wilkinson.“

Als Lara den Namen hörte, der im letzten Brief ihres Vaters erwähnt war, zuckte sie unwillkürlich zusammen.

„Bürgermeister?“

4

Die Sonne schien und weckte Lara am nächsten Morgen. Blinzelnd setzte sie sich in ihrem Bett auf. Ihre Kakerlaken-Befürchtungen hatten sich zum Glück nicht bestätigt. Der Raum war hell und freundlich. Die Wände waren mit Holz verkleidet und weiß gestrichen. Die Laken dufteten nach Waschmittel und fühlten sich weich an auf ihrer Haut. Hier ließ es sich durchaus aushalten.

Gestern Abend hatte sie sich noch eine ganze Weile gut mit ihren neu gefundenen Freunden unterhalten. Ihr anfängliches Unbehagen war schnell verflogen. Eigentlich war es ganz befreiend, an einem fremden Ort neu anzufangen. Sie griff nach der Uhr, die sie zum Schlafen ausgezogen und auf den Nachttisch gelegt hatte, und strich liebevoll über das Glas, dass das komplexe Ziffernblatt bedeckte. Zumindest musste sie nicht alle paar Minuten Kondolenz-Wünsche über sich ergehen lassen. Ihr war schon klar, dass die Leute es nur gut meinten. Trotzdem bedeutete es, dass das Loch in ihrem Herzen immer wieder aufgerissen wurde. Der Verlust ihres Vaters war einfach noch zu frisch.

Im Anschluss hatte Tyler, mit der sie sich außergewöhnlich gut verstanden hatte, ihr angeboten, mit ihr einen Rundgang durch Independence zu machen. Jetzt hatte sie eine ziemlich genaue Vorstellung davon, was es hier alles gab. Der Futterhändler hatte alles, was man zum Leben auf einer Farm brauchte. Neben

Hühner- und Pferdefutter, Salzlecksteinen und Milchpulver für Kälber fand man hier auch Gummistiefel, Gartenwerkzeuge, Ersatzteile für Landmaschinen, Jeans, Hundeleinen und vieles mehr. Alles andere musste man im Mini-Markt suchen. Trotz seines Namens führte dieser ein erstaunlich breites Sortiment. Sogar eine kleine Apotheke befand sich im hinteren Teil. Eine Freundin von Tyler mit dem passenden Namen Lily war die stolze Besitzerin des einzigen Blumenladens der kleinen Stadt. Ihre Kreationen waren wundervoll. Sie hätte ihr gerne einen der schönen Wildblumensträuße abgekauft. Gerade noch rechtzeitig war ihr eingefallen, dass sie ja momentan gar kein eigenes Zuhause hatte und nicht einmal wusste, wie lange sie hierbleiben würde. Beendet hatten sie den Abend mit einem gemeinsamen Spaziergang im Park. Jaz und Kat hatten sie begleitet, sodass sie am Ende mit fünf Hunden unterwegs gewesen waren. Lara musste schmunzeln, als ihr das Gespräch mit Jaz in den Sinn kam.

„Was war das eigentlich mit dem Clan?“, hatte sie von ihr wissen wollen.

„Na, der Carter-Clan. Die Carters sind eine große Familie. Du hast heute Abend bereits drei von ihnen kennengelernt. Tyler, Sam und Paula. Dann sind da noch Cole, unser Sicherheitsexperte, und Jake, der Sheriff.“

„Ach ja, der Sheriff. Und wenn ich mich richtig erinnere, dein Mann.“

„Genau. Siehst du, du hast ja bereits alles im Griff.“

„Das wohl kaum.“ Nach einer kurzen Pause hatte sie möglichst beiläufig gefragt: „Sag mal, kennst du die Lone Wolf Ranch?“ Das war der Name, der mit der zugehörigen Adresse in ihren Unterlagen angegeben war.

Jaz hatte sie überrascht angeschaut. „Lone Wolf Ranch? Klar.“ Sie hatte sich auf die Unterlippe gebissen, als ob sie nicht wusste, ob sie etwas fragen sollte. Am Ende hatte dann doch die Neugier gesiegt. „Willst du ein Pferd kaufen?“

Fast hätte sie laut losgelacht bei der Vorstellung, hier ein Pferd zu kaufen. Wie sollte sie das auch in die Schweiz bringen? Per Flugzeug? Gleichzeitig hatte sie die Information dankbar registriert und in einem Winkel ihres Gehirns abgelegt. Offenbar wurden dort Pferde gezüchtet. Spannend. Sie hatte vage mit einem „vielleicht" geantwortet.

Mit dieser Antwort zufrieden gestellt hatte Jaz sich bemüht, ihr den Weg dorthin zu beschreiben. Noch nicht mit der näheren Umgebung von Independence vertraut, war es ihr ziemlich schwer gefallen, den Anweisungen zu folgen. Doch mit der zusätzlichen Hilfe des GPS-Geräts ihres Mietwagens würde sie sicher zur Ranch finden.

Falls sie sich hoffnungslos verfuhr, konnte sie immer noch zurück in die kleine Stadt fahren und diesen Mr. Wilkinson ausfindig machen. Aber eigentlich wollte sie sich die Ranch zuerst einmal ansehen, ohne dass irgendjemand wusste, wer sie war. Inkognito sozusagen. Wenn ihr das Haus nicht gefiel, konnte sie einfach wieder abreisen, ohne dass irgendwer Bescheid wusste.

Von neuem Tatendrang erfüllt schlug sie die Bettdecke zurück und stand auf. In wenigen Schritten war sie beim Fenster. Von hier aus hatte sie einen ungehinderten Blick auf den Parkplatz vor dem Gemeindehaus. Eben stieg jemand aus einem alten, zerbeulten Pick-up-Truck. Der Mann schlug die Tür zu und legte den Kopf in den Nacken. Ihre Mundwinkel hoben sich. Da genoss wohl jemand die Morgensonne. Und ich den Ausblick, dachte sie schmunzelnd, als ihr seine groß gewachsene Gestalt und seine markanten Gesichtszüge ins Auge fielen. Seine dunklen Haare waren ein wenig zu lang und fielen ihm ins Gesicht.

In diesem Moment öffnete er die Augen und schaute ihr direkt ins Gesicht. Die Intensität seines Blickes ließ sie unwillkürlich einen Schritt zurücktreten. Auweia. Jetzt war sie doch auf frischer Tat ertappt worden, wie sie einen fremden Mann anstarrte. Peinlich.

Hank war bereits seit zwei Stunden wach und freute sich ebenso lang auf seinen Kaffee. Nachdem er heute Morgen festgestellt hatte, dass seine Kaffeemaschine kaputt war, hatte er bis nach seinen morgendlichen Stallarbeiten warten müssen, um hierher zu fahren. Als er zusah, wie der hübschen Unbekannten, die am Fenster des Bed & Breakfast stand und ihn mit unverhohlener Lust in den Augen betrachtete, das Blut ins Gesicht schoss, verzog sich sein Mund zu einem anerkennenden Lächeln. Nachdem er in den letzten Monaten nie Zeit gehabt hatte auszugehen, war er sich schon fast wie ein geschlechtsloser Roboter vorgekommen. Es tat gut zu wissen, dass er seine Wirkung aufs andere Geschlecht nicht komplett verloren hatte. Vor allem, wenn die betreffende Frau aussah wie die Fremde. Zum ersten Mal an diesem Morgen konnte er der kaputten Kaffeemaschine etwas Positives abgewinnen. Ein selbstironisches Lächeln auf den Lippen, schlenderte er zum Diner hinüber. So wie sie ausgesehen hatte, mit ihren zerwuschelten Haaren und dem übergroßen T-Shirt, das ihr nur bis knapp zu den Oberschenkeln gereicht hatte, nahm er an, dass sie gerade aufgestanden war. Er hätte nichts dagegen, mit diesem Anblick aufzuwachen. Er seufzte. Dieser Fall würde wohl kaum eintreten. Na ja. Vielleicht hatte er ja Glück und traf sie wenigstens beim Frühstück an.

Lara legte die Hände auf ihre brennenden Wangen. Sie war definitiv aus der Übung, wenn ein einziger Blick sie so aus der Fassung bringen konnte. Tylers Angebot, mit ihr einmal abends ins Diner zu gehen und Billard zu spielen, kam ihr in den Sinn. Auf diese Einladung würde sie definitiv zurückkommen. Ihr Sozialleben konnte echt eine Auffrischung vertragen. Nur, wo sollte sie jetzt frühstücken? Bei dem Gedanken, dem heißen Typen von vorhin gleich in echt zu begegnen, begann ihr Herz schneller zu schlagen und ihr Bauch zog sich zusammen. Oh-

oh. Sie schätzte einen gelegentlichen Flirt durchaus. Doch in ihrer momentanen Situation war es ihr definitiv zu viel Aufregung. Das verkrafteten ihre Nerven nicht. Hin- und hergerissen strich sie sich die Haare aus dem Gesicht. Der Inhalt des Briefes, die unbekannte Ranch, die neue Umgebung – all das war ganz schön viel, auch ohne dass sie dem ganzen Chaos einen attraktiven Cowboy hinzufügte, der ihren Puls zum Rasen brachte. Eins nach dem anderen, beschloss sie. Independence war schließlich nicht so groß. Aller Wahrscheinlichkeit nach würde sie ihm so oder so bald wieder über den Weg laufen. Frühstück gab es bestimmt auch in diesem Café, das ihr schon bei ihrer Ankunft aufgefallen war. Sweets hieß es. Tyler hatte gestern in höchsten Tönen davon geschwärmt. Zufrieden mit ihrem Entschluss ging sie ins Badezimmer, um wenigstens die sichtbaren Auswirkungen ihrer Erschöpfung zu beseitigen. Um den Rest ihrer Müdigkeit würde sich ein Kaffee im Sweets kümmern. Tyler schwor, dass es dort, dank des jahrelangen Frankreich-Aufenthalts der Besitzerin, echten Kaffee gab.

*

Während Hank seinen Kaffee trank, hielt er seinen Blick unauffällig auf die Tür im hinteren Teil des Diners gerichtet, die das Restaurant mit dem Bed & Breakfast verband. Zumindest war er der Meinung, dass er sich unauffällig verhielt. Als sich allerdings Jake, der während seiner Pause kurz hereinschaute, zu ihm setzte und nach zwei Minuten fragte, ob er jemanden erwartete, musste er seine Meinung revidieren.

„Nein, wieso?“

„Na, entweder hast du ein Verdauungsproblem und bist dir nicht sicher, ob du gleich zur Toilette musst, oder du wartest darauf, dass jemand durch die Tür daneben kommt.“

Verstimmt, dass Jake ihn durchschaut hatte, brummte er ausweichend: „Nichts von beidem. Ich versuche hier nur meinen Kaffee zu genießen, bevor ich nach Evergreen fahre.“

Jake erkannte das Ausweichmanöver sofort, beschloss aber, nicht darauf herumzureiten. Schließlich war ihm Hank keine Antwort schuldig. Zudem hatte er seinen Freund in letzter Zeit viel zu selten gesehen, so hatte der sich in seiner Arbeit verkrochen.

„Was machst du denn überhaupt hier? Ich dachte, die Ranch bricht zusammen, wenn du nicht da bist", versuchte er die Stimmung aufzuheitern.

Hank warf ihm einen bösen Blick zu. „Haha. Fang nicht auch noch an. Becca nervt mich schon dauernd damit, dass ich zu einem Einsiedler mutiere. Leider erledigt sich die Arbeit nicht von allein."

Jake betrachtete ihn nachdenklich.

„Du weißt, dass du jederzeit auf unsere Hilfe zählen kannst", erinnerte er ihn und stupste ihn freundlich an.

Hanks Ausdruck wurde weicher. „Ich weiß. Danke, Jake. Aber die Ranch ist meine Verantwortung."

Jake zuckte mit den Schultern. Er hatte seinen Freund daran erinnert, dass er nicht allein war. Mehr konnte er vorerst nicht tun.

„Wozu fährst du denn heute nach Evergreen?"

„Neues Zaunmaterial kaufen. Nick hatte im Futterladen keins mehr vorrätig. Zumindest keines, das Devil in Schach halten würde."

„Wer ist den Devil?"

„Unser hauseigener Casanova, der es sich in den Kopf gesetzt hat, Roxie, die Stute meiner Schwester, zu beglücken."

„Oh."

„Genau. Oh. Immerhin hat er gute Papiere." Er hob die Hand und signalisierte Miss Minnie, dass er gerne noch einen Kaffee hätte.

„Und jetzt willst du einen Hochsicherheitstrakt bauen?"

„So in etwa. Dazu kommt, dass er ein unkooperativer Bastard ist. Nicht wirklich seine Schuld, nachdem ihm seine früheren Besitzer alles haben durchgehen lassen. Aber er macht mir mehr Arbeit, als ich im Moment gebrauchen kann.“ Trotz seines Unmuts war seiner Stimme deutlich anzuhören, dass er insgeheim von dem unabhängigen Charakter des Pferdes beeindruckt war.

„Hast du niemanden mehr, der dir mit dem Training der Pferde hilft?“

„Doch. Jerome. Er macht auch einen guten Job. Aber für ein Pferd wie Devil fehlt ihm einfach die Erfahrung.“

„Und was ist mit deiner Schwester?“

„Becca hilft mit, wo sie kann. Vor allem die Sportpferde profitieren sehr davon, dass sie mit ihnen trainiert. Sie weiß natürlich genau, was die Richter sehen wollen. Doch die letzten Wochen hatte sie mehrere Treffen und Aufträge mit ihren Sponsoren. Die gehen natürlich vor.“ Er trank einen Schluck Kaffee. „Immerhin haben sich die Eigentümer bereit erklärt, das Pferd zu verkaufen. Das gibt mir etwas mehr Zeit, jemanden zu finden, der die Herausforderung, die er bietet, schätzt und mit ihm umgehen kann. Wenn dabei ein Bonus für mich abfällt, ist das auch nicht zu verachten.“

„Hast du eine prozentuale Beteiligung ausgehandelt?“

Zum ersten Mal während dieses Gesprächs hellte sich Hanks Gesichtsausdruck auf. „Klar. Und nicht zu knapp. Eigentlich sollte ich dem Hengst dankbar sein, dass er seinen Haltern so viel Ärger bereitet hat. So war es leicht, sie davon zu überzeugen, dass es eine schwierige Aufgabe sein wird, ihn zu verkaufen, die entsprechend honoriert werden muss.“ Er grinste. „Jetzt muss ich nur einen Dummen finden, der ausschließlich nach Blutlinien Pferde kauft.“

Jake schüttelte amüsiert den Kopf.

„Oder Spaß an schwierigen Fällen hat, wie meine Schwester.“ Kein Wunder, dass Paula sich aus dem Pferdehandel raushielt. Dazu fehlten ihr einerseits die diplomatische Ader und andererseits die nötige Abgebrühtheit. Sie tendierte dazu, alle Pferde selber zu behalten.

„Sucht sie ein neues Pferd?“, fragte Hank hoffnungsvoll.

Jake lachte. „Ich bezweifle es. Aber ich kann sie ja mal fragen.“ Er klopfte Hank auf die Schulter und erhob sich von seinem Hocker an der Bar.

„Warte. Ich habe noch eine Frage an dich.“

Jake sah ihn abwartend an.

„Gibt es eine Möglichkeit, die Echtheit eines Schuldscheins zu überprüfen?“

„Keine Ahnung. Kommt auf den Schein an. Ich nehme an, es ist eine ältere Geschichte?“

Hank nickte mit ernster Miene.

„Du kannst die Echtheit der Unterschrift prüfen lassen.“ Er zuckte mit den Schultern. „Alles andere ist schwierig, solange es nicht notariell beglaubigt ist. Ein Schuldschein ist auch rechtskräftig, ohne dass er von offizieller Seite bestätigt ist. Zumindest soweit ich weiß. Aber frag zur Sicherheit George Wilkinson. Als Anwalt weiß er sicher besser Bescheid.“

Enttäuscht über die wenig ermutigende Antwort nickte Hank. „Okay. Werde ich machen. Danke für die Auskunft.“

„Sorry, dass ich dir nicht mehr helfen konnte.“ Jake hasste es, seinen Freund so entmutigt zu sehen.

Hank winkte ab.

„Das mit der Unterschrift ist ein guter Hinweis, und juristischer Rat ist bestimmt nicht verkehrt.“

Jake setzte seinen Hut auf und tippte zum Abschied an seine Hutkrempe.

Hank warf einen letzten, sehnsüchtigen Blick zur Verbindungstür. Ein kurzer Flirt zum Frühstück hätte seine Stimmung merklich gebessert. Aber entweder brauchte sie ewig, bis sie morgens fertig war, in diesem Fall war es wahrscheinlich besser, dass sie sich nicht kennen gelernt hatten, oder sie war woanders hingegangen. Er warf einen Blick auf die Uhr an der

Wand. Wie auch immer, jetzt musste er los. Sonst schaffte er es vor dem Mittag nicht mehr zurück.

*

Lara drosselte das Tempo und fuhr mit dem Auto auf die Grasnarbe am Straßenrand. Nach herankommenden Autos Ausschau haltend, öffnete sie vorsichtig die Tür und stieg aus. Während sie im Café einen echten Espresso getrunken und ein sündhaft gutes Schokoladen-Croissant gegessen hatte, war sie zum Entschluss gekommen, erst einmal hierher zu fahren. Zur Lone Wolf Ranch. Sie wollte sich einen ersten Eindruck verschaffen von der Ranch, die ihrem Vater offensichtlich irgendwann einmal so viel bedeutet hatte, dass er die Hälfte davon gekauft hatte. Sie war sehr gespannt auf die Geschichte dahinter. Trotzdem hielt sie es für wichtig, sich ihre eigene Meinung zu bilden.

Eine kühle Brise strich über ihr Gesicht und relativierte die Wärme der Sonne ein wenig. Vögel zwitscherten. Vor ihr rauschte ein Bach. Große Steine behinderten den Fluss der Strömung und kreierten kleine Strudel. Eine solide Holzbrücke ohne Geländer, gerade so breit wie ein Lastwagen, führte über das fließende Gewässer. Danach führte eine unbefestigte Straße rauf zu dem imposanten Haus. Einige Espen verhinderten eine freie Sicht auf die Ranch. Rundherum lag Grasland, bis sich in der Ferne die bewaldeten Hänge der Berge erhoben. Majestätisch umgaben sie die Ranch in einem Halbkreis. Die Natur war hier oben so präsent und überwältigend in ihrer Schönheit, dass es Lara fast den Atem raubte. „Ganz egal, weshalb du mich hierher geschickt hast, Papa, allein dieser Anblick war die Reise wert“, flüsterte sie in den Wind. Gedankenverloren drehte sie die große Uhr an ihrem Handgelenk. Das unvermittelte Schimpfen einer Krähe, die in den Ästen einer Kiefer neben dem Flussufer saß, riss sie aus ihren Tagträumen. Zeit, sich ihr Erbe etwas genauer anzusehen. Sie schob die Ärmel ihres Langarm-Shirts zurück und steckte die Hände in die Taschen ihrer Weste. Zu Fuß überquerte sie die Brücke und näherte sich der Ranch.

Als sie näher kam, erkannte sie auf der rechten Seite des Hauses Paddocks. Stimmt. Jemand hatte gestern erwähnt, dass hier Pferde gezüchtet und trainiert wurden. Der Wind drehte und bestätigte ihre Erkenntnis, den Geruch von Heu, Pferdeschweiß und Mist mit sich bringend. Nostalgie und Trauer um ihr verstorbenes Seelenpferd Bria stiegen in ihr auf. Da fiel ihr eine fließende Bewegung ins Auge. Ein großes, gelbes Etwas flog elegant durch die Luft. Nicht etwas. Ein Pferd. Und was für eines. Sie vermutete allerdings, dass es außerhalb des Zauns nichts zu suchen hatte. Ein Mann rannte vom Haus fluchend in die Richtung des Pferdes. Das Tier drehte sich um und stellte sich auf die Hinterbeine. Ein imposantes Bild. Lara musste sich ein Lachen verkneifen, als der Mann schleunigst den Rückzug antrat. „So einer bist du also", murmelte sie zu sich selbst. Langsam ging sie weiter, ihre Aufmerksamkeit auf das Pferd gerichtet, ohne direkt auf es zuzugehen oder es auch nur anzustarren. Sie behielt es viel mehr aus den Augenwinkeln im Auge. Scheinbar planlos wob sie sich im Zickzack einen Weg in Richtung der Ranch, wobei sie sich selbst möglichst zwischen dem Pferd und der Brücke hielt.

Der Ausbrecher beäugte sie erst misstrauisch. Als sie jedoch keine Anstalten machte, sich ihm zu nähern, beruhigte er sich und senkte den Kopf, um zu grasen.

Der Mann, der erst versucht hatte, dem Pferd hinterherzurennen, stand inzwischen auf der Veranda und winkte ihr hektisch zu.

„Miss? Kommen Sie weg da. Das Pferd ist gefährlich!"

Gefährlich? Der Ausreißer war frech und übermütig. Das war alles. Lara ignorierte den Mann und konzentrierte sich weiter auf das Pferd. Nach einigen weiteren Serpentinen stand sie schließlich seitlich neben der Schulter. Überrascht hob das Pferd den Kopf, hörte auf zu kauen und beäugte sie misstrauisch. Als Lara einfach stehen blieb, in die Ferne schaute und ihn nicht beachtete, während sie atmete, wandte er sich wieder dem Fressen zu. Um den Hals hatte jemand ein altes Stück Seil geknotet. Vermutlich war er der Ausbrecherkönig hier. Auf jeden Fall ganz praktisch, wenn sie ihn gleich in den Stall führen würde. Schließlich legte sie ihm sachte eine Hand auf den Widerrist. Als er dabei ungerührt weiter fraß, ließ sie die Hand über sein weiches Fell den Hals hinab gleiten. Sie ging neben ihm in die Knie und kraulte ihn hinter den Ohren.

„So, Großer. Zeit, nach Hause zu gehen."

Der Gelbe hob den Kopf und blies ihr seinen Atem ins Gesicht. Lara lachte.

„Hallo zurück. Aber jetzt lass uns gehen."

Völlig baff sah Jerome von der Veranda aus zu, wie die Fremde sich über zig Umwege an Devil heranschlich. Er hatte versucht, sie abzuhalten, doch sie war unbeirrt weiter gegangen. Jetzt schien sie mit ihm zu sprechen. Ungläubig schüttelte er den Kopf, als sie ruhig nach dem Seil um seinen Hals griff und ihn in Richtung Paddock führte. Eilig ging er ihr entgegen.

„Das ist ja unglaublich, Miss. Normalerweise muss ihn immer Hank mit dem Lasso einfangen, wenn er wieder einmal ausgebüxt ist."

Als der junge Mann, er war jünger, als Lara auf den ersten Blick gedacht hatte, sogar jünger als sie, näher kam, fing Devil sofort an zu tänzeln.

Sie unterbrach das mit einem kurzen, scharfen „Nei-ein." Verdutzt hörte der Hengst auf und beäugte sie. „Kein Grund, dich aufzuspielen. Ich weiß, wie groß und stark du bist."

Er schnaubte, und Lara lachte. An den Mann gewandt meinte sie: „Ein Lasso hatte ich leider nicht zur Hand. Und auch wenn, hätte ich wahrscheinlich eher einen Baum gefangen als das Pferd. Wo kommt der Kerl hin?"

„Also, wenn du ihn jetzt schon so brav am Strick hast, könntest du ihn gleich in den Stall führen?"

Er warf ihr einen hoffnungsvollen Blick zu.

„Klar. Zeig mir einfach, wohin. Ich bin übrigens Lara." Sie hielt ihm die Hand hin. Er ergriff sie und schüttelte sie.

„Ich bin Jerome. Komm."

Erleichtert ging Jerome voran in Richtung Scheune. Lara und das gelbe Pferd folgten ihm.

„Gehört dir die Ranch?", fragte sie beiläufig.

Er drehte sich zu ihr um und lachte. „Um Himmels willen, nein. Ich bin hier nur angestellt. Ich helfe dem Chef mit der Arbeit, die auf so einer Ranch anfällt und lerne, Pferde zu trainieren."

„Ach so. Ist der Besitzer auch hier?"

Jerome schüttelte den Kopf, während er das Scheunentor aufstieß.

„Nein. Gerade nicht. Er ist in die Stadt gefahren, um Zaunmaterial zu kaufen." Er deutete auf das Pferd neben ihr. „Du hast ja gesehen, was der Kerl hier von unseren Zäunen hält. Jetzt müssen wir aufstocken. Eine Stute hatte schon das Vergnügen seiner Gesellschaft."

Lara lachte. „Tatsächlich?"

„Ja. Zum Glück ist es sozusagen in der Familie geblieben. Es war eine unserer Stuten. Wie wir das einem Kunden hätten erklären wollen, weiß ich nicht."

Jerome ging voran in das hölzerne Gebäude. Sie folgte ihm. Ihre Augen brauchten einen Augenblick, um sich an das Dämmerlicht in der Scheune zu gewöhnen. Der aromatische Geruch von frisch eingestreuten Spänen mischte sich mit dem vertrauten Duft von Heu und Leder. Sie blinzelte. Große Boxen ohne Gitter bildeten zwei Reihen. Zwischen den Boxen war bis zur Hälfte eine Wand hochgezogen. Wohl, damit die Pferde ungestört vom Nachbarn fressen konnten. Ansonsten konnten sie ungehindert Sozialkontakte pflegen. Verschiedene Zäume und Sättel hingen fein säuberlich aufgereiht an der Wand. In einer Ecke standen Putzutensilien neben einer großen Schubkarre und einem Rundballen Heu. Momentan befanden sich keine Pferde im Stall. Die waren wohl alle draußen, entweder in den Ausläufen oder auf den Weiden, nahm sie an. Sehr schön.

Die Scheune wie auch das Haus, auf das sie vorher nur einen flüchtigen Blick werfen hatte können, machten einen gepflegten Eindruck. Trotzdem kam sie nicht umhin zu bemerken, dass die Zeit ihre Spuren hinterlassen hatte. Die Farbe an den Wänden blätterte ab. Das Scheunentor hing etwas schief in den Angeln und war an mehreren Stellen provisorisch geflickt worden. Eine Generalüberholung würde der Ranch gut tun.

„Er steht übrigens zum Verkauf", unterbrach Jerome ihre Gedanken.

„Wer?", fragte sie abgelenkt durch ihren neuen, vierbeinigen Freund, der geduldig hinter ihr stand, als würde es ihm niemals einfallen, wegzulaufen. Oder auszubrechen. Schlitzohr, dachte sie amüsiert.

„Na, der Hengst, den du eingefangen hast."

„Ach so. Wirklich?"

„Wirklich. Er stammt aus erstklassigen Cutting-Blutlinien und ist ein toller Vererber", bewarb er das Tier weiter. Es war das erste Mal, dass er sich als Verkäufer versuchte und er hatte keine Ahnung, ob er die Sache richtig anging. Doch ein Versuch konnte nicht schaden. Er ging nicht davon aus, dass die Frau ein Pferd kaufen wollte. Ihm wurde bewusst, dass er gar nicht wusste, was Lara hier wollte. Wahrscheinlich hatte sie nur zufälligerweise hier angehalten, um nach dem Weg zu fragen.

Das Pferd war also für die Rinderarbeit gezüchtet worden. Ein erstklassiges Gebrauchspferd. In den richtigen Händen, dachte sie bei sich.

„Wieso wird er denn verkauft?", fragte Lara, auch wenn sie es sich denken konnte. Der Hengst war ein wunderschönes Tier. Aber er hatte es faustdick hinter den Ohren. Nicht einfach, einen Besitzer für so ein Pferd zu finden.

„Na ja. Er ist nicht der Einfachste“, murmelte Jerome und dachte bei sich, dass das die Untertreibung des Jahres war. Aber wenn der Chef meinte, dass er einen Käufer finden würde, sollte es ihm recht sein. Sie hatten genügend andere, einfachere Pferde, die trainiert werden mussten.

Sie warf einen Blick auf den Vierbeiner neben sich. Sollte sie ihn kaufen? Schließlich hatte sie kein Pferd mehr, argumentierte sie in ihrem Kopf. Und der Kerl hier keinen Besitzer, so wie es aussah. Zudem hatte es zwischen ihnen beiden irgendwie Klick gemacht. Hm. Warum eigentlich nicht? Schließlich war sie eine reiche Frau. Besser, sie kaufte ein Pferd als sonst irgendetwas Dummes. Schuhe zum Beispiel. Andererseits konnte sie mit dem Betrag auf ihrem Bankkonto vermutlich ein Pferd und Schuhe kaufen. Noch besser. Frau konnte nie genug Schuhe haben. Auch wenn es ihr noch immer unheimlich war, wie sehr sich ihr Leben in den letzten Wochen geändert hatte, war das ein Nebeneffekt, an den sie sich vermutlich leicht gewöhnen konnte.

„Wie viel kostet er denn?“

„Dreißigtausend Dollar.“

„So viel, huh?“, murmelte sie dem Pferd zu. Der Hengst brummelte leise und blies gegen ihre Hand, als wollte er ihr versichern, dass er so viel Geld auf jeden Fall wert war.

„Okay. Ich nehm ihn.“

Jerome blieb wie erstarrt stehen und drehte sich langsam um. Sicherlich hatte er sich verhört.

„Sag das noch mal.“

Lara zuckte mit den Schultern. „Ich kaufe ihn. Für dreißigtausend Dollar. Ich habe mein Scheckbuch im Auto.“

Immer noch sprachlos schüttelte Jerome den Kopf. Er drehte sich um und deutete auf die große Box hinter sich, die als einzige ein paar Querlatten mehr aufwies.

„Das ist seine.“

„Das dachte ich mir schon. Ein Versuch, die Box ausbruchsicher zu machen?“ Sie deutete auf die hellen, offenbar erst kürzlich angebrachten Bretter.

Er nickte, ein verschmitztes Lächeln im Gesicht. „Du hast es erfasst.“ Er kramte in der Tasche und streckte ihr eine Karotte hin. „Hier. Vielleicht willst du mit ihm ja feiern.“

Erfreut über die nette Geste griff Lara nach der Rübe. Nachdem sie ihr neues Pferd in die Box geführt hatte, hielt sie ihm die Leckerei vor die Nase. Begeistert stürzte er sich darauf. Kopfschüttelnd strich sie ihm über den Hals, während er die Karotte mit einem lauten Krachen verspeiste.

Ihr fiel auf, dass sie nicht einmal seinen Namen wusste. „Wie heißt er überhaupt?“, erkundigte sie sich.

„Devil.“

Ungläubig starrte sie erst ihn und dann das Pferd an. Na großartig. Da tätigte sie den ersten Impulskauf ihres Lebens und endete mit einem gelben Quarterhengst namens Devil.

5

Von ihrem Aussichtspunkt am Küchenfenster starrte Becca dem Trio hinterher. Wer zum Teufel war die Frau? Und weshalb folgte ihr Devil wie ein Hündchen? Kurz überlegte sie, ob es etwa eine Freundin von Jerome sein könnte. Mit einem Blick auf den kleinen Mietwagen der Besucherin verwarf sie diese Möglichkeit wieder. Ihre Neugier war geweckt. Sie öffnete den Kühlschrank und nahm alle möglichen Zutaten heraus, um Brötchen zu schmieren. Schinken, Käse, Gurken, Salatblätter, Senf, Erdnussbutter. Jerome war bestimmt froh, wenn er etwas zu essen bekam. Sicherheitshalber bereitete sie auch für den unerwarteten Besuch eins vor. Zu kochen versuchte sie lieber nicht. Schließlich wollte sie ihre potenzielle Nachmittagsunterhaltung nicht gleich vergiften. Nach den anstrengenden letzten Tagen, wo sie für diverse Werbeaufträge von einem Ort zum anderen geflogen war, kam ihr die Abwechslung durch den unerwarteten Besuch gerade recht. Die Fremde wusste es zwar noch nicht, aber durch ihren fachmännischen Umgang mit dem nicht als einfach zu bezeichnenden Devil hatte sie bereits unzählige Pluspunkte gesammelt.

*

Lara verließ eben mit Jerome zusammen den Stall, als eine Frau mit kastanienroten Locken und leuchtend grünen Augen auf die Veranda trat. Sie winkte ihnen zu. Lara warf Jerome einen fragenden Blick zu.

„Das ist Becca. Die Schwester vom Chef. Lass uns hingehen und sehen, was sie will."

„Geh du mal vor. Ich komme gleich nach. Ich will mein Scheckbuch holen."

Jerome, der immer noch nicht ganz glauben konnte, dass er tatsächlich ein Pferd verkauft hatte, nickte eifrig.

„Fahr doch die Einfahrt hoch. Du kannst dein Auto vor dem Haus abstellen."

„Mach ich. Danke."

Jerome joggte die paar Meter zur Veranda.

„Du hast Brötchen gemacht?", fragte er und griff gierig danach.

Becca zog sie aus seiner Reichweite.

„Wo geht sie hin? Hast du sie vertrieben?", wollte sie wissen, als sie ungläubig zusah, wie „ihr" Besuch ins Auto stieg und den Motor startete.

Jerome grinste.

„Nein. Im Gegenteil. Sie kommt gleich wieder."

„Was will sie hier?"

Jerome runzelte die Stirn, als ihm auffiel, dass er immer noch nicht wusste, aus welchem Grund die Fremde auf der Lone Wolf Ranch aufgetaucht war.

„Keine Ahnung." Er zuckte mit den Schultern. „Ich glaube, sie ist nicht von hier. Sie spricht irgendwie seltsam. Ich dachte erst, sie sei eine Touristin, die sich verfahren hat."

„Das ist natürlich möglich."

„Äh, ich glaube nicht, dass das der Fall ist."

„Und weshalb nicht?"

„Weil sie eben Devil gekauft hat."

Entgeistert starrte Becca ihn an.

In diesem Moment stieg Lara aus dem Auto und ging, mit ihrer Handtasche bewaffnet, die Stufen hoch.

„Hallo. Ich bin Lara."

„Hi. Ich bin Becca." Mehr brachte sie in ihrer Überraschung nicht heraus.

Als die beiden nichts weiter sagten und sie nur wortlos anstarrten, hob Lara eine Augenbraue und fragte: „Ist alles in Ordnung?"

„Kommt drauf an. Hast du eben Devil gekauft?"

„Sozusagen. Ich brauche nur noch einen Stift, um den Scheck auszufüllen."

„Geht es dir gut? Hast du Fieber?" Becca konnte es einfach nicht glauben. Die Frau war maximal zwanzig Minuten bei dem Pferd gewesen, hatte es weder geritten noch geputzt oder sonst irgendetwas und sich dann spontan entschieden, es zu kaufen? Zugegeben, sie gehörte selber auch eher zu den schnell entschlossenen Pferdekäufern. Doch das übertraf alles.

„Ja. Wieso?"

„Na, weil du eben nach einer sehr kurzen Bekanntschaft ein Pferd gekauft hast, welches als sehr schwierig gilt."

„Ach, damit komm ich schon klar."

„Willst du ihn nicht wenigstens vorher reiten?"

Jerome, der kurz im Haus gewesen war, um einen Stift zu holen, warf Becca einen bösen Blick zu. War sie komplett verrückt? Niemand ritt Devil zurzeit. Wenn sie nicht aufhörte weiterzusprechen, würde sie noch seinen ersten Verkaufsabschluss verderben.

„Wurde er in letzter Zeit denn regelmäßig geritten?", fragte Lara skeptisch.

„Äh, nein", gab Becca zu.

„Dachte ich es mir doch. Also ist meine Antwort nein danke, ich will das Pferd nicht sofort reiten. Dafür ist später noch genug Zeit. Erst einmal lernen wir uns vom Boden aus kennen."

Insgeheim sehr beeindruckt von den wohl überlegten Fragen und Antworten der Frau hatte Becca trotzdem das Gefühl, sie müsste Klartext reden. „Devil ist ein sehr schwieriges Pferd mit einer ausgeprägten Persönlichkeit. Selbst mein Bruder beißt sich immer wieder einmal die Zähne an ihm aus."

Jerome schloss die Augen und schüttelte den Kopf. Jetzt hatte sie es getan. Nun würde Lara bestimmt vom Verkauf zurücktreten.

Lara zuckte mit den Schultern. „Schon möglich. Aber ich liebe Herausforderungen. Zudem scheinen wir uns zu verstehen." Außerdem hatte der Bruder vielleicht einfach keine Ahnung von Pferden. Das war durchaus eine Möglichkeit. Schließlich kannte sie den Mann und seine Trainingsmethoden nicht.

„Na dann, herzliche Gratulation zum Pferdekauf. Champagner habe ich leider nicht, soviel ich weiß. Willst du stattdessen ein Brötchen?"

„Gern." Sie griff danach. Bevor sie hineinbiss, hielt sie kurz inne und fragte: „Wem gebe ich jetzt den Scheck?"

„Grundsätzlich meinem Bruder. Wenn du ihn mir gibst, sorge ich dafür, dass er ihn bekommt. Ich schreibe dir eine Quittung. Wenn du mir sagst, wo du zurzeit wohnst, lasse ich dir seine Papiere und den Verkaufsvertrag zukommen. Nimmst du ihn gleich mit?"

Herrje. Daran hatte sie gar nicht gedacht. Lara wurde leicht schlecht. Sie konnte Devil ja schlecht ins Bed & Breakfast mitnehmen. Sie warf einen zweifelnden Blick auf ihr Auto. Ihr gemieteter Kleinwagen eignete sich so gar nicht als Zugfahrzeug. Und was war mit der Heimreise in die Schweiz? Falls sie überhaupt heimreiste. Ob es auch Flugtickets für Pferde gab? Es schien, als hätte sie mehr als nur ein Detail nicht bedacht. Offenbar zogen impulsive Entscheidungen einen ganzen Rattenschwanz an Konsequenzen nach sich. Na ja. Devil war den ganzen Aufwand sicher wert. Hoffte sie zumindest.

„Äh … Kann ich ihn fürs Erste hier lassen?"

„Klar. Was wolltest du überhaupt auf der Lone Wolf Ranch?"

Obwohl sie eigentlich mit dieser Frage hatte rechnen müssen, wurde Lara regelrecht überrumpelt. Immer noch war sie nicht bereit, über ihre Anteile an der Ranch zu sprechen. Sie wusste nicht weshalb, aber irgendetwas hielt sie davon ab, bei ihrem ersten Besuch gleich damit herauszuplatzen.

„Die Pferde", stammelte sie schließlich mit einiger Verspätung. „Ich habe gestern Tyler, Tyler Carter, kennen gelernt." Sie warf den beiden einen fragenden Blick zu, um herauszufinden, ob ihnen der Name etwas sagte. Als sie nickten, fuhr sie fort: „Sie hat erwähnt, dass auf der Lone Wolf Ranch tolle Pferde gezüchtet und trainiert werden."

„Tyler, sagst du?", mischte sich Jerome ein. Er klang verwundert. „Nicht Paula?"

Lara zuckte unmerklich zusammen. Stimmt. Paula mit ihrer eigenen Ranch und den Pferden wäre die logische Person, so etwas zu erwähnen. Tyler hatte ja nur davon gesprochen, weil sie sie konkret nach der Lone Wolf Ranch gefragt hatte.

„Vielleicht war es auch Paula. Fast der ganze Carter-Clan war gestern Abend im Diner", zog sie sich aus der Affäre. Um zu verhindern, dass sie sich noch mehr verplapperte, nahm sie einen großen Bissen von ihrem Brötchen.

„Warst du denn auf der Suche nach einem Pferd?" Diese Frage kam von Becca.

„Nein. Ich wollte nur die Gelegenheit nutzen, schöne Pferde anzusehen. Ich bin hier auf der Durchreise. Eigentlich komme ich aus der Schweiz."

„Wow", antworteten Becca und Jerome gleichzeitig. Während Jerome Lara mit offenem Mund anstarrte, musterte Becca sie prüfend. Eine dunkle Wolke schien über ihre Pupillen zu ziehen, doch gleich darauf waren ihre Augen wieder klar.

Lara, die die Frage im Blick der anderen Frau korrekt las, fügte hinzu: „Ich hatte lange ein Pferd. Eine Lusitano-Stute. Sie hieß Bria."

Oh. Jetzt taten Becca ihre aufdringlichen Fragen leid. Sie wusste nur zu gut wie es sich anfühlte, ein geliebtes Pferd zu verlieren. Das hatte sie schon mehrmals erlebt. Auch bei Roxie war es eine ganze Zeit lang auf der Kippe gestanden, ob sie es schaffen würde oder nicht. Sie hängte sich kameradschaftlich bei Lara ein und zog sie mit sich.

„Du Arme. Du vermisst sie bestimmt furchtbar. Hast du Lust, mir beim Essen Gesellschaft zu leisten? Anschließend stelle ich dir meine Stute Roxie vor. Wenn du Lust hast, können wir danach ausreiten gehen."

Jerome brummte irgendetwas, was wie „Danke für das Brötchen" und „ich geh dann mal arbeiten" klang. Becca winkte ihm zerstreut hinterher.

„Wow. Gerne. Das wäre natürlich toll." Überwältigt von der offenkundigen Anteilnahme und dem Verständnis in Beccas Blick, folgte sie ihr ins Haus.

Drinnen angekommen, schaute sich Lara verstohlen um. Das Haus machte einen gemütlichen Eindruck, als würde eine glückliche Familie darin leben. Es war liebevoll eingerichtet, wenn auch hier sichtbar wurde, dass offensichtlich das Geld für die nötigen Renovierungen fehlte. War die Ranch etwa in finanziellen Schwierigkeiten? Einige Western Horse-Magazine lagen zerstreut neben einem Paar löchriger Arbeitshandschuhe auf dem niedrigen Wohnzimmertisch, der vor einer bequemen, abgenutzten hellbraunen Couch stand. Auf dem Sofa lag aktuell ein riesiger Hund. Ein Pyrenäenberghund, wenn sie sich nicht irrte. Der Hund machte keinerlei Anstalten aufzustehen, als sie eintraten, sondern wedelte nur gut gelaunt mit der Schwanzspitze. Lara musste sich ein Grinsen verkneifen, als auch Beccas strenges „Leonie, du gehörst nicht auf die Couch!" keinerlei Reaktion auslöste.

„Sie sieht das anders", schmunzelte sie und bückte sich, um das samtige, weiße Fell an der Schulter des Hundes zu streicheln.

Becca seufzte. „Ein schöner Wachhund bist du!"

Unbeeindruckt legte Leonie den Kopf zwischen die Pfoten und schaute ihre Herrin treuherzig an.

„Ich sollte wirklich strenger zu ihr sein. Aber es ist offensichtlich, dass sie mich hier mehr oder weniger wohlwollend duldet und nicht unbedingt als ranghöher ansieht. In Anbetracht der Tatsache, dass ich bald wieder weg sein werde, kann ich ihr das nicht einmal übel nehmen."

Lara riss sich von der Betrachtung des großen Kamins an der gegenüberliegenden Wand los. Sie hatte sich gerade vorgestellt, wie gemütlich es wohl war, im Winter hier vor einem knackenden Feuer zu sitzen, während draußen der Schnee fiel.

„Wohnst du denn nicht ständig hier?"

„Nein. Ich reise eigentlich fast das ganze Jahr umher. Kennst du Barrel-Racing?"

Lara nickte. „Drei Fässer, die in einem bestimmten Muster möglichst schnell umritten werden müssen?"

„Genau. Ich bin eine der erfolgreichsten Barrel-Racerinnen. Roxie ist mein Gold-Pferd." Es klang nicht angeberisch, als sie das sagte. Sie stellte nur eine Tatsache fest.

Lara war beeindruckt. „Und weshalb nimmst du dieses Jahr nicht an den Rodeos teil?"

„Roxie hat eine Sehnenverletzung." Sie schnitt eine Grimasse. „Barrel-Racing ist eine extreme Belastung für die Pferde. Das ist die Schattenseite dieser Sportart." Stirnrunzelnd meinte sie: „Ich überlege mir ernsthaft aufzuhören. Roxies Verletzung war ein ziemlicher Weckruf für mich. Allerdings ist es sehr lukrativ mit den Werbeverträgen und allem. Zudem habe ich keine Ahnung, was ich sonst machen soll." Bei ihren letzten Worten nahm ihr Gesicht einen ein wenig verlorenen Ausdruck an. Bevor Lara etwas Hilfreiches einfiel, hatte sie sich jedoch wieder gefangen.

„Genug über mich geredet. Was ist mit dir?"

„Mit mir?“ Wieder so eine persönliche Frage, von der sie nicht so recht wusste, wie sie sie beantworten sollte. Unbewusst drehte sie die schwere Uhr an ihrem Handgelenk. Schließlich entschloss sie sich, bei der Wahrheit zu bleiben.

„Mein Vater ist vor Kurzem gestorben. Er wollte, dass ich Colorado kennenlerne. Anscheinend hat er eine ganze Zeit hier gelebt.“

Becca warf ihr einen teilnahmsvollen Blick zu. „Du Arme. Das ist bestimmt ganz schön hart, dein Pferd und deinen Vater in so kurzer Zeit zu verlieren.“

Erleichtert darüber, dass die andere Frau intuitiv zu verstehen schien, dass die beiden Dinge tatsächlich in die gleiche Kategorie gehörten – ein Familienmitglied war ein Familienmitglied, egal wie viele Beine es besaß – nickte sie.

„Das ist es tatsächlich.“

„Unser Vater ist vor ein paar Jahren gestorben. Der Verlust schmerzt immer noch, auch wenn es mit der Zeit leichter wird, sich an die guten Zeiten, die man miteinander verbracht hat, zu erinnern.“

Lara hoffte, dass das wahr war. Um sich und Becca auf andere Gedanken zu bringen, wechselte sie das Thema: „Willst du jetzt noch etwas essen?“

Ihr Brötchen war schon längst in ihrem Bauch gelandet. Hunger hatte sie momentan eigentlich keinen mehr.

„Stimmt. Das hatte ich gesagt. Das war aber mehr ein Vorwand, dich hier zu behalten“, gab Becca verschmitzt zu.

„Du wolltest mich hier behalten?“, wiederholte Lara wie ein Papagei. „Weshalb denn das?“

„Ach, Hank, mein Bruder, ist heute nicht hier. Und selbst wenn er hier ist, verbringt er seine ganze Zeit entweder mit arbeiten oder damit, vor sich hinzubrüten.“ Sie zuckte mit den Schultern. „Ich würde ihm ja gerne mit beidem helfen, doch er lässt mich nicht. Wie Brüder eben so sind.“

Etwas neidisch hörte Lara ihr zu. Sie wusste nicht, wie Brüder waren. Sie hatte sich immer Geschwister gewünscht. Sicher wäre auch der Tod ihres Vaters leichter zu überwinden mit einem Bruder oder einer Schwester an ihrer Seite.

„Spannender Besuch aus Europa kommt mir da gerade recht. Vor allem, wenn besagter Besuch offensichtlich Ahnung von Pferden hat und verrückt genug ist, innerhalb von zwanzig Minuten ein Pferd zu kaufen."

„Ich kann mir vorstellen, dass meine impulsive Aktion den Unterhaltungswert ungemein steigert."

„Auf jeden Fall. Also, falls du nicht extrem hungrig bist, dann lass uns erst reiten gehen und dann etwas essen. Die belegten Brote waren nämlich ein Drittel meiner kulinarischen Fertigkeiten. Wenn ich dich anschließend noch verpflegen soll, müssen wir uns etwas davon für nachher aufsparen."

„Was sind denn die anderen zwei Dinge?"

„Mikrowellengerichte."

Als Lara das Gesicht verzog, stellte sie richtigerweise fest: „Wie ich sehe, gehörst du essensmäßig in dieselbe Kategorie wie mein Bruder."

„In welche Kategorie?"

„Ihr gehört zu den Food-Snobs. Nur reine, unverfälschte Zutaten aus der Region, möglichst frisch gekocht", zitierte sie Hank. „Also fällt diese Option aus. Auch wenn ich beim besten Willen nicht verstehe, was ihr gegen Fertiggerichte habt. Ich überlebe gut damit. Wenn ich auf Tour bin, ernähre ich mich von nichts anderem."

Lara überlegte noch, ob sie all die Zusatzstoffe erwähnen sollte, die in diesen Gerichten steckten, als Becca schon weiter redete.

„Dann bleiben noch gegrillte Käsesandwiches. Brot, Butter, Käse." Dass es sich um Toastbrot handelte, behielt sie erst mal für sich. Mit selbst gebackenem Brot konnte sie nämlich nicht aufwarten. Zudem verlangten diese Sandwiches Toastbrot. Basta.

„Sind die lecker?“, fragte Lara skeptisch.

„Sehr. Los. Lass uns gehen. Die Sonne und die Pferde rufen nach uns.“

Das ließ sich Lara nicht zweimal sagen. Schon zu lange hatte sie nicht mehr auf einem Pferd gesessen.

Eine halbe Stunde später waren sie unterwegs. Becca hatte ihr einen freundlichen Appaloosa-Wallach mit dem passenden Namen Cappuccino zugeteilt. Mit seiner braunen Farbe und den weißen Sprenkeln auf der Kruppe wies er tatsächlich Ähnlichkeit mit dem Kaffeegetränk auf. Sie selber ritt den grauen Hengst Slate, das Pferd ihres Bruders. Hank, so hieß der Bruder, wie sie inzwischen herausgefunden hatte, führte die Ranch, seitdem der Vater der beiden Geschwister vor ein paar Jahren gestorben war. Während er weiterhin eine Herde Rinder hatte, war seine Spezialität das Training von Ranchpferden und die Rehabilitation besonders schwieriger Pferde. Damit schlug er sich einigermaßen durch, doch einen großen Profit hatte der Betrieb nie abgeworfen.

All das erzählte ihr Becca freimütig, während sie gemütlich durch die atemberaubende Landschaft ritten. Der Himmel war intensiv blau, bis auf eine einzelne, fluffige Wolke, die wie ein überdimensioniertes Marshmallow aussah. Lara kam nicht umhin, die weite, unbewohnte Ebene mit ihrem Ausreitgebiet in der Schweiz zu vergleichen. In der Umgebung von Schaffhausen war das Reitgebiet nach Schweizer Standards großartig. Doch hinter jeder Biegung tauchte entweder ein Wanderweg oder ein Ausflugslokal auf oder es reihte sich ein Feld ans andere. Und hier? Hier sah sie nichts, außer das im Wind wogende, grüne Gras, das sich über die Ebene erstreckte, die schneebedeckten Berge im Hintergrund. Aufgelockert wurde das Bild durch die leuchtenden Farbtupfer der Wildblumen. Sie entdeckte weiße Astern, wilde, pinkfarbene Malven, blaue Prärielilien und unzählige, strahlend gelbe Präriesonnenhüte. Die bunten Blumen hatten schon auf ihrer Fahrt von Denver nach Independence ihre Neugier geweckt, sodass sie sich die Mühe gemacht hatte, einige der Pflanzen im Internet zu suchen. Jetzt freute sie sich darüber, dass sie die meisten beim Namen nennen konnte. Es fühlte sich fast an, als würde sie auf alte Bekannte treffen.

Dort, wo das Land langsam zu den majestätischen Berggipfeln anstieg, wuchsen Bäume. Knorrige, kleinwüchsige Kiefern wechselten sich mit silberglänzenden Espen ab, die in Gruppen zusammenstanden und kleine Wäldchen bildeten.

„Machen wir ein Rennen bis zu der Baumgruppe dort drüben?", riss Becca sie aus ihren Gedanken.

Kaum hatte Lara zustimmend genickt, waren das graue Pferd und seine Reiterin weg. Beccas Zopf hatte sich gelöst, und das Haar glänzte rotgolden in der Sonne.

Sie gab Cappuccino den Kopf frei und ließ ihn die Verfolgung aufnehmen, auch wenn ihr klar war, dass sie die beiden niemals einholen würden. Stattdessen genoss sie den schnellen Ritt, das rhythmische Trommeln der Hufe unter sich und den Wind im Gesicht. Wann hatte sie sich das letzte Mal so frei und unbelastet gefühlt? Eine große Welle Dankbarkeit für die Voraussicht ihres Vaters überflutete sie.

„Du hast genau gewusst, was ich brauche, wenn du mal nicht mehr da bist, was, Papa?", rief sie in den Wind.

Becca hörte ihren Ruf und brachte ihr Pferd bei den Bäumen zum Stehen. Grinsend sah sie ihrer neuen Bekanntschaft entgegen. Es war offensichtlich, dass Lara sich im Sattel ebenso zu Hause fühlte wie sie selbst. So machte es richtig Spaß, zusammen auszureiten.

Freudenstrahlend hielt Lara neben Becca an. „Das war großartig. Diese Weite, dieser Platz, wo man die Pferde einfach mal laufen lassen kann", brach es aus ihr heraus.

„Habt ihr das in der Schweiz nicht?“ Becca wusste nicht viel von der Schweiz. Bis jetzt hatte sie es sich immer nur vage als eine Art Dauer-Winterwunderland vorgestellt, wo sich die Leute ausschließlich von Schokolade und Käse ernährten. Jetzt, wo sie Lara kennen gelernt hatte, wurde ihr bewusst, dass das so nicht stimmen konnte, ganz ignorant war sie schließlich nicht und sie war neugierig, wie es dort wirklich war.

Lara überlegte einen Moment, bevor sie antwortete. „Na ja, in vielerlei Hinsicht unterscheidet sich Colorado gar nicht so sehr von der Schweiz. Auch wir haben hohe Berge und eine wunderschöne Natur, doch es ist eben alles viel steiler und enger. Unsere Berge, die Alpen, sind jünger und noch nicht so gerundet vom Zahn der Zeit. Das schränkt die Auswahl an bewohnbaren Gebieten extrem ein. Die Schweiz ist sowieso ein sehr kleines Land. Ich glaube, der Staat Colorado ist sechsmal größer, hat aber nur knapp zwei Drittel der Einwohner der Schweiz.“

„Wow.“ Das war richtig schwer, sich vorzustellen. Beengt. Becca schauderte unwillkürlich.

„Eben. Wenn davon die Hälfte der Fläche, weil gebirgig, nicht bewohnbar ist, führt das zu einer hohen Besiedlungsdichte. Sprich, selbst da, wo ich wohne, sozusagen auf dem Land, besteht immer die Gefahr, auf der Galoppstrecke über einen Biker oder einen Kinderwagen zu stolpern oder vor der nächsten Schnellstraße zu stehen.“ Sie beschrieb mit ihrer rechten Hand einen Halbkreis. „So wie hier, diese endlose Weite und Freiheit, das gibt es so bei uns nicht.“ Ihre Stimme nahm einen sehnsüchtigen Klang an. „Es ist herrlich. Ich wünschte, ich könnte für immer bleiben.“

Becca traf eine Entscheidung aus dem Bauch heraus. „Bleib doch bei uns für ein paar Tage.“

Überrascht schaute Lara sie an. „Bei euch?“

„Ja. So wie ich dich verstanden habe, wolltest du sowieso noch ein paar Tage in Independence verbringen. Statt im

Bed & Breakfast wohnst du einfach bei uns. So kannst du jeden Tag unser wunderschönes Land genießen …“

„Moment mal. Das gehört alles euch?“ Überwältigt drehte sich Lara im Sattel um und schaute den Weg zurück, den sie gekommen waren. Die Ranch war nicht mehr zu sehen.

„Ja. Dieses Land gehört zur Lone Wolf Ranch. Es führt ein Fluss hindurch und es gibt etwas Wald.“

Lara beschloss, lieber nicht danach zu fragen, wie viel genau ein bisschen Wald war. „Ich bin beeindruckt.“

„Also was ist jetzt, bleibst du bei uns?“

Lara biss sich auf die Unterlippe. Die Idee hatte tatsächlich was. So konnte sie sich in Ruhe überlegen, wie sie das mit der Erbschaft angehen wollte. Zudem war Devil hier. Wenn sie versuchen wollte, den Ausbrecherkönig davon zu überzeugen, dass die Zusammenarbeit mit dem Menschen auch Spaß machen konnte, musste sie viel Zeit mit ihm verbringen.

Also nickte sie. „Gerne.“

„Super! Das freut mich. Lass uns zurückreiten und feiern.“

Lara schielte auf die Uhr. Feiern? Es war gerade mal Mittag. Andererseits, wieso nicht? Sie hatte ein Pferd gekauft, eine neue Freundin gefunden und einen Platz zum Bleiben, und das alles innerhalb eines Vormittags. Wenn das mal kein Grund zum Feiern war, wusste sie auch nicht.

6

Yvonne Fitch zuckte zusammen, als die Fliegengittertür gegen das Holz knallte. Ihre Mutter war zurück.

Tatsächlich drang die keifende Stimme ihrer Mutter nur wenig später vom Erdgeschoß an ihr Ohr. „Yvonne?“

„Ja, Mom? Ich bin oben.“

„Komm runter. Wir müssen planen.“

Yvonne schloss die Augen. Nicht schon wieder. Sämtliche Pläne ihrer Mutter hatten nur ein Ziel: Die Lone Wolf Ranch an sich zu bringen. Koste es, was es wolle. Sie wusste beim besten Willen nicht, was es mit diesem blöden Stück Land auf sich hatte. Wenn es nach ihr ginge, wären sie längst in die Stadt nach Denver gezogen. Wer wollte sich schon den ganzen Tag mit Kuh- und Pferdemist abplagen. Angewidert verzog sie das Gesicht. Sie bestimmt nicht. Der Besitzer der Ranch hingegen war ein anderes Thema. Den würde sie ganz gerne in die Finger kriegen. Sie seufzte. Besser, sie schaute nach, was ihre Mutter wollte. Die mochte es nicht, wenn man sie warten ließ. Diplomatisch ausgedrückt.

Langsam stieg sie die Treppe hinunter. Jeder Schritt erhöhte ihre innere Anspannung, während ihr Gehirn die unzähligen abfälligen Bemerkungen abspulte, welche sie sicher gleich zu hören bekommen würde. Nicht zum ersten Mal in ihrem Leben wünschte sie sich, normale Eltern zu haben. Stattdessen hatte sie eine Mutter, die besessen war vom Leben einer anderen Familie, und einen Vater, der schon vor langer Zeit beschlossen hatte, dass zu Hause nichts auf ihn wartete. Eine Welle der Bitterkeit schwappte in ihr hoch, als sie daran dachte, wie leicht es ihm gefallen war, sie und ihre Mutter aus seinem Leben zu verbannen. Als wären sie nichts weiter als eine lästige Pflicht. Der er sich entledigt hatte.

Sie schluckte die unnützen Gedanken hinunter und setzte ein künstliches Lächeln auf. „Mom. Was machst du denn hier? Ich dachte, du triffst dich heute mit dem Buchclub?“

„Buchclub? Nein. Nicht, wenn ich Wichtigeres zu tun habe.“ Sie rumorte hektisch in der Schublade des alten Sekretärs, der im Wohnzimmer am Fenster stand.

„Wichtigeres?“, entschlüpfte es ihr, auch wenn sie innerlich unmittelbar darauf zusammenzuckte. Es war sehr unklug, ihre Mutter bei diesem Thema zu ermutigen.

„Frag nicht so blöd. Die Lone Wolf Ranch hätte mir gehören sollen. Diana hat mein ganzes Leben zerstört! Und David, dieser Narr, ist darauf reingefallen. Das hätte mein Leben sein sollen!“ Ihre Augen funkelten fanatisch. „Wie anders mein Leben verlaufen wäre. Dann hätte ich Emerons Antrag nicht annehmen müssen. Wenn ich denke, wie viel Zeit ich schon verloren habe …“

Wie immer fühlte Yvonne bei der altbekannten Tirade ihrer Mutter einen Stich im Herzen. Schließlich schloss dieser Wunsch Yvonnes Existenz aus. Doch sie hatte es ihr noch nie recht machen können. Wie auch, wenn alles, woran sie dachte, die Lone Wolf Ranch war.

Blind gegenüber der Pein, die ihre Worte bei ihrer Tochter auslösten, fuhr sie fort: „Hank Mirren ist ein Sturkopf. Es wird Zeit, den Druck auf ihn zu erhöhen.“ Sie versetzte der Schublade des Schreibtisches einen heftigen Stoß. „Wer nicht hören will, muss fühlen.“

„Was hast du denn jetzt vor?“

„Ganz einfach. Ich werde ihn in den Ruin treiben. Und du wirst mir dabei helfen."

*

Hank rieb sich mit einer Hand über das müde Gesicht. Das Geld fehlte an allen Ecken und Enden, und jetzt musste er auch noch zusätzliches Material kaufen. Und das aufgrund eines Pferdes, das vermutlich am Ende zu einem Spottpreis verkauft werden würde, nur weil es einen schwierigen Charakter hatte. Das hieß viel Arbeit für ihn und wenig Ertrag vom Verkauf, bei welchem er eine Vermittlungsgebühr einstreichen würde. Einfach großartig. Sein Magen grummelte. Um die Zeit bis zur nächsten anständigen Mahlzeit zu überbrücken, griff er in die Tüte mit den Sonnenblumenkernen neben sich. Den salzigen Geschmack auf der Zunge genießend, legte er die Hand zurück ans Lenkrad. Wenn doch nur alles so einfach zu lösen wäre wie ein drohender Abfall des Blutzuckerspiegels. In letzter Zeit hatte er immer öfter das Gefühl, jedes Problem nur notdürftig flicken zu können, wenn bereits das nächste am Horizont lauerte. Wenn er nicht aufpasste, würden ihm tatsächlich buchstäblich alle Felle davon schwimmen. Wie immer, wenn er über die prekäre finanzielle Lage nachdachte, legte sich eine eiserne Faust um sein Herz und drückte zu. Der Gedanke, das Lebenswerk seines Vaters durch sein Unvermögen zu verlieren, war furchtbar. Die Ranch war sein und Beccas Zuhause. Unvorstellbar, wenn das nicht mehr so wäre. Mit großer Anstrengung schüttelte er die düsteren Gedanken ab und bog in die Auffahrt zur Ranch ein. Genauer betrachtet hätte er besser nochmals beim Diner angehalten und sich etwas zu essen geholt. Es war nicht anzunehmen, dass sich seine Schwester ausgerechnet heute zum Küchenprofi gemausert hatte. Also würde das Kochen wohl wieder einmal an ihm hängen bleiben. Er hoffte nur, dass sie wenigstens was eingekauft hatte. In solchen Momenten wünschte er sich manchmal, dass Becca einen

Bruchteil ihres Talents mit dem Lasso gegen ein paar häuslichere Fähigkeiten eintauschen würde, auch wenn ihn das wahrscheinlich zu einem chauvinistischen Arschloch machte. Zu sagen, er vermisste seinen früheren Koch, der für ihn und die anderen Angestellten gekocht hatte, war die Untertreibung des Jahres.

Andererseits konnte er ihr von den vier Pferden, mit denen er heute noch arbeiten musste, zwei abgeben. So würde sich immerhin seine Arbeitszeit verkürzen.

Zufrieden mit diesem Plan stieg er aus seinem Truck. Erst jetzt fiel ihm das fremde Auto auf. Ob Becca wohl Besuch hatte? Oder gehörte das Auto einem neuen Kunden? Die Aussicht auf mehr Einnahmen verpasste ihm einen dringend benötigten Energieschub. Federnden Schrittes sprang er die Veranda hoch und ging ins Haus.

Dort wurde er von zwei offensichtlich ziemlich betrunkenen, kichernden Frauen begrüßt. Die eine, und vermutlich diejenige, die für die Situation verantwortlich war, war seine Schwester. Bei der anderen handelte es sich um die schöne Unbekannte, die er heute Morgen am Fenster des Bed & Breakfast bewundert hatte. Wer zum Teufel war sie und was machte sie auf seiner Ranch? Kurz fragte er sich, ob es eine Rolle spielte. Immerhin hatte sie aus der Nähe eine genauso verlockende Wirkung wie aus der Ferne.

Unvermittelt mit dem heißen Cowboy von heute Morgen konfrontiert, machte Laras Herz einen kleinen Satz, während sich ihr Bauch lustvoll zusammenzog. Oh-oh. Bereits als sie ihn heute zum ersten Mal aus der Distanz gesehen hatte, war ihr sprichwörtlich das Wasser im Munde zusammengelaufen. Jetzt, so aus unmittelbarer Nähe, mit dem Tequila der Margaritas in ihrem System, der ihr Blut zum Singen brachte, musste sie sich extrem beherrschen, nicht einen anerkennenden Pfiff loszulassen. Immerhin registrierte ihr alkoholisiertes Gehirn, dass das Hank und somit Beccas Bruder sein musste. Also war sie Gast in seinem Haus. Fast hätte sie laut losgelacht, als ihr aufging, dass er davon wohl noch keine Ahnung hatte.

Hank brauchte keine Minute, um die Situation zu erfassen. Aus irgendeinem Grund hatte sich seine Schwester am helllichten Tag mit einer Freundin betrunken. Er schloss die Augen und rieb sich mit zwei Fingern seine Nasenwurzel, um sich zu beruhigen. Da ging sein ganzer Plan, Becca das Training zweier seiner Pferde aufzuhalsen, dahin.

„Was ist hier los?", brachte er schließlich zwischen zusammengebissenen Zähnen hervor.

„Wir feiern", erklärte ihm Becca mit der bemühten Ernsthaftigkeit, die erst ab einem gewissen Alkoholpegel zutage trat.

„Das sehe ich", antwortete er trocken.

„Willst du was davon?" Sie langte nach dem fast leeren Krug, der mit einer pinkfarbenen Flüssigkeit gefüllt war.

Hank rollte mit den Augen. „Nein danke."

„Jetzt sei doch nicht so ein Spielverderber."

„Einige von uns müssen arbeiten", erwiderte er gereizt.

Lara betrachtete den Schlagabtausch unbeteiligt. Sie fühlte sich wie ein nicht zugehöriger Beobachter. Was sie ja auch war. Das machte ihr nichts aus. Seit den ganzen Veränderungen in ihrem Leben fiel es ihr schwer, die Energie für etwas aufzubringen. Klar, manchmal war sie nervös, hier in diesem neuen Land, weil sie nicht wusste, was sie erwartete. Aber ansonsten begegnete sie allem mit einer Art Gleichmut, die einer wissenschaftlichen Distanziertheit glich. Sie war ganz froh darum. Nach den tragischen Verlusten, die sie in den letzten Monaten erlitten hatte, traute sie sich eine enge emotionale Bindung nicht zu. Die Angst vor dem unausweichlichen Schmerz, sollte sie die Verbindung wieder verlieren, war zu groß. Die einzige Ausnahme bildeten anscheinend große, gelbe Pferde, die schlauer waren, als für sie gut war. Devil war es irgendwie gelungen, die Mauern, die sie in ihrem Inneren errichtet hatte, zu umgehen. Der Gedanke ließ ihre Mundwinkel zucken.

„Und was macht sie hier?" Er deutete mit dem Daumen auf Lara. Es war ihm bewusst, dass er sich gerade hart an der Grenze zum sehr Unhöflichen bewegte. Doch mit dem Tag, den er bereits in den Knochen spürte, und der noch vor ihm liegenden Arbeit reichte seine Geduld einfach nicht für mehr.

Lara öffnete den Mund und wollte ihm gerade antworten, als sich Becca, entrüstet über das grobe Verhalten ihres Bruders, aufrichtete und wissen wollte: „Was ist denn mit dir los?"

Plötzlich war ihm alles zu viel. „Ach vergiss es. Leonie. Komm mit." Er drehte sich auf dem Absatz um und verließ mit dem Hund, der für seine Größe erstaunlich elegant vom Sofa sprang, das Haus.

Lara drehte den Kopf zu Becca und sah sie mit großen Augen an. „Da hat wohl jemand schlechte Laune."

Becca kicherte erneut. „Schlimmer als ein aus dem Winterschlaf geweckter Bär."

Nachdenklich warf Lara einen Blick aus dem Fenster und sah dem großen, dunkelhaarigen Mann hinterher, wie er mit dem Hund dicht auf den Fersen über den Hof zur Scheune ging. Seine Augen gingen ihr nicht mehr aus dem Kopf. Während diese wie die seiner Schwester ein faszinierendes Grün aufwiesen, waren ihr die dunklen Schatten darunter nicht entgangen.

„Ich weiß nicht", meinte sie schließlich. „Ich kenne ihn zwar nicht. Doch er sah ziemlich müde aus."

Diese Erkenntnis ernüchterte Becca ein wenig. „Damit hast du sicher recht. Er hat einfach zu viel um die Ohren. Und dann noch die ständigen Sorgen …" Sie beendete den Satz nicht und schaute ebenfalls aus dem Fenster, auch wenn es da nichts mehr zu sehen gab.

„Können wir ihm etwas helfen?"

Zweifelnd bis sich Becca auf die Lippen. „Ich weiß nicht. Wir hatten definitiv zu viele Margaritas, um mit den Pferden zu arbeiten. Und um alles andere kümmert sich Jerome. Außer …"

Sie warf Lara einen Blick zu, den man nur als berechnend bezeichnen konnte.

Schließlich hielt es Lara nicht mehr aus. „Jetzt spuck's schon aus, was du sagen willst."

„Kannst du kochen?"

*

„Hi, Boss", grüßte Jerome seinen Boss. „Hast du das Zaunmaterial gekriegt?"

Hank brummte etwas Unverständliches und ging zur hinteren Scheunenwand, um Sattel und Zaum für eines der Trainingspferde zu holen.

Jerome schaute ihm verwundert hinterher. Wieso war denn der Chef so schlechter Laune? Also, wenn er gerade für einen Kunden ein Pferd verkauft und im Haus zwei so hübsche Frauen warten hätte wie Hank, würde er definitiv ein anderes Gesicht machen. Aber nachdem ihn das nichts anging, schnappte er sich ein Halfter vom Haken, um das Pferd zu holen, welches Hank jetzt offensichtlich reiten wollte.

Hank rieb sich den Nacken. Wenn er nicht aufpasste, verlor er am Ende auch noch seinen letzten Mitarbeiter und verscherzte es sich mit seiner Schwester. Doch wenn er so müde war wie heute, nicht körperlich müde, sondern mehr von einer tiefen Hoffnungslosigkeit erfüllt, tat er sich echt schwer. Zum Glück hatte er die Pferde. Die zwangen ihn dazu, sich zusammenzureißen. Mit dieser schlechten Laune musste er gar nicht versuchen, zu reiten. Das ging auf jeden Fall nach hinten los. Also legte er das Sattelzeug auf den Boden und kauerte sich hin, um Leonie ihr dichtes Fell zu kraulen. Die Nase in ihren Pelz vergraben, atmete er tief durch. Dieser Trick funktionierte wie immer wunderbar. Nachdem er sie an der Stelle hinter den Ohren gekratzt hatte, wo sie es besonders gern mochte, hievte er den Sattel hoch und schlang sich das Zaumzeug über die Schulter.

Draußen gesellte er sich zu Jerome, der eben eine vierjährige, falbe Stute mit dunkler Mähne und Aalstrich auf dem Rücken an der Anbindevorrichtung festband.

„Wie hast du denn Devil in die Box gekriegt?" Jerome war nicht so geübt mit dem Lasso. Normalerweise erwischte er den Halunken erst nach mehreren Versuchen.

Überrascht schaute Jerome von dem Knoten, den er in den Strick gemacht hatte, auf.

„Na, er ist wieder einmal ausgebüxt."

Ungeduldig nickte Hank. „So viel hatte ich mir schon gedacht. Das erklärt aber immer noch nicht, weshalb er jetzt in der Box steht, anstatt Roxie zu belästigen oder wilder Hengst der Prärie zu spielen."

„Das war die neue Besitzerin. Lara. Hast du sie nicht angetroffen, als du eben im Haus warst?"

Hank fühlte sich, als wäre er in einem ihm unbekannten Spiel gelandet und würde mindestens drei Schritte hinterher hinken. Er schüttelte den Kopf, um das traumähnliche Gefühl loszuwerden. Verdammt. Er brauchte dringender ein paar Stunden Schlaf, als er gedacht hatte.

„Lara." Er ließ den ungewohnten Namen über seine Zunge rollen. „Du meinst, die neue Saufkumpanin von Becca ist in Tat und Wahrheit eine Kundin?", fragte er ungläubig, bemüht, sich seine Faszination von der schönen Fremden nicht anmerken zu lassen.

„Saufkumpanin?" Jerome runzelte die Stirn. „Ich nehme an, die beiden haben gefeiert. Man kauft schließlich nicht alle Tage ein Pferd für dreißigtausend Dollar."

Hank stieß einen Pfiff aus. „Sie hat tatsächlich diesen Betrag bezahlt?"

Stolz streckte Jerome die Brust raus. „Hat sie. Becca hat dir den Scheck ins Büro gelegt. Nachdem sie ihn eingefangen hatte und der Halunke ihr wie ein Hündchen in die Box gefolgt war, habe ich erwähnt, dass er zu verkaufen ist. Man soll schließlich keine Gelegenheit ungenutzt verstreichen lassen, habe ich recht?“

Etwas überwältigt von der Informationsflut seines sonst sehr stillen und in sich gekehrten Mitarbeiters nickte Hank nur schwach, um ihn zum Weitererzählen zu animieren.

„Daraufhin wollte sie den Preis wissen. Das war’s dann.“

„Wie, das war’s dann?“ Er hatte immer noch Mühe, zu folgen.

„Na, sie hat gesagt, okay, sie würde ihn kaufen.“ Jerome sah ihn an, als wäre er nicht ganz bei Trost.

Hank, der bereits eine Klage auf sich zu kommen sah, weil er ihr ein gefährliches Pferd verkauft hatte, fragte entsetzt: „Und du hast eingewilligt? Bist du von Sinnen? Wer weiß, ob sie mit Devil überhaupt zurechtkommt.“

Jerome warf ihm einen seltsamen Blick zu. „Also ehrlich, Boss. Mehr traust du mir nicht zu? Ich dachte, du würdest dich freuen. Ein Problem weniger auf unserer, entschuldige, deiner Liste. Und was das Zurechtkommen angeht, mach dir mal keine Sorgen. Du hättest die beiden sehen sollen. Das war Liebe auf den ersten Blick. Beidseitig.“

Das hingegen konnte sich Hank lebhaft vorstellen, wenn es um Lara ging. Vielleicht nicht Liebe. Aber Lust auf den ersten Blick definitiv.

Er warf das Putzzeug in die Kiste und machte sich daran, das Pferd zu satteln. Anders als das gesellige Schweigen, das sonst immer zwischen ihnen herrschte, fühlte sich dieses elektrisch geladen an.

Na toll. Jetzt hatte er nicht nur eine Kundin unhöflich behandelt, sondern auch noch Jerome verärgert. Heute ließ er wirklich kein Fettnäpfchen aus. „Hör zu, es tut mir leid.“

Jerome blickte ihn abwartend an.

„Ich hatte heute einen Scheißtag. Und manchmal erdrückt mich das alles.“ Er machte eine Geste, die die ganze Ranch umfasste.

„Das kann ich verstehen. Deshalb dachte ich ja, es sei etwas Gutes, wenn wir Devil verkaufen können."

„Ist es auch. Hast du toll gemacht. Bin ich echt froh drum, wirklich."

Ein wenig besänftigt drückte ihm Jerome die Zügel in die Hand. „Dann ist ja gut. Hier: Rhapsody ist fertig."

„Danke. Wenn du willst, kannst du Cappuccino bewegen."

„Der war heute schon draußen. Mit Lara. Becca hat Slate genommen."

Das waren gute Neuigkeiten. Immerhin hatte Becca die Weitsicht besessen, ihr beim ersten Mal ein zuverlässiges Pferd zu geben. Er würde sie nachher fragen, was für eine Figur Lara dabei gemacht hatte. Seine Sorge, ob sie mit Devil zurechtkommen würde, war noch nicht ganz verflogen.

„Tja, dann, hol dir einen von den Jährlingen und mach das kurze Bodenarbeitsprogramm. Denk daran, so wenig Druck wie nötig …"

„… und maximal zehn Minuten. Ich weiß." Jerome grinste, als er die neue Aufgabe erfasste. Das wäre das erste Mal, dass er ganz selbstständig mit einem der Youngsters arbeitete. „Danke, Boss."

Hank schmunzelte, als er Jeromes Eifer sah. „Keine Ursache. Du nimmst mir Arbeit ab. Zudem hast du in den letzten Monaten viel gelernt. Du wirst das problemlos machen."

*

Drei Stunden später stand Hank vor den Stufen, die zur Veranda und zur Eingangstür führten. Mist. Er hatte gehofft, Lara wäre inzwischen nach Hause gefahren, wo auch immer das war. Natürlich war ihm klar, dass er sich über kurz oder lang mit Devils Besitzerin auseinandersetzen musste. Schließlich war nicht davon auszugehen, dass sie ihn bei ihm auf der Ranch lassen würde. Aber heute stand er irgendwie komplett neben sich, wie er durch sein Verhalten hinlänglich bewiesen hatte. Sein

Magen machte sich lautstark bemerkbar und wollte absolut nichts von einem Ausweichmanöver wissen. Zumal es ausnahmsweise verführerisch aus dem Fenster duftete. Offensichtlich durfte er sich wenigstens auf eine leckere Mahlzeit freuen, die er nicht selbst gekocht hatte. Er wusste zwar nicht, wie Becca das hingekriegt hatte, doch er war zu hungrig, um sich lange mit dieser Frage aufzuhalten.

Im Flur streifte er seine staubigen Stiefel ab und hängte seine Fleece-Jacke an den Haken. Ein Kratzen an der Tür verriet ihm, dass sich Leonie mit etwas Verspätung doch noch entschlossen hatte, sich zu ihnen zu gesellen. Er ließ sie herein und folgte seiner Nase in die Küche.

Lara stand am Herd und bückte sich gerade, um eine große Auflaufform aus dem Ofen zu ziehen. Er griff sich einen Ofenhandschuh, der an der Wand hing, und nahm ihr den schweren Behälter ab. Drinnen war ein farbenfrohes Gemisch aus dem verschiedensten Gemüse. Rote Paprika, Süßkartoffeln, Zwiebeln, Kürbis, Brokkoli, garniert mit Kräutern. Es duftete wunderbar. Das Wasser lief ihm im Munde zusammen.

„Danke", sagte sie und lächelte ihn freundlich an. Ein Wunder, nach seinem Auftritt von vorhin.

„Mach ich gerne. Ich wasche mir nur die Hände."

Als er am Waschbecken stand und ein wenig Seife auf die Handflächen gab, sog er gierig das Aroma der brutzelnden Fleischstücke ein, die auf dem Herd standen.

„Riecht fantastisch. Ich nehme an, das haben wir dir zu verdanken?"

Lara lachte. „Becca hat mir ihre limitierten Talente in der Küche bereits gestanden. Nachdem wir heute Nachmittag nicht gerade in pferdetauglicher Verfassung waren, hatten wir uns gedacht, wir könnten wenigstens kochen."

„Wir?", hakte er mit ungläubig hochgezogenen Augenbrauen nach.

„Ähem. Mehrheitlich ich. Doch dieses Gericht ist so einfach, dass ich zuversichtlich bin, dass deine Schwester es jetzt auch im Griff hat."

„Da wäre ich mir nicht so sicher", murmelte er. Laut meinte er: „Kann ich dir noch was helfen? Tischdecken? Anrichten?"

„Nein, nein. Darum hat sich Becca bereits gekümmert. Nimm dir etwas zu trinken, den Rest bringe ich gleich."

Als Hank die Küche verließ, atmete Lara erleichtert auf. Bei ihrer Entscheidung, für eine Weile hier zu wohnen, war ihr nicht klar gewesen, dass das hieß, in nächster Nähe zu diesem Cowboy zu sein. Ihre Emotionen mochten zurzeit ja Winterschlaf halten. Ihre Hormone hatten das Memo allerdings nicht erhalten, wenn sie die Reaktionen ihres Körpers richtig beurteilte. Puh. Das konnte ja heiter werden. Sie war Affären nicht abgeneigt. Doch in Anbetracht der Tatsache, dass er keine Ahnung hatte, wer sie war und was sie hier wollte, war das eine Komplikation, die sie wohl möglichst vermeiden sollte. Schade.

7

„So“, sagte Hank, als er seine erste Portion des unglaublich leckeren Abendessens vertilgt hatte. „Was bringt dich nach Independence? Normalerweise landen die Touristen eher in Breckenridge oder in Vail.“ Er nahm einen Schluck aus der Flasche Bier, die vor ihm stand, und studierte Lara über den Tisch.

Inzwischen schon an die Frage gewöhnt, fiel es Lara diesmal leichter, darauf zu antworten.

„Mein Vater ist vor Kurzem gestorben.“

„Tut mir leid, das zu hören“, antwortete Hank betroffen. Er ließ heute aber auch gar nichts aus.

Lara winkte seine Beileidsbekundung ab. Sie merkte ihm an, dass er es ernst meinte. Trotzdem wollte sie nicht bei diesem Thema verweilen. Zu frisch war der Verlust.

„Er wollte, dass ich diese Region kennenlerne. Momentan ist mir selbst noch nicht ganz klar, weshalb. Doch bis jetzt hat sich meine Reise auf jeden Fall gelohnt.“

„Könnte man wohl so sagen“, brummte Hank. „Beinhaltete sein Plan auch den Kauf eines Pferdes?“

Unwillkürlich verzogen sich Laras Mundwinkel zu einem Lächeln. „Geplant hat er das vielleicht nicht. Aber wenn du ihn gefragt hättest, ob das im Bereich der Möglichkeiten liegt, hätte er das bestimmt lachend bejaht.“

Hank beobachtete das lebhafte Mienenspiel ihres Gesichts. Die Liebe und Zuneigung, die sie für ihren Vater empfand, waren klar und deutlich zu sehen, auch wenn der Schatten der Trauer darüber lag. Er wusste genau, wie sie sich fühlte. Nicht anders war es ihm ergangen, als sein Vater gestorben war. Und trotzdem inzwischen die Erinnerungen an die guten Zeiten, die sie miteinander erlebt hatten, überwogen, gab es immer noch Momente, wo er ganz unerwartet von Traurigkeit überrollt wurde. Um sie und sich selber auf andere Gedanken zu bringen, steuerte er das Gespräch in eine andere Richtung.

„Aber Devil? Du weißt schon, dass sein Name Programm ist?"

„Ach, da mache ich mir keine Sorgen. Wir werden uns sicher zusammenraufen. Bleibt uns auch nichts anderes übrig. Mein Talent zum Lasso werfen liegt im zweistelligen Minus-Bereich." Das hatte sich bei der nachmittäglichen Trainingssession mit Becca herausgestellt. Mehrheitlich hatte sie sich das schwere Seil an den eigenen Kopf gehauen oder sich mit den Füßen darin verheddert. Zugegeben, das konnte zum Teil daran liegen, dass sie zu diesem Zeitpunkt bereits zwei Margaritas intus gehabt hatte. Aber sie bezweifelte, dass sie im nüchternen Zustand so viel besser war, dass sie ein Pferd einfangen könnte, das eigene Vorstellungen hatte von Tempo und Richtung.

„Keine Sorge", meinte Hank dazu lachend. „Wenn du noch ein Weilchen in der Region bleibst, machen wir aus dir einen Roping-Profi."

„Kein Problem", mischte sich Becca ein. „Sie bleibt tatsächlich hier, wenigstens für die nächsten Tage."

Lara beobachtete Hank, der sich mit gerunzelter Stirn an seine Schwester wandte. Anscheinend wusste er noch nichts von seinem Gastgeberglück. Hoffentlich ging das in Ordnung. Heute Abend wollte sie lieber nicht mehr Auto fahren, selbst wenn ihr Schwips schon deutlich nachgelassen hatte. Erwartungsvoll hob sie eine Augenbraue.

„Wie meinst du das, sie bleibt hier?" Er warf Lara einen entschuldigenden Blick zu. Amüsiert schüttelte sie leicht den Kopf, um anzudeuten, dass sie es nicht persönlich nahm, wenn er mit Becca über sie redete, als wäre sie nicht hier. Wieso auch. Sie vermutete, dass die Beziehung der beiden zwar sehr eng, aber ab und an ziemlich explosiv war. Das war zumindest zu erwarten bei zwei Leuten, die beide eine so starke Persönlichkeit hatten.

„Ich habe sie eingeladen. Ist besser, sie wohnt bei uns, während sie sich mit Devil vertraut macht." Sie zuckte unbekümmert die Schultern. „Platz haben wir ja genug. Im Bed & Breakfast haben wir bereits Bescheid gegeben. Ihre Sachen holt sie morgen."

Wie ihn seine impulsive Schwester immer wieder in solche Situationen brachte, wusste Hank auch nicht. Er wusste nur, dass er Lara schlecht wieder ausladen konnte, selbst wenn er momentan lieber seine Ruhe hätte. *Lügner*, reklamierte seine innere Stimme. *Du hast nur Angst, dass du ihr nicht widerstehen kannst.* Das auch, gestand er sich widerwillig ein. Doch so sehr es ihn reizte, seiner Durststrecke mithilfe der schönen Fremden ein zeitweiliges Ende zu setzen, glaubte er nicht, dass das eine schlaue Idee war. Vor allem nicht, wenn sie plante, eine Weile in seinem Haus zu bleiben und gerade für viel Geld ein Pferd gekauft hatte.

„In diesem Fall kann ich auf weitere leckere Mahlzeiten hoffen?"

„Hank. Sie ist ein Gast!", empörte sich Becca.

„Willst du damit sagen, dass du kochst?", erkundigte er sich unverblümt.

„Äh, nein, das nicht direkt. Höchstens in der Mikrowelle", krebste sie zurück.

Lara lachte. „Hört auf, ihr beiden. Ich kann gerne den Kochdienst übernehmen. Solange einer von euch aufräumt, soll mir das recht sein. Und keine Angst", meinte sie, an Hank gewandt. „Ich werde viel unterwegs sein. So schön eure Ranch auch ist, will ich doch noch mehr von der Gegend sehen. Du wirst mich also nicht ständig am Hals haben."

Verlegen, dass sie ihn so leicht durchschaut hatte, lächelte Hank schief. „Du bist ziemlich scharfsinnig."

„Ja, das habe ich schon öfter gehört", gab sie mit einem Augenzwinkern zurück.

*

In dieser Nacht wollte der Schlaf sich einfach nicht einstellen. Entweder machte sich der Jetlag deutlich bemerkbar, oder sie hatte heute einfach zu viel erlebt. Was auch immer es war, ihr aktives Hirn kam einfach nicht zur Ruhe und produzierte einen Gedanken nach dem anderen. Nachdem sie sich in dem breiten Bett eine Stunde lang ruhelos hin und her gewälzt hatte, gab sie es auf. Sie schlug die Bettdecke zurück und tappte auf bloßen Füßen durch das dunkle Zimmer zum Fenster. Prompt haute sie sich den kleinen Zeh an der Kommode an. Leise fluchend humpelte sie weiter, bis sie hinausschauen konnte. Der Halbmond stand zwischen unzähligen Sternen am dunklen Himmel und tauchte die Umgebung in ein silbernes Licht. An den schneebedeckten Gipfeln ließen sich sogar die Berge im Hintergrund erkennen. Wie sie schon vorher freudig festgestellt hatte, als Becca ihr das Zimmer gezeigt hatte, sah sie direkt runter auf den Hof zur Scheune. Devil, der in einer Fensterbox stand, streckte den Kopf heraus. Sie stieß das Fenster ein wenig weiter auf.

„Du kannst wohl auch nicht schlafen, mein Großer?"

Bei ihren geflüsterten Worten drehte er erst ein Ohr und dann den Kopf in ihre Richtung. Sie bildete sich ein, ein leises Brummeln zu hören, und ihr Herz machte einen Satz. Ihre Freundin Sierra hatte immer behauptet, sprechende Pferde seien die besten. Zumindest, wenn es männliche Tiere waren. Stuten hielten sich anscheinend im Normalfall mehr zurück. Kurz entschlossen schlüpfte sie in ihre bequemen Bottinen. Die

Schuhe waren australische Workerboots und zum Reiten ebenso bequem wie für längere Wanderstrecken. Aus diesem Grund hatte sie sie auch dabei, auch wenn sie nicht damit gerechnet hatte, so bald wieder auf einem Pferd zu sitzen. Sie lächelte, als sie an den wunderbaren Ausritt von heute Nachmittag dachte. Richtig schön war das gewesen. Um sich gegen die doch recht frische Nachtluft zu wappnen – sobald die Sonne weg war, merkte man deutlich, dass man sich in den Bergen befand – zog sie sich ein dickes Sweatshirt über.

So leise wie möglich machte sie sich auf den Weg nach draußen. Zum Glück brannte im Erdgeschoß noch Licht, sodass sie nicht Gefahr lief, gegen weitere Möbelstücke zu rennen. Leonie, die auf dem Flickenteppich vor dem Kamin lag, hob nur schläfrig den Kopf, als sie vorbeiging. Sobald sie sie erkannt hatte, ließ sie ihn wieder fallen und schlief weiter.

„So würde ich auch gerne schlafen", murmelte sie zu sich selbst. Vielleicht würde es ja nachher klappen, nach ihrem Ausflug an die frische Luft. Obwohl sie das ein wenig bezweifelte. Ihr neues Pferd im Stall, ein aufregender, wenn auch unerreichbarer Cowboy im nächsten Zimmer und die ungewohnte Umgebung ließen einfach keine Schläfrigkeit aufkommen. Erleichtert sah sie, dass der Schlüssel im Schloss steckte. Sie drehte ihn und schlüpfte leise aus dem Haus.

*

Hank, der still und unbemerkt von Lara in der Küche saß, beobachtete fasziniert, wie sein Schweizer Gast verstohlen aus dem Haus schlich. Was sie da draußen wohl machte? Plötzlich besorgt, dass sie den Tieren etwas antun könnte, stand er auf und nahm seine Jacke, die er über die Stuhllehne gehängt hatte. Besser, er schaute nach, als sich später Vorwürfe zu machen, redete er sich ein. Währenddessen langte er nach der großen Taschenlampe, die für den Fall eines Stromausfalls oder einer nächtlichen Fohlengeburt immer neben der Tür bereitlag. Mit langen Schritten kam er an Leonie vorbei, die ihm verwundert hinterherschaute. Kein Wunder. So viel nächtliche Aktivität erlebte sie selten. Als sie Anstalten machte, ihm zu folgen, bedeutete er ihr mit einem Handzeichen, sich wieder hinzulegen. Es war nicht nötig, dass sie mit ihm kam. Mit einem tiefen Seufzer und, wenn Hank sich nicht irrte, einer guten Portion Erleichterung, ließ sie sich schwerfällig zur Seite fallen. Er schmunzelte und ging hinaus. Als er draußen im Hof stand, war von Lara nichts zu sehen. Kopfschüttelnd und schon fast ein wenig enttäuscht, dass seine schlimmsten Befürchtungen sich zu bewahrheiten schienen, ging er hinüber zum Stall. Das Tor stand einen Spalt offen. Er schlüpfte hindurch und hielt einen Moment inne, um seinen Augen die Gelegenheit zu geben, sich an die Dunkelheit zu gewöhnen. Doch so sehr er sich auch umschaute, konnte er nirgends die Silhouette einer Frau entdecken. Verdammt, wo war sie? Denn auch wenn er sie nicht sah, wusste er ganz genau, dass sie hier war. Der frische Duft nach Zitronen und Blumen, der sie zu umgeben schien, hing in der Luft. Wie ein Geist, der ihn zu necken schien. Er schüttelte sich unwillkürlich, um das seltsame Gefühl abzuschütteln. Lächerlich. Irgendwo musste sie ja stecken. Plötzlich hörte er neben dem gelegentlichen Schnauben eines Pferdes und den gleichmäßigen Kaugeräuschen der anderen Pferde, die ihre nächtliche Portion Heu fraßen, ihre Stimme. Bingo. Er konnte zwar nicht verstehen, was sie sagte, doch die melodiösen Worte kamen aus Devils Richtung. Er hoffte nur, dass sie genug Abstand hielt. Devil hatte schon das eine oder andere Mal unerwartet zugebissen.

Lara merkte nichts davon, dass sie nicht mehr allein im Stall war. Sie war damit beschäftigt, Devil mit einer weichen Bürste, die zufälligerweise auf dem Fensterbrett in seiner Box gelegen hatte, übers Fell zu streichen und mit ihm zu sprechen. Sie erzählte ihm von ihrem Tag, der Schönheit und Eleganz ihrer Stute Bria, wie es dazu gekommen war, dass sie hier war und dass sie froh war, ihn getroffen zu haben. Sprich so ziemlich alles, was in den letzten Monaten in ihrem Leben passiert war. So laut ausgesprochen fiel ihr zum ersten Mal selber auf, dass das ganz schön viel war. Devil schien es nichts auszumachen, die Rolle eines Therapeuten einzunehmen. Wenn sie seine zuckende Unterlippe richtig interpretierte, schien er die Aufmerksamkeit zu genießen. Dankbar lehnte sie sich an seinen breiten Rücken und atmete den unverkennbaren Pferdegeruch ein.

Hank suchte sich ausgerechnet diesen Augenblick aus, die Taschenlampe anzuknipsen und ihr ins Gesicht zu leuchten.

Ertappt zuckte sie zusammen. Gott sei Dank hatte sie mit Devil Deutsch gesprochen. Ansonsten wüsste er jetzt genau, weshalb sie hier war. Und nachdem sie jetzt mit eigenen Augen gesehen hatte, wie sehr er und Becca an der Ranch hingen, zweifelte sie keine Sekunde daran, dass er sie in hohem Bogen rausgeworfen hätte, wenn er vermutete, dass sie eine Bedrohung für sein Zuhause darstellte. Und das war sie im indirekten Sinne. Juristisch gehörte die Hälfte der Ranch ihr. Dass sie nicht wusste, was sie mit dieser Tatsache anfangen wollte, war eine ganz andere Sache. Deshalb wollte sie ihr Geheimnis gerne noch ein wenig für sich behalten. Auf keinen Fall wollte sie mit ihrer Anwesenheit Hank und Becca Sorgen bereiten.

„Herrje“, fluchte sie trotzdem. Wieso musste er sie auch in ihrem schönen Zwiegespräch mit ihrem neuen Pferd stören. „Noch nie was von Privatsphäre gehört?“

Er hatte erwartet, sie dabei zu erwischen, wie sie … Eigentlich hatte er keine Ahnung, was er erwartet hatte, wie er insgeheim zugeben musste. Laras Anblick in Stallschuhen und Pyjama war allerdings unwiderstehlich. Unauffällig rückte er seine Hose zurecht, die auf einmal ziemlich eng saß. Ohne sich sein Unbehagen anmerken zu lassen, erwiderte er: „Nein. Zumindest nicht, wenn es sich dabei um meinen Stall handelt.“ Bedeutungsvoll hob er die Augenbrauen.

Kurz ritt ein kleiner Teufel auf Laras Schulter und stachelte sie dazu an, ihm trotz all ihrer Vorbehalte die Wahrheit ins

Gesicht zu schleudern. Im letzten Moment bekam sie sich in den Griff.

„Tut mir leid", sagte sie, obwohl es ihr überhaupt nicht leidtat und er das ihrer Stimme bestimmt anhörte. Aber das war ihr egal. Sie hatte nichts Falsches gemacht. „Ich wusste nicht, dass es hier bei euch eine Sperrstunde gibt."

„Gibt es auch nicht. Ich habe nur etwas gehört und dich dann in Devils Box entdeckt. Du kommst besser raus, bevor er dir etwas tut."

„Mir etwas tut?", fragte sie ungläubig.

„Er beißt öfter mal zu." Ungeduldig stand er in der offenen Boxentür und hielt ihr die Hand hin.

„Ich weiß nicht, wie du auf die absurde Idee kommst, ich müsste vor meinem eigenen Pferd gerettet werden!"

„Das du genau seit heute kennst", antwortete er milde, was sie rasend machte.

Ausgerechnet diesen Moment suchte sich Devil aus, um einzuschreiten. Er drehte sich um und gab Lara mit seiner Nase einen Schubs zwischen die Schulterblätter. Nicht fest. Aber fest genug, dass sie das Gleichgewicht verlor und vorwärts stolperte. Genau in Hanks Arme. Sofort wurde sie von seinem Duft eingehüllt. Eine faszinierende Mischung aus Pferd, Heu und Mann. Was waren nochmals die Gründe dafür gewesen, wieso sie sich von ihm fernhalten musste? Sie wollten ihr beim besten Willen nicht mehr einfallen.

Als Lara ihm entgegenflog, hatte Hank reflexartig die Arme ausgestreckt und sie aufgefangen. So unverhofft mit Laras weichem Körper konfrontiert, so dicht an seinen geschmiegt, hatte er ernsthafte Probleme, sich zu erinnern, weshalb er Abstand von ihr halten sollte. Die Chemie zwischen ihnen loderte jäh auf. Er fühlte sich, als hätte er in den elektrischen Zaun gefasst, der das Bullengehege umgab. Himmel. Wenn sich schon etwas Simples wie Körperkontakt so anfühlte, wie würde es dann sein, sie zu küssen? Unvermittelt senkte sich sein Blick auf ihre verlockenden Lippen.

Lara spürte, wie die starke Anziehungskraft an ihr zupfte und zog. So verlockend. Im letzten Augenblick meldete sich ihr Selbsterhaltungstrieb, und sie trat abrupt einen Schritt zurück. Die kalte Luft auf ihrer Haut verdeutlichte die plötzliche Abwesenheit der Nähe nur noch. Fröstelnd schlang sie die Arme um ihren Körper. Sekunden verstrichen, während sie sich wortlos anstarrten. Der Moment schien sich zur Ewigkeit auszudehnen. Erst als das Pferd hinter ihr brummelte, brach sie den Blickkontakt ab.

„Hör zu, es ist spät. Ich geh besser schlafen."

Bevor Hank eine schlaue Erwiderung einfiel, hatte sie Devil ein letztes Mal über die Nase gestreichelt und schlüpfte an ihm vorbei.

„Du bist ein richtiger Glückspilz, weißt du das?", fragte er das gelbe Pferd und wollte ihm den Hals tätscheln. Sofort bleckte dieser die Zähne.

„Okay, okay." Er zog die Hand zurück. „Ich sehe schon, da werden verschiedene Maßstäbe angelegt." Kopfschüttelnd schloss er die Boxentür und verließ den Stall.

8

„Boss?“

Hank schaute vom Motor des Treckers auf, als Jerome zu ihm kam.

„Was gibt’s?“

„Na, ich dachte, ich lass Devil heute wieder raus auf den Paddock, nachdem wir seinen Hochsicherheitstrakt gestern fertig gebaut haben.“

„Klar. Das war der Plan.“

Frustriert fuhr sich Jerome mit der Hand durch die Haare.

„Anscheinend hat das dem Pferd niemand mitgeteilt. Er weigert sich, auch nur einen Schritt aus seiner Box zu machen. Kannst du dich des Sturkopfs annehmen? Ich bin wirklich am Ende meines Lateins. Weder Bestechung noch freundliche Bestimmtheit noch das entschiedene Schwingen meines Lassos hat irgendeinen Unterschied gemacht.“

„Klingt, als hättest du schon alles ausprobiert. Da kann ich auch nicht mehr machen.“

Hank richtete sich auf und griff nach dem schmutzigen Lappen, um sich die Finger abzuwischen. „Aber ich weiß, wer uns helfen kann.“

„Du meinst Lara? Aber die schläft bestimmt noch!“

„Gut möglich. Aber nachdem es ihr Pferd ist, das Schwierigkeiten macht, kann sie sich auch selber darum kümmern.“

Mit großen Augen starrte Jerome erst auf die Uhr, dann seinem Chef hinterher. Was diesem wohl über die Leber gelaufen war? Das sah ihm gar nicht ähnlich, einen Gast aus dem Schlaf zu reißen. Immerhin war es erst halb sieben. Kopfschüttelnd machte er sich an die Arbeit. Er achtete darauf, dass es eine Aufgabe war, die er in der Nähe des Stalls erledigen konnte. Das Auffüllen der Haferkiste war nicht wirklich dringend. Doch er wollte auf keinen Fall die Show verpassen.

Hank verspürte nur leichte Gewissensbisse, als er an Laras Tür klopfte. Schließlich war sie schuld daran, dass er die ganze Nacht kein Auge zugetan hatte. Da durfte sie ruhig früh aufstehen. Als keine Reaktion auf sein Klopfen erfolgte, stieß er die Tür leise auf. Lara lag unter der Decke auf dem Bauch. Ihre dunklen Haare ergossen sich wie ein Fächer auf dem weißen Kissen. Ein Bein lugte hervor. Ihre Zehennägel hatte sie lila lackiert. Neben dem Bett blieb er stehen und bückte sich. Er schüttelte sie leicht an der Schulter. Als er schon dachte, er müsste schwerere Geschütze auffahren, wie etwa eine spielende Blaskapelle oder eine detonierende Bombe, schlug sie die Augen auf. Oder versuchte es zumindest. Auf Halbmast gab sie es auf und blinzelte ihn verschlafen an. Ein träges Lächeln stahl sich auf ihre Lippen, als sie ihn erkannte.

Bevor er etwas wirklich Dummes machte, wie sich zu ihr ins Bett zu gesellen, in dem sie so verlockend und noch warm vom Schlaf lag, meinte er barsch: „Aufstehen. Du musst dich um Devil kümmern."

Auf einen Schlag verschwand das sinnliche Lächeln und wurde durch ein Stirnrunzeln ersetzt. Hank ignorierte das plötzliche Verlustgefühl und redete sich ein, dass es so am besten war.

„Ist das nicht dein Job? Und überhaupt, was ist mit einem freundlichen ‚Guten Morgen' passiert?"

Ihre Stimme klang rau. Fast hätte er Mitleid mit ihr gehabt. Vermutlich plagte sie noch der Jetlag. Trotzdem ignorierte er den Seitenhieb. „Devil macht Sperenzchen. Und nachdem du ja offensichtlich eine besondere Leitung zu seinem Hirn hast, ist er ab sofort dein Problem.“

„Na großartig.“ Für einen Moment schloss sie die Augen. Dann setzte sie sich mit einem Ruck und ohne die Augen zu öffnen auf und schwang die Beine über die Bettkante. Ihre Haare standen in alle Richtungen. Hank verzichtete, sie darauf hinzuweisen. Er musste ja nicht unbedingt noch Öl ins Feuer gießen. „Ich warte unten auf dich.“

„Mach das“, murmelte sie. Sie war zu müde, um sich über ihn aufzuregen. Wie bereits am vorangegangenen Abend schlüpfte sie barfuß in ihre Schuhe und wankte zur Tür.

Unten wartete Hank mit einer Tasse Kaffee auf sie. Stumm nahm sie das Getränk entgegen und trank. Als es zur Hälfte leer getrunken war, stellte sie es auf den Küchentisch.

„Gehen wir?“

Er musterte ihren Aufzug. Weite, violette Pyjamahosen und ein ärmelloses T-Shirt, welches nicht viel der Fantasie überließ. Immerhin trug sie Stallschuhe.

„So willst du raus?“, fragte er dennoch. Es war schon schwierig genug, seine Hände bei sich zu behalten, wenn sie von Kopf bis Fuß eingepackt war. In diesem Aufzug hingegen war es beinahe unmöglich.

Lara schaute an sich herunter. „Wieso nicht? Ich habe nicht vor, die nächsten paar Stunden draußen zu bleiben.“ Sie zuckte mit den Schultern und fing seinen Blick auf, der irgendwo auf Brusthöhe hängen geblieben war. Anscheinend war sie nicht die Einzige, die unter dem Einfluss überbordender Hormone litt. Gut zu wissen. Sie grinste ihn frech an. „Hast du ein Problem damit?“ Ihre Haut prickelte unter seinem Blick, und sie wurde von Sekunde zu Sekunde wacher.

Gereizt zog er seine wattierte Holzfällerjacke aus und legte sie ihr über die Schultern.

„Ich will nur nicht, dass du dir in meiner Gegenwart den Tod holst, nur weil du genauso dickköpfig bist wie dein unmögliches Pferd."

In Anbetracht des flüssigen Feuers, das bei seiner flüchtigen Berührung durch ihre Adern strömte, bezweifelte sie stark, dass Erfrieren eine plausible Möglichkeit war. Doch sie war tatsächlich zu müde für ein weiteres Argument. Also schlang sie die Jacke, die er ihr umgehängt hatte, enger um sich und stapfte an ihm vorbei durch die Tür.

Mit fast schlafwandlerischer Sicherheit landete sie vor Devils Box, wo sie mit einem enthusiastischen Brummeln begrüßt wurde. Die beiden Männer warfen sich einen erstaunten Blick zu. Jerome wollte ihr das Halfter reichen, doch sie winkte ab.

„Brauch ich nicht. Wo wollt ihr ihn haben?"

„Im gleichen Paddock wie gestern."

Sie öffnete die Boxentür und begrüßte ihren vierbeinigen Freund mit ein paar Streicheleinheiten und geflüsterten Worten. Anschließend fasste sie das Strickende, das von dem improvisierten Halsring herunterhing, und führte ihn hinaus auf seinen Paddock. Devil folgte ihr wie ein Hündchen.

Hank pfiff leise durch die Zähne. „Ich glaub's ja nicht!"

„Was hab ich dir gesagt?" Jerome war der Stolz in der Stimme anzuhören.

Währenddessen schloss Lara das Tor und wankte, ohne die beiden Männer eines Blickes zu würdigen, zurück zum Haus. Sie hatte einige Stunden Schlaf nachzuholen. Daran änderte weder der halbe Kaffee noch die frische Morgenluft oder der attraktive Ranchbesitzer etwas.

Bewundernd schaute Jerome ihr hinterher. „Sie ist schon was Besonderes", murmelte er verträumt.

Na großartig, dachte Hank. Jetzt hatte er nicht nur einen ungeplanten Hausgast, sondern auch einen liebeskranken Angestellten. Das hatte ihm gerade noch gefehlt. Ohne das unangenehme Gefühl, das sich verdächtig nach Eifersucht anfühlte, genauer unter die Lupe zu nehmen, meinte er barsch: „So. Problem gelöst. Jetzt kannst du den Stall ausmisten."

Jerome stutzte und sah ihn an, als wollte er etwas sagen. Nach einem Blick auf Hanks Gesichtsausdruck entschied er sich jedoch dagegen. Solange dieser sich benahm wie ein gereizter Bär, kam ihm die Ruhe, die die Stallarbeit bot, gerade recht. Bis nach dem Frühstück hatte er sich hoffentlich wieder beruhigt.

Hank schloss die Augen. Konnte es sein, dass er sich gerade wie ein Idiot benommen hatte? Er befürchtete ja, wenn das Augenrollen seines Angestellten, das er sicher nicht hatte sehen sollen, ein Indiz war. Gerade, dass sie ihm nicht aus dem Kopf gefallen waren.

*

Als Lara zum zweiten Mal erwachte, war es zehn Uhr. Von unten drang der Duft von frisch gemahlenen Kaffeebohnen und gebratenem Speck in ihr Zimmer. Kein Wunder, dass sie wach geworden war. Ihr Magen knurrte deutlich hörbar. Sie lächelte, als sie an den Tag dachte, der vor ihr lag. Heute wollte sie zum ersten Mal mit Devil arbeiten. Sie war gespannt, was das Pferd alles konnte. Sie hatte keine Erwartungen – sondern nur ein großes Interesse an dem frechen Vierbeiner und seinen Ideen. Anschließend wollte sie Independence erkunden. Vielleicht hatte Becca ja Zeit, mitzukommen? Sie würde sie nachher fragen. Falls nicht, war das auch nicht schlimm. So groß, dass sie sich verlaufen könnte, war Independence ja nicht. Zudem könnte sie dann tatsächlich versuchen, diesen Mr. Wilkinson aufzutreiben. Was sie wohl bei ihm erwartete? Endlich eine Aufklärung für diese seltsame Erbschaft? Oder zusätzliche mysteriöse Anweisungen? Vielleicht wartete sie besser noch ein paar Tage. Sie war sich nicht sicher, ob sie eine weitere Überraschung verkraften würde.

„Guten Morgen", rief sie in der Annahme, Becca in der Küche anzutreffen.

Doch nur Hank saß am Küchentisch, eine Tasse Kaffee und einen leer geputzten Teller neben sich, die Zeitung in der Hand. Er grinste, als er sah, wie sich ihr Blick bei der Feststellung verdunkelte, dass er der Einzige in der Küche war. „Falls du Becca vermisst, sie ist mit Roxie zum Tierarzt gefahren."

Sofort wechselte ihr Gesichtsausdruck von gereizt zu bestürzt. „Ist mit Roxie alles in Ordnung?"

„Keine Sorge. Es ist nur die wöchentliche Ultraschalluntersuchung, um den Heilungsverlauf der angeschlagenen Sehne zu überprüfen."

„Puh. Ich dachte schon, sie hätte sich erneut verletzt." Sie ließ sich auf einen freien Stuhl plumpsen. „Jede Woche Ultraschall? Ist das nicht ein wenig übertrieben?"

Er zuckte mit den Schultern. „Doch. Aber die Sponsoren haben darauf bestanden. Und da die Sponsoren die Rechnung bezahlen, befolgt Becca die Anweisungen. Zumindest wenn es Roxies Wohlergehen nützt. Normalerweise kommt Nate mit seinem mobilen Gerät hierher. Doch heute hatte er schon vier Notfälle vor acht Uhr und hat sie angerufen, ob es möglich wäre, ausnahmsweise in die Praxis zu kommen."

„Nate", sinnierte sie laut. „Paulas Mann? Habe ich das richtig im Kopf?"

„Wow. Ich wusste gar nicht, dass du mit den Einwohnern von Independence bereits per Du bist."

Er betrachtete sie mit neuem Respekt.

Unbehaglich wand sie sich unter seinem Blick. „Per Du ist vielleicht ein wenig übertrieben. Ich hatte nur das Glück, an meinem ersten Abend im Diner gleich die Mehrheit der Carter-Familie kennen zu lernen."

„Nette Leute. Ich bin mit Jake zur Schule gegangen."

„Auf jeden Fall. Die haben mich ja auch zu euch geschickt." Sie hatte sich wieder gefangen und zwinkerte ihm dabei zu. Die Tatsache, dass ihr Magen erneut lautstark knurrte, verminderte den gewünschten Effekt allerdings ein wenig.

Hank lachte. „Hungrig?“ Er stand auf und öffnete die Backofentür, um einen Teller herauszuholen. Zusammen mit einer Flasche scharfer Chilisauce stellte er das warme Frühstück vor sie hin. Ihre Augen wurden groß, als sie all das Essen sah. Gebratene Kartoffelstreifen, Bohnen in Tomatensoße, zwei Eier und eine große Semmel lagen da.

„Oh Mann. Wenn die Portionen hier alle so groß sind, muss ich dringend anfangen zu joggen.“

Hank musterte sie. „Also aus meiner Sicht kannst du ruhig ein paar Kilo mehr vertragen.“

Äh, was? Hatte sie ihn eben richtig gehört? „Das ist jetzt nicht dein Ernst, oder?“

„Doch. Ich stelle ja nur eine Tatsache fest.“

Ohne Rücksicht darauf, dass sie immer noch eine Gabel in der Hand hielt, deutete sie auf ihn und stach ihm beinahe ein Auge aus. Nicht, dass sie das kümmerte. Dafür war sie viel zu wütend.

„Was gibt dir das Recht, über mich oder meinen Körper zu urteilen? Nur, weil wir gestern aneinandergeraten sind, heißt das noch lange nicht, dass du in meinem Leben irgendetwas zu melden hast, Cowboy!“

Um das drohende Unheil abzuwenden, das von ihrer wild in der Luft umherfuchtelnden Gabel ausging, fasste er nach ihrem Handgelenk und hielt sie fest.

„Nichts gibt mir das Recht – außer Mitgefühl für einen anderen Menschen.“

Wie erstarrt saß sie da, während sich sein ernster Blick in ihren bohrte.

„Du hast erzählt, dass du in kurzer Zeit zwei große Verluste erlitten hast. Glaub mir, ich weiß, was das bedeutet. Da ist die Vermutung, dass du in dieser Zeit an Gewicht verloren hast, nicht sehr weit hergeholt.“ Er ließ seine Augen über ihre Wangenknochen und ihre schlanke Statur gleiten. „Klar kann es sein, dass du schon immer zu der Art Frauen gehört hast, die sich von einzelnen Salatblättern ernähren. Doch irgendwie bezweifle ich das. Frauen, die reiten, sind meiner Erfahrung nach lieber gesund und stark und vor allem satt als dünn um jeden Preis."

Abrupt ließ er ihre Hand los und schob seinen Stuhl zurück, um aufzustehen.

Lara wusste nicht, was sie sagen sollte. Ihr fehlten buchstäblich die Worte und sie kam sich ziemlich idiotisch vor. Sie starrte auf den vollen Teller vor sich.

„Genieß das Frühstück. Hast du dir verdient, nachdem ich jetzt weiß, wen ich rufen muss, wenn Devil Schwierigkeiten macht."

Noch lange, nachdem er gegangen war, starrte sie die nun wieder geschlossene Tür an. Wenn sie sich nicht irrte, war das Frühstück so gut wie eine Entschuldigung für das Wecken in aller Herrgottsfrüh. Erst als Leonie sich von ihrem Platz erhob und ihren großen Schädel auf ihre Oberschenkel legte, kam sie wieder in der Gegenwart an. Sie streichelte ihr über den Kopf.

„Dein Herrchen ist ganz schön vielschichtig, weißt du das?" Immer wenn sie dachte, sie hätte ihn durchschaut, überraschte er sie von Neuem. Und das innerhalb von nicht einmal vierundzwanzig Stunden. Das wollte etwas heißen. Sie vermutete, dass es auch nicht zum letzten Mal passiert war. Ein richtiges Chamäleon. Hm.

*

Zwei Stunden später war sie in Independence. Ihren Plan, im Diner etwas zu essen, hatte sie allerdings verworfen. Hanks Meinung hin oder her, sie war immer noch komplett satt von ihrem Frühstück, das absolut lecker gewesen war. Trotzdem stieß sie die Tür zu dem Restaurant auf. Sie musste noch ihre Rechnung im Bed & Breakfast begleichen und ihre restlichen Sachen aus dem Zimmer holen.

Kaum war sie durch die Tür getreten und hatte die ersten, in diesem Etablissement offensichtlich obligatorischen Hunde begrüßt, Rambo, den Königspudel, wenn sie sich richtig erinnerte und ein großes, schwarzes Ungetüm, das sie noch nicht kannte, da wurde sie von zwei Mädchen umringt. Die Größere der beiden hielt ein Handy vor sich hin, während die Kleine mit der Schnelligkeit eines professionellen Ping-Pong-Spielers Fragen abfeuerte.

„Gefällt es dir hier in Independence? Wie lange bleibst du? Reitest du schon lange? Was hat dich dazu gebracht, Devil zu kaufen? Nimmst du ihn mit nach Schweden?"

„Schweiz", zischte das größere Mädchen dem anderen zu.

„Ups, sorry. Schweiz. Die bringe ich immer durcheinander."

Nicht nur du, dachte Lara bei sich. Sie hob beschwichtigend die Hände.

„Eins nach dem anderen. Ich komme ja gar nicht mit, bei deinen vielen Fragen. Kurze Frage an euch: Filmt ihr mich?"

„Ach ja, das habe ich schon wieder vergessen. Entschuldigung."

Die Kleine lächelte sie so gekonnt entschuldigend an, inklusive professionellem Hündchenblick, dass Lara beeindruckt lachen musste.

„Kein Problem. Macht ihr das für die Schule?"

„Äh, ja, so ähnlich."

Das Mädchen mit dem Handy warf der Sprecherin einen verstohlenen Blick zu. Offensichtlich doch nicht für die Schule, schloss Lara daraus. Aber eigentlich spielte es auch keine Rolle. Wenn sie jetzt ein paar Fragen auf Video beantwortete, wenn die Mädchen gerne Reporter spielten, schadete bestimmt nichts.

„Also ist das so etwas wie ein Interview?"

Beide nickten enthusiastisch.

„Na gut. Dann lasst mich mal versuchen, alles zu beantworten. Ich bin erst seit zwei Tagen hier in Independence.

Wie lange ich bleiben werde, weiß ich noch nicht. Vielleicht gefällt es mir hier ja so gut, dass ich für immer bleibe?"

Mist. Hatte sie jetzt zu viel preisgegeben? Ach was. Es waren ja nur Kinder, die ihren Spaß haben wollten.

„Was war die nächste Frage? Ach ja, Devil." Woher zum Teufel wussten die beiden von Devil? Ohne sich etwas von ihrer Verwunderung anmerken zu lassen, fuhr sie fort: „Ich bin ihm mehr oder weniger zufällig begegnet und wir haben uns sofort verstanden. Und da ich momentan gerade pferdelos war", sie hob eine Schulter und ließ sie wieder fallen, „habe ich mir gedacht: Warum eigentlich nicht."

Das Mädchen hinter der Kamera, das bis jetzt mehrheitlich geschwiegen hatte, ließ das Handy sinken und meinte träumerisch: „Das ist das Schöne an Pferden, nicht? Sie sind einfach die besten Freunde, die man sich wünschen kann."

Etwas überrascht über den unerwarteten Gefühlsausbruch nickte Lara. „Stimmt. Das sind sie."

Die Jüngere rollte mit den Augen. „Haben wir jetzt den My-Little-Pony-Moment hinter uns?"

„Sorry. Klar", antwortete die Größere und fing wieder an zu filmen.

Ganz schön frech, die Kleine, dachte Lara amüsiert und gleichzeitig beeindruckt.

„Ach ja, die letzte Frage: Ob ich Devil mitnehme, wenn ich in die Schweiz zurückkehre. Die einzig mögliche Antwort darauf ist natürlich ja. Man lässt ja nicht seinen neuen besten Freund zurück."

„Das war nicht die letzte Frage. Ich habe noch mehr. Zum Beispiel, ob du und Hank heiraten werdet …"

„Das ist jetzt genug, junge Dame." Paula stand plötzlich neben ihnen und hielt dem Mädchen spielerisch die Hand vor den Mund. „Es gibt keinen Grund, Lara gleich zu Anfang so zu erschrecken, dass sie vor uns flüchtet."

Die Ältere musterte ihre Füße. Lara meinte, ein Lächeln in ihren Mundwinkeln zucken zu sehen, war sich aber nicht sicher.

„Aber …“, nuschelte das Mädchen hinter Paulas Hand, „das ist nicht fair.“

„Das Leben ist nicht immer fair. Und jetzt ab mit euch. Nate fährt mit euch nach Hause.“

Das brachte Leben in die Größere. „Au ja. Dann können wir reiten gehen.“

Die Jüngere rollte zwar dramatisch mit den Augen, doch es war ihr anzusehen, dass das mehr dazu diente, den Schein zu wahren.

„So“, wandte sich Paula an Lara, die mehr oder weniger mit offenem Mund da stand. Zumindest im übertragenen Sinne.

„Die beiden sind ein wenig wie eine Naturgewalt“, brachte sie schließlich hervor. „Und wissen Dinge, die sie gar nicht wissen können.“

Paula grinste und hakte sich bei ihr ein. „Wie recht du hast. Du hast eben meine beiden Töchter kennengelernt. Leslie und Shauna.“

„Oh, wow. Sorry. Meine Bemerkung war nicht abschätzig gemeint. Ganz im Gegenteil.“

„Keine Sorge, das habe ich auch nicht so aufgefasst.“

„Schön zu sehen, dass es den beiden so gut geht. Also, vor allem Leslie.“

Tyler hatte ihr an ihrem ersten Abend die Kurzversion davon erzählt, wie die ehemalige Ausreißerin Leslie auf Paulas Hof gelandet und schließlich von ihr adoptiert worden war. Mitten in diesem ganzen Trubel hatte Paula Nate näher kennen gelernt, den Vater der inzwischen neunjährigen Shauna. Dass seine Tochter bei ihm und somit jetzt bei Paula wohnte, seit sie nach der Hochzeit alle zusammengezogen waren, fand Lara eher ungewöhnlich. Aber laut Tyler hatte Shaunas Mutter mit ernsthaften psychischen Problemen zu kämpfen.

„Ja, nicht? Sie ist richtig aufgeblüht. Mir macht im Moment Shauna fast mehr Sorgen." Ihre Stimme klang nachdenklich.

„Wieso das? Also, falls du darüber reden willst?"

Paula lachte. „Ein sehr europäischer Zug, diese vornehme Zurückhaltung. Zumindest nehme ich das an. Hier sind wir direkt, und wenn ich etwas nicht beantworten will, sag ich dir das ebenso direkt."

„Das macht das ganze Zusammenleben wesentlich einfacher."

„Finde ich auch. Also, zurück zu Shauna. Ich mache mir manchmal Sorgen, dass sie hinter all dieser zur Schau getragenen Fröhlichkeit ganz viel versteckt. Sie war am Wochenende wieder bei ihrer Mutter. Prompt musste diese am Sonntagmorgen erneut eingeliefert werden. Es muss schlimm gewesen sein. Shauna hat selbst die Polizei alarmiert."

„Wow." Lara musste das erst einmal sacken lassen. „Das ist ja eine enorme Entscheidung für ein Kind in diesem Alter."

„Ja, nicht? Sie behauptet zwar, es sei keine große Sache, doch irgendwie bezweifle ich, dass das so wenig Spuren hinterlässt. Aber was soll man machen. Wir können nur versuchen, für sie da zu sein und hoffen, dass sie zu uns kommt, wenn sie Unterstützung braucht. Immerhin hat sie eine tolle Beziehung zu Leslie." Paula seufzte. „Sorry. Ich weiß gar nicht, was mit mir los ist. Normalerweise gehöre ich nicht gerade zu den mitteilsamsten Zeitgenossen." Misstrauisch verengte sie die Augen. „Bist du etwa so was wie ein professioneller Spion? Oder gar eine Psychologin?"

Paula sah so besorgt aus, dass Lara laut lachen musste. Als sie sich wieder beruhigt hatte, schüttelte sie den Kopf.

„Keins von beidem. Ich habe Biologie studiert und arbeite zurzeit an der Universität. Du kannst Betty also ruhig in ihrem Versteck lassen."

„Gott sei Dank." Das klang so erleichtert, dass Lara erneut lachen musste.

9

Ein großes Hallo ertönte, als sie an dem Tisch ankamen, wo noch ein paar andere bekannte Gesichter saßen. Tyler war da und Pat, ihr Partner, sowie Jaz und ihre kleine Tochter Cammie. Die Frau mit den rotblonden Haaren war am ersten Tag auch da gewesen. War das die Journalistin? Zu ihren Füßen saß die kleine Schipperke-Hündin. Sie schien sich nie weit von ihrem Frauchen zu entfernen.

Sie durchforstete ihr Hirn nach den fehlenden Namen, als die Frau mit dem Tierheim, richtig, das war Kat, die mit dem Hockeyspieler liiert war, sie unterbrach: „Und? Schon runtergefallen von deiner Neuerwerbung?"

Paula schnaubte. „Fragt die Richtige. Wie oft hast du schon auf einem Pferd gesessen?"

Es war allgemein bekannt, dass Kat, die alle Tiere abgöttisch liebte, nicht zu den Mutigsten gehörte, wenn es ums Reiten ging.

„Das spielt keine Rolle", verteidigte sich Kat. „Wetten kann ich ja trotzdem."

Während Lara versuchte, die Tatsache zu verdauen, dass offensichtlich ganz Independence über ihre persönlichen Angelegenheiten Bescheid wusste, gesellte sich Miss Minnie zu ihnen. Geschäftig zuckte sie eine große Geldbörse und einen Notizblock.

„Wer will noch mal, wer hat noch nicht?"

„Essen?", fragte Lara.

Miss Minnie lachte so sehr, dass ihr üppiger Busen unter der roten Schürze auf und ab wogte. Quer über die Schürze geschrieben stand: „Pass auf! Die Disney Sisters wissen, was du gestern getan hast."

Sofort fragte sich Lara, was sie gestern getan hatte. Ein Pferd gekauft. Tatsächlich. Ein Schaudern lief über ihren Rücken.

Jaz beugte sich über den Tisch zu ihr hin. „Sie ist hier, um die Wetteinsätze entgegenzunehmen."

„Wetteinsätze?"

„Ja", antwortete sie, als wäre es das Normalste der Welt.

„Äh …"

„Sie ist ein bisschen zu früh dran. Eigentlich wollten wir dich noch ein wenig ausquetschen in der Hoffnung, unsere Gewinnchancen zu verbessern."

„Gewinnchancen?"

„Ist dein Englisch so schlecht oder hast du einen Papagei verschluckt?" Das kam von Paula.

„Eher eine komplette Systemstörung im Hirn", antwortete Lara schwach.

Miss Minnie gluckste und nahm Kats Tipp, wann Devil Lara das erste Mal abwerfen würde, entgegen. Lara machte große Augen, als sie sah, wie zehn Dollar die Hand wechselten.

„Sind solche Wetten nicht illegal?", flüsterte sie Jaz zu. Die musste es ja wissen, mit einem Sheriff als Mann.

„Ich erklär's dir gleich", flüsterte Jaz zurück und kritzelte etwas auf ein Stück Papier, das sie dann an Miss Minnie weiter reichte.

„Und? An welchem Tag sollte ich auf keinen Fall reiten?", fragte Lara amüsiert, die das Ganze von der lustigen Seite zu sehen versuchte.

„Ha, das war was anderes", antwortete Miss Minnie an Jaz' Stelle.

Erleichtert ließ sich Lara auf den Stuhl fallen, den sie sich herangezogen hatte. „Sehr schön. Wenigstens geht es dabei nicht um mich."

Miss Minnie grinste. Jaz gestikulierte heftig in ihre Richtung, doch die Patronin ignorierte sie und ihre mimischen Morddrohungen.

„Wie kommst du denn darauf, Schätzchen? Natürlich dreht sich auch die zweite Wette um dich."

Langsam wurde es Lara ein wenig unheimlich. „Ich kann mir beim besten Willen nicht vorstellen, was es in meinem Leben sonst noch gibt, was einer Wette würdig wäre."

Paula lehnte sich nach vorn und meinte genüsslich: „Da wär ich mir nicht so sicher. Oder willst du mir ernsthaft erzählen, der Gedanke sei dir noch nie gekommen, den grüblerischen, unverschämt gut aussehenden Cowboy mit den dunklen Haaren und den grünen Augen zu küssen?"

Lara wurde knallrot. Leider. „Öhm, äh …" Definitiv ein kompletter Ausfall ihres Hirns. Musste an der Höhenluft liegen.

Jaz machte mit Cammie auf dem Schoss ein kleines Siegestänzchen. „Wusste ich es doch."

Miss Minnie grinste und wedelte mit ihrem Notizblock.

„Also, was ist? Ich warte …"

Baff sah Lara zu, wie alle am Tisch hektisch ihre Wetten platzierten. Selbst Leute von den benachbarten Tischen standen auf und machten mit. Verstohlene und unverhohlene Blicke schweiften in ihre Richtung. Herrje, die Leute hier brauchten dringend etwas zu tun, dachte sie verstimmt.

Endlich ebbte die Flut der Dollarscheine ab und Miss Minnie verstaute den schwarzen Notizblock in ihrer Schürze.

„Kaffee für alle?"

„Ich glaube, ich brauche etwas Stärkeres", murmelte Lara erschlagen.

Paula lachte. „Jetzt ist es vielleicht noch ein wenig früh. Aber komm doch abends mal zu mir. Dann machen wir einen

Frauenabend. Ich geb dir Bescheid wegen des genauen Datums."

„Oh-oh", sagte Jaz. „Paulas Einladungen sind mit Vorsicht zu genießen. Ich hoffe, du bringst eine gewisse Trinkfestigkeit mit." Sie erinnerte sich nur zu gut an den Whiskey, den Paula zu Beginn ihrer Freundschaft mitgebracht hatte.

Lara ließ ihren Blick durch das Lokal schweifen und blieb an einem Mann hängen, der vom Inhalt seines Bierglases fasziniert zu sein schien.

„Ich weiß nicht, was ihr habt. Der alte Mann da drüben sieht nichts Verkehrtes dabei, um elf Bier zu trinken."

„Das ist Dagobert. Unser stadteigener Trunkenbold. Ob du dir gerade ihn zum Vorbild nehmen willst, weiß ich nicht. Ich glaube, in seinen Adern fließt Alkohol anstatt Blut", klärte Tyler sie auf.

„Hör nicht auf sie", verteidigte Kat den Alten. „Sicher, er ist Alkoholiker. Doch ihm entgeht so gut wie nichts. Als ich neu hierhergezogen bin, war er quasi mein einziger Verbündeter."

„So ganz stimmt das nicht", protestierte Jaz.

„Ihr seid natürlich davon ausgenommen", beschwichtigte Kat sie. „Aber alle anderen wollten nichts mit mir zu tun haben."

„Das kann schon mal passieren in diesem reizenden Ort", murmelte die rotblonde Frau zustimmend.

Lara wollte ihr Name immer noch nicht einfallen. Aber momentan hatte sie ganz andere Probleme. „Das ist zwar alles interessant, was ihr hier erzählt. Nur beschäftigt mich diese Wettgeschichte um einiges mehr. Zudem ist mir schleierhaft, wie ihr alle bereits über Devil Bescheid wissen könnt." Hank erwähnte sie absichtlich nicht. Spekulationen in diese Richtung brauchte sie definitiv nicht. Dabei hätte sie allerdings bedenken müssen, dass sich ihre neuen Freunde nicht so einfach von der Spur abbringen ließen, wenn sie einmal Witterung aufgenommen hatten.

„Nicht zu vergessen, der bevorstehende Kuss mit Hank.“ Tyler wackelte vielsagend mit den Augenbrauen.

Wider Willen musste Lara lachen. „Ihr seid unmöglich.“

„Man gewöhnt sich daran“, tröstete sie Kat und tätschelte ihre Hand.

Miss Minnie kam wieder vorbei und stellte einen Teller vor sie hin. Ein riesiges Stück Pecannusskuchen lag darauf, garniert mit einem Berg Schlagsahne.

„Hau rein, Schätzchen. Nach dem Schock brauchst du bestimmt etwas, um deinen Blutzuckerspiegel oben zu halten.“ Sie zwinkerte ihr zu.

Da sagte sie definitiv nicht nein. Sie bedankte sich und wandte ihre Aufmerksamkeit wieder der Gruppe zu. Schließlich suchte sie sich Kat aus, sie schien am meisten Verständnis für ihre Situation zu haben, und deutete mit der Gabel auf sie.

„Du. Klär mich auf. Habt ihr hier Spitzel? Und was hat es auf sich mit der Wettgeschichte?“

Sie schob sich eine Gabel voll Kuchen in den Mund und kaute, während sie auf die Antwort wartete, bei der sich hoffentlich herausstellte, dass das alles nur ein Scherz auf Kosten des Neuankömmlings gewesen war. Doch anscheinend hatte sie kein Glück.

„Die Wetten dienen einem guten Zweck!“

„Einem guten Zweck?“ Jetzt verstand Lara gar nichts mehr.

„Klar. Der Gewinner bekommt seinen Einsatz zurück sowie ein Essen. Der Rest wandert in einen Fonds, der vom Bürgermeister verwaltet wird. Das Geld aus diesem Fonds wird für soziale Zwecke eingesetzt. Das können Stipendien sein oder medizinische Behandlungen für Leute, deren Versicherung nicht alles deckt. Also für alles eigentlich.“

Sprachlos lehnte sich Lara auf der Bank zurück. „Verdammt. Jetzt kann ich ja nicht einmal mehr guten Gewissens etwas gegen die idiotischen Wettgewohnheiten haben.“

„Ziemlich genau das habe ich auch gesagt, als ich damals zum ersten Mal mit dieser sonderbaren Eigenheit der Leute hier konfrontiert worden bin.“ Sie zuckte mit den Achseln. „Ehrlich gesagt, wenn du dich erst einmal daran gewöhnt hast, macht es einen Heidenspaß!“

„Spaß“, wiederholte Lara verdrossen und vor allem ungläubig.

„Und unsere Spitzel sind keine Spitzel, sondern besorgte Mitmenschen.“

„Gutnachbarschaftliches Benehmen sozusagen.“

Lara schnaubte und musste dann doch lachen, auch wenn sie dabei den Kopf schüttelte. „Nicht zu glauben. Ich befürchte allerdings, dass ihr noch eine ganze Weile darauf warten müsst, bis ich von Devil runterfliege.“

„Wieso das denn?“, fragte Leslie interessiert nach.

„Weil ich ihn noch gar nicht gut genug kenne, um ihn zu reiten. Lieber fange ich langsam mit Bodenarbeit an und gehe mit ihm spazieren. Ich werde erst aufsitzen, wenn ich ihn davon überzeugt habe, dass es total Spaß macht, mit mir Dinge zu unternehmen.“

Leslie nickte ernsthaft. „Das klingt nach einem guten Trainingsaufbau. Dann wird er dich vielleicht nie abwerfen.“

„Er kann sich natürlich jederzeit erschrecken und zur Seite springen, so dass ich vielleicht einmal das Gleichgewicht verliere und runterfalle. Aber ja, grundsätzlich ist das der Plan.“ Sie grinste. „Tut mir leid, wenn ich damit eben alle eure Gewinnhoffnungen zerstört habe.“

„Ach, das ist kein Problem. Wir haben ja noch die zweite Wette laufen.“ Paula feixte.

Lara rollte die Augen gegen die Zimmerdecke. „Ich geb’s auf. Bei euch ist Hopfen und Malz verloren.“

Jaz tätschelte ihre Hand. „Meine nächste Yogastunde fängt gleich an. Komm doch auch und mach mit. Das entspannt dich vielleicht ein wenig.“

*

In der Zwischenzeit war Hank mit der alltäglichen Arbeit auf der Ranch beschäftigt. Zusammen mit Jerome sammelte er eine Gruppe versprengter Mutterkühe mit ihren Kälbern ein. Wieso es sich die einen Kühe immer wieder in den Kopf setzten, sie seien allein besser dran als mit der Herde, wollte ihm nicht in den Kopf. Es waren immer dieselben fünf. Aber weibliche Wesen waren sowieso eine Spezies für sich, dachte er, während sein Pferd Slate zuverlässig seine Arbeit machte und die Kühe in Richtung Herde trieb. Mehr als einmal hatte er sich dabei ertappt, wie er über Lara nachdachte. Das passte ihm gar nicht in den Kram. Daran war bestimmt nur ihre scharfe Zunge schuld. Oder ihre unmögliche Angewohnheit, im Schlafanzug in den Stall zu gehen. Wer machte denn so was? Das ungebetene Bild seiner Schwester, die genau dasselbe machte, wenn die Situation es verlangte, ignorierte er. Genauso wie die Stimme der Vernunft, die versuchte, sich Gehör zu verschaffen, indem sie ihn darauf hinwies, dass nichts von alldem Laras Problem war. Dinge ignorieren konnte er gut.

„Wir haben sie alle“, rief Jerome, der auf einer kleinen Anhöhe stand und die Kuhherde gut im Blick hatte. Leonie machte währenddessen ihren Job und achtete darauf, dass keine der Ausreißerinnen zum zweiten Mal durch das Loch im Zaun entwischte.

„Okay. Dann komm runter und hilf mir, den Zaun wieder instand zu setzen.“

„Alles klar, Boss.“

Während der nächsten Stunde arbeiteten sie mehr oder weniger schweigend an dem kaputten Zaun. Der Baum, der auf die Litze gefallen und die Ursache für die neue Fluchtroute der Kühe war, musste gefällt werden. Hank machte sich gedanklich eine Notiz, das Holz in den nächsten Tagen abzuholen. Feuerholz konnte man nie genug haben. Vielleicht hatte Lara ja Lust, ihn zu begleiten? Als ihm bewusst wurde, dass seine Gedanken schon wieder zu Lara abgeschweift waren, fluchte er laut. Jerome warf ihm einen fragenden Blick zu, doch er schüttelte nur abweisend den Kopf. Fehlte gerade noch, dass er die Gerüchteküche anheizte. Jerome war ein sehr loyaler Mitarbeiter. Doch sein Mundwerk war manchmal schneller als sein Verstand und wie alle Einwohner von Independence war er einem harmlosen Schwätzchen, auch bekannt als Austauschen von Gerüchten, nicht abgeneigt. Sein Mund verzog sich zu einer grimmigen Linie als er daran dachte, dass vermutlich bereits Wetten im Gang waren, wann er die Ranch verkaufen musste. Er lachte freudlos. Wenn die wüssten, dass er die Ranch gar nicht verkaufen konnte ohne die Einwilligung des unbekannten Teilhabers, hätten sie ihr Geld bestimmt anders angelegt. Wieder einmal fragte er sich, wieso sein sonst so offener und transparenter Vater es nicht für nötig gehalten hatte, seine Kinder in das Geheimnis einzuweihen. Müßige Gedanken. Vielleicht sollte er trotzdem noch einmal mit George Wilkinson reden. Als Anwalt seines Vaters musste er Bescheid wissen, auch wenn er das Gegenteil behauptete.

„Sind wir fertig hier?"

Hank nickte. „Ja. So sollte es halten. Zumindest, bis die unternehmungslustigen Kühe wieder Wanderlust verspüren."

Jerome lachte. „Na, dann hoffen wir, dass ihr Hunger nach Abenteuer fürs Erste gestillt ist."

„Gutes Stichwort. Lass uns was essen, wenn wir zu Hause sind."

„Gerne." Sein Mitarbeiter grinste. Wie jeder hart arbeitende junge Mann um die zwanzig schien er anstelle eines Magens ein schwarzes Loch zu haben und war permanent hungrig.

Amüsiert schüttelte Hank den Kopf und gab Slate das Zeichen für den Galopp. Während die Graslandschaft an ihm vorbeiflog und er den Wind in seinen Haaren spürte, fühlte er sich wenigstens für einen kurzen Moment frei und unbeschwert.

Die Sorgen um die Ranch gaben ihm oft das Gefühl, schon uralt zu sein. Er liebte sein Leben und seine Arbeit. Doch manchmal wünschte er sich, dass alles ein wenig leichter wäre.

*

Yvonne war vor einer Weile auf der Ranch angekommen. Sie wusste gar nicht genau, was sie hier wollte. Verstehen, weshalb dieser Ort für ihre Mutter so wichtig war, vermutete sie. Sie rümpfte die Nase, als sie den Misthaufen passierte. Bis jetzt hatte sich ihr das noch nicht erschlossen. Aber egal. Ihre Mutter wollte diese Ranch, also würde ihre Mutter diese Ranch kriegen. Und wenn sie dafür mit Hank ins Bett gehen musste, dann war das eben so. Zugegeben, es war nicht gerade eine Bürde. Sie hatte schon lange ein Auge auf den grüblerischen Cowboy mit dem Körper eines Superstars geworfen. Zuversichtlich, ihn einfach um den Finger wickeln zu können, rückte sie ihr hautenges, schulterfreies Oberteil zurecht und stöckelte zum Haus.

Auf ihr Klopfen hin geschah erst einmal nichts, dann wurde endlich die Tür geöffnet. Becca, Hanks Schwester, die auch irgendetwas mit Pferden zu tun hatte, bei dem alle immer ganz beeindruckt waren, öffnete die Tür. Mist. Sie hatte gehofft, sich nur mit Hank auseinandersetzen zu müssen.

Perplex starrte Becca den Besuch an. Sie hatte sich schon gewundert, wieso Lara glaubte, klopfen zu müssen, wenn sie doch hier wohnte, und hatte sich damit Zeit gelassen, zur Tür zu kommen. Als sie schließlich entdeckte, dass es sich ganz und gar nicht um Lara handelte, sondern stattdessen Mrs. Fitchs Tochter Yvonne auf der Veranda stand, war sie sehr verwundert. Sie ließ ihren Blick über das enge Oberteil und den kurzen Rock gleiten. Und natürlich die Schuhe. Wer, um Himmels willen, tauchte so angezogen auf einer Ranch auf, wo hart gearbeitet wurde? Misstrauisch verengten sich ihre Augen. Sie und Yvonne waren keine Freunde. Im Gegenteil. Die andere

Frau hatte ihr in der Schule oft das Leben schwer gemacht. Früh entwickelt und notorisch unzufrieden hatte sie jeden gemobbt, der nicht zu ihrem Gefolge gehörte. Becca hatte sie gehasst.

„Yvonne! Was machst denn du hier?“

Ungebeten stöckelte Yvonne an ihr vorbei hinein in den Flur. Dort fächelte sie sich mit einer Hand Luft zu.

„Ist das etwa die Art und Weise, wie du potenzielle Kunden begrüßt? Kein Wunder, dass ihr kurz vor der Pleite steht.“

„Wir stehen nicht kurz vor der Pleite“, presste Becca hervor. Sie konnte sich nur mit Mühe zurückhalten. Am liebsten hätte sie die andere mit einem kraftvollen rechten Haken zurück in ihr Auto befördert. Da war nur ein klitzekleines Detail, was sie davon abhielt, diesem sehr verlockenden Impuls Folge zu leisten. „Was meinst du mit ‚potenzielle Kunden‘? Willst du etwa ein Pferd kaufen?“ Sie schnaubte ungläubig.

Yvonne, die fieberhaft überlegt hatte, wie sie ihre Anwesenheit rechtfertigen sollte, sprang freudig auf die dargebotene Ausrede auf.

„Genau das. Ein Pferd kaufen.“

Wenn sie nicht so wütend gewesen wäre, hätte Becca spätestens jetzt laut gelacht. „Du willst ein Pferd kaufen?“

„Genau.“ Yvonne zupfte am oberen Saum ihres Oberteils. Irgendwie drohte dieses immer, sich zu verselbstständigen. Vielleicht hätte sie es doch eine Nummer größer kaufen sollen.

„Ein richtiges Pferd oder ein Schaukelpferd?“

Yvonne starrte sie böse an. Becca grinste boshaft zurück. Sie war nicht mehr das kleine scheue Mädchen von damals. Wenn Yvonne Ärger suchte, war sie nur zu gerne bereit, ihrem Wunsch nachzukommen.

Unglücklicherweise suchte sich ihr Bruder ausgerechnet diesen Moment aus, um nach Hause zu kommen.

*

Als Hank und Jerome mit den Pferden und Leonie im Schlepptau auf der Ranch angekommen waren, stand ein Auto auf dem Hof. Enttäuschung hatte sich in ihm breitgemacht, als er festgestellt hatte, dass es sich dabei nicht um Laras kleinen Mietwagen handelte. Entsprechend schnell war seine gute Laune verflogen. Er hatte weder Zeit noch Lust, um ein nachbarschaftliches Schwätzchen zu halten. Kunden waren es kaum. Bis auf Lara, die quasi aus dem Nichts aufgetaucht war, meldeten sich die meisten Interessenten entweder per Mail oder per Telefon, bevor sie aufkreuzten.

Er stieg ab und reichte seinem Mitarbeiter die Zügel seines Pferdes.

„Kannst du Slate für mich versorgen? Ich schau mal nach, wer hier ist."

Jerome nickte.

„Komm einfach ins Haus, wenn du fertig bist. Wir finden bestimmt etwas Essbares." Hoffte er zumindest. Das war gestern sehr kurzsichtig gewesen von ihm, dass er Laras Kochdienst nicht auch auf den Mittag ausgedehnt hatte. Wenn der gestrige Abend kein Anfängerglück gewesen war, konnte die Frau tatsächlich kochen.

„Vielleicht sollte ich sie heiraten", murmelte er selbstironisch. Eine Frau, die Kochen und Reiten konnte und sich gut mit seiner Schwester verstand … So jemanden fand man nicht alle Tage.

Er stieß die Tür auf und sah sich mit Yvonne konfrontiert. Ehemalige Erzfeindin seiner Schwester und Tochter von Mrs. Fitch. Keine gute Kombination.

„Was ist denn hier los?", wollte er von seiner Schwester wissen. Die beiden Frauen standen einander wie zwei Kampfhähne gegenüber.

Yvonne setzte sofort ihr viel praktiziertes Lächeln auf.

„Hank! Wie schön, dich zu sehen." Sie trat einen Schritt auf ihn zu, sodass ihre Brüste an seine Arme stießen, die er vor seiner eigenen Brust verschränkt hatte. „Wie ich schon zu deiner Schwester gesagt habe", sie warf Becca über die Schulter einen triumphierenden Blick zu, „überlege ich, mir ein Pferd zu kaufen. Ich bin eine begeisterte Reiterin."

Fast hätte Becca laut gelacht. Es war hinlänglich bekannt, dass Yvonne ausschließlich Zweibeiner ritt.

Auch Hank runzelte die Stirn. „Du reitest? Das wusste ich gar nicht." Irgendetwas stimmte hier nicht.

Yvonne klimperte mit ihren Wimpern und strich ihm vertraulich mit den Fingerspitzen der rechten Hand über den Arm.

„Ja. Es gibt doch nicht Schöneres, richtig?"

War das jetzt eine rhetorische Frage? Hank war sich nicht sicher. Ein Muskel zuckte an seinem Auge. Er wusste nur, dass sie ihm zu dicht auf die Pelle rückte. Wäre sie ein Pferd, hätte er sie schon lange von sich weggeschickt. Da ihm diese Möglichkeit nicht offenstand, drehte er sich von ihr weg und manövrierte sich vorbei am Kühlschrank, aus dem er eine Dose Cola holte, hinter den Küchentisch.

„Sieht ganz so aus, als wäre dir deine Beute entwischt", bemerkte Becca süffisant.

Hank, der den Moment Abstand genutzt hatte, sich das Szenario durch den Kopf gehen zu lassen, intervenierte, bevor die Situation eskalierte. Vielleicht hatte er ja ein passendes Pferd für sie. Wenn er es schaffte, ihr das Pferd für zwanzigtausend zu verkaufen, könnte er diesen verdammten Schuldschein bezahlen, mit dem ihre Mutter ihn immer unter Druck setzte.

„Becca, Jerome braucht dich draußen bei den Pferden."

„Aber …"

„Jetzt."

Becca verstand die Welt nicht mehr. Er wollte mit dieser Schlange allein sein? Als sie seinem unbeugsamen Blick begegnete, gab sie auf. Da wollte jemand offensichtlich ins Verderben rennen. Sie rollte genervt mit den Augen und stürmte aus dem Haus.

10

Als Lara zwei Stunden später völlig entspannt von ihrem Independence-Bummel mit anschließender Yogastunde auf die Lone Wolf Ranch zurückkam, traf sie auf Becca, die wie eine Besessene Roxie putzte. Zugegebenermaßen schien die Stute die ausgedehnte Wellnessbehandlung zu genießen. Aber wenn Becca so weitermachte, würde das arme Tier bald gar kein Fell mehr haben. Sie ging zu den beiden hin.

Becca nahm ihre Anwesenheit mit einem knappen Nicken zur Kenntnis. Dafür kannte Roxie keine Zurückhaltung und suchte sofort ihre Hosentaschen nach einem eventuell versteckten Leckerli ab. Sie streckte ihr die flache Hand hin.

„Ich habe nichts für dich."

Roxie glaubte ihr nicht ganz und kontrollierte ihre Hand mit weichen Lippen.

„Wie ist denn euer Tierarzttermin gelaufen?" Vielleicht waren schlechte Neuigkeiten der Grund für Beccas grimmigen Gesichtsausdruck.

„Tierarztbesuch?"

„Ja. Ultraschalluntersuchung? Sehnen?"

„Ach das. Alles wie gehabt. Keinerlei Überraschungen. Weder im Positiven noch im Negativen."

„Belastet dich das?"

Überrascht schaute Becca auf. „Belasten?"

„Na, irgendeinen Grund wird deine Sieben-Tage-Regenwetter-Miene wohl haben."

Becca schnaubte. „Das kannst du laut sagen." Dann murmelte sie noch was von Bruder, Dickkopf und Idiot, wenn Lara alles richtig verstanden hatte.

„Okay …" Es war klar, dass Becca schlechte Laune hatte. Ebenso eindeutig war, dass sie nicht darüber reden wollte. Also würde sie sie allein lassen. Sie drehte sich zum Gehen.

„Warte. Wo willst du hin?"

„Zu Devil."

„Das wird bestimmt spannend. Hör zu, tut mir leid, dass ich so eine Scheißlaune habe. Ich wollte sie nicht an dir auslassen."

„Schon okay. Ich war ja gerade verfügbar." Lara zwinkerte ihr zu.

„Trotzdem. Hank ist drinnen und flirtet mit Yvonne. Das ist die Tochter der Frau, die ihn seit Jahren unter Druck setzt, die Ranch an sie zu verkaufen. Männer sind solche Idioten. Große Brüste, ein kurzer Rock und sie sind nicht mehr zurechnungsfähig."

Lara ignorierte den Stich in ihrem Herzen, als Becca die Worte „Hank" und „flirten" in einem Satz erwähnte und die Attribute dieser Yvonne auflistete. Stattdessen runzelte sie die Stirn.

„Wieso will diese Frau denn die Ranch? Braucht sie zusätzliches Land?"

„Nein. Das ist es ja. Keiner weiß, weshalb sie so versessen ist auf diesen Hof. Sie hat ihr ganzes Leben im Stadtzentrum in einem Reihenhaus gewohnt. Sie wüsste überhaupt nicht, was zu tun ist."

„Kann Hank sie nicht einfach ignorieren?"

„Ganz so einfach ist es nicht. Die Ranch steckt tatsächlich in finanziellen Schwierigkeiten. Es reicht zwar immer knapp für das Nötigste, doch du siehst ja selbst." Sie deutete auf die Außenseite des Hauses, wo die Farbe abblätterte. „Für alles andere reicht es nicht. Ein Feuer, eine hohe Tierarztrechnung oder Ähnliches und Hank hätte ein ernsthaftes Problem. Vor allem, solange sich dieser Sturkopf standhaft weigert, Geld von mir anzunehmen."

Lara grinste. Das sah ihm ähnlich. Sie kannte ihn zwar noch nicht lange, doch seine Familienloyalität und sein Verantwortungssinn kannten keine Grenzen.

Becca holte tief Luft. „Das ist noch nicht alles. Mrs. Fitch, Yvonnes Mutter, besitzt einen mysteriösen Schuldschein, unterschrieben von meinem Vater. In letzter Zeit hat sie öfter erwähnt, dass sie dieses Geld einfordern würde, wenn Hank nicht endlich an sie verkauft." Sie seufzte. „Dabei kann er gar nicht verkaufen. Selbst wenn er es wollte."

Laras Herz setzte für einen Schlag aus, bevor es hektisch zu pochen begann. Das war ja interessant. Wussten sie etwa doch darüber Bescheid, dass die Hälfte jemand anderem gehörte?

„Was meinst du damit, er kann nicht verkaufen?"

„Hank gehört nur die Hälfte der Ranch."

Inzwischen pochte Laras Herz so laut, dass sie sich sicher war, Becca würde jeden Moment danach fragen.

„Wem gehört denn der Rest?", hakte sie nach und versuchte, sich nicht anmerken zu lassen, dass sie die Antwort auf die Frage bereits wusste.

„Das ist die Million-Dollar-Frage. Das weiß keiner von uns."

Lara kaute auf ihrer Unterlippe und versuchte, diese neuen Informationen zu verarbeiten. Trotz der extrem spannenden Neuigkeiten schweiften ihre Gedanken immer wieder zu Hank, der mit der unbekannten Yvonne mit den großen Brüsten allein war. Schließlich hielt sie es nicht mehr aus.

„Ich muss mich noch umziehen", sagte sie möglichst beiläufig zu Becca. „Treffen wir uns in zehn Minuten im Stall? Ich weiß nicht, wo Devils Sachen zu finden sind."

Becca lächelte wissend. „Klingt gut. Wenn du auf dem Weg meinen Bruder den Krallen dieser Tussi entreißen könntest, würde ich das sehr schätzen."

Lara lachte. „Ich werde sehen, was ich tun kann. Gehe ich richtig in der Annahme, dass sie nicht deine beste Freundin ist?"

„Sie war mein Highschool-Albtraum."

„Alles klar. Keine weiteren Worte nötig. Ich werde mein Bestes geben."

„Ich helfe dir auch, die Leiche verschwinden zu lassen", rief Becca ihr hinterher, als sie sich auf den Weg zum Haus machte. Lara grinste. Ihre neue Freundin war schwer in Ordnung.

Im Haus wurde sie von Leonie schwanzwedelnd begrüßt. „Na, meine Schöne? Viel Aufregung heute?"

Anstelle einer Antwort ließ sich die große Hündin auf Laras Füße plumpsen. Anscheinend war eine Runde Ohrenkraulen die aktuelle Währung, um einen Passierschein zu kriegen. Lara kam der Aufforderung nach, bis Stimmen im hinteren Teil des Hauses laut wurden.

Neugierig folgte sie den Geräuschen, bis sie zu einem Zimmer kam, das Hank als Büro diente, wenn sie die umherliegenden Papiere und Ordner richtig interpretierte. Hank saß hinter dem Schreibtisch. Eine üppig ausgestattete Frau, deren Outfit nicht viel der Fantasie überließ, saß auf der Tischkante und lehnte sich über ihn. Lara schluckte. Das Ganze sah ziemlich intim aus, sodass sie sich fragte, ob es richtig war, einfach so hereinzuplatzen, Beccas Bitte hin oder her. Vielleicht war die Situation durchaus nach seinen Wünschen. Falls ja, war es kein Wunder, dass er sie zu dünn fand. Mit diesen Kurven konnte sie definitiv nicht mithalten.

Unangenehm berührt verlagerte sie ihr Gewicht von einem Bein aufs andere. Der alte Holzboden unter ihren Füßen knarrte. Zwei Köpfe drehten sich zu ihr. Yvonnes Blick versprach einen langsamen, qualvollen Tod, während Hank sie erleichtert anschaute. Aber womit sie überhaupt nicht gerechnet hatte, waren seine Worte.

„Schatz? Du bist schon zurück. Wie schön!"

Sie blinzelte, unsicher, ob sie ihn richtig verstanden hatte.

Er hingegen nutzte den Umstand, dass Yvonne immer noch damit beschäftigt war, Giftpfeile in ihre Richtung abzuschießen, und wand sich hinter seinem Schreibtisch und der Frau darauf hervor. Mit großen Schritten kam er zu ihr hinüber. Er schaute sie verschwörerisch an.

Hank hoffte, dass Lara mitspielen würde. Er war sich durchaus im Klaren, dass die Chancen, sich in den nächsten Minuten eine saftige Ohrfeige einzufangen, fünfzig zu fünfzig standen. Vielleicht sogar eher sechzig zu vierzig. Schließlich hatten sie sich mehrheitlich gezankt, seit sie hier war. Doch er war in einer verzweifelten Lage. Yvonne schien die Bedeutung des Wortes Nein nicht zu kennen und der Überzeugung zu sein, dass ihre angehende „Geschäftsbeziehung" in der horizontalen gefeiert werden sollte. Um die ganze Diskussion in ungefährlichere Gewässer zu verschieben, hatte er das Gespräch in sein Büro verlegt. Irrtümlicherweise hatte er sich gedacht, die neutrale Umgebung würde die Businessseite der Konversation unterstreichen. Yvonne hingegen hatte es als Aufforderung aufgefasst, über ihn herzufallen. Das war der eine Grund. Zudem würde er sich ganz bestimmt keine Gelegenheit entgehen lassen um zu sehen, ob Laras Lippen in Wirklichkeit ebenso weich waren wie in seiner Vorstellung.

Lara war schnell klar geworden, auf was das Ganze hinauslief. Nachdem sie ihre ursprüngliche Überraschung für eine spätere Analyse im hintersten Winkel ihres Hirns verstaut hatte, spielte sie nur zu gern mit. Schließlich hatte Becca sie darum gebeten. Warum also nicht? Als Hank in greifbarer Nähe war, griff sie mit einer Hand die Knopfleiste seines Hemdes, zog ihn zu sich heran und küsste ihn so, wie sie ihn hatte küssen wollen, seit sie ihn zum ersten Mal gesehen hatte.

Raum und Zeit verloren an Bedeutung. Für Lara existierte nur noch dieser faszinierende Mann, den sie so gut wie gar nicht kannte und doch nicht aus dem Kopf bekam. Jede Berührung seiner Lippen und seiner ach so talentierten Zunge sandte kleine Feuerwerke von ihrem Kopf zu ihrem Bauch. Sie hörte ein Stöhnen und entdeckte verwundert, dass sie das gewesen war.

Hank hob den Kopf ein wenig und schaute lächelnd auf sie herunter. Das war … Er wusste nicht, was es war. Nur, dass es viel besser war als alles, was er sich den ganzen Morgen vorgestellt hatte.

Hinter ihnen stapfte eine erzürnte Yvonne an ihnen vorbei.

„Kein Wunder, so bringst du es zu nichts!“, zischte sie. „Und überhaupt: Nehmt euch ein Zimmer!“

Lara lachte und verbarg ihren Kopf an Hanks breiter Brust. Hank zog sie näher an sich heran und antwortete über die Schulter: „Wir wohnen hier, falls du das noch nicht gemerkt hast.“

Die einzige Reaktion war ein lautes Türenknallen.

„Danke fürs Mitspielen“, antwortete Hank an ihrem Ohr.

Mitspielen. Ah ja. Die Bemerkung hatte dieselbe ernüchternde Wirkung auf sie wie ein Eimer kaltes Wasser. Großartig. Während sich ihre Zehen gekräuselt hatten, war für ihn der Kuss nur Mittel zum Zweck gewesen? Na gut. Besser, sie wusste gleich Bescheid.

„Keine Ursache“, antwortete sie und trat einen Schritt zurück. Sie setzte ein geschäftsmäßiges Lächeln auf, das ihr im Umgang mit nervtötenden Professoren an der Uni schon gute Dienste geleistet hatte. „Ich war allerdings erst gar nicht sicher, ob du gerettet werden wolltest“, konnte sie sich nicht verkneifen, hinzuzufügen.

Hank, den ihr kühles Gebaren, das so im kompletten Gegensatz zu dem heißen Kuss stand, den sie ausgetauscht hatten, irritierte, nahm die beiläufig geäußerte Frage zufrieden zur Kenntnis. Doch nicht so gleichgültig, wie sie ihn glauben machen wollte. Er grinste. „Bist du von Sinnen? Zwei Minuten später und die Frau hätte mich bei lebendigem Leib gefressen."

„Was wollte sie denn hier? Ihren Mittags-Quickie-Gutschein einlösen?"

Hank schüttelte amüsiert den Kopf. Laras Schlagfertigkeit gefiel ihm gut. Vor allem, wenn jemand anders das Opfer war.

„Sah fast so aus, so wie sie angezogen war. Behauptet hat sie allerdings, sie wolle ein Pferd kaufen."

Lara lehnte sich mit dem Rücken an die Wand und schnaubte ungläubig.

„So ähnlich hat Becca auch reagiert."

„Warum wohl?", fragte sich Lara laut und studierte die Deckenverkleidung.

„Ist ja gut. Ich hatte einfach gehofft, eine schnelle Lösung für ein Problem gefunden zu haben." Er zuckte mit den Schultern. „Aber das sollte wohl nicht sein."

„Was für ein Problem denn?", erkundigte sie sich beiläufig.

Seine grünen Augen verdunkelten sich. Sie konnte beinahe sehen, wie die Zugbrücke hochgezogen und die Schotten dicht gemacht wurden.

„Sorry. Aber das ist privat."

Dann eben nicht. Sie tat wahrscheinlich ganz gut daran, sich zu erinnern, dass sie nicht mehr als ein vorübergehender Gast war. Atemberaubende Küsse hin oder her. Zumindest aus seiner Sicht. Je nachdem, was bei ihrem Treffen mit Mr. Wilkinson herauskam, hatte er vielleicht bald ganz andere Probleme.

*

Yvonne stellte das Auto vor der Garage ab. Beschämt ließ sie ihren Kopf auf das Steuerrad sinken. Sie wusste genau, was sie erwartete, wenn sie jetzt hineinging. Ihre Mutter würde kein gutes Haar an ihr lassen. Wieder einmal war sie zu nichts nütze. Ihre Wut über die fremde Frau, die sie und Hank unterbrochen hatte, loderte erneut auf. Zum ersten Mal in ihrem Leben hatte ihre Mutter Vertrauen in sie gesetzt. Das würde sie sich nicht von dieser Ausländerin kaputtmachen lassen. Vorerst würde sie ihrer Mutter nichts von ihrer Begegnung mit Hank erzählen. Besser, ihre Mutter glaubte, sie hätte sich noch nicht dazu aufgerafft, als ihr ihre Niederlage einzugestehen. Schließlich hatte sie noch ein paar Tricks im Ärmel. Entschlossen stieg sie aus und ging hinein.

„Wo warst du?“, rief ihre Mutter aus der Küche.

Sie blieb, wo sie war. Im Flur. „Aus.“

„Nicht in diesem Ton, junge Dame. Schließlich habe ich dich groß gezogen. Alles geopfert für dich. Hast du dich wenigstens um den jungen Mann gekümmert?“

Obwohl sie diese Anschuldigungen kannte, seit sie denken konnte, versetzte es ihr doch jedes Mal einen Stich. „Noch nicht.“ Sie schloss die Augen. Auch ohne ihr gegenüberzustehen wusste sie, dass ihre Mutter spätestens jetzt die dünnen, farblosen Lippen zusammenpressen und missbilligend den Kopf schütteln würde.

„Typisch. Hätte ich mir ja denken können, dass ein wenig Hilfe deinerseits zu viel erwartet ist.“

Yvonne biss die Zähne zusammen und presste ihre Fingernägel in die Handflächen, bis Blut zum Vorschein kam. „Nein, Mutter, das ist es nicht. Es hat sich nur noch keine Gelegenheit ergeben. Ich verspreche dir, dass ich dir die Lone Wolf Ranch verschaffe.“ Und wenn sie dabei zugrunde ging.

„Hm. Wir werden sehen.“ Ihre Stimme ließ keinen Zweifel daran, dass sie keinen Moment daran glaubte, dass ihre Tochter Erfolg haben könnte.

Aus Erfahrung wusste sie, dass es keinen Sinn hatte, mit ihrer Mutter zu streiten. Bis sie Hank in der Tasche hatte, würde sie sich still verhalten. Erst dann würde sie triumphieren. Und triumphieren würde sie.

*

Hank schaute aus dem Fenster seines Schlafzimmers hinunter auf den Reitplatz. Eigentlich sollte er sich um die Buchhaltung kümmern. Rechnungen bezahlen. Dünger und Futter bestellen. Doch er war neugierig. Würde Devil sich Lara gegenüber weiterhin so kooperativ verhalten? Er konnte es sich kaum vorstellen. Andererseits wusste er nur zu gut aus seiner eigenen Erfahrung, dass sich Pferde durchaus komplett anders verhalten konnten, wenn sie erst einmal beim richtigen Menschen gelandet waren. Die Chance, sie in Aktion zu sehen, konnte er sich auf jeden Fall nicht entgehen lassen. Also hatte er es sich mit einem Bier in der Hand auf dem Fensterbrett bequem gemacht. Das ungute Gefühl, dass er sich auf seinem eigenen Grund und Boden wie ein Stalker verhielt, wischte er beiseite. Ebenso wie die Nachwirkungen des Kusses von vorhin. Die elektrische Ladung, die er dabei abgekriegt hatte, verursachte in seinem Nervensystem jedes Mal einen Kurzschluss, wenn er daran dachte, wie sich Lara in seinen Armen angefühlt hatte. Komplikationen, ermahnte er sich streng und trank einen Schluck aus der Flasche. Komplikationen, für die er momentan weder Zeit noch Energie hatte.

Endlich nahm Hank auf dem Reitplatz eine Bewegung wahr. Seine Schwester kletterte auf den Holzzaun, der den Roundpen umgab. Leonie, die offenbar zuvor, ohne dass er es gemerkt hatte, mit Lara das Haus verlassen hatte, legte sich außerhalb der Einzäunung neben den Eingang. Ein paar Sekunden später kam das gelbe Pferd in Sicht. Ausgestattet mit einem Knotenhalfter und einem langen Strick lief es wie ein Hündchen neben Lara her. Er setzte sich ein wenig aufrechter hin, um besser sehen zu können.

Lara blieb in der Mitte des Platzes erst einmal stehen und kraulte Devil die Stirn. Nach einer Weile machte sie am Hals weiter, arbeitete sich zum Widerrist vor und setzte so ihren Weg fort, bis sie den Palomino-Hengst einmal umrundet und überall gestreichelt hatte.

Glücklicher Kerl, dachte Hank und schüttelte dann ungläubig den Kopf als er feststellte, dass er tatsächlich eifersüchtig auf ein Pferd war.

Zu dem Zeitpunkt hatte sich Devil komplett entspannt. Er ließ zufrieden den Hals und Kopf hängen, ein Hinterbein entlastet.

Erst jetzt begann Lara, mit dem Hengst zu arbeiten. Sie machte verschiedene Übungen mit ihm, ließ ihn mal schneller, mal langsamer gehen, schickte ihn weg und holte ihn zu sich zurück. Hank kannte nicht alle Übungen oder machte einiges vielleicht ein wenig anders, doch es war seiner eigenen Arbeitsweise ähnlich genug dass er deutlich sehen konnte, dass Lara wusste, was sie tat. Erleichtert stellte er fest, dass die junge Frau und das bisher so schwierige Pferd tatsächlich ein Traumpaar waren. Er nahm sich fest vor, sich gleich nachher bei Jerome für seine Geistesgegenwart zu bedanken. Wenn er die Gelegenheit nicht beim Schopf ergriffen hätte, wäre sie jetzt wahrscheinlich schon lange über alle Berge. Dann hätte Devil noch lange auf einen passenden Besitzer gewartet. Und er … Abrupt wandte er sich vom Fenster ab. Mit ihm hatte das gar nichts zu tun. Das hatte sie vorhin deutlich klar gemacht. Und das war auch besser so.

11

Nach einem weiteren Abendessen, bei dem Hank und Lara übertrieben höflich miteinander umgegangen waren und sich ansonsten benahmen, als hätten sie einen Stock verschluckt, hatte Becca genug. Wie die Abende zuvor hatte Lara die Flucht ergriffen, sobald der letzte Teller leer war. Irgendetwas musste sich dringend ändern. Sie hatte keine Lust, sich immer entscheiden zu müssen, mit wem sie ihre Zeit verbringen wollte. Es sollte doch wohl möglich sein, sich auch zu dritt entspannt in einem Raum aufzuhalten. Also wartete sie ab, bis Hank mit dem Einräumen der Spülmaschine beschäftigt war, und stellte ihn zur Rede.

„Sag mal, was läuft da eigentlich zwischen dir und Lara?"

„Nichts." Er beäugte sie misstrauisch von der Seite. „Hilf mir lieber beim Aufräumen der Küche."

„Träum weiter. Ich war gestern dran. Sag mir lieber noch einmal danke, dass ich dir zu einer Reihe leckerer Abendessen verholfen habe, die du nicht selber kochen musstest."

Er rollte mit den Augen. „Du bist ja nur froh, dass nicht du kochen musst."

„Stimmt. Aber zurück zum Thema."

„Welches Thema?", stellte Hank sich doof. Er hatte absolut keine Lust auf ein Verhör.

„Du. Lara."

„Sagte ich doch schon. Nichts."

„Ja, das merke ich. Da ist so viel von diesem ‚Nichts‘, dass ihr kaum noch miteinander redet“, gab sie sarkastisch zurück. „Und gleichzeitig ist die Luft zum Schneiden dick, weil ihr euch beide gegenseitig belauert. Wieso geht ihr nicht einfach miteinander ins Bett?“

„Das geht dich wohl kaum etwas an, kleine Schwester.“

Sie warf die Hände in die Luft. „Darum geht es nicht. Ich kann nur nicht verstehen, wie zwei erwachsene Menschen so stur sein können, anstatt miteinander eine gute Zeit zu genießen.“

Hank schüttelte in gespielter Verzweiflung den Kopf. „Soweit kommt's noch, dass ich mir bei meiner kleinen Schwester Ratschläge für mein Liebesleben hole.“

Sie schnaubte. „Solltest du aber. Dein letztes Date war gefühlt vor der letzten Eiszeit. Was vermutlich der Grund für deine permanent schlechte Laune ist.“

„Du weißt genau, dass ich genug Gründe habe, um schlecht gelaunt zu sein“, rechtfertigte er sich.

„Schon möglich. Aber du lässt mich ja auch nicht helfen. Zudem kümmert es deine Probleme nicht, ob du gut oder schlecht gelaunt bist. Wenn schon in den Ruin stürzen, dann doch wenigstens gut gelaunt!“ Erbost stürmte sie aus der Küche. So ein Sturschädel!

Verblüfft sah Hank seiner Schwester hinterher. Verdammt. An dem, was sie sagte, war tatsächlich etwas dran. Er fuhr sich mit beiden Händen durch die schon wieder zu langen Haare. War er tatsächlich so ein Miesepeter? Er warf einen Blick nach draußen. Ob er es wagen sollte, am Status quo etwas zu ändern? Ob Lara da überhaupt mitmachte? Entschlossen schlüpfte er in seine Jacke. Das würde er gleich herausfinden.

Lara saß auf der Veranda. Neben ihr lag Leonie und zuckte ab und zu mit einer Pfote im Schlaf. Sie hatte es sich auf einem der hölzernen Stühle bequem gemacht. Die Beine in eine Wolldecke eingewickelt, in der Hand einen heißen Tee, genoss sie die unendliche Weite des Sternenhimmels über den Rockies. Heute war ein sonniger, fast windstiller Tag gewesen, doch die Nächte waren noch empfindlich kühl, wie das in den Bergen immer der Fall war. Für das Wochenende war Schnee angesagt. Schnee. Im Mai. Sie war ja einiges gewöhnt aus der Schweiz. Doch im Flachland, wo sie gewohnt hatte, war spätestens im April Schluss mit Schnee. Sie seufzte. Es war schön hier. Dank ihrer neuen Freunde fühlte sie sich auch überhaupt nicht einsam. Zu Hause wäre es wahrscheinlich schlimmer gewesen, mit all den Bekannten, die ständig nach ihrem Wohlbefinden gefragt und sie an ihren Vater erinnert hätten.

„Hast du das gewusst, Papa, und mich deshalb einmal um die halbe Welt geschickt?", fragte sie in die Stille hinein und rückte die Uhr an ihrem Handgelenk zurecht. Mit Devil hatte er aber bestimmt nicht gerechnet.

Ein leises Lachen durchbrach die Stille um sie herum, gefolgt vom Zurechtrücken eines Stuhls. Sie wandte den Kopf und erblickte Hank, der neben ihr Platz genommen hatte. Es überraschte sie, dass er sich zu ihr gesellte. Die letzten Tage hatten sie einen regelrechten Tanz aufgeführt, um nicht miteinander allein zu sein. Einzig zu den Mahlzeiten, mit Becca oder Jerome als Puffer, hatten sie sich getroffen und waren beide so steif miteinander umgegangen, dass sie sich bisweilen selbst gefragt hatte, ob sie einen Stock verschluckt hatte. Oder er. Trotzdem schaffte sie es nicht, ihn sich aus dem Kopf zu schlagen. Jedes Mal, wenn sie ihm zufällig über den Weg lief, geriet ihr Herz ein wenig aus dem Takt.

„Wenn ich wüsste, was du gerade gesagt hast, könnte ich dir vielleicht eine Antwort geben", zog er sie auf.

Lara zwinkerte ihm schelmisch zu. „Das würdest du wohl gerne wissen."

„Nicht unbedingt. Doch es hat wie eine Frage geklungen."

Sie schmunzelte. „Nachdem du mich sowieso schon für die verrückte Pferdelady hältst, erzähl ich dir wohl besser nicht, dass das ein Zwiegespräch mit meinem toten Vater war."

Er griff nach ihrer Hand, die auf der Armlehne lag, und verflocht seine Finger mit den ihren. Berührt von der wortlosen Unterstützung, die er ihr in diesem Moment bot, drückte sie dankbar seine Hand.

„Im Gegenteil. Ich habe mit meinem Vater richtige Diskussionen." Er legte seine Stirn in Falten. „Vor allem in Zeiten wie diesen, wo ich manchmal nicht mehr weiß, wie es weitergehen soll."

„Steht es denn so schlimm um die Ranch?"

Er lachte freudlos. „Was heißt schon schlimm. Wir haben ein Dach überm Kopf, die Tiere Futter und ich habe an sich genügend Trainingspferde."

„Trotzdem reicht es nicht?", bohrte sie behutsam nach.

„Trotzdem reicht es nicht. Immer ist irgendetwas. Als mein Vater starb, war die Ranch hoch verschuldet. Nicht nur bei der Bank. Er schuldete auch Freunden und Bekannten Geld. Die meisten Privatschulden sind inzwischen abbezahlt. Doch das Haus und das Land sind immer noch belastet." Er schloss die Augen und rieb sich mit seiner freien Hand den Nacken. „Jetzt dachte ich, ich könnte endlich einige dringend nötige Reparaturarbeiten erledigen, vielleicht sogar einen Teil der Hypothek begleichen, und zack – taucht ein Schuldschein auf. Von dem ich nicht die geringste Ahnung habe, wie er zustande gekommen ist." Wieso erzählte er ihr das überhaupt? Er hatte keinen blassen Schimmer. Aber er musste zugeben, es fühlte sich gut an, alles zu erzählen. Bei Becca hatte er immer das Bedürfnis, sie zu schützen. Das war wahrscheinlich idiotisch, doch sie würde stets seine kleine Schwester bleiben. Gegen dieses Gefühl kam er einfach nicht an.

„Kann man das nicht überprüfen? Ich weiß nicht, von einem Anwalt oder so?"

Er nickte müde. „Das werde ich demnächst wohl machen müssen. Bis jetzt habe ich mich nur davor gescheut, weil so ein Anwalt auch wieder kostet. Da schien es einfacher, der Besitzerin des Schuldscheins aus dem Weg zu gehen und zu hoffen, dass sich in der Zwischenzeit eine Lösung ergibt."

„Durch Zauberhand?" Lara konnte es sich nicht verkneifen, ihn ein wenig aufzuziehen.

„He. Ein wenig Magie hat noch nie geschadet!" Er grinste und sah im Schein des Wohnzimmerlichts, das durchs Fenster drang, sehr jungenhaft aus. Unwillkürlich beugte sie sich ein wenig zu ihm hinüber.

Hank spürte die magnetische Anziehungskraft. Nicht nur in diesem Moment. Sondern schon seit Tagen. Kein Wunder, dass er ihre bewusste oder unbewusste Annäherung sofort wahrnahm und reagierte, indem er ihr entgegenkam. Die Chemie loderte jäh auf und wirbelte um sie beide herum, strich über ihre erhitzte Haut und züngelte durch ihren Körper. Wunderschön und Furcht einflößend zugleich. Je mehr sie sich ihren Gefühlen überließ, desto mehr spürte sie den Sog. Gleichzeitig wusste sie, dass weitaus mehr als nur ein paar wunderschöne grüne Augen oder breite Schultern die Ursache dafür waren. Nein. Es ging viel tiefer. Seine innere Stärke faszinierte sie mindestens ebenso wie seine Muskeln, wenn nicht noch mehr. In den letzten Tagen, die sie hier auf der Ranch verbracht hatte, hatte sie sich ein recht klares Bild von ihm machen können. Selbst nach einer vergleichsweise kurzen Zeit in seiner Gesellschaft war es leicht zu sehen, weshalb die ganze Verantwortung auf seinen Schultern ruhte. Klar. Er war stur und wollte keine Hilfe. Aber es war auch einfach, sich an ihn anzulehnen und alles abzugeben. Alles in ihr sehnte sich danach, genau das zu tun.

Hank beschloss, dass er ihr genug Zeit für einen Rückzug gegeben hatte, und küsste sie. Diesmal ohne jeglichen Hintergedanken oder eine tickende Uhr. Es gab nur noch die Nacht um sie herum, ihre Lippen und Zungen, die miteinander tanzten, und das Blut, das durch ihre Adern rauschte.

Lara zögerte nicht, sie schloss ihre Finger um die Knopfleiste seines Hemdes und zog ihn näher zu sich heran. Lust ersetzte ihre letzten, rationalen Vorbehalte. Vergessen war die Demütigung, die sie nach dem letzten, von seiner Seite her gespielten Kuss verspürt hatte. Das war ihr jetzt so was von egal. Sie konnte nicht genug von ihm bekommen. Mit einem leisen Stöhnen fasste sie mit der Hand in seinen Nacken und vergrub ihre Finger in seinem Haar.

Seine von der Arbeit rauen Hände schlüpften am Saum ihres Pullovers unter den Stoff und hinterließen eine brennende Spur auf ihrer Haut. Eifrig, um ihm nicht nachzustehen, löste sie ihre Hand aus seinem Nacken und begann mit zitternden Fingern, sein Hemd aufzuknöpfen.

Vermutlich hätten sie so völlig Raum und Zeit vergessen, hätte Leonie nicht irgendwann genug davon gehabt und an der Tür gekratzt.

Hank knurrte eine Verwünschung, als er das unwillkommene Geräusch hörte, seine Lippen an der empfindlichen Stelle, wo ihr Hals ins Schlüsselbein überging. Sie schmunzelte und schob ihn sanft weg.

„Am besten, wir lassen sie rein. Sie gibt ja sonst doch keine Ruhe." Wohl wissend, dass sie recht hatte, löste er sich widerstrebend von ihr. Er zögerte und unterdrückte den Drang, ihr zu sagen, sie solle bleiben, wo sie war und auf ihn warten. Ja. Sitz, Platz, Bleib. Das würde bestimmt gut ankommen, schimpfte er innerlich mit sich selbst. Er war wirklich aus der Übung. Wo sollte sie denn auch hingehen. Er stand auf und öffnete die Tür für Leonie.

Die kühle Nachtluft und die plötzliche Abwesenheit des Körperkontakts gaben Laras vernünftiger Seite eine Chance, sich Gehör zu verschaffen. Siedend heiß fiel ihr ein, dass Hank und Becca immer noch nicht Bescheid wussten, weshalb sie überhaupt hier war. Sie war schon über eine Woche hier und hatte ihnen noch keinen reinen Wein eingeschenkt. Das war den beiden gegenüber einfach nicht fair. Vor allem hatte sie keinerlei Recht, so über Hank herzufallen, wenn er gar nicht wusste, wer sie wirklich war. Morgen, nahm sie sich fest vor. Morgen würde sie sich endlich um die Aufklärung des Ganzen kümmern. Aber bis dahin musste sie ihre Finger von Hank lassen, so schwer es ihr auch fiel.

Hank wollte sich eben wieder hinsetzen und da weitermachen, wo sie aufgehört hatten, als sie aufsprang. Sie blieb in der Decke hängen und wäre fast der Länge nach hingefallen. Wie peinlich. Im letzten Moment schaffte sie es, sich am Geländer abzustützen. Als er nach ihr greifen wollte, hob sie eine Hand, um ihn zu stoppen.

„Alles gut. Nichts passiert. Ich muss rein." Auf der Suche nach dem schnellsten Fluchtweg flitzten ihre Augen zwischen ihm und der Tür hin und her.

„Rein?", wiederholte er wie ein Papagei.

Sie schenkte ihm ein entschuldigendes Lächeln und rettete sich ins Innere des Hauses.

Völlig perplex starrte Hank ihr nach. Befand er sich in einem Parallel-Universum? Hatten sie sich nicht eben noch sehr leidenschaftlich in den Armen gelegen? Er schaute von der Tür zum Stuhl, wo Lara gesessen war, und wieder zurück zum Haus. Anscheinend war sein Impuls mit ‚Sitz, Platz, Bleib' doch nicht so falsch gewesen. Er kratzte sich am Kopf. Unentschlossen, ob er seiner Schwester dankbar sein sollte, dass sie ihm zu einem halben schönen Abend verholfen hatte, oder wütend auf sie, weil er jetzt sicher keinen Moment schlafen würde, ging er hinüber zur Scheune. Einmal nach den Pferden sehen, würde ihn ... und gewisse Körperteile ... hoffentlich etwas beruhigen. Das verringerte die Gefahr erheblich, dass er einer der beiden Frauen in seinem Haus den Hals umdrehen würde. Aus Versehen natürlich. Versteht sich.

*

Nach einer schlaflosen Nacht hielt Lara an ihrem Entschluss fest, heute endlich Mr. Wilkinson aufzusuchen. Bis jetzt hatte sie jedes Mal der Mut verlassen, wenn sie sich seinem Büro genähert hatte. Heute hatte sie ihren ganzen Mut zusammengenommen und an die Tür geklopft. Deshalb saß sie nun seit bald zwei Stunden im Vorzimmer des Anwalts fest. Nur das gedämpfte Klappern der Computertastatur der Sekretärin durchbrach die Stille. Nachdem sie keinen Termin vorab vereinbart hatte, war es verständlich, dass sie warten musste.

Eigentlich war sie davon ausgegangen, dass der Anwalt eines so kleinen Ortes sowieso die meiste Zeit mit Fischen verbrachte. Oder einer anderen gemütlichen Freizeitbeschäftigung nachging. Dabei war ihr allerdings entfallen, dass der Mann ja seit Kurzem auch Bürgermeister war.

Zum Glück hatte sie ihren Kindle dabei und konnte sich die Zeit mit dem Lesen von Felicity Greens neuem Highland-Hexen-Krimi vertreiben. Nachdem sie eine besonders spannende Stelle gelesen hatte, legte sie den E-Reader zur Seite.

Melissa, die offenbar neben ihrem Job im Diner mehrere Tage die Woche für Mr. Wilkinson arbeitete, schaute von ihrer Arbeit auf.

„Willst du noch einen Kaffee?“

Lara lächelte sie an. „Nein danke. Ich bin sowieso nervös genug.“

„Probleme?“, fragte Melissa verständnisvoll.

„Nicht direkt. Es geht um etwas, was mein Vater mir hinterlassen hat.“

„Ach so. Tut mir leid, das wusste ich nicht“, murmelte sie betroffen.

„Schon gut. Wann, sagtest du, hat Mr. Wilkinson Zeit?“

„Er müsste jeden Moment herauskommen. Aber versprechen kann ich dir nichts“, warnte sie die blonde Frau hinter dem

Schreibtisch. „Er vergisst andauernd, seine Termine einzutragen."

„Das ist schon in Ordnung. Zur Not mache ich einfach einen offiziellen Termin aus und komme ein anderes Mal vorbei."

Doch sie hoffte wirklich, ihre Fragen heute beantwortet zu bekommen. Dann wusste sie endlich Bescheid und konnte Hank und Becca einweihen. Und dann stand nichts mehr zwischen ihr und Hank. Ihr Bauch zog sich vor lauter Vorfreude zusammen und das Blut schoss in ihren Kopf. Aber es ging ihr nicht nur um Hank, sondern ebenso um die Zukunft der Ranch. Nachdem gestern an Schlaf nicht zu denken gewesen war und sie sich stundenlang im Bett gewälzt hatte, waren ihr einige Ideen gekommen, wie man die Ranch profitabler gestalten könnte. Es juckte sie in den Fingern, ein paar Veränderungsvorschläge anzubringen. So langsam langweilte sie sich, ohne Job und ohne eine konkrete Aufgabe. Mit Devil zu arbeiten machte Spaß und Touristin zu spielen war auch lustig. Eine Zeit lang. Doch jetzt war sie bereit, sich in ein neues Projekt zu stürzen.

Allerdings war ihr durchaus klar, dass sie mit ihren Ideen bei Hank auf einigen Widerstand stoßen würde. Plötzliche Veränderungen gehörten nicht unbedingt zu Hanks Stärken, vermutete sie.

Die Tür an der hinteren Wand ging auf. Ein großer Mann mit weißem Haar und einem Gehstock in seiner rechten Hand betrat den Vorraum und durchquerte ihn mit erstaunlich energischen Schritten.

Der Mann schenkte Lara ein knappes Nicken. Erwartungsvoll setzte sie sich aufrechter hin. Zu ihrer Enttäuschung wandte er sich jedoch nur an seine Assistentin.

„Melissa?"

„Ja, Mr. Wilkinson?"

Er reichte ihr einen Stapel Papiere. „Schau bitte, dass das noch heute beim Gericht eingereicht wird. Nutz den Kurierservice."

„Okay." Melissa nahm die Unterlagen entgegen und legte sie fein säuberlich auf ihrem Schreibtisch ab. „Mr. Wilkinson?"

Seinen Mantel schon in der Hand, drehte er sich nochmals zu ihr um. Sie deutete auf Lara, die immer noch gespannt auf der Kante ihres Stuhls saß.

„Lara hier wollte wissen, ob Sie kurz Zeit für sie haben."

Er schaute zu Lara hinüber. Als er ihren hoffnungsvollen Blick sah, wurden seine Züge weicher. Die Antwort war trotzdem enttäuschend.

„Leider nein. Gleich haben wir eine Gemeindeversammlung mit den wichtigsten Geschäftsleuten der Stadt. Es geht um die Zukunft von Independence. Lass dir von Melissa einen Termin geben."

Mit diesen Worten drehte er sich auf dem Absatz um und ging.

Ziemlich erschlagen von der unbefriedigenden Neuigkeit und der geballten Energie, die Mr. Wilkinson ausgestrahlt hatte, ließ sich Lara zurück auf den Stuhl fallen. Sie fühlte sich wie ein Ballon, dem die Luft ausgelassen wurde. Die ganze Aufregung des Morgens umsonst. Ratlos, was sie jetzt tun sollte, erhob sie sich vom Stuhl.

„Bye, Melissa. Bis bald einmal."

„Warte. Dein Termin."

„Stimmt", antwortete Lara, konnte aber keinen rechten Enthusiasmus aufbringen. Nachdem sie es so lange vor sich hergeschoben hatte, hatte sich die Vorfreude zu diesem riesigen Ding aufgebaut, nur um jetzt nutzlos zu verpuffen.

Melissa reichte ihr die Karte mit dem Termin.

„Der ist ja erst in zwei Wochen!"

„Ich weiß. Tut mir leid. Vorher ist einfach nichts zu machen. Außer …", sie schaute auf, „wenn du mir deine Telefonnummer gibst, ruf ich dich an, falls jemand anders absagt."

„Das wäre wahnsinnig nett von dir."

„Ach." Melissa winkte ab und notierte sich ihre Nummer.

„Okay. Tja dann …"

„Vergiss deinen Kindle nicht."

„Puh. Danke. Das hätte mir gerade noch gefehlt, wenn ich das Ende meiner Geschichte nicht hätte lesen können."

„Kenn ich", pflichtete Melissa ihr bei.

„Tschüss."

„Ja, vielleicht bis bald einmal im Diner."

Wieder draußen, zog sie die Jacke enger um sich. Ein beißender Wind war aufgekommen. Die sich rund um die Berge auftürmenden bleigrauen Wolken versprachen Schnee. Sie fröstelte. Passte ja zu dem enttäuschend verlaufenen Morgen. Niedergeschlagen kickte sie einen Kieselstein zur Seite und beschloss, den längeren Weg durch den Park zu nehmen. Vielleicht kehrte ihre gute Laune bei dem Spaziergang wieder zurück.

12

Leider hatte der Spaziergang nicht wirklich geholfen. Als sie die Tür zum Diner aufstieß, war sie immer noch frustriert über die Situation. Am meisten ärgerte sie sich über sich selbst. War ja klar, dass sie einen Termin brauchte. Und anstatt gleich bei ihrer Ankunft einen auszumachen, hatte sie es vor sich hergeschoben. Jetzt hatte sie den Salat. Bei dem Gedanken, dass sie die nächsten vierzehn Tage damit verbringen musste, Hank aus dem Weg zu gehen, verschlechterte sich ihre Laune noch mehr. Eigentlich war ihr Plan gewesen, ihn spätestens heute Abend nach einem klärenden Gespräch ins Bett zu zerren.

Sie ließ sich auf den Barhocker plumpsen, während ihre neunmalkluge innere Stimme anmerkte, dass dieser Plan von vornherein recht optimistisch gewesen war. Schließlich hatte sie keine Ahnung, wie Hank die Neuigkeiten aufnehmen würde. Himmel, sie hatte ja nicht einmal eine Ahnung, was die Neuigkeiten überhaupt waren.

Ihr Blick fiel auf die Drehtüren, die den Barbereich von der Küche trennten. Ein bärtiger Riese hatte gerade eine der Disney Sisters im Arm und küsste sie leidenschaftlich. Als sie sich voneinander lösten, begegnete Miss Daisy ihrem Blick und zog eine Augenbraue hoch. Mist. Jetzt war sie tatsächlich beim Starren ertappt worden. Peinlich, peinlich. Nein. Jetzt kam sie auch noch hierher! Lara wäre am liebsten im Boden versunken.

„Brauchst du ein paar Nachhollektionen?“

„Entschuldige, was?“

„Na, so wie du geguckt hast. Ich kann dir gerne ein paar Tipps geben, falls Hank sich beschwert hat.“

Lara wurde knallrot. Wenn Miss Daisy nur wüsste, wie kompatibel sie und Hank waren, wenn sie sich küssten … Allerdings musste sie zugeben, dass sie ganz froh war, dass der gestrige Abend bereits stattgefunden hatte. Nach dem ersten Kuss wäre sie spätestens jetzt ins Grübeln gekommen, ob ihm der Kuss vielleicht nicht gefallen hatte.

„Wir warten immer noch darauf, endlich zu erfahren, wer die Wette gewonnen hat.“

Wette? Welche Wette? Die mit Devil? Ihr Hirn lief auf Hochtouren.

„Tut mir leid, ich habe Devil nach wie vor nicht geritten. Also bin ich auch nicht runtergefallen.“

„Gut zu wissen. Doch ich habe von der anderen Wette gesprochen.“ Miss Daisy grinste wie eine Katze, die eine Maus zwischen den Pfoten hatte. Das verhieß nichts Gutes.

„Welche meinen Sie denn?“ Sie stand offensichtlich auf der Leitung. Ihr wollte beim besten Willen nicht einfallen, worauf die Frau anspielte.

„Na, dich und Hank.“

Ach ja. Stimmt. Dass darüber ebenso spekuliert wurde, hatte sie vorsorglich in die hintersten Ecken ihres Gehirns verbannt.

„Offensichtlich seid ihr zwei ja bereits ein Paar“, informierte Miss Daisy sie weiter.

Bitte was? Zeit, dafür zu sorgen, dass die ganze Angelegenheit nicht völlig aus dem Ruder lief.

„Natürlich sind wir kein Paar“, antwortete sie deshalb entrüstet.

„Nicht? Da habe ich aber was ganz anderes gehört.“

„Lassen Sie mich raten“, antwortete Lara trocken. „Die Überbringerin der frohen Botschaft hat eine Vorliebe für hautenge Kleider und ein großes Mundwerk?“

Miss Daisy lachte. „Na ja, ein großes Mundwerk sagt man wohl mehreren hier anwesenden Leuten nach“, antwortete sie ungewohnt diplomatisch. „Aber der Rest stimmt.“

Lara winkte ab. „Ich würde nicht alles für bare Münze nehmen, was sie erzählt. Sie war nur enttäuscht, nicht an meiner Stelle zu sein, schätze ich mal.“ Sie nahm all ihren Mut zusammen und setzte eine genießerische Miene auf. „Kann ich ihr nicht verdenken. Aber“, sie schaute Miss Daisy direkt in die Augen, „ein Kuss macht noch lange kein Paar. Oder wie sieht das bei Ihnen und Kurt aus? Laufen bereits Wetten, wann Sie und Kurt“, sie deutete auf den Mann, der sich klugerweise weiterhin im Hintergrund hielt und an einem Bier schlürfte, „heiraten werden?“

Mit einem lauten Krachen schlug der Stapel Teller, den Miss Daisy in den Händen gehalten hatte, auf dem Boden auf. Kurt verschluckte sich an seinem Bier und hustete heftig.

Miss Daisy schenkte ihr einen giftigen Blick, bevor sie sich bückte und anfing, die Scherben zusammenzukehren.

„Ganz schön vorlaut für jemanden, der gerade erst hier angekommen ist“, grummelte sie laut.

„Sie hat recht“, kam ihr Tyler zu Hilfe, die eben mit Ranger neben Lara aufgetaucht war und den letzten Teil der Unterhaltung mitbekommen hatte. „Das mit dem Hochzeitstermin würde mich auch interessieren. Das darf ich doch nicht verpassen.“

Sie reiste öfter zusammen mit Pat, der ein Restaurierungsexperte für alte Gebäude war, quer durchs Land. Also musste sie alle wichtigen Termine frühzeitig planen.

„Zudem will ich dringend wieder einmal eine Wette gewinnen. Wo ist denn Miss Minnie mit ihrem berühmten schwarzen Buch?“

Hektische rote Flecken erschienen auf Miss Daisys Wangen.

Lara biss sich auf die Innenseite ihrer Wange, um sich das Lachen zu verkneifen. Offensichtlich hatte sie mit der Möglichkeit, dass auch die Disney Sisters Gegenstand einer Wette sein könnten, in ein Wespennest gestochen.

„Nur so als Information", ließ sich Kurts dröhnende Stimme vernehmen. „Es liegt nicht an mir. Ich frage sie seit einem halben Jahr, ob sie meine Frau werden will. Doch das Weibsbild ist stur. Sagt mir Bescheid, wann ihr sie weichgeklopft habt."

Mit diesen Worten knallte er die leere Bierflasche vor Miss Daisy auf den Tresen. Unbeeindruckt von den Blitzen, die aus den Augen seiner Freundin schossen, schlenderte er quer durch den Gastraum zur Tür.

Miss Daisy verengte die Augen. „Das wird dir noch leidtun, junge Dame." Beleidigt verschwand sie in der Küche.

„Mutig, mutig, den Löwen zu triezen. Aber keine Angst, sie wird sich schon wieder beruhigen." Tyler tätschelte ihr ermutigend den Rücken.

Uff. Lara hoffte es.

Miss Minnie näherte sich ihnen mit einem amüsierten Funkeln in den Augen. Lara, die keine Lust auf eine weitere Konfrontation hatte, erhob sich hastig vom Stuhl.

„Ich geh mal lieber."

„Keine Zeit für einen Kaffee?"

Sie schüttelte den Kopf. „Heute ist nicht mein Tag. Ich fahr lieber zurück auf die Ranch. Am besten, ich leg mich wieder schlafen."

„Ja, es gibt solche Tage. Vergiss nicht, am Wochenende ist Tanzabend im Diner. Du kommst doch?"

„Tanzabend? Ich kann nicht tanzen."

„Ist egal. Wir können auch Billard spielen oder Darts. Oder einfach eine gute Zeit miteinander verbringen."

Hm. Die Idee war nicht einmal schlecht. Besser, als im Zimmer zu hocken und sich zu fragen, was Hank gerade machte. „Ich frag mal Becca."

„Bring besser deinen schönen Mann mit."

Lara rollte mit den Augen. „Er ist nicht meiner."

„Da habe ich …"

„… etwas anderes gehört. Ja, ich weiß."

Amüsiert schüttelte sie den Kopf. Sie kraulte Ranger zum Abschied die Ohren und verließ mit einem abschließenden Winken das Diner.

Nach Hause zu fahren war insgesamt eine gute Idee, dachte sie, als sie den Kragen ihrer Jacke hochklappte und den Reißverschluss bis zum Kinn hochzog. Die Wolken hingen noch tiefer als vorher. Die ersten hatten sich über die Berggipfel geschoben. Lange würde der Schnee nicht mehr auf sich warten lassen. Plötzlich von einem unerklärlichen Stalldrang erfüllt, ging sie über die Straße zum Parkplatz vor dem Gemeindehaus. Dort hatte sie am Morgen das Auto abgestellt. Jetzt hatte sie Tyler gar nicht gefragt, ob sie etwas über die Pläne des Bürgermeisters wusste. Egal. Vielleicht wusste Becca ja Bescheid. Ein Prickeln im Nacken ließ sie auf der anderen Straßenseite innehalten. Suchend warf sie einen Blick nach links und nach rechts. Nichts zu sehen. Wieso fühlte sie sich dann beobachtet? Irritiert richtete sie die Augen in Richtung Himmel und murmelte: „Papa, wenn du das bist, lass das." Aber sie wusste sehr wohl, dass dieses Gefühl nichts mit ihrem Vater zu tun hatte. Eher mit ihrer blühenden Fantasie, dem düsteren Wetter und ein oder zwei Krimis zu viel. Ob man Bücher auch überdosieren konnte?, überlegte sie belustigt. Nach einem letzten Blick über ihre Schulter stieg sie ins Auto und machte sich auf den Heimweg.

*

Die Frau, die im Schatten eines Ladeneingangs stand, starrte dem Auto hinterher. Wenn sie nur wüsste, was die Fremde hier wollte. Insgeheim hoffte sie, dass sie bald wieder abreiste. Sie hatte gehofft, etwas über ihre Pläne herauszufinden. Doch das war schwieriger, als sie gedacht hatte. Also musste sie sich doch selber um die Sache kümmern. War ja nicht anders zu erwarten gewesen. Sie spannte ihren Regenschirm auf und wich einer Pfütze aus. Zeit, ihren Plan endlich in die Tat umzusetzen.

*

Als sie auf der Ranch ankam, hatte Becca Besuch von einer Freundin. Lara wollte nicht stören und schlich deshalb mehr oder weniger auf Zehenspitzen am Wohnzimmer vorbei. Nur am Treppenabsatz stoppte sie kurz, um Leonie zu begrüßen, die dort lag und mit der Schwanzspitze wedelte.

„Lara?“

„Lasst euch von mir nicht stören“, rief sie von der Treppe.

„Du störst nicht. Komm zu uns. Avery, eine Freundin von mir, ist hier. Sie hat Miss Marple mitgebracht.“

Miss Marple? Eigentlich hatte sie sich schon mit einer Ausrede in ihr Zimmer zurückziehen wollen, doch dieser Name weckte ihre Neugier. Ein Hund vielleicht? Allerdings hatte sie gar keinen gesehen.

„Ich komme gleich. Ich zieh mir nur was Bequemeres an.“ Das Wetter schrie geradezu nach Jogginghosen, einem Sweatshirt und dicken Wollsocken.

Fünf Minuten später kam sie wieder runter und gesellte sich zu den beiden Frauen ins Wohnzimmer.

„Wie gedankenlos von mir. Ich hätte auch Kuchen oder so etwas aus der Stadt mitbringen können.“

„Ach was. Für meine Hüften ist es sowieso besser, wenn du nicht jedes Mal etwas mitbringst.“

Lara rollte mit den Augen, als die schlanke Becca sich über ihre imaginären Fettpolster beschwerte.

„Als wenn dich das kümmern würde. Dann reitest du eben zwei Pferde mehr und gut ist. Wenn ich es mir recht überlege, würde mir Hank sogar dafür danken.“

Beccas Augen funkelten herausfordernd. „In dem Fall solltest du das definitiv tun. Er hatte heute Morgen wieder einmal massiv schlechte Laune. Dabei hatte ich ihn gestern extra zu dir raus geschickt. Es hatte nicht ganz den Effekt, den ich mir erhofft hatte. Hast du dazu etwas zu sagen? Hm?“

Avery lehnte sich ein wenig zurück und sah Becca bewundernd an.

„Hast du einen Kurs in Verhörtechnik belegt?“

„Nein. Nur immer gut aufgepasst, wenn du mir von der Arbeit erzählst“, antwortete sie ungerührt. „Ich wusste, dass diese Kenntnisse irgendwann einmal sehr nützlich sein werden.“

„Hab ich etwas verpasst?“, fragte Avery neugierig.

„Ach, nichts weiter. Es ist nur spannend zu sehen, wie die beiden, sprich Lara und mein Bruder, umeinander herumschleichen.“ Sie klimperte theatralisch mit den Augen.

„Dein Bruder? Der große, schweigsame Cowboy, der ständig mit einem finsteren Gesichtsausdruck rumrennt?“ Sie musterte Lara und nickte ihr anerkennend zu. „Go, Girl!“

„Was arbeitest du, dass man vom bloßen Zuhören deiner Geschichten Verhörtechniken erlernen kann? Bist du etwa eine Spionin?“, fragte Lara, bestrebt, dem Gespräch eine neue Wendung zu geben. Ihr war die ganze Aufmerksamkeit unangenehm.

Avery lachte. „Fast. Ich war bis vor Kurzem Agentin beim Drogendezernat.“

„Wow. Echt? Und was hast du da gemacht?“

„Viel undercover gearbeitet. Und Drogen aufgespürt.“

„Ach, mit Spürhunden. Paige, die Journalistin, hat mir so was erzählt.“

„Mit diesem Fall hatte ich nichts zu tun. Dafür stehen Adrian mit seinem Bluthund die Lorbeeren zu.“

Bei der Erwähnung von Adrians Namen sprang Becca auf und hielt Avery die Hand hin. „Jetzt mach’s nicht so spannend und stell Lara deine Mitarbeiterin vor.“

„Du willst ja nur um jeden Preis das Thema Adrian vermeiden“, neckte Avery sie.

Interessiert spitzte Lara die Ohren. Adrian? Diesen Namen hörte sie heute zum ersten Mal. Anscheinend ein heikles Thema für Becca. Bevor sie jedoch nachhaken konnte, wurde sie durch Avery abgelenkt, die sich in den Ausschnitt ihres Hemdes griff und etwas Kleines, Pelziges herausholte.

Lara traute ihren Augen nicht. „Ist das …“

„Genau. Eine Wanderratte“, bestätigte Avery. „Sie heißt Miss Marple.“

„Und zwar nicht irgendeine. Sondern die beste Spürratte der Welt. Was findet sie alles?“ Becca nahm die Finger zu Hilfe und fing an, die Talente des Nagers aufzuzählen. „Sie findet Drogen, Geld, Waffen …“ Sie warf Avery einen fragenden Blick zu. „Sonst noch was?“

„Du bist wohl ein großer Fan von Miss Marple“, stellte Lara fest. „Cooler Name übrigens“, meinte sie an Avery gerichtet.

„Der Name passt hervorragend und ja, ich bin ein sehr großer Freund der Kleinen.“

Miss Marple reckte sich inzwischen in die Höhe und schnupperte an Laras Finger, den sie ihr vor die Nase hielt.

„Schmauchspuren kann sie auch entdecken“, vervollständigte Avery Beccas Aufzählung. „Ich hoffe also, dass du in der letzten Zeit niemanden erschossen hast, Lara.“

Lara grinste. „Heute ausnahmsweise nicht. Aber wenn Becca nicht aufhört, mich und Hank zu verkuppeln, wird sie vielleicht mein nächstes Opfer.“ Sie zwinkerte ihrer neuen Freundin zu.

„Haha. Sagt die Schweizerin, die noch nie eine Waffe abgefeuert hat, zum Cowgirl.“

„Touché.“ Sie strich der Ratte mit einem Zeigefinger über den seidigen Pelz. „Darf ich sie mal halten?“

„Klar.“ Avery setzte sich auf und übergab ihr das Nagetier. „Hier.“ Sie streute ein paar Haferflocken auf Laras Oberschenkel. „Das darf sie fressen.“

Fasziniert beobachtete Lara Miss Marple, wie sie fein säuberlich Haferflocke für Haferflocke in die Pfoten nahm und verspeiste. Ihre Knopfaugen flitzten dabei aufmerksam zwischen den Frauen hin und her. Ihre Schnurrbarthaare zitterten mit den Kaubewegungen. Als Miss Marple fertig gefressen hatte, hob Lara sie hoch und gab sie Avery zurück.

„Eine tolle Partnerin, die du da hast. Was machst du denn jetzt? Oder habe ich das falsch verstanden und du arbeitest immer noch fürs Drogendezernat, einfach hier in der Nähe?"

„Mein Mann und ich …"

„Sie ist mit einem Carter verheiratet", warf Becca hilfreich ein.

„Tatsächlich? Ich dachte, ich hätte an meinem ersten Abend alle kennengelernt. Sind da noch mehr?", fragte Lara mit großen Augen.

„Cole Carter ist mein Mann."

„Stimmt. Jetzt erinnere ich mich wieder. Der FBI-Agent. Ihr macht was mit – ja, was denn genau eigentlich?" Sie runzelte die Stirn. „Irgendetwas mit Sicherheit. Das kann heutzutage ja alles Mögliche bedeuten. Von Alarmanlagen über Bodyguards bis zu privaten Milizen für den Mittleren Osten."

Becca erhob sich vom Sofa. Auf den fragenden Blick der beiden anderen meinte sie: „Redet ruhig weiter. Ich mach mir in der Küche eine heiße Schokolade. Will sonst noch jemand eine Tasse?"

Als sie die begeisterten Blicke sah, lachte sie. „Also gut. Drei Tassen heiße Schokolade kommen sofort. Marshmallows?"

Lara und Avery sahen sich an. War das eine Frage? „Klar", beantwortete Lara die Frage gleich für beide.

Avery nahm den Faden wieder auf. „Das ist eine gute Frage. Und gleichzeitig unser Problem. Wir können uns nicht entscheiden, auf welchen Bereich wir uns spezialisieren sollen. Wir sind ein tolles Team. Alles andere ist noch sehr … vage."

„Könnt ihr nicht einfach die Stärken jedes Einzelnen erst einmal definieren und dann aufgrund dessen versuchen, ein Profil eures Angebots zu erstellen? Das stell ich mir einfacher vor, als nur nach marktwirtschaftlichen Gesichtspunkten eine Entscheidung zu fällen."

Avery sah sie an, als sei ihr ein zweiter Kopf gewachsen. Sorgfältig bugsierte sie Miss Marple zurück unter ihr Hemd. Dann sprang sie auf, nahm Laras Gesicht in beide Hände und küsste sie auf beide Wangen. „Brillant! Simpel, aber genial! Sag Becca, dass ich dringend wegmusste."

Mit diesen Worten schnappte sie sich ihre Jacke und verschwand in das dichte Schneetreiben, das inzwischen draußen aufgekommen war.

„Hast du sie verjagt?", fragte Becca verdutzt, als sie mit zwei Tassen dampfender Schokolade ins Wohnzimmer zurückkam.

„Klar. Ich, der Schrecken aller hartgesottenen Agentinnen." Lara grinste.

„Ja, sieht ganz so aus."

„Offenbar habe ich ihr unbeabsichtigt eine Idee zu ihrer Firma geliefert, die ihr wohl so gut gefiel, dass sie sie gleich mit dem Team besprechen will. Oder zumindest mit Cole. Ganz so klar war das nicht."

„Muss ja eine tolle Idee gewesen sein."

Lara zuckte mit den Schultern. „Eigentlich nicht." Sie lehnte sich im Sofa zurück und warf einen Blick aus dem Fenster. Dicke, weiße Flocken fielen vom Himmel.

Becca folgte ihrem Blick. „Ich hoffe, Hank und Jerome schaffen es noch rechtzeitig nach Hause."

„Wo sind sie denn?"

„Sie wollten nach den Müttern mit den frischgeborenen Kälbern sehen. Meist bleibt der Schnee um diese Jahreszeit nicht lange liegen. Aber wenn so ein Frischling seine erste Nacht im Schneegestöber verbringen muss, ist das ganz schön hart."

Fasziniert hörte Lara zu. Daran hatte sie überhaupt nicht gedacht. „Was macht ihr dann? Wickelt ihr sie in Wolldecken?"

Becca schnaubte belustigt. „Manchmal stellst du Fragen wie ein richtiges Stadtkind."

„Na ja, bin ich ja auch."

„Stimmt. Es ist nur so, dass man das vergisst, wenn man dich mit den Pferden sieht." Sie sprang auf. „Apropos Pferde. Hilfst du mir, sie reinzuholen? Dann muss ich mich nicht mit dem gelben Teufel herumschlagen."

„Er ist kein Teufel", protestierte Lara, als sie Becca nacheilte. Diese war bereits bei der Tür und in ihre Stiefel geschlüpft. Leonie stand geduldig daneben und wartete darauf, rausgelassen zu werden. Liebevoll strich ihr Becca über den Kopf. „Gleich, meine Schöne." Sie warf einen Blick auf Lara. „Zieh dich warm an."

Lara konnte sich gerade noch beherrschen und unterdrückte ein Augenrollen. Sie wusste, Becca meinte es nur gut. Aber sie kam aus der Schweiz. So ein bisschen Schnee würde sie nicht umbringen.

Zehn Minuten später musste Lara allerdings ihre Meinung revidieren. Das bisschen Schnee entpuppte sich als ausgewachsener Schneesturm. Leonie hatte wohlweislich nur kurz ihr Geschäft verrichtet und dann vor der Tür gewinselt, um wieder ins Haus gelassen zu werden. Die Glückliche lag jetzt bestimmt im Trockenen vor dem brennenden Kamin, dachte sie, als eine erneute Windböe ihr eine Ladung Schnee ins Gesicht trieb. Wenigstens waren die Pferde alle genauso erpicht darauf, endlich in den windgeschützten Stall zu kommen. Alle kamen brav zum Gatter, sobald sie sie entdeckten, und marschierten mit gesenktem Kopf und angelegten Ohren in ihre Box.

Endlich waren alle drin. Besorgt warf sie einen Blick aufs Tor. Wo Hank und Jerome wohl blieben? Becca hatte gar nicht gesagt, ob sie unterwegs irgendwo Unterschlupf finden würden. Die Sichtbarkeit war praktisch null. Sie hatte keine Ahnung, wie die beiden in diesem Unwetter überhaupt nach Hause finden sollten.

„Ich geh zurück ins Haus, kommst du auch?", rief Becca, als sie mit der Stallarbeit fertig waren.

„Ich bleib noch ein wenig hier und putze Devil."

„Mach das. Ich fang dann schon mal an zu kochen."

Ja, richtig. Inzwischen hatte sie selbst gemerkt, dass Becca alles, was mit Kochen zu tun hatte, mied wie eine Katze das Wasser. „Untersteh dich", antwortete sie trotzdem, einfach weil sie das Geplänkel genoss. So musste es sich anfühlen, wenn man eine Schwester hatte. Ihre Gedanken wanderten zu Hank. Ihm gegenüber hatte sie hingegen alles andere als schwesterliche Gefühle. Um sich abzulenken, griff sie nach einer Bürste und begann Devil zu striegeln, der zufrieden an seinem Heu kaute.

13

Drei Stunden später verstaute Lara das dreckige Geschirr in der Spülmaschine. Sie hatte Kartoffelsuppe gekocht, Speck mit Zwiebeln angebraten und frische Brötchen gebacken. Anschließend hatten sie und Becca zusammen gegessen. Es war eine ungewöhnlich schweigsame Mahlzeit gewesen. Beide machten sich Sorgen um die Männer, die nach wie vor nicht zurück waren. Draußen lag der Schnee bereits über dreißig Zentimeter hoch und die Dämmerung war hereingebrochen. Nach dem Essen hatte Becca nochmals Holz ins Feuer gelegt und war dann in ihrem Zimmer verschwunden. Offenbar hatte sie noch einige Telefongespräche mit ihren Sponsoren zu erledigen. Lara beneidete sie darum, dass sie etwas hatte, das sie beschäftigt hielt. Wer hätte gedacht, dass sie sich einmal nach Arbeit sehnen würde? Unfähig, sich einfach still hinzusetzen und Däumchen zu drehen beschloss sie, in den Stall zu gehen. Devil würde sich zwar wundern, sie schon so bald wieder zu sehen, aber egal. Vielleicht würde sie ihm Zöpfe flechten. Sie grinste bei der Vorstellung von dem eigensinnigen Hengst mit einer Mädchenfrisur. Als sie nach ihrer Jacke griff, sah sie eine von Hanks Jacken daneben hängen. Seine war viel dicker als ihre. Ob sie sich die wohl leihen durfte? Bevor sie es sich anders überlegen konnte, war sie hineingeschlüpft. Sie schlug den Kragen hoch und steckte ihre Nase in das Kunstfell, mit dem sie gefüttert war. Hanks männlicher Geruch umgab sie wie eine zärtliche Umarmung. Sie atmete tief ein und gestattete sich einen Moment sich vorzustellen, wie es wäre, jeden Tag zu einer echten Umarmung von ihm heimkehren zu können. Nach diesem kurzen Ausflug ins Land der Fantasie riss sie sich zusammen. Die Sorge um Hank ließ sie offensichtlich sentimental werden, stellte sie fest. Oder der Wetterumschwung war schuld. Zufrieden mit dieser Antwort, warf sie Leonie, die vor dem Kamin lag und sie kritisch beobachtete, einen auffordernden Blick zu.

„Na, was ist? Kommst du mit?"

Leonie hob eine ihrer Augenbrauen und schenkte ihr einen treuherzigen Hundeblick, der klar ausdrückte, was sie von der Idee hielt. Nämlich nichts.

„Komm schon. Ich dachte, du ist ein Pyrenäenberghund? Der auf seine Herde aufpasst und Wind und Wetter trotzt?"

Als die Hündin bemerkte, dass die Frau nicht so schnell aufgeben würde, erhob sie sich mit einem tiefen Seufzer vom Teppich und streckte sich erst einmal gründlich. Dann schüttelte sie sich, dass die Ohren nur so flogen, und trottete wenig begeistert zu Lara.

„Toll. Du wirst sehen, im Stall ist es auch schön warm." Lara schlüpfte in die Handschuhe, die sie in Hanks Jackentasche gefunden hatte, und zog sich ihren Schal enger ums Gesicht. Als sie die Tür öffnete, riss ihr der Wind diese beinahe aus der Hand. Verflixt. Offenbar hatte der Sturm in den letzten Stunden sogar zugelegt. Und sie wusste immer noch nicht, was Hank überhaupt da draußen mit den Kälbchen machte. Irgendwie waren sie vom Thema abgekommen, sodass Becca ihre Frage gar nicht beantwortet hatte.

Lara musste sich aktiv gegen den Wind stemmen. Leonie folgte ihr, den gesenkten Kopf dicht an ihre Beine gepresst.

„Ein schlauer Hund bist du, dass du dich so im Windschatten hältst", murmelte sie. Als sie bei der Scheune ankam, war sie richtig außer Atem. Der Sturm schien den ganzen Sauerstoff zu verschlucken. Ihre Wangen brannten von den kalten Schneeflocken, die unermüdlich vom Himmel fielen. Bevor sie das Scheunentor hinter sich zuzog, warf sie einen letzten Blick zum Himmel. Da, wo die Außenbeleuchtung brannte, war nur eine weiße Wand zu sehen. Langsam, aber stetig wuchs die Panik in ihrem Inneren. Ob sie sich auf die Suche nach ihm machen sollte? Sie stieß ein nervöses Lachen aus, das einige der Pferde im Stall verwundert den Kopf heben ließ, und verwarf diesen irrwitzigen Gedanken sofort wieder. Die Chance, in diesem Chaos jemanden zu finden, war gleich null. Zudem kannte sie sich überhaupt nicht aus. Die paar Spaziergänge mit Devil rund um die Ranch machten sie kaum zu einer ortskundigen Expertin.

Um die wachsende Panik in ihrem Inneren in den Griff zu bekommen, wanderte sie durch den Stall. Als sie all das Sattelzeug an der hinteren Wand sah, kam ihr eine Idee. Ein Ausflug in die kleine Futterkammer, in der noch allerlei andere Materialien gelagert waren, und sie fand, was sie suchte. Sattelseife, Lederfett, einen Lappen und einen Eimer, den sie mit warmem Wasser füllte. Sie schleppte alles vor Devils Box. Dann zog sie sich einen Heuballen heran und setzte sich mit einem der Zaumzeuge in der Hand zu ihrem Pferd.

Systematisch säuberte sie das Leder von Staub und Schweißresten und fettete es anschließend ein. Sie liebte diese Arbeit. Der Geruch der Pflegemittel und das Gefühl des weichen Leders unter ihren Fingern beruhigten sie ein wenig. Das einzige Problem war, dass sie dabei nicht viel überlegen musste. Ihre Gedanken flitzten umher wie das Duracell-Häschen in der Werbung.

So ein Blizzard war wirklich eine Naturgewalt. Dieses Erlebnis machte ihr so richtig deutlich, dass die Menschen mehr oder weniger nur geduldet waren auf dieser Erde. Eine Erfahrung, die sie nachdenklich stimmte. So ihren tiefenpsychologischen Gedanken nachhängend verpasste sie, wie Leonie plötzlich den

Kopf hob und in Richtung Tor schaute. Auch Devil hörte auf zu fressen und schien die Ohren zu spitzen. Erst ein lautes Poltern schreckte sie auf.

Hank? Sie rannte zum großen Scheunentor und stemmte sich dagegen, um es aufzuschieben. Kaum hatte sie es einen Spaltbreit offen, drängte sich Hank hinein. Sein Hut und sein Mantel waren schneebedeckt. In den Armen hielt er ein kleines Kälbchen. Es hatte die Lider geschlossen und bewegte sich nicht. Er stolperte vorwärts, als Slate hinter ihm durch den Spalt drängelte.

„Du hast es geschafft“, flüsterte sie fast ehrfürchtig und berührte seine Wange.

Er nickte müde und schenkte ihr ein halbherziges Lächeln. Die Anstrengungen der letzten Stunden hatten tiefe Linien in seinem Gesicht hinterlassen. Seine Augen waren dunkel vor lauter Erschöpfung.

Tausend Fragen überschlugen sich in Laras Kopf. Doch die mussten erst einmal warten.

„Kann ich dir helfen?“, fragte sie besorgt.

„Kümmere dich um Slate. Der arme Kerl musste ganze Arbeit leisten. Ich bin sicher, er ist fix und fertig.“

Wie sein Reiter, dachte Lara bei sich. „Klar. Mach ich.“ Sie sah ihm nach, wie er mit dem Kälbchen nach hinten verschwand. Sie hoffte, dass es nicht schon tot war. Sehr lebendig hatte das arme kleine Ding nicht ausgesehen.

Slate war schon selbstständig in seine Box gegangen und fraß Heu. Lara sattelte ihn ab, zog ihm das Bosal, ein gebissloses Zaumzeug, vom Kopf und hängte die Sachen an ihren angestammten Platz. Dann holte sie sich ein altes Handtuch und rubbelte ihn von Kopf bis Fuß ab. Als sie damit fertig war, war ihr heiß. Sie hoffte, dass es dem Pferd auch so ging. Um sicherzugehen, dass er sich nicht erkältete, nahm sie die alte Fleecedecke, die an seiner Boxenwand hing, und legte sie ihm über. Das Hightech-Material würde alle Feuchtigkeit nach außen transportieren und Slates Körper darunter warmhalten. Bevor sie rein ging, würde sie sie ihm wieder abnehmen. Sie steckte dem zähen Pferd noch ein paar Möhren zu, die sie vorhin aus der Küche mitgebracht hatte, und machte sich dann auf die Suche nach Hank und seinem Findelkind.

Sie fand Hank auf dem Strohlager sitzend. Das Kälbchen lag in eine alte Pferdedecke gewickelt auf einem Bett aus losem Stroh. Über seinem Körper brannte eine Infrarotlampe. Immer noch machte es keinen Mucks.

„Ist es tot?", flüsterte sie.

Hank richtete seine grünen Augen auf sie. „Noch nicht."

„Noch nicht?"

„Keine Ahnung, ob er es schafft. Er sollte endlich aufwachen, damit wir ihn füttern können."

„Mit Milch?"

Trotz seiner Erschöpfung lächelte Hank. „Mit Milch", bestätigte er. „Wo du gerade stehst … Könntest du mir die Flasche bringen? Sie steht in der Futterkammer." Er beugte sich zu dem Kalb hinunter, das plötzlich mit der Nase zuckte.

Wie der Blitz rannte Lara in den hinteren Raum, um ihm das Gewünschte zu bringen.

„Wo ist eigentlich Jerome?", fragte sie, nachdem sie ihm die Flasche überreicht hatte.

Er stellte sie neben sich auf den Boden und nahm eine Handvoll Stroh. In rhythmischen Bewegungen begann er, das Kalb von Kopf bis Fuß abzureiben. „Den habe ich nach Hause geschickt. Mit dem Auto hätte er es sowieso nicht geschafft. Dann reitet er morgen zur Arbeit."

Kälbchen sein hat auch seine Vorzüge, durchzuckte es Lara, als sie sah, wie behutsam Hank mit dem Kalb umging. Gerne wäre sie an seiner Stelle gewesen. Ohne das ganze Beinahe-Erfrieren, versteht sich.

Endlich blinzelte das Kalb. Unmittelbar darauf versuchte es, sich aufzurichten. Doch es war einfach noch zu schwach.

Immer wieder rutschten ihm auf dem schlüpfrigen Untergrund die Beine weg.

„Ganz ruhig", sprach Hank auf das Tier ein und kraulte es am Hals. Dann griff er nach der Flasche mit der Ersatzmilch und hielt dem Kleinen das Mundstück aus Gummi vors Maul. Das Kalb drehte den Kopf weg. Erst nachdem er ihm einen Finger seitlich ins Maul schob und ein paar Tropfen der Milchnahrung auf die raue Zunge tropfen ließ, fing es gierig an zu saugen. Ein Lächeln zog sich über Hanks Gesicht.

„So ist es richtig", lobte er das Kälbchen.

Auch Lara atmete auf. Jetzt erst, wo sie sich weder um den Cowboy noch um das halb erfrorene Tier Sorgen machen musste, bemerkte sie den Tumult in ihrem Bauch. Schmetterlinge? Eher ein Schwarm Grashüpfer auf Drogen, so wie sich das anfühlte. Die kleinen Kerle trainierten offenbar gerade für Olympia. Kein Wunder. Das Bild, das Hank beim Füttern des Kalbs bot, war zum Dahinschmelzen. Seit wann stand sie denn auf Kitsch?, fragte sie sich, zunehmend irritiert über sich selber.

„Ist es jetzt über den Berg?", fragte sie, um sich abzulenken. Sie streckte eine Hand aus, um ihm über das lockige Fell zu streichen. Es war rotbraun und hatte einen weißen Stern auf der Stirn.

„Ja. Ich denke, jetzt schafft er es", murmelte er und legte seine Hand auf ihre. „Im schlimmsten Fall verliert es eine Ohrspitze. Die leiden immer am meisten in der Kälte."

Lara lachte leise. „Das kann ich mir vorstellen. Nur dünne Haut und fast kein Fell. Wie alt ist es denn?" Sie schob ihre freie Hand unter die Decke, in der das Kalb eingehüllt war. Immerhin trocknete der Pelz unter der Decke langsam, stellte sie fest.

„Es ist vor ein paar Stunden auf die Welt gekommen", antwortete er.

Bei dieser Antwort vergaß Lara den Aufruhr in ihrem Inneren und starrte die beiden mit offenem Mund an. „In diesem Wetter? Das wird ja mal ein richtiger Kämpfer!"

Die Augen voller Verwunderung hob sie den Kopf. Ihre Blicke trafen sich. Seine Hand auf der ihren, in der Mitte das gerettete Kälbchen, und etwas verschob sich. Plötzlich war eine Verbindung zwischen ihnen da.

Lara schluckte. Verwirrt über die plötzliche Intensität ihrer Gefühle wandte sie den Blick ab und zog ihre Hand hervor. Um den Tumult in ihrem Inneren zu verbergen, hielt sie ihre Stimme so neutral wie möglich und fragte: „Wie lange musst du bei dem Kleinen bleiben?“

Das Kalb hatte die Flasche zur Hälfte geleert, als ein lautes Plopp ertönte und es aufhörte zu saugen. Hank stellte die Flasche zur Seite und bettete den Kopf des Kalbes wieder sanft auf das Stroh. Erschöpft schloss er die Augen und lehnte den Kopf an die Wand, bevor er antwortete: „Im Prinzip die ganze Nacht. Der kleine Kerl hier kriegt alle paar Stunden Hunger und braucht was zu essen.“

Herrje. Und das, nachdem er sowieso schon den ganzen Tag auf den Beinen beziehungsweise im Sattel gewesen war. Ihre praktische Seite machte sich bemerkbar und verscheuchte sehr effizient sämtliche Gefühlstumulte.

„Dann bringe ich dir am besten etwas zu essen.“

Beim Wort essen öffnete er die Augen einen Spalt. „Essen? Großartig. Ich bin kurz vor dem Verhungern.“

Das klang so enthusiastisch, dass Lara lachen musste.

„Kommt sofort.“

„Ich werde hier warten.“ Leonie hatte inzwischen zu seinen Füßen Platz genommen und sich an seine Beine gekuschelt.

*

Lara füllte eine Thermoskanne mit heißem Kaffee und wärmte die Suppe auf. Die Brötchen schob sie auch noch mal in den Ofen. Wie sollte sie das nur durch den Schnee transportieren? Ein Tablett in den Stall zu tragen, erschien ihr als wenig praktikabel bei dem Sturm, der draußen immer noch heulte. Sie würde die Suppe mitsamt Topf und den restlichen Sachen in eine Tüte packen müssen.

Als sie mit dem Beutel in der einen Hand und der Suppe unter dem anderen Arm wiederkam, schlief Hank tief und fest. Alle drei schliefen tief und fest, stellte sie schmunzelnd fest. Leonie war näher an das kleine Stierkalb herangerückt. Jetzt schliefen die beiden Rücken an Rücken.

Im Schlaf hatten sich die Linien der Erschöpfung in Hanks Gesicht etwas geglättet. Fast war sie versucht, ihn schlafen zu lassen. Doch er brauchte etwas zu essen und anschließend trockene Kleider. Ungebeten tauchten vor ihrem geistigen Auge Bilder auf, wie sie ihm beim Umziehen oder genauer gesagt beim Ausziehen behilflich war.

„Himmel“, schimpfte sie halblaut mit sich selber, während sie das Essen auspackte. „Draußen geht die Welt unter und ich habe nichts Besseres zu tun, als in Gedanken Männer auszuziehen!“

„Na, solange ich es bin, den du ausziehst …“ Hanks Stimme klang belustigt.

Lara zuckte unmerklich zusammen. Sie hatte nicht gemerkt, dass er aufgewacht war. Ohne sich etwas anmerken zu lassen, fuhr sie mit ihrer Aufgabe fort. Doch ihre Mundwinkel zuckten, als sie freundlich zurückgab: „Träum weiter.“

Hank verkniff sich ein Grinsen. Lara machte immer so einen autarken Eindruck. Als würde sie überhaupt niemanden brauchen. Doch wenn man genauer hinschaute, war sie lange nicht so unbeteiligt, wie sie den Anschein erweckte.

„Hab ich dich geweckt?“

„Der Duft der Brötchen hat mich geweckt. Ich bin sicher, damit könntest du auch Zombies aus ihren Gräbern locken oder Tote auferstehen lassen.“

„Hat dir mal jemand gesagt, dass du einen schrägen Humor hast?“ Sie schielte zu ihm hinüber.

Ungerührt antwortete er. „Ja. Schon oft. Und?“

Sie zuckte mit den Schultern und reichte ihm den Topf und einen Löffel.

„Nichts. Hier. Teller habe ich ehrlich gesagt vergessen."

„Kein Problem. Ich bin so hungrig, dass Konventionen meine letzte Sorge sind."

Schmunzelnd streute sie ihm Speck und Zwiebeln über die dickflüssige Suppe. „Das kann ich mir vorstellen."

Lara setzte sich auf den Boden und schlang die Arme um ihre Knie, während sie ihm beim Essen zuschaute.

Nach einer Weile setzte er den Topf neben sich auf den Boden und griff sich ein Brötchen, um ihn sauber zu wischen und auch noch den letzten Tropfen zu verspeisen. Schließlich lehnte er sich zurück, satt und zufrieden. Er schielte zu Lara hinüber. Erst jetzt fiel ihm auf, dass sie seine Jacke trug.

„He, du bist ja ein Kleiderdieb."

„Die ist nur geliehen", murmelte sie, etwas verlegen, dass er sie in seiner Jacke ertappt hatte. „Meine Jacke, die ich dabei habe, ist offenbar nicht blizzardtauglich." Abrupt schaute sie auf. „Sorry. Ich habe gar nicht nachgedacht. Brauchst du sie selber?" Schuldbewusst griff sie zum Reißverschluss.

Hank winkte ab. „Lass nur. Ich habe mehrere solcher Jacken."

„Aber dir ist bestimmt kalt", protestierte sie. Sich an den Kaffee erinnernd, holte sie die Thermoskanne hervor und schenkte ihm eine Tasse ein.

Dankbar nahm Hank sie entgegen. „Trockene Kleider wären nicht schlecht. Kannst du hier Stellung halten, während ich kurz dusche und mich umziehe?"

„Klar." Lara sammelte den Topf und das Besteck ein, knüllte das Küchenpapier, das sie als Serviettenersatz mitgebracht hatte, zusammen und verstaute alles in der Tüte. Nur den Kaffee ließ sie stehen. Der würde ihnen während ihrer Nachtwache sicher gute Dienste leisten. Sie hielt ihm die Tasche hin. „Kannst du das gleich mit rein nehmen?"

„Gib her“, murmelte er und streckte die Hand aus. Er wandte sich zum Gehen. „Danke übrigens. So hattest du dir deinen Urlaub sicher nicht vorgestellt.“

Lara rollte mit den Augen. „Ich finde das alles total faszinierend. So etwas erlebt man nicht jeden Tag.“ Sie zuckte mit den Schultern. „Das ist richtiges, echtes Ranchleben. Ein großes Abenteuer für ein Stadtkind wie mich.“

Hank schnaubte. „Du und ein Stadtkind. Das ist der Witz des Jahres.“ Lara wirkte auf ihn tatsächlich wie jemand, der auf einer Ranch geboren war und vermutlich auch dort sterben würde. Sie war erst seit kurzer Zeit hier, und doch hatte sie bereits einen bleibenden Eindruck bei ihm hinterlassen. Darüber, dass sie irgendwann wieder abreisen würde, wollte er lieber nicht allzu genau nachdenken.

„Lach nicht. Selbst deine Schwester hat das erkannt, als ich sie heute gefragt habe, wie ihr den Kälbchen durch den Schneesturm helft.“

„Was hattest du denn gedacht?“ Es interessierte ihn wirklich zu hören, auf was für eine Lösung sie gekommen war.

„Ach, nicht so wichtig“, versuchte sie sich aus der Affäre zu ziehen.

Er trat einen Schritt zu ihr hin und griff ihr sanft unters Kinn. Als sie ihn endlich anschaute, sagte er: „Komm schon. Erzähl’s mir. Ich werde auch bestimmt nicht lachen.“

Sie starrte ihn etwas bockig an: „Wollen wir wetten?“

Er schmunzelte. „Independence scheint auf dich abzufärben, wenn du schon Wetten abschließen willst.“

Sie versuchte ihre finstere Miene beizubehalten, doch es gelang ihr nicht ganz. Ihr linker Mundwinkel zuckte verräterisch. „Kann sein.“

„Also. Was war deine Idee?“

„Ich habe gefragt, ob ihr sie in Wolldecken wickelt. Und? Bist du jetzt zufrieden?“, fragte sie und warf die Hände in die Luft.

Jetzt war Hank derjenige, der krampfhaft versuchte, nicht zu lachen. Keine Chance. Die Vorstellung, die staksigen, neugeborenen Kälbchen in Wolle zu hüllen, und das noch dazu draußen im Schneegestöber, war einfach zu lustig.

„Siehst du? Die Wette habe ich gewonnen.“ Sie versetzte ihm einen nur halbwegs scherzhaften Boxhieb.

Der hatte gesessen. Laras rechte Hand hatte es in sich. Hank rieb sich die Stelle, wo sie ihn getroffen hatte. „Vielleicht hast du ja Lust, dem Kleinen einen Pullover zu stricken.“

Sie rollte mit den Augen, doch insgeheim musste sie zugeben, dass das eine witzige Idee war. „Ja, ja, schon gut. Mach dich nur lustig über mich“, grummelte sie halbherzig.

Die Frau schaffte es, trotzig und sexy zugleich auszusehen, stellte Hank fest. Wie sollte er ihr so widerstehen? Fakt war, dass er das gar nicht wollte. Er schob ihr seine Hand, die er von ihrem Kinn auf ihre Schulter hatte gleiten lassen, in den Nacken und zog sie zu sich heran. Sie fühlte sich verdammt gut an, dachte er und küsste sie.

Lara sträubte sich nur eine Millisekunde. Doch als sein Daumen sanft an ihrer Halsschlagader entlang glitt, seufzte sie und gab sich den wundersamen Gefühlen hin, die sie von Kopf bis Fuß durchfluteten.

Hank spürte den Moment genau, wo ihr Körper weich und nachgiebig wurde, und vertiefte den Kuss.

Der Mann konnte unglaublich gut küssen. Das Blut rauschte in ihrem Kopf, in ihrem Herzen und landete in ihrem Unterleib, sodass ihr fast schwindlig wurde. „Wieso enden wir eigentlich immer an diesem Punkt?“, murmelte Lara in einem seltenen, lichten Moment.

„Es muss hier nicht enden. Im Grunde genommen ist das erst der Anfang“, flüsterte Hank mit rauer Stimme zurück, bevor er mit den Zähnen ihre Unterlippe einfing.

Ziemlich selbstbewusst, der Kerl, dachte Lara belustigt. Klar, er hatte recht. Aber der Zeitpunkt war aus verschiedenen

Gründen nach wie vor nicht gerade ideal. Nicht zuletzt deshalb, weil er noch die nassen Klamotten trug und einen sehr anstrengenden Tag hinter sich hatte.

Mit einer übermenschlichen Willensanstrengung löste sie sich von ihm und versetzte ihm einen spielerischen Stoß gegen seine Brust. Unvorbereitet, wie er war, taumelte er sogar einen halben Schritt rückwärts. Überrascht sah er sie an.

„Wofür war denn das?“

„Geh dich umziehen, Cowboy. Ich halte so lange hier die Stellung.“ Bedeutungsvoll zeigte sie mit dem Kinn in Richtung des schlafenden Vierbeiners.

Das Kälbchen erwachte in diesem Moment und stieß ein klägliches Muhen aus, als wollte es ihre Aussage unterstützen.

Sofort war Hank zur Stelle und die Lust aus seinen Augen verschwunden. Bewundernswert, wie Lara fand, auch wenn ihr Körper lauthals über die plötzliche Trennung von ihm protestierte.

„Mist. Ich habe noch keine neue Flasche vorbereitet.“

„Zeig mir doch, was ich machen muss. Dann kannst du dich in der Zwischenzeit unter die Dusche stellen, und ich füttere den hungrigen Racker.“

Hank warf ihr einen dankbaren Blick zu.

*

Eine Stunde später schlief das Kalb und Hank war immer noch nicht wieder aufgetaucht. Nachdem Lara wusste, wie groß sein Verantwortungsbewusstsein war, nahm sie an, dass ihn die Müdigkeit übermannt hatte. Sie hoffte nur, dass das wenigstens auf einem halbwegs bequemen Untergrund passiert war. Bett, Sofa, was auch immer. Ihre eigenen Augen fielen ihr beinahe zu. Sie zog ihr Handy hervor und stellte den Wecker. In zwei Stunden würde sie den Kleinen wieder füttern. Sollte er bereits vorher hungrig sein, würde er sich eben bemerkbar machen müssen.

Um die Kälte abzuwehren, die jetzt auch im Stall unter ihre Kleider kroch, wickelte sie sich in eine Pferdedecke und legte sich zu Leonie und dem Kalb ins Stroh.

14

Als der Wecker zum gefühlt siebzehnten Mal in dieser Nacht klingelte, rappelte sich Lara verschlafen hoch. Sie war ganz steif von der Kälte und dem doch recht harten Untergrund. Das Strohlager erwies sich als nicht so weich, wie es anfangs ausgesehen hatte. Die Verfassung des kleinen Stierkalbs hatte sich in der Nacht von Mahlzeit zu Mahlzeit gebessert. Als sie jetzt blinzelnd versuchte, sich zu orientieren, blickte sie direkt in eine große, feuchte Nase.

„Du bist ja sogar aufgestanden."

Ungeduldig stupste er sie mit dem Kopf an.

„Ich sehe schon, du hast keine Zeit für Small Talk." Sie zog die Flasche unter ihrer Decke hervor. Nachdem er von Mal zu Mal ungeduldiger geworden war, hatte sie schließlich begonnen, die Flasche jeweils gleich nach der Fütterung neu zu füllen. Sie hatte einfach heißeres Wasser verwendet und sie dann zu sich unter die Decke genommen. So diente sie ihr als Wärmflasche und hatte genau die richtige lauwarme Temperatur zur nächsten Fütterungszeit. Sie fand ihre Idee selbst ziemlich genial.

„Nicht schlecht für ein Stadtkind, was?", fragte sie den Kleinen, während er gierig trank. Ein Blick aus den schmalen Fenstern der Scheune zeigte ihr, dass es aufgehört hatte zu schneien. Gott sei Dank. Sie hatte für eine Weile genug Schnee gesehen. Es war immerhin bereits Mai. Gerade ging über den Bergen die Sonne auf und tauchte den glitzernden Schnee in ein gold- und rosafarbenes Licht. Atemberaubend. Sie wandte ihre Aufmerksamkeit wieder ihrem Schützling zu. Als er die letzten Tropfen geschluckt hatte, zog sie ihm behutsam den Sauger aus dem Maul.

„Ich weiß, du hast mehr Hunger. Aber ich weiß nicht, ob du noch mehr haben kannst. Da müssen wir erst den Chef fragen." Sie kraulte ihn an der Stirn. Er schien nicht übermäßig beeindruckt von ihrem Plan und versuchte, den Sauger wieder zu fassen zu kriegen. Lachend hielt sie die Flasche aus seiner Reichweite.

„Nichts da. Sie ist leer." Sie verschwand in der Futterkammer und machte sich daran, die Flasche auszuspülen und eine neue Portion Kälbermilch anzurühren. Während sie die Flasche schüttelte, um sicherzustellen, dass sich das Pulver gut auflöste, fuhr ihr plötzlich eine raue Zunge übers Handgelenk. Erschrocken sprang sie zur Seite.

Da stand der abenteuerlustige Kerl und schaute sie mit seinen großen, dunklen Augen treuherzig an.

„Du bist anscheinend wieder topfit, so wie das aussieht", stellte sie fest. Sie wickelte die Flasche in ein großes Frotteetuch.

„Dann wollen wir gleich mal sehen, ob wir für dich eine neue temporäre Bleibe finden." Behutsam bugsierte sie das Kalb aus der Futterkammer zurück in die Stallgasse. Die Box neben Devil stand leer. Hm. Doch wie sollte sie den Kleinen bis dort rüber schaffen? Tragen konnte sie ihn definitiv nicht. Dazu fehlten ihr Hanks Muskeln. Ihre Bauchmuskeln zogen sich unwillkürlich zusammen, als sie sich daran erinnerte, wie sich diese Muskeln gestern Nacht unter ihren Fingern angefühlt hatten. Mmmmh. So in Gedanken versunken, schlenderte sie langsam zu Devil.

„Guten Morgen, mein Schöner. Hast du gut geschlafen?"

Devil begrüßte sie, indem er ihr sanft seinen Atem ins Gesicht blies. Unvermittelt wandte er den Kopf und blähte die Nüstern, bevor er sich mit gespitzten Ohren derart über die Boxenwand streckte, dass sie ihn in ihrer Vorstellung schon einen Purzelbaum machen sah. Sie schaute rechts neben sich runter. Tatsächlich. Das Kälbchen hatte anscheinend beschlossen, ihr überallhin nachzulaufen. Umso besser. Dann hatte sich die Transportfrage erledigt.

Sie öffnete die Boxentür neben Devil und ging hinein. Devil wechselte sofort seinen Standort, als das Stierkalb hinter ihr in die Box wanderte. Neugierig schnupperte das Kälbchen in die Luft. Devil begrüßte es behutsam. Puh. Das schien ja hervorragend zu klappen. Die Gunst der Stunde nutzend, während der Kleine durch ihr Pferd abgelenkt war, schlüpfte sie hinaus auf die Stallgasse und schloss die Tür hinter sich. Kaum war der Riegel eingeschnappt, ertönte schon das erste, klägliche Muhen. Diese plötzliche Trennung von seiner Ersatzmutter der letzten neun Stunden passte ihm gar nicht. Verständlich. Doch sie musste noch einiges machen. Die Pferde versorgen. Das improvisierte Strohlager sauber machen. Füttern. Frühstück machen. Und den Sonnenaufgang genießen. Ein Blick aus dem Fenster zeigte ihr, dass sie das wohl besser gleich machte, bevor die Sonne komplett am Himmel stand.

Sie rief nach Leonie, die sich bereitwillig von ihrem Platz erhob. Zusammen traten sie ins Freie. Die Stimmung war unglaublich. Die Luft war kalt, die Sicht klar. Keine einzige Wolke trübte den Himmel. Kaum vorstellbar, dass man noch vor ein paar Stunden kaum die eigene Hand vor dem Gesicht gesehen hatte.

Als Lara das typische Knarren der Fliegengittertür hörte, hob sie den Kopf. Ob Hank wohl aufgewacht war? Doch es war Becca, die mit zwei Thermobechern in der Hand aus der Tür trat. Sie winkte ihr.

Becca winkte zurück und stapfte durch den Schnee zu ihr hinüber.

„Zu dir wollte ich gerade. Hier. Frischer Kaffee."

„Du bist ein Schatz."

„Ich weiß. Aber du bist auch nicht ohne, Dr. Dolittle. Ich weiß gar nicht, wie mein Bruder dich verdient hat."

„Ach was. Wenn nicht ich die Nachtschicht übernommen hätte, dann wärst es eben du gewesen." Sie beäugte die andere Frau über den Rand ihres Kaffeebechers, die Arme auf den Zaun gestützt.

„Das stimmt. Aber Schwestern sind sozusagen vertraglich verpflichtet. Gäste nicht."

Lara lachte. „Ich glaube nicht, dass den Kleinen interessiert, wer zur Familie gehört und wer nicht. Der hat einfach Hunger. Punkt."

„In dem Fall geht es ihm gut?"

„Sehr. Mich hat er sozusagen adoptiert. So konnte ich ihn in die Box neben Devil verfrachten. Jetzt lernen die beiden sich gerade kennen."

„Das muss ich sehen."

Zusammen gingen sie zurück in den Stall. Während Becca sich mit Devil und dem Kleinen unterhielt, machte sich Lara an die Arbeit.

„Hast du schon einen Namen ausgesucht?"

„Ich? Einen Namen? Nein. Ist ja nicht meins."

„Doch, doch. Jeder, der sich eine Nacht um die Ohren schlägt, erarbeitet sich damit automatisch das Recht zur Namensgebung."

„Hm. Wie wär's dann mit Billy the Kid?"

„Billy. Doch. Das passt." Becca schlenderte zu ihr hinüber. „Ich würde dir hier ja gerne helfen. Aber ich muss los", sagte sie und betrachtete bedauernd die Schubkarre zu ihren Füßen.

„Ja, ich kann deiner Stimme genau anhören, wie traurig du bist, die Gelegenheit zu verpassen, Pferdekacke zu schaufeln."

Becca feixte. „Du verstehst mich so gut."

„Warte. Kommst du morgen mit zum Tanzabend?"

„Klar. Aber wir sehen uns bestimmt noch vorher. Ich bin spätestens zum Essen wieder da."

„Gut, bis dann. Sag mal, wo steckt eigentlich Hank?“

Ein spitzbübisches Grinsen erschien auf Beccas Gesicht. „Der schläft noch. Ich dachte, ich überlasse es dir, ihn zu wecken.“

„Alte Kupplerin“, grummelte Lara.

Becca winkte, als sie den Stall verließ. „Dank mir später. Vergiss nicht, mich zur Trauzeugin zu machen.“

Ihre neue Freundin hatte wohl halluzinogene Beeren gefrühstückt. Anders ließen sich ihre Kommentare nicht erklären.

In Anbetracht der Kapriolen, welche die Grashüpfer beim Gedanken, den brummigen Cowboy zu wecken, in ihrem Bauch veranstalteten, konnte es aber auch sein, dass es sich um eine ansteckende Krankheit handelte.

Nicht willens, sich mit den daraus resultierenden Implikationen auseinanderzusetzen, schob sie die Schubkarre ein paar Meter weiter und machte sich daran, die nächste Box zu auszumisten. Das war sicherer.

*

Frisch geduscht und sehr, sehr hungrig steckte Lara den Kopf in den Kühlschrank. Leider hatte keine gute Fee die Einkäufe erledigt. Sie fand nur gähnende Leere. Das Stück ausgetrockneter Käse und die schrumpelige Gurke neben einer Dose Bier zählten nicht. Daraus konnte nicht einmal sie ein Essen zaubern. Vermutlich würde sie im Vorratsraum noch eine Dose Bohnen in Tomatensoße finden. Doch darauf hatte sie gerade überhaupt keine Lust. Lara warf einen Blick auf die Uhr ihres Vaters. Kurz vor acht. Sie könnte Jaz’ Angebot annehmen und zum Yoga gehen. Sie drehte den Kopf von einer Seite zur anderen, um die von der Nacht zurückgebliebenen Verspannungen zu lindern. Wäre wohl gar keine schlechte Idee. Anschließend Frühstück im Diner und ein kurzer Ausflug zum Mini-Markt. Zufrieden mit ihrem Plan ging sie die Treppe hinauf, um ihre

Handtasche zu holen. Dabei kam sie an Hanks Zimmer vorbei. Vor seiner Tür zögerte sie. Schließlich legte sie die Hand auf die Klinke, öffnete die Tür einen Spalt und spähte hinein. Nur mit einer Pyjamahose bekleidet lag er ausgestreckt auf dem Bauch. Den linken Arm hatte er unter den Kopf geschoben. Mit dem rechten hielt er den Zipfel seiner Decke. Schlafend wirkte er jünger. Wahrscheinlich, weil seine Gesichtszüge entspannter waren.

Sollte sie ihn wecken? Sie wusste nicht, was er heute für Termine hatte. Andererseits gab es zumindest im Stall im Augenblick nichts zu tun. Billy musste erst in einer Stunde gefüttert werden. Besser, sie ließ Hank noch eine Weile schlafen. Sie hätte ihn gerne zugedeckt. Aber dann würde er vermutlich aufwachen. Also ließ sie es bleiben.

Wieder zurück in der Küche schnappte sie sich einen Zettel und einen Stift und hinterließ Hank eine kurze Nachricht.

„Billy the Kid muss um halb zehn wieder gefüttert werden. Du findest ihn neben Devil. Milchflasche ist in der Futterkammer. Die Pferde sind versorgt. Gruß Lara.“

Sie überflog den Text noch einmal, um sicherzugehen, dass sie keine peinlichen Schreibfehler übersehen hatte. Ihr Englisch war recht gut, aber ab und zu unterlief ihr trotzdem ein Fehler. Doch diesmal anscheinend nicht. Na ja, es handelte sich ja auch nicht gerade um einen vierhundertseitigen Roman, stellte sie selbstironisch fest. Sie nahm die Eieruhr vom Fensterbrett bei der Spüle, stellte die verbleibende Zeit bis zur nächsten Fütterung ein und legte sie zusammen mit dem Zettel vor Hanks Schlafzimmer. Der mechanische Hahnenschrei war laut genug, um selbst den tiefsten Schläfer aufwachen zu lassen.

*

„Schön, dass du da warst“, begrüßte Jaz Lara am Ende der Stunde und lächelte sie an. „Das war nicht deine erste Yoga-Stunde?“

„Nein“, gab Lara zu. „Während meines Studiums an der Uni bin ich regelmäßig hingegangen.“

„Das sieht man. Sozusagen ein alter Profi.“

Lara lachte. „Das wohl kaum. Inzwischen arbeite ich zwar für die Uni, doch zum Yoga schaffe ich es nur noch höchst selten. Meine Faulheit kommt mir immer dazwischen.“

„Da bist du nicht die Einzige.“

„Trotzdem frage ich mich jedes Mal hinterher, wenn ich es einmal zum Yoga geschafft habe, wieso ich das nicht regelmäßig mache.“

„Tut gut, nicht wahr?“

Lara nickte zustimmend. „Eben. Ich geh ins Diner. Frühstücken. Machst du auch Pause? Oder hast du gleich wieder Unterricht?“

„Meine nächste Lektion ist erst um elf. Ich komme gerne mit.“ Sie drehte sich um und rief nach Rambo, der unter dem Schreibtisch in dem kleinen Büro lag. Der schwarze Königspudel stand auf, streckte erst das eine Hinterbein und dann das andere Hinterbein, bevor er den Rücken streckte, indem er die Vorderpfoten der Länge nach auf den Boden presste.

„Es ist deutlich zu sehen, wo dein Hund seine Freizeit verbringt. Unglaublich. Ein richtiger Yoga-Hund. Hat er eine eigene Fanpage auf Facebook?“, witzelte Lara.

„Das nicht. Aber er ist eine reguläre Persönlichkeit auf der Facebook-Seite von Independence.“

Lara, die gerade einen Schluck Wasser aus ihrer Flasche getrunken hatte, verschluckte sich prompt und verfiel in einen Hustenanfall. Als sie wieder sprechen konnte, fragte sie ungläubig: „Facebook? Independence hat eine eigene Facebook-Seite? Kaum zu glauben.“ Sie runzelte die Stirn. „Wird sie vom Tourismuszentrum betrieben?“

„Schön wär’s. Das würde ja tatsächlich noch Sinn machen. Nein, die Disney Sisters sind dafür verantwortlich. Wer denn sonst. Du kannst sogar online Wetten abschließen.“

„Das hätte ich den beiden alten Damen gar nicht zugetraut."
Jaz lachte. „Lass die beiden das nur nicht hören!"
„Ich bin ja nicht lebensmüde", murmelte Lara zustimmend.
„Aileen, die Inhaberin vom Sweets, ist über einige Ecken mit den Disney Sisters verwandt. Als sie zurück in die Staaten gekommen ist, hat sie für eine Weile bei ihnen gewohnt und für sie gearbeitet. Eines Tages ist sie wohl auf die Idee gekommen, ihren Quasi-Tanten Facebook zu zeigen. Damals war sie erst seit Kurzem hier und hat die beiden anscheinend auch unterschätzt."
„Offensichtlich."
„Aber eigentlich ist es ganz amüsant. Schließlich weiß sowieso jeder über alles Bescheid. Für Leute wie mich, die den Neuigkeiten immer einen Schritt hinterher hinken, zumindest sobald ich für einen Tag mal nicht unterrichte, ist es genial. Wenn ich wissen will, was los ist, öffne ich einfach Facebook. Wie geht es denn Billy the Kid?"
Lara starrte sie an, als wären Jaz plötzlich Hörner gewachsen. „Okay, so langsam werdet ihr mir unheimlich."
Jaz kicherte. „Becca. Sie hat ein Foto von ihm und deinem Pferd gepostet mit dem Text: Blizzard-Überlebender Billy the Kid und sein neuer Freund Devil. Die Familie wächst."
„Na großartig. Bilder inklusive Interpretationsspielraum in Hülle und Fülle."
„Sei froh, dass sie kein Foto von dir gepostet hat, beim Schlafen mit dem Kalb im Arm."
Als Lara sie, aufgrund der Tatsache, dass sie auch diese Details wusste, nur entsetzt anstarrte, grinste Jaz. „Keine Sorge. Das war geraten. Ich war selber schon ein paar Mal dabei, wenn ein Blizzard-Kälbchen gepflegt werden musste."
„Puh. Das erleichtert mich jetzt aber doch, das zu hören. Ich hatte gerade einen Big-Brother-is-watching-you-Moment. Schrecklich."
„Gewöhn dich besser daran." Jaz zwinkerte ihr zu.

Im Diner angekommen wurden sie von Paula begrüßt, die mit ihrem Mann Nate eine der Nischen am Fenster besetzte.

„Was macht ihr beiden denn zusammen hier? Keine Kühe, die geimpft werden müssen?", fragte Lara neugierig.

Nate lehnte sich zurück und verschränkte die Arme hinterm Kopf.

„Nur eine kleine Pause zwischen Notfällen. Nach einem Blizzard läutet das Telefon meist nonstop. Du wohnst auf der Lone Wolf Ranch? Keine Blizzard-Kälbchen?"

„Doch. Billy the Kid. Er hat es gut überstanden und ist bereits wieder auf den Beinen."

„Ohren?", erkundigte er sich.

„Für mich sahen sie in Ordnung aus." Sie zuckte mit den Schultern. „Aber ich habe mich ehrlich gesagt mehr darauf konzentriert, ihn insgesamt warmzuhalten und möglichst viel Milch in ihn hinein zu kriegen."

„Hast du etwa Nachtwache geschoben?"

Lara nickte stolz und musste prompt gähnen. „Ja. Eine tolle Erfahrung. So langsam spüre ich den Schlafmangel." Ihr Blick blieb an den zwei Mädchen hängen, die vor dem Kamin in den großen Lehnsesseln saßen und in eine hitzige Diskussion vertieft schienen.

„Haben eure beiden Mädchen heute keine Schule?"

„Weiterbildungstag", antwortete Paula. „Nachmittags gehen wir reiten. Aber vorher schicke ich sie zu Pat und Tyler ins Selbstverteidigungstraining. Dort können sie ihre überschüssige Energie loswerden."

„Du meinst, bevor du sie in den Keller sperrst, weil sie dich in den Wahnsinn treiben", stellte Jaz trocken fest.

„Tja, nachdem diese Erziehungsmaßnahmen in unserer Gesellschaft missbilligt werden, musste ich mir was anderes einfallen lassen. Im Moment können sich die beiden über nichts einig werden. Wenn die eine sagt, der Himmel ist blau, dann sagt die andere türkis. Es ist zum Aus-der-Haut-Fahren."

„In solchen Momenten bin ich immer ganz erleichtert, dass Cammie noch nicht sprechen kann“, stellte Jaz fest.

„Es ist schon verrückt. Zwei Jahre lang wartet man darauf, dass die Kleinen endlich laufen und sprechen lernen, und die nächsten achtzehn Jahre verbringt man damit, ihnen in verschiedenen Variationen setz-dich-hin-und-sei-ruhig zu verklickern. Eigentlich komplett absurd.“ Paula seufzte. „Dabei möchte ich so gern, dass sie sich frei und ungehindert entfalten können und sie in ihrer Entwicklung unterstützen. Nur vergesse ich das in dem Moment, wo ich mir zum dritten Mal eine Nein-doch-Diskussion anhören muss.“

Lara konnte sich das lebhaft vorstellen. „Ich finde, das mit dem Training ist eine sehr konstruktive Lösung.“

„Ja, nicht? Erstaunlicherweise waren sie sich da sogar ausnahmsweise einig. Vermutlich, weil sie sich freuen, mit Ranger zu spielen.“

Miss Minnie brachte Jaz und Lara Kaffee und nahm ihre Bestellung auf.

Geschickt wich Lara Fragen nach ihrem aktuellen Beziehungsstatus zu Hank aus und erzählte dafür die Story von Billy the Kid, dem Kalb. Das eignete sich hervorragend als Ausweichtaktik.

*

Während die vier gemütlich beisammensaßen und plauderten, traf Mrs. Fitch im Diner ein. Es hatte sich gelohnt, eine ihrer wenigen Freundinnen – oder sollte sie besser sagen, vor ihr in Angst lebenden Bekannten – darauf anzusetzen, sie sofort zu informieren, wenn die Fremde im Restaurant eintraf. Nachdem es in Independence nur das Sweets gab, das eine echte Konkurrenz zum Diner darstellte, war sie sich sicher gewesen, dass es nur eine Frage der Zeit war, bis sie wieder bei den Disney Sisters auftauchen würde. Somit hatte sie den Anruf erwartet.

Als das Telefon endlich klingelte, war sie vorbereitet gewesen und hatte sich unverzüglich auf den Weg gemacht.

Sie hatte Lara bereits entdeckt. Es war etwas ungünstig, dass sie nicht allein war. Doch darauf konnte sie jetzt keine Rücksicht nehmen. Es wurde Zeit, die Dame über gewisse Tatsachen aufzuklären.

Bevor sie hineinging, rückte sie ihre Frisur zurecht und zupfte am Kragen ihres Blazers. Das richtige Auftreten war alles. Zufrieden mit ihrer Reflektion im Glas stieß sie die Tür auf und ging hinein. Ohne Umwege nahm sie Kurs auf die Nische, in der Lara und ihre Freunde saßen. Ihr forscher Schritt und ihr zielstrebiges Eintreten weckten die Aufmerksamkeit einiger Gäste. Unter anderem auch das von Leslie und Shauna, die immer noch vor dem Kamin saßen.

Shauna stupste Leslie an, der Disput von eben war völlig vergessen. „Guck mal. Was die wohl hier will?"

„Ist das nicht Mrs. Fitch? Die immer allen erzählt, dass die Lone Wolf Ranch eigentlich ihr gehört?"

„Vielleicht ist sie ja einfach nur verwirrt. Das geschieht im Alter ja manchmal", mutmaßte Shauna, die alle Menschen, die älter als Nate und Paula waren, als Dinosaurier betrachtete.

„Lass uns näher ran gehen", schlug Leslie vor. „Wenn es spannend wird, müssen wir schließlich zur Stelle sein."

15

Ohne sich bewusst zu sein, dass sein Leben gerade im Begriff war, sich komplett zu ändern, streckte sich Hank in seinem Bett und öffnete die Augen einen Spalt. Was war das für ein Lärm? Als sein Hirn registrierte, dass es draußen taghell und vor seiner Tür ein saumäßiger Radau war, setzte er sich ruckartig auf, schlug die Decke zurück und sprang aus dem Bett. Verdammt. Er war eingeschlafen. Das Kalb. Ob Lara es wohl geschafft hatte, es am Leben zu erhalten? Gut möglich, dass sie irgendwann auch eingeschlafen war. Noch während er sich das nächstbeste T-Shirt über den Kopf zog, stürzte er aus seinem Zimmer. Blind, wie er war, mit dem Kopf unter dem Stoff, trat er auf etwas Hartes. Autsch. Fluchend und immer noch mit dem widerspenstigen Kleidungsstück kämpfend hüpfte er auf einem Bein an Ort und Stelle. Immerhin hatte der Lärm aufgehört. Endlich angezogen bückte er sich und hob den Gegenstand auf. Was machte denn die Eieruhr vor seinem Zimmer auf dem Boden? Erst jetzt entdeckte er den Zettel, der an die Wand gerutscht war. Er hob ihn auf und las die Nachricht. Als er fertig war, grinste er. Lara war schwer in Ordnung. Er hielt an seiner Meinung fest, dass sie für das Leben auf der Ranch geboren war. Städterin hin oder her. Billy the Kid war ein lustiger Name. Normalerweise gab er seinen Rindern keine Namen, doch bei den Kälbchen, die man mit der Flasche aufzog, war es immer schwierig, Abstand zu halten. Ungeduldig, sich mit eigenen

Augen von dem Wohl des Kälbchens zu überzeugen, kehrte er in sein Zimmer zurück, um sich vollständig anzuziehen. Wenn ihn seine Augen nicht täuschten, war der Schneesturm weitergezogen. Die bereits recht kräftige Maisonne würde den Schnee von gestern schnell zum Schmelzen bringen. Eine Schneeschmelze brachte allerdings noch lange kein Flip-Flop-Wetter. Socken und eine richtige Hose wären also trotzdem nicht schlecht.

*

Zur gleichen Zeit im Diner biss Lara gerade genussvoll in ihren French-Toast mit Frischkäse und Marmelade, als ihr jemand energisch auf die Schulter tippte. Überrascht und auch ein wenig erschrocken drehte sie sich um. Eine ihr unbekannte Frau stand da. Sie trug ein altmodisches Tweed-Kostüm. Über ihrem Arm hing ein Regenschirm. Die tiefen Linien um ihren Mund ließen erahnen, dass sie oft unzufrieden war.

In der Annahme, dass sich die Frau wohl in der Person getäuscht hatte, schließlich hatte sie sie nie zuvor gesehen, schenkte sie ihr ein Lächeln und wandte ihre Aufmerksamkeit wieder ihrem Essen zu.

„Du wirst mir zuhören, junge Dame. Auch wenn es scheint, als würden sie euch im Ausland keine Manieren beibringen."

Paula, die Mrs. Fitch und ihren Zwist mit Hank kannte, wollte aufspringen und Lara zu Hilfe eilen. Nate legte ihr eine Hand auf den Arm. Unwirsch wollte sie sich losmachen, als er sich zu ihr beugte und ihr etwas ins Ohr flüsterte.

„Hör doch erst einmal, was sie zu sagen hat. Ruhe wird sie sowieso keine geben. Besser, wir wissen, was sie im Schilde führt."

Widerwillig setzte Paula sich wieder hin.

Lara hingegen setzte die Gabel, die sie gerade hatte zum Mund führen wollen, völlig perplex wieder ab und starrte die

Frau an. Was, um Himmels willen, wollte diese unangenehme Person von ihr?

Mrs. Fitch hingegen startete ihren Angriff. „Wie ich gehört habe, bist du hier auf der Durchreise. Ich schlage dir vor, dass du möglichst bald weiterziehst. Solche wie dich wollen wir hier nicht."

Solche wie mich? Wir? Lara kam sich vor wie im falschen Film. Hilfe suchend warf sie Paula einen Blick zu. Die schenkte ihr auch nur ein ratloses Schulterzucken, ergänzte aber zumindest hilfreich: „Darf ich vorstellen: Mrs. Fitch."

Jetzt ging Lara ein Licht auf. War das nicht die Frau, die unbedingt die Ranch kaufen wollte? Fieberhaft kramte sie in ihrem Hirn nach den Einzelheiten, die Becca ihr erzählt hatte.

Leslie, die sich mit Shauna in die Nische hinter Lara gesetzt hatte und alles mit Adleraugen beobachtete, stieß Shauna in die Rippen.

„Was?"

„Nimm dein Handy. Das müssen wir filmen."

Das ließ sich Shauna nicht zweimal sagen. Blitzschnell zog sie ihr Handy hervor und richtete es auf die kleine Gruppe.

„Und wieso ist das so?", fragte Lara schließlich amüsiert. Sie war einfach neugierig, was da wohl kommen würde. Grundsätzlich war es ihr herzlich egal, was die Person von ihr hielt. Sie kannte sie ja nicht einmal.

Als Mrs. Fitch merkte, dass sich ihr Opfer nicht so leicht einschüchtern ließ, beugte sie sich ein wenig vor.

„Ich bin sicher, dass du denkst, du hättest mit Hank Mirren einen großartigen Fang gemacht. Der erfolgreiche Pferdetrainer mit der großen Ranch, da kann ich mir schon vorstellen, dass jemand aus dem Ausland das Gefühl hat, er könnte sich ins gemachte Nest setzen. Vermutlich hast du ihn bereits verführt." Das letzte Wort spuckte sie regelrecht aus, als hätte allein die verbale Andeutung von Sex einen schlechten Einfluss auf ihre Tugend.

Lara biss sich auf die Innenseite der Wange, um sich ein Lachen zu verkneifen. Wenn die Frau wüsste, dass sich die Situation genau umgekehrt verhielt, würde sie nicht so einen Unsinn daherreden. Aber sie sagte nichts. Das hier war zu gut, um es zu verpassen. Deshalb ließ sie die Frau erst einmal weitersprechen.

„Ich sehe schon, dass du denkst, die Situation sei zum Lachen. Aber ich versichere dir, dass dir das Lachen bald vergehen wird. Hank ist ein Taugenichts. Genau wie sein Vater." Ihre Stimme triefte vor lauter Gift.

Moment mal. Das ging definitiv zu weit. Solange sie selbst Gegenstand der Beschimpfungen war, hatte sie kein Problem damit. Doch ihre neu gefundenen Freunde zu verunglimpfen, das ging gar nicht. Sie stützte die Hände auf die Tischplatte und wollte der Frau gehörig die Meinung sagen, als diese mit ihrer Tirade fortfuhr.

„Auch wenn du als Ausländerin tiefere Standards haben magst, wirst du mir sicher zustimmen, dass die Situation gleich ganz anders aussieht, wenn der Lump auf der Straße sitzt."

Geschockt riss Lara die Augen weit auf. Die anderen am Tisch warfen sich besorgte Blicke zu.

„Auf der Straße sitzt?", wiederholte sie stupide. Wie war denn das möglich? Hank wollte doch nicht verkaufen. Oder hatte er es sich etwa anders überlegt? Nein. Das konnte nicht sein. Schließlich war da noch der ihm unbekannte Partner. Wenn die Bank allerdings beschloss, ihm die Hypothek zu kündigen, sprich ihm die Ranch wegzunehmen …

Ein widerwärtiges, siegreiches Grinsen verzerrte Mrs. Fitchs Gesicht. „Du hast richtig gehört. Er steckt bis über beide Ohren in Schulden. Auch mir schuldet er Geld. Ich habe lange genug darauf gewartet. Doch jetzt ist meine Geduld zu Ende. Wenn er nicht bezahlen kann, zerre ich ihn vor Gericht. Das wird ihm das Genick brechen." Triumphierend hielt sie Lara einen Zettel vors Gesicht.

Blitzschnell schnappte Lara sich das Papier.

„Das ist nur eine Kopie, meine Liebe. Wenn du den Schuldschein zerreißen willst, nur zu.“

Lara dachte gar nicht daran, den Zettel zu vernichten. Im Gegenteil. Es interessierte sie brennend, was da geschrieben stand. „Schuldner: James Mirren. Gläubiger: Anne Fitch. Betrag: 20.000 Dollar“, murmelte sie, während sie den Schein überflog. Sie hatte zwar keine Möglichkeit, die Echtheit der Unterschriften oder des Schuldscheins an sich zu überprüfen. Doch in Anbetracht der Tatsache, dass Becca und Hank die Forderung von Mrs. Fitch als eine ernsthafte Bedrohung einstuften, ging sie davon aus, dass er echt war.

„Da hat es dir wohl die Sprache verschlagen, Mädchen, was? So naiv.“ Mrs. Fitch lachte. „Am besten du kehrst dorthin zurück, wo du herkamst. Solche wie dich brauchen wir hier nicht.“

Bei den böswilligen Worten lief Lara ein Schauder über den Rücken. Dieser Frau musste Einhalt geboten werden. Die war irgendwie nicht ganz richtig im Kopf, um es dezent auszudrücken.

„Ich glaube, das reicht jetzt.“ Paula hatte genug gehört. Sie stand auf, um die unangenehme Person wenn nötig mit Gewalt von ihrem Tisch zu entfernen.

Laras ruhige, aber bestimmte Stimme hielt sie zurück. „Paula, warte. Mrs. Fitch und ich haben noch etwas zu besprechen.“

Mrs. Fitch zog erstaunt eine Augenbraue hoch. Diese Wendung des Gesprächs war in ihrem Skript nicht vorgesehen gewesen. „Ich wüsste nicht, was wir zu besprechen haben“, verkündete sie hochmütig.

„Dann hören Sie einfach nur zu und überlassen das Sprechen mir. Das ist mir sowieso lieber“, antwortete Lara bissig. Die Zeit für Nettigkeiten war definitiv vorbei.

Diese Antwort brachte Mrs. Fitch anscheinend so aus dem Konzept, dass sie überraschenderweise tatsächlich den Mund hielt. Vermutlich traute sich sonst nie jemand, ihr zu widersprechen.

„So wie ich das sehe, hat Hank zwanzigtausend Dollar Schulden bei Ihnen. Ist das richtig?"

„Äh, ja. Aber dass er die bezahlen kann, bezweifle ich", sagte sie abfällig.

„Das kann schon sein. Aber ich kann sie bezahlen." Lara griff in ihre Handtasche und zog ihr Scheckheft hervor. Flüchtig ging ihr durch den Kopf, dass sie den Umgang mit diesem Zahlungsinstrument wohl einmal evaluieren sollte. Am besten, bevor sie ihre ganze Erbschaft mithilfe eines Kulis durchbrachte. Doch die Ausgabe, die sie im Begriff war zu tätigen, bereute sie nicht. Wenn sie ihren Freunden damit helfen konnte, tat sie das gerne.

Paula reichte ihr einen Kugelschreiber, nachdem sie in ihrer Tasche vergeblich nach einem Stift gesucht hatte.

Mit einem dankbaren Nicken nahm sie ihn entgegen und füllte den Scheck aus. Sie setzte den Betrag ein und schwungvoll ihre Unterschrift darunter. Dann riss sie die Seite aus ihrem Scheckbuch und überreichte sie der völlig verdatterten Mrs. Fitch.

Paula grinste, als sie den Austausch beobachtete. Das war wahrlich schon lange niemandem mehr gelungen, die alte Hexe sprachlos zu machen. Sie hatte zwar keine Ahnung, woher Lara so viel Geld hatte. Doch da es Freunden von ihr zugutekam, freute sie sich ungemein.

„Aber du kannst nicht einfach Hanks Schuld bezahlen." Sie sprach so hastig, dass sie sich verhaspelte.

„Doch. Kann ich. Ich habe es eben getan."

„Der Scheck ist bestimmt nicht gedeckt." Misstrauisch wendete sie ihn in ihrer Hand.

„Das können Sie gerne mit einem Anruf bei meiner Bank überprüfen. Im Anschluss lassen Sie mir unverzüglich den originalen Schuldschein zukommen. Ich erwarte, spätestens morgen von Ihnen zu hören. Und jetzt wünsche ich Ihnen einen schönen Tag."

Mrs. Fitch sah sich nach Unterstützung suchend im Lokal um. Doch entweder schauten die Leute zur Seite oder sie standen wie Mrs. Minnie, die Hände in die Hüften gestützt, da und machten den Eindruck, als fänden sie das alles rechtens. Von der Seite war keine Hilfe zu erwarten. Sie reckte ihr Kinn in die Höhe.

„Das ist noch nicht zu Ende!", drohte sie und fuchtelte mit ihrem Zeigefinger vor Laras Gesicht herum.

„Doch, das ist es. Die Schuld wurde komplett bezahlt." Sie deutete auf die anwesenden Gäste. „Vor Zeugen."

Mit hochrotem Kopf drehte sich Mrs. Fitch auf dem Absatz um und verließ wutentbrannt das Diner. Das würde diese Fremde büßen! Dafür würde sie sorgen. Ihre konfusen Gedanken schweiften zu ihrer missratenen Tochter. Das war alles nur Yvonnes Schuld. Wenn sie sich nur etwas mehr angestrengt hätte, könnte die Ranch schon lange ihnen gehören. Aber hatte sie je auf ihre Mutter gehört? Natürlich nicht.

„Wow. Der hast du es aber gezeigt." Shauna und Leslie sprangen von ihrem Beobachtungsposten auf und hüpften aufgeregt um Lara herum.

„Schau mal", Leslie entwand Shauna das Telefon und drückte auf dem Display rum. „Hier." Sie drehte es so, dass Lara den Bildschirm sah.

Auf dem Telefon war ein Video von dem Streitgespräch zwischen Lara und Mrs. Fitch zu sehen. Verlegen wandte Lara den Blick ab.

„War ja keine große Sache", versuchte sie die Situation kleinzureden.

„Keine große Sache? Mann, das waren zwanzigtausend Dollar. Zwanzigtausend Dollar“, wiederholte Leslie, um ihren Worten Nachdruck zu verleihen.

„Du bist wohl reich“, platzte es aus Shauna hervor.

„Ähm …“ Lara wusste nicht recht, was sie sagen sollte und schielte Hilfe suchend zu Nate und Paula hinüber.

Nate lachte gutmütig.

„Ihr habt recht. Das ist sehr viel Geld. Ich bin sicher, Lara hatte einen sehr guten Grund, wieso sie der Frau das Geld gegeben hat.“

„Aber jetzt ab mit euch. Setzt euch an den Kamin. Wir gehen dann gleich.“

Als die Mädchen, nach wie vor aufgeregt miteinander plaudernd, abgezogen waren, hielt Paula eine Hand in die Höhe.

Lara, der es gar nicht recht war, dass die ganze Aufmerksamkeit auf ihre Person gerichtet war, lächelte schief und schlug halbherzig ein.

*

Immer noch außer sich darüber, wie ihre Begegnung mit der Ausländerin verlaufen war, stürmte Mrs. Fitch ins Haus.

„Yvonne!“, rief sie, kaum war sie zur Tür rein.

Yvonne, die in ihrem Zimmer saß und sich die Fußnägel lackierte, schreckte schuldbewusst hoch. Was machte denn ihre Mutter um diese Zeit hier? Meist saß sie doch über Mittag mit ihren Freundinnen zusammen. Vor einigen Wochen hatte sie ihren Job in der kleinen Fastfood-Bude in Breckenridge, wo sie in der Frühschicht gearbeitet hatte, verloren. Bis jetzt hatte sie das ihrer Mutter allerdings noch nicht gebeichtet. In der Hoffnung, dass ihre Mutter annehmen würde, sie sei nicht zu Hause, wenn sie nicht antwortete, schwieg sie. Als sie Schritte auf der Treppe hörte, hielt sie den Atem an.

„Ich weiß, dass du da drin bist, du unnütze Schlampe. Wieso hat mich Gott nur mit so einer Enttäuschung gestraft? Mein ganzes Leben hast du zerstört, du nutzloses Gör."

Jede einzelne Beleidigung grub sich wie ein Pfeil in Yvonnes Haut. Ihre Mutter öffnete schwungvoll die Tür, sodass diese ungebremst in die dahinterliegende Wand knallte. Yvonne zuckte zusammen.

„Du glaubst, ich wüsste nicht, dass du arbeitslos bist? Nur auf der faulen Haut sitzt? Es reicht dir wohl nicht, dass du mich zum Gespött machst vor allen Leuten. Nein, jetzt habe ich auch noch die letzte Hoffnung auf die Lone Wolf Ranch verloren."

In ihrer Verzweiflung achtete Yvonne nicht darauf, was sie sagte.

„Was ist denn an diesem Haus so wichtig? Es ist doch nur Holz und Stein."

„Es ist mein Ein und Alles. Schon einmal hast du mich um dieses Anwesen gebracht. Ein zweites Mal wird das nicht passieren."

Sie deutete mit dem Zeigefinger auf ihre Tochter.

„Du bringst das in Ordnung. Schaff mir diese Fremde vom Hals und wickle Hank um den Finger."

„Und dann?"

„Lass dir ein Kind machen. Und dann heiratest du ihn."

Wie vor den Kopf geschlagen starrte Yvonne ihrer Mutter nach, wie sie aus dem Zimmer verschwand. Ihre Worte hallten in ihren Ohren nach und wurden immer lauter, wie ein Sprechgesang. Nutzlos. Gespött. Zerstörerin. Als sie es nicht mehr aushielt, warf sie sich aufs Bett, rollte sich in der Embryonalstellung zusammen und hielt sich mit den Händen die Ohren zu. Doch die Stimme ihrer Mutter ließ sich nicht ausblenden und schrie unablässig auf sie ein.

*

Als Becca am Nachmittag von dem Meeting mit ihren Sponsoren in Denver nach Hause kam, machte sie sich eine Tasse heißen Kakao und setzte sich aufs Sofa. Sie war müde. Der Weg nach Denver dauerte an guten Tagen eineinhalb Stunden. Heute hatte sie für die Strecke eine gute Stunde länger gebraucht. Obwohl man meinen könnte, dass die Leute in Colorado an Schnee gewohnt waren, gab es doch immer wieder den einen oder anderen, der seine Winterreifen schon im März enthusiastisch gegen die Sommerversion austauschte. Und sich bei dem unweigerlichen folgenden Schneefall im Frühling dann nur im Schneckentempo fortbewegte. Schrecklich. Sie gähnte und zog ihre Beine unter sich auf das Sofa. Wie es wohl dem Kalb ging? Wahrscheinlich wurde es völlig verwöhnt, so wie sie ihren Bruder kannte. Unter seiner rauen Schale verbarg sich ein großer Softie.

Sie blies vorsichtig auf die Oberfläche des Kakaos und streckte versuchsweise ihre Zungenspitze hinein. Autsch. Immer noch zu heiß, um ihn zu trinken. Um sich die Zeit zu vertreiben, zog sie ihr Handy hervor und öffnete die Facebook-App. Sie scrollte durch die neuesten Nachrichten ihrer Freunde und die unvermeidliche Werbung, als ihr plötzlich ein Eintrag der Independence-Seite ins Auge fiel. Abrupt setzte sie sich auf und verschüttete prompt ein wenig des heißen Inhalts der Tasse über ihre Hand. Sie traute ihren Augen kaum, als sie die Personen auf dem Video erkannte. Was, um Himmels willen, hatte Mrs. Fitch mit Lara zu schaffen? Die beiden schienen in eine hitzige Diskussion verwickelt. Verspätet fiel ihr ein, dass sie auf das Video klicken musste, um den Ton hören zu können. Sie wischte sich die klebrige Hand an ihrer Jeans ab und drückte auf den Bildschirm.

Wenige Minuten später rannte sie hinüber zur Scheune. In ihren Hausschuhen. Um Schuhe anzuziehen oder an eine Jacke zu denken, blieb keine Zeit. Ihr war beinahe schwindlig, sie freute sich so. Endlich ein Lichtblick.

Hank säuberte gerade Slates Hufe, als seine Schwester um die Ecke geschlittert kam.

„Becca", rief er erstaunt. „Wo brennt's denn?"

Sie hielt ihm das Telefon unter die Nase. „Heute schon auf Facebook gewesen und die Neuigkeiten erfahren?"

Irritiert schüttelte er den Kopf.

„Nein. Du weißt doch, dass ich nicht bei Facebook bin. Es reicht, wenn ich einmal die Woche beim Futterhändler den neuesten Tratsch höre."

„Glaub mir. Das hier willst du dir ansehen", beharrte sie.

Während Becca vor lauter Aufregung kaum stillstehen konnte, verdüsterte sich Hanks Gesichtsausdruck mit jeder Sekunde immer mehr.

„Wo steckt sie", grollte er, als er das Video zu Ende geschaut hatte.

„Wer? Lara?"

„Natürlich Lara. Wer denn sonst?"

„Nicht hier, soviel ich weiß. Vielleicht ist sie noch unterwegs?"

Hank fluchte leise. Nach diesen Neuigkeiten war an ein vernünftiges Trainieren mit den Pferden nicht zu denken. Erst musste er sich beruhigen. Ein schneller Galopp war jetzt das, was er brauchte. Vielleicht konnte er so vermeiden, dass sein Kopf explodierte. Ohne einen Kommentar abzugeben, sattelte und zäumte er Slate mit methodischen Handgriffen.

„Freust du dich denn nicht?", fragte Becca perplex.

Ohne auf die Frage seiner Schwester einzugehen, sagte er: „Ich bin bei den Mutterkühen, falls Jerome mich sucht."

Dann stieg er mit einer fließenden Bewegung auf und ritt los. Zwar nicht im Galopp, wie er es gerne gemacht hätte. Dafür musste er sein Pferd erst aufwärmen. Aber wenigstens brachte ihn jeder Schritt näher zu der offenen Ebene, weit weg von der Ranch und den Verpflichtungen, die ihn manchmal fast erdrückten. So wie jetzt zum Beispiel, wenn eine junge Frau aus der Schweiz das Gefühl hatte, sich in Dinge einzumischen, die sie nichts angingen.

Becca starrte ihrem Bruder kopfschüttelnd hinterher. Lieber ging er zugrunde, als dass er Hilfe annahm. Männlicher Stolz konnte manchmal ganz schön nervig sein. Sturer Dickschädel, der er war. Besser sie fing Lara ab, bevor sie mit ihm zusammenstieß.

16

Lara begrüßte Leonie, die sich schwanzwedelnd an ihre Beine drückte, während sie mit der anderen Hand ihre Schlüssel und die Handtasche auf der großen Kücheninsel deponierte. Es tat gut, wieder zu Hause zu sein. Die letzten vierundzwanzig Stunden waren ganz schön aufregend gewesen.

„Hallo, meine Schöne. Hast du einen guten Tag gehabt?", fragte sie die Hündin und kraulte ihr das hellbraune Ohr.

„Da bist du ja endlich", rief Becca, die buchstäblich die Treppe hinunterflog und ihr direkt um den Hals fiel.

Lara schlang die Arme um ihre Freundin.

„Uff. Ich freu mich auch, dich zu sehen."

Becca blinzelte eine Träne aus ihrem Augenwinkel. Sie war weiß Gott keine Heulsuse. Doch zu wissen, dass jemand die unmittelbare Bedrohung gegen ihren Bruder beseitigt hatte, einfach so, ohne lange zu überlegen, überwältigte sie.

„Und ich mich erst."

„Warte." Sie schob Becca ein wenig von sich weg, um sie besser ansehen zu können. „Du weißt es schon?"

Becca schniefte. „Na klar. Was denkst du denn. Facebook weiß alles. Ich hoffe, das Geld ist versteuert. Die Steuerbehörde liest bestimmt auch mit."

Die Steuerbehörde interessierte Lara im Moment herzlich wenig. Sie hatte dringendere Sorgen. Sie vermutete nämlich, dass es da jemanden gab, der vielleicht nicht ganz so dankbar war für ihre Geste wie Becca.

„Was ist mit Hank?“

Oh. Hank.

Becca wand sich unbehaglich.

„Der auch“, gab sie schließlich zu.

„Und? Wie hat er es aufgenommen?“, wollte Lara wissen.

„Hm … wie soll ich sagen …“

„Das hatte ich befürchtet.“ Ernüchtert ließ sie Becca los. „Am besten, ich rede mal mit ihm.“

„Vielleicht wartest du ein bisschen. Nur bis er Zeit hatte, sich zu beruhigen?“

„Und was schlägst du vor, dass ich in der Zwischenzeit mache? Ein halbes Jahr in Alaska verbringen?“, fragte Lara sarkastisch, die genau wusste, dass eine halbe Stunde mehr oder weniger nicht ausreichen würde, bis sich Hank beruhigte. Nein. Sich zu verstecken war nicht ihre Art. Zudem gab es nichts, wofür sie sich schuldig fühlen müsste. Sie straffte ihre Schultern.

Hilflos schaute Becca Lara hinterher, wie sie über den Hof zum Stall ging. Sie empfand es als sehr unfair, dass Lara sich jetzt auch noch mit Hank auseinandersetzen musste. Sie hatte ihrer Meinung nach heute wirklich schon genug getan. Sie seufzte. Vielleicht sollte sie heute das Kochen übernehmen? Das Ergebnis würde die beiden wenigstens von ihrem Streit ablenken, dachte sie und grinste über den albernen Gedanken.

*

Hank war nirgendwo zu sehen. Auch gut. Das gab ihr eine kleine Atempause, bevor sie sich ins nächste Gefecht stürzen musste. Während ihr das Klingen kreuzen mit der unangenehmen Mrs. Fitch beinahe Spaß gemacht hatte, Kunststück, sie war aus dem Streit ja als Siegerin hervorgegangen, scheute sie sich vor der Konfrontation mit Hank.

Sie konnte seinen Ärger sehr gut nachvollziehen. Ihr wäre es definitiv auch nicht geheuer, wenn irgendein dahergelaufener Besuch einfach mit Geld um sich schmeißen und ihre Schulden bezahlen würde.

Bei Devil blieb sie stehen. Er streckte seinen großen Kopf über die Boxenwand und ließ ein leises Brummeln hören.

„Du sprichst ja", rief sie freudig überrascht aus. Geschwind kramte sie aus ihrer Jacke ein Leckerli hervor und schob es ihm ins Maul. Vielleicht merkte er sich so ja, dass das Gebrummel geschätzt wurde. Nebenan wurde eine feuchte, rosa Nase sichtbar.

„Na, du siehst aber fit und munter aus", begrüßte sie ihren Zögling. „Ob du wohl wieder Futter brauchst?" Sie warf einen Blick auf die Uhr und überschlug kurz die vergangene Zeit seit der letzten Fütterung, die sie am Morgen selbst getätigt hatte. Tatsächlich. Wenn Hank den während der letzten Nacht begonnenen Rhythmus weitergeführt hatte, war es tatsächlich schon bald wieder Zeit. Überhaupt ging ihr erst jetzt auf, dass wohl noch einige schlaflose Nächte vor ihnen lagen, wenn der Kleine nicht bald wieder zu seiner Mutter rauskonnte. Falls sie ihn überhaupt wieder annahm. Sie hoffte es. Für den Kleinen wie auch für sich selbst. Ein Kalb ausschließlich mit der Flasche aufzuziehen war bestimmt eine Heidenarbeit.

Sie ging in die Futterkammer und holte die bereits vorbereitete Flasche nach vorne. Auf dem Weg nahm sie gleich Devils Putzsachen mit.

*

Das Erste, was Hank ins Auge fiel, als er eine Stunde später Slate in die Scheune führte, war Lara, die Devils Bauch bürstete, als hätte sie keine Sorge der Welt. Er hatte sich während des Ausritts ein wenig beruhigt. Dachte er zumindest. Allerdings verschwand seine neu gefundene Ruhe und hart errungene Akzeptanz der Situation auf einen Schlag, als er ihr wohlgerundetes Hinterteil in den gut sitzenden Jeans betrachtete, während sie Devil den Bauch bürstete. Dieser Anblick brachte die widersprüchlichen Gefühle, die Lara in ihm auslöste, an die Oberfläche.

Ohne sie zu begrüßen oder ihre Anwesenheit sonst irgendwie zur Kenntnis zu nehmen, führte er Slate in seine Box und sattelte ihn ab. Als er seine Hufe kontrollierte, merkte er, wie sie an die Box trat. Eins musste er ihr lassen. Sie schreckte vor nichts zurück. Nicht vor Mrs. Fitch, die nun ja wirklich eine alte Giftschlange war und sich auch nicht scheute, ihre Zähne zu gebrauchen, und offensichtlich nicht vor ihm.

„Hey. Hattest du einen schönen Ritt?“, fragte Lara. Irgendwie musste sie das Gespräch ja beginnen. Diese Frage schien ihr unverfänglicher als: Bist du immer noch genervt, dass ich mich ungefragt in dein Leben eingemischt habe?

Hank dachte offensichtlich anders, wenn sie seine Gewittermiene so betrachtete. Unwillkürlich trat sie einen Schritt zurück. Als sie es bemerkte, hielt sie sofort inne. Das fehlte gerade, dass sie vor ihm zurückwich. Sie hatte nichts Falsches getan. Störrisch presste sie die Lippen zusammen.

Trotz seines Ärgers fiel Hank dieses kleine Detail auf. Beinahe hätte er gelacht. Aber nur beinahe. Er wischte sich die Hände an seinen Hosen ab und warf den Hufauskratzer in die Kiste mit den Putzutensilien, die vor Slates Box stand. Dann tätschelte er sein Pferd ein letztes Mal und trat in die Stallgasse. Bewusst wählte er seinen Weg so, dass Lara nicht anders konnte, als abermals einen Schritt zurückzuweichen. An den Falten über ihrer Stirn gemessen, passte ihr das gar nicht. Tja, Pech. Ihm passte auch gerade so einiges nicht.

Als er sich zum Gehen wandte, stoppte ihn Lara.

„Wirklich? Du strafst mich jetzt einfach mit Missachtung? Sehr erwachsen. Wow. Ich bin beeindruckt.“

Schnell wie der Blitz drehte er sich um, fasste sie an den Schultern und schob sie rückwärts, bis sie mit dem Rücken an der Wand stand.

Lara starrte ihn mit weit aufgerissenen Augen an.

Hank stellte zufrieden fest, dass sie jetzt nicht mehr ganz so selbstsicher wirkte. Gut. Dann hatte er wenigstens ihre Aufmerksamkeit. Um seine eigene war es nicht ganz so gut bestellt. Fast hätte er sich in den whiskeyfarbenen Tiefen ihrer Pupillen verloren. Genervt über seine mangelnde Selbstbeherrschung machte er seinem Ärger Luft. „Ich brauche deinen Almosen nicht", schleuderte er ihr entgegen. „Du meinst, du kannst einfach in mein Leben spazieren, ein paar grüne Scheine um dich werfen und wie eine verdammte Fee deinen Zauberstab schwingen?"

Bei seinen harschen und unverdienten Worten zuckte sie zusammen. Schnell fing sie sich wieder. Sie würde ihm nicht die Befriedigung gönnen zu sehen, dass er sie getroffen hatte.

Doch er hatte es trotzdem gemerkt. Er zwang sich dazu, ihre Reaktion zu ignorieren. Das hier war zu wichtig, als dass er auf ihre Sensibilitäten Rücksicht nehmen konnte. „Hast du vielleicht einmal kurz darüber nachgedacht, dass dich das alles nichts angeht?"

So langsam hatte Lara genug. Anscheinend hatte sie den Bären einmal zu viel geärgert. Ojemine, dachte sie sarkastisch. Angst hatte sie allerdings keine. Wenn, dann brachte seine Nähe höchstens ihr Herz schneller zum Schlagen. Ja genau, dachte sie selbstironisch. Als wenn das Herz das am meisten betroffene Organ wäre. Flammen züngelten über ihre Haut und weckten ihr eigenes Temperament. Sie stemmte beide Hände gegen seine Brust und versetzte ihm einen Stoß. Leider bewegte er sich keinen Millimeter. Kunststück. Er wog auch gute zwanzig Kilogramm mehr als sie und überragte sie um einen Kopf. Frustriert trommelte sie dagegen.

„Du bist so stur, dass du den Wald vor lauter Bäumen nicht mehr siehst!", platzte es aus ihr heraus. „Ich dachte, wir wären Freunde. Freunde helfen einander. Also bin ich eingesprungen und habe eines deiner dringendsten Probleme gelöst. Na und?"

Ungläubig starrte er sie an. Mit einer geschickten Handbewegung fing er ihre Fäuste ein, die immer noch gegen seinen Brustkorb hämmerten, und hielt sie fest. „Na und? Du bezahlst eine Schuld von zwanzigtausend Dollar für jemanden, den du gerade mal ein paar Wochen kennst und alles, was du dazu zu sagen hast, ist na und? Wenn du weiterhin dein Geld so zum Fenster rausschmeißt, hast du bald keines mehr."

„Danke für deine Besorgnis. Aber keine Angst. Da ist noch mehr." Ihre Stimme troff vor Sarkasmus.

Hank verschluckte sich fast. „Da ist noch mehr?"

„Ja. Stell dir vor. Ich bin reich. Und jetzt? Willst du nicht mehr mit mir befreundet sein? Dann los. Sag es."

Schwer atmend und in einer Art seltsamen Pattsituation standen sie sich gegenüber. Hank war sich ihrer Brüste, die sich hoben und senkten und dabei gegen seinen Brustkorb pressten, schmerzhaft bewusst. Bevor er etwas wirklich Dummes tun konnte, wie sie zu küssen, stellte er die Frage, die ihn am meisten beschäftigte.

„Ich versteh einfach nicht, was es dich kümmert, was aus mir und dieser Ranch wird."

Lara starrte ihn lange an, der Ausdruck ihrer dunklen Augen unergründlich.

Zum Teufel mit den Fragen und der Vernunft. Er stürzte sich auf sie und küsste sie. Hungrig. In diesem Moment war ihm völlig egal, wer sie war, was ihre Motive waren. Er wusste nur, dass er sie brauchte. Ihre Nähe spüren und sich in ihr verlieren wollte. Überrascht stellte er fest, dass sie mit ihm gleichzog und seine Küsse mit einer Leidenschaft erwiderte, die seiner in nichts nachstand. Ihre Hände vergruben sich in seinem Hemd und zogen ihn an sich, bis ihre Körper sich von Kopf bis Fuß berührten. Wo er Widerstand erwartet hatte, fand er sie nachgiebig und voller Feuer. Er stöhnte leise, als seine Hand an ihrem Rücken auf nackte Haut stieß.

Lara stieß einen Laut aus, der verdächtig nach einem Fauchen klang. Die Berührung seiner Fingerspitzen zog feurige Spuren über ihre bereits erhitzte Haut. Sie konnte nicht genug kriegen von ihm und gebrauchte ihre Hände, ihre Lippen und selbst ihre Zähne, um mehr von ihm zu spüren. Er berührte einen Teil in ihr, von dem sie gar nicht gewusst hatte, dass er existierte. Sie hatte nicht gewusst, dass sie sich jemandem so verbunden fühlen konnte oder wollte. Als sein Daumen die Unterseite ihrer Brust berührte, ließ sie den Kopf in ihren Nacken fallen.

Hank zögerte nicht und küsste ihre Kehle, spürte unter seiner Zunge Laras wild pochenden Puls. War es das, was seine Eltern verbunden hatte? Wenn ja, dann begriff er, weshalb seine Mutter nach dem Tod seines Vaters weggezogen war. Sie musste hier in Erinnerungen ertrinken. Das Wort Seelenverwandte huschte wie ein Irrlicht durch die Fülle seiner Gefühle. War Lara das? Seine Seelenverwandte? Der Gedanke ließ ihn nicht mehr los und er hob den Kopf, um sie zu betrachten. Ihre Lider waren halb geschlossen. Die Masse ihres dunkelbraunen Haares umfloss ihr Gesicht und ihre Schultern in einem wilden Durcheinander. Ihre Lippen glänzten von ihren gemeinsamen Küssen. Langsam ließ er seine Hände unter ihrem Sweatshirt hinuntergleiten, bis sie in ihrer schmalen Taille ruhten. Plötzlich war es ihm unglaublich wichtig, die Antwort auf seine Frage zu hören.

„Warum, Lara?“, wiederholte er eindringlich.

Seine Worte zerstörten den Zauber des Moments. Hank sah, wie sich die Farbe ihrer Pupillen von einer Sekunde zur nächsten änderte und sie sich emotional von ihm distanzierte. Unvermittelt überlief ihn ein Schauer.

Lara betrachtete ihn misstrauisch. Sie hatte keine Ahnung, weshalb er den wunderbaren Moment, den sie geteilt hatten, unterbrochen hatte. Sie wusste nur, dass ihre nächsten Worte die letzten Minuten so gut wie auslöschen würden. Um sich gegen das Unvermeidliche zu wappnen, strich sie sich die zerwühlten Haare so gut es ging aus dem Gesicht und zog ihr Sweatshirt gerade, bevor sie die Arme vor der Brust verschränkte.

Hanks Mut sank, als er Laras defensive Körperhaltung bemerkte. Er befürchtete, dass die Antwort, die er gleich erhalten würde, nicht im Entferntesten das war, was er hören wollte. Bevor er sich darüber klar werden konnte, was er sich als Antwort gewünscht hätte, setzte sie an zu sprechen.

„Du und Becca. Ihr seid meine Freunde", verteidigte sie ihre Handlungen.

„Freunde?", hakte er nach, die Skepsis deutlich hörbar in seiner Stimme. „Freunde lädt man auf ein Bier ein."

Lara war verwirrt. Was wollte er denn hören? Dass sie ihm ihre unsterbliche Liebe erklärte? Da musste sie ihn enttäuschen. Liebe war ein gefährliches Gebiet. Auch wenn sie zugeben musste, dass die neuen Gefühle, die er so mühelos in ihr weckte, sehr intensiv waren, war sie nicht bereit, sich an so etwas wie Liebe heranzuwagen. Zu groß war noch das Loch, das ihr Vater durch seinen Tod hinterlassen hatte. Liebe schmerzte.

Plötzlich verließ sie der Kampfgeist. Die Anstrengungen und die Erlebnisse der letzten Wochen forderten ihren Tribut ein. Sie holte tief Luft und riss sich zusammen. Müde sein konnte sie später noch. Sie hob ihr Kinn und ihren Blick und starrte ihn herausfordernd an. Er wollte eine Antwort? Dann würde er eine kriegen.

„Alles, was die Ranch betrifft, geht mich etwas an. Die Lone Wolf Ranch gehört zur Hälfte mir."

Hank, der immer noch seine linke Hand auf ihrer Hüfte ruhen hatte, ließ sie los, als hätte er sich verbrannt. Das Gefühl von Verrat schnitt tief in sein Innerstes.

Die Abwesenheit seiner Wärme war Lara schmerzhaft bewusst. Es ist besser so, redete sie sich ein. Besser jetzt als später.

„Du bist der unbekannte Partner?", fragte er fassungslos. Seine Stimme war nur wenig mehr als ein raues Flüstern. In seinem Kopf überschlugen sich die verschiedensten Gedanken und Gefühle. Bevor er sich entschieden hatte, ob er wütend war über ihre vorsätzliche Täuschung oder erleichtert darüber, dass sie diejenige war, die die andere Hälfte der Ranch besaß, drehte sie sich um und rannte aus dem Stall. Da er sich gerade selbst nicht über den Weg traute, ließ er sie gehen. Der Drang, sie zu schütteln, war erschreckend groß.

Angewidert von sich selber und ziemlich hilflos mit der ganzen Situation kratzte er sich am Kopf. Wie hatte das Ganze im Bruchteil einer Sekunde so außer Kontrolle geraten können? Und noch wichtiger war die Frage: Was jetzt?

Billy the Kid streckte seine Nase über den Rand seiner Box und muhte kläglich.

„Ja, mein Kleiner. Ich weiß genau, wie du dich fühlst", pflichtete er ihm bei. Was für ein heilloses Durcheinander.

*

Sich völlig taub fühlend, ging Lara zurück zum Haus. Geistesabwesend tätschelte sie Leonie den Kopf. Als Becca sich ihr mit besorgtem Gesichtsausdruck näherte, hob sie eine Hand, um sie davon abzuhalten, Fragen zu stellen.

„Jetzt nicht, okay? Vielleicht später."

Becca nickte stumm und sah ihr besorgt hinterher. Manchmal war sie versucht, ihrem Bruder den Hals umzudrehen. Das hier war so ein Moment. Sah ganz so aus, als hätte er die Sache gründlich verbockt.

In ihrem Zimmer packte Lara ihre Sachen zusammen. Zum Glück befand sich das meiste noch in ihrem Koffer. Es sah ganz so aus, als wäre ihr Amerika-Abenteuer bereits zu Ende. Sie würde ein paar Tage im Bed & Breakfast bleiben. Nur so lange, bis sie Mr. Wilkinson getroffen und die Ranch auf Hank überschrieben hatte. In der Zwischenzeit würde sie den Rücktransport von Devil organisieren. Sie hatte keine Ahnung, wie viele Details involviert waren, um ein Pferd aus Übersee zu importieren. Doch sie vermutete, dass es genug waren, um sie für eine Weile beschäftigt zu halten.

Mit einem letzten schwermütigen Blick auf das kleine Zimmer, das für die letzten Wochen ihr Zuhause gewesen war, wandte sie sich ab und schleppte den Koffer die Treppe hinunter.

„Du gehst?", fragte Becca entsetzt. „Aber wohin denn?"

„Fürs Erste zurück ins Bed & Breakfast. Ich muss noch ein paar Dinge regeln." Laras Blick verlor sich in die Ferne. „Danach geht's zurück nach Hause."

„Ist es wegen Hank? Vergiss ihn. Mein Bruder ist manchmal einfach ein Dickschädel. Der kriegt sich schon wieder ein."

Lara lächelte schief.

„Es gibt noch andere Gründe. Sprich mit ihm. Anschließend bist du wahrscheinlich froh, dass ich weg bin."

Inzwischen war ihr klar geworden, dass es falsch gewesen war, Hank und Becca den wahren Grund ihrer Anwesenheit zu verheimlichen. Sie würde die beiden vermissen. Insbesondere den flüchtigen Blick auf dieses potenzielle Etwas, was sie immer wieder zwischen sich und Hank gespürt hatte. Doch jegliche Chance, dass sich daraus etwas entwickeln könnte, hatte sie mit ihrer Täuschung zunichtegemacht. Sie wünschte sich … Angewidert stoppte sie den sinnlosen Gedankengang. Das änderte jetzt auch nichts mehr. In Ermangelung passender Worte nahm sie Becca in den Arm und drückte sie stürmisch.

„Mach's gut. Sag Roxie einen Gruß von mir."

„Das klingt jetzt aber sehr endgültig“, bemerkte Becca.

„Keine Angst. Wir sehen uns sicher noch mal. Ich habe ja mein Pferd hier.“

„Gott sei Dank. Na dann. Hoffentlich bis bald.“ Unbeholfen tätschelte sie Lara den Rücken.

Lara unterdrückte die drohenden Tränen und stürzte aus der Tür zu ihrem kleinen Mietwagen.

*

Becca stand am Fenster und schaute zu, wie die Rücklichter des Autos immer kleiner wurden. Leonie, die die Traurigkeit ihrer Herrin spürte, winselte leise.

„Ich weiß. Jetzt ist sie weg. Dann werden wir wohl mal ein ernstes Wörtchen mit meinem Bruder reden müssen.“

Sie zog sich ihre Stiefel an und schnappte sich eine Faserpelzjacke vom Haken.

„Komm, meine Große. Es ist Zeit, dass uns Hank ein paar Fragen beantwortet.“

Eifrig rannte Leonie voraus, als würde sie spüren, dass es Becca nicht schnell genug gehen konnte, bis sie Hank in die Finger bekam.

Becca fand ihren Bruder, wie er Heu, das perfekt gestapelt auf der linken Seite des Stalles lag, da, wo es immer lag, auf die rechte Seite hievte. Sieh mal einer an. Noch einer, der schlechte Laune hatte. Das geschah ihm ganz recht, dachte sie bei sich.

Hank gönnte Becca nur einen kurzen Blick, bevor er seine anstrengende Arbeit fortsetzte.

„Nicht jetzt, Becca.“

Seine Schwester stemmte die Arme in die Hüften und stellte sich ihm in den Weg.

Genervt hielt er inne. Er kannte Becca gut genug um zu wissen, dass sie sowieso nicht weggehen würde, bevor sie gesagt hatte, was sie zu sagen hatte.

„Oh, doch. Jetzt.“

„Schau, Lara und ich hatten eine Meinungsverschiedenheit. Keine große Sache. Wir werden das in unserem eigenen Tempo klären."

„Das bezweifle ich."

Fragend hob er eine Augenbraue. „Ach ja?"

„Lara ist gerade abgereist."

Wie vom Donner gerührt, ließ er die beiden Heuballen, die er in den Händen hielt, fallen.

„Abgereist?"

„Genau das. Ich würde vorschlagen, dass du dich schleunigst auf die Socken machst und das, verdammt noch mal, in Ordnung bringst!"

17

Mit zitternden Händen öffnete Yvonne das Paket, das der Postbote heute Nachmittag gebracht hatte. Vorsichtig zog sie die verschiedenen Ampullen aus dem Papier, das als Verpackungsmaterial diente. Sie war vorbereitet. Der erste Schritt hatte sich als erstaunlich leicht erwiesen. Sie gluckste, als sie daran dachte, wie einfach es gewesen war, die erforderlichen Dinge im Internet zu finden. Wer hätte gedacht, dass ihr eine ganz andere Welt nur einen Klick entfernt zu Füßen lag?

„Yvonne! Sitzt du wie immer in deinem Zimmer und tust nichts? Und was ist mit der Postsendung, die heute Nachmittag gekommen ist? Ich kann mich nicht erinnern, dir erlaubt zu haben, etwas zu bestellen. Schließlich wird dein Geld nicht ewig reichen. Glaub nur nicht, dass ich dir die Miete erlasse!"

Die nörgelnde Stimme ihrer Mutter brachte sie unsanft zurück in die Realität. Anders als sonst fiel sie nicht in sich zusammen. Stattdessen spürte sie, wie es in ihr zu brodeln begann, und ein neuer Plan formte sich hinter ihrer Stirn.

Begierig darauf, diesen in die Tat umzusetzen, eilte sie die Treppe hinunter, um sich ihrer Mutter zu stellen. Endlich wusste sie, wie sie den größten Wunsch ihrer Mutter erfüllen konnte.

„Ich dachte, ich könnte heute wieder einmal Pralinen machen. Die magst du doch so gerne."

*

Lara parkte auf dem Parkplatz. Als sie den Zündschlüssel abzog, ließ sie die Stirn auf das Lenkrad sinken. Sie fühlte sich so erschöpft, als hätte sie wochenlang nicht geschlafen. Scheiß Emotionen. Nur zu gut erkannte sie das Gefühl. Genau so hatte sie sich in der ersten Zeit nach dem Tod ihres Vaters gefühlt. Das war der Grund, weshalb sie wohlweislich jegliche engere Bindung für die nächsten zwanzig Jahre vermeiden wollte. Oberflächlichkeit in Beziehungen wurde völlig unterschätzt. Aber nein, sie musste ja hingehen und sich in den erstbesten Cowboy verlieben, der ihr über den Weg lief. Verlieben? Geschockt setzte sie sich kerzengerade hin.

„Nein, nein, nein", betete sie unglücklich vor sich hin. Das konnte nicht sein. Sie hatte doch extra aufgepasst, dass so etwas nicht passierte. Hanks dunkles Haar und seine gefühlvollen, grünen Augen tanzten durch ihre Gedanken und straften ihre Worte Lügen. Als wäre das nicht genug, prickelten ihre Fingerspitzen bei der Erinnerung, wie sich seine Haut unter ihren Händen angefühlt hatte. Fast meinte sie, seinen Duft im Auto wahrzunehmen. Panisch griff sie nach ihrer großen Reisetasche und der Handtasche und verließ das Auto fluchtartig. Ablenkung. Sie brauchte Ablenkung.

Im Diner war die Happy Hour in vollem Gange. Viele kamen direkt nach der Arbeit hierher und blieben bis zum Abendessen. Auch Tyler, Kat und Avery saßen zusammen um einen der runden Tische, die in der Mitte des Raums aufgestellt waren. Als sie sie erblickten, winkten sie ihr aufgeregt zu. Die Panik in Laras Inneren wurde stärker, als ihr bewusst wurde, dass sie sich mit ihrer Abreise nicht nur von Hank und Becca, sondern auch von ihren anderen neuen Freunden trennen müsste. Ihr Herz hämmerte und ein feiner Schweißfilm überzog ihre Stirn. Sie war momentan nicht in der Lage, mit ihren mitfühlenden Blicken umzugehen. Also winkte sie nur zurück, während sie sich einen Weg zum hinteren Teil des Restaurants bahnte, um zur Tür zu gelangen, die das Diner mit dem Bed & Breakfast verband.

Tyler warf ihren Freundinnen einen besorgten Blick zu.

„Täuscht mich mein Eindruck oder sah Lara eben aus, als wäre sie kurz vorm Spucken?"

„Sie sah tatsächlich sehr bleich aus", stimmte ihr Kat zu.

„Was mir mehr Sorgen bereitet ist die Tatsache, dass sie eine große Reisetasche bei sich trug." Avery hatte die Stirn in Falten gelegt und starrte in die Richtung, wo Lara verschwunden war.

„Was? Das hatte ich gar nicht gesehen", wunderte sich Kat.

Avery zuckte mit den Schultern. „Berufskrankheit", erklärte sie mit einem schiefen Lächeln.

Tyler zerzauste Ranger das Fell an seinem Hals. „Ich dachte, sie wohnt vorläufig auf der Lone Wolf Ranch?"

„Das dachte ich auch", antworteten die beiden unisono.

„Ob etwas passiert ist? Ich dachte, es gefällt ihr dort." Kat klang ehrlich verwirrt.

Avery schnaubte. „Hank ist passiert. Das ist zumindest meine Vermutung."

„Ja, ja, schon recht. Einfach mal die Schuld dem Mann zuschieben", erklang Coles Stimme hinter ihr.

„Hallo, Schatz." Avery gab ihm einen Kuss, nachdem er sich zwischen ihr und Tyler hingesetzt hatte. „Kannst du dir etwa vorstellen, dass Becca Lara einen Grund gibt, die Lone Wolf Ranch fluchtartig zu verlassen?"

Cole zog es klugerweise vor, nicht näher auf diese Frage einzugehen.

„Hat sie nicht ein Pferd gekauft, Devil, oder wie es heißt?", überlegte Tyler laut.

„Immerhin hat sie den nicht gleich mitgebracht. Das lässt ja hoffen", versuchte Kat die Stimmung ein wenig aufzuheitern.

Avery war kurz davor, sich auf die Suche nach Lara zu machen und nachzusehen, ob sie okay war, als sie an der Seite von Miss Minnie wieder auftauchte. Die ältere Frau hatte ihr einen Arm um die Schulter gelegt und redete eindringlich auf sie ein, während sie sie in Richtung Küche dirigierte.

Erleichtert atmete sie auf. „Wir können uns entspannen. Sieht ganz so aus, als hätte Miss Minnie Lara unter ihre Fittiche genommen."

„Lara sah sowieso so aus, als wollte sie heute lieber ihre Ruhe haben", bemerkte Tyler.

Kat nickte. „Das kann ich total gut verstehen. Es gibt nichts Schlimmeres, als die aktuelle Krise unmittelbar dem halben Restaurant erzählen zu müssen."

„He, wir sind doch ihre Freunde", protestierte Tyler.

„Seit wie lange?" Als keine Antwort erfolgte, sagte Kat: „Eben. Und selbst wenn wir seit zwanzig Jahren befreundet wären, gibt es trotzdem Momente, wo man erst einmal allein klarkommen muss. Damit hast du ja genügend Erfahrung."

Tyler schaute betreten zur Seite. Nachdem sie durch eine Knieverletzung ihre Karriere als Solotänzerin hatte aufgeben müssen, hatte sie sich für mehrere Wochen völlig von der Welt abgekapselt. Erst Pat war es gelungen, ihren Schutzschild zu durchbrechen. Nur seine hartnäckigen Bemühungen um sie, und natürlich die Tatsache, dass es plötzlich ein blutrünstiger Stalker auf sie abgesehen hatte, führten dazu, dass sie wieder aktiv am Leben teilnahm.

„Kommt, Leute. Nicht streiten. Sagt mir lieber, wer von euch gegen mich und Miss Marple zum Billard antritt", versuchte Avery die Stimmung zu lockern.

Cole griff mit einer Hand in Averys Nacken und zog sie zu sich heran.

„Du wirst gar keine Zeit haben, Billard zu spielen. Du wirst nämlich mit mir tanzen. Und früh nach Hause gehen."

Avery lachte. „Ist das so? Ganz schön selbstbewusst, Mr. Carter."

Cole schob seine Nase an die empfindsame Stelle an ihrem Hals unterm Ohr und meinte: „O ja, Mrs. Carter. Und das aus gutem Grund. Dieses Verheiratetsein ist großartig."

„Nehmt euch ein Zimmer, ihr zwei."

Cole grinste. „Siehst du? Selbst die anderen sind der Meinung, dass wir den geselligen Teil weglassen und gleich zum spannenden Part des Abends übergehen können." Er wackelte vielsagend mit den Augenbrauen.

Avery versetzte ihm einen scherzhaften Stoß, doch insgeheim stimmte sie ihm hundertprozentig zu. Miss Marple suchte sich diesen Augenblick aus, um blitzschnell aus ihrem Kragen und den Ärmel hinunter zu klettern. Von da aus rannte sie quer über den Tisch und stürzte sich von der Kante.

Kat riss überrascht die Augen auf. „Klippenspringen mit eingebautem Hundelandekissen?"

„Das macht sie oft. Sie und Ranger sind ganz dicke. Ihn scheint es nicht zu stören", antwortete Avery. „Vermutlich fachsimpeln sie und vergleichen Geschichten von der Arbeit."

Ranger zuckte nicht mit der Wimper, als die Wanderratte urplötzlich auf seinem Fell landete. Erst als sie über seine Nase lief, um zum Knochen zu gelangen, den er gerade abnagte, ließ er ein warnendes Knurren hören.

Tyler griff sich Miss Marple und hielt sie auf Gesichtshöhe, um ihr eine Strafpredigt zu halten. „Bei Markknochen versteht mein Hund keinen Spaß. Bleib besser bei deinen Körnern. Ich leg auch ein gutes Wort bei deinem Frauchen ein."

Avery hatte bereits eine Tüte mit Haferflocken aus ihrer Jacke gezogen und streute ein paar davon auf die Tischplatte.

*

In der Zwischenzeit folgte Lara Miss Minnie in die Küche. Ausnahmsweise hatte die Frau gar keine Fragen gestellt, als sie nach einer Übernachtungsmöglichkeit gefragt hatte. Sie hatte ihr dasselbe Zimmer wie beim letzten Mal gegeben und sie dann gefragt, ob sie ihr einen Gefallen tun könnte. Anscheinend hatte sich Miss Daisy verletzt und tat sich jetzt mit gewissen Aufgaben beim Kochen schwer. Obwohl sie eigentlich nichts lieber wollte, als sich in ihrem Zimmer unter der Bettdecke zu verkriechen, hatte sie zugestimmt, auszuhelfen. Was sollte sie auch anderes sagen. Das hatte sie einfach nicht in sich, jemanden, der Hilfe brauchte, einfach im Regen stehen zu lassen.

Miss Daisy drehte sich um und hob fragend eine Augenbraue.

„Lara hat sich bereit erklärt, dir zu helfen."

„Mir zu helfen?", fragte Miss Daisy und runzelte die Stirn. Sie brauchte keine Hilfe.

„Ja. Du weißt schon."

Miss Daisy schüttelte unmerklich und mit einer Was-zum-Teufel-Miene den Kopf.

„Wegen deiner Verbrennung", antwortete Miss Minnie bedeutungsvoll, während ihr vor lauter Bemühungen, sich nur mit dem Gesichtsausdruck still verständlich zu machen, fast die Augen aus dem Kopf fielen.

Jetzt erst fiel bei Miss Daisy der Groschen. Sie betrachtete Lara genauer. Oh ja. Jetzt sah sie, was ihre Schwester meinte. Hier war jemand, der sich ganz dringend mal in einer einfachen Arbeit wie dem Brot backen verlieren musste.

„Aaahhh. Jaaa. Genau. Ich brauche dringend einen, der das Brot für morgen macht. Mit der Verbrennung kann ich den Teig nicht kneten." Natürlich hatte sie dafür eigentlich eine Teigknetmaschine. Aber das musste Lara ja nicht wissen. Die körperliche Anstrengung würde ihr gut tun. Der Geruch von Essen, Hefe und der Duft frischgebackenen Brotes würde sie auf andere Gedanken bringen.

„Brot backen?" Brot backen. Warum nicht. Das konnte sie machen. Dabei handelte es sich nicht um Atomphysik. Viel konnte sie dabei nicht falsch machen. Wenn sie ehrlich war, war sie ganz erleichtert über die Aussicht, sich für ein Weilchen in der Küche vor der Welt verstecken zu können. Und sich mit ehrlicher Arbeit von dem Tumult in ihrem Herzen abzulenken.

*

Uff. Mit einem Grunzen schloss Yvonne die Beifahrertür ihres Autos. Beinahe hätte sie es nicht geschafft. War ja klar gewesen, dass ihre Mutter Schwierigkeiten machen würde, selbst so kurz vor der Erfüllung ihres Wunsches. Sie hatte sie versucht zu überreden, die Pralinen für die Fahrt aufzusparen. Sozusagen als Wegzehrung. Aber nein. Stur, wie sie war, hatte sie natürlich bereits im Wohnzimmer die ersten gegessen. Als sie in der Küche, wo sie noch mit Aufräumen beschäftigt gewesen war, ein dumpfes Geräusch gehört hatte, war sie ins Wohnzimmer geeilt. Ihre Mutter hatte am Boden gelegen und war von Krämpfen geschüttelt worden. Fasziniert hatte sie zugesehen, wie sie immer wieder erbrochen hatte. Sie verzog das Gesicht. Die anschließenden Putzarbeiten waren mühsam und zeitraubend gewesen, doch der Anblick ihrer Mutter, wie sie sich leidend auf dem Boden gewälzt hatte, war es wert gewesen. Unmittelbar nach dem dritten Krampfanfall hatte die Atmung ausgesetzt. Endlich. Es hatte länger gedauert, als sie es sich vorgestellt hatte. Sie zuckte die Schultern. Egal. Das Endergebnis zählte. Mit einem zufriedenen Grinsen setzte sie sich ans Steuer. Wer hätte gedacht, dass in den westlichen Rocky Mountains das Äquivalent zu Sokrates' Schierling wuchs? Ausgesprochen praktisch auf jeden Fall. Sie legte den ersten Gang ein und fuhr los.

„So, Mutter. Jetzt geht's los, auf deine letzte Reise." Der Körper ihrer Mutter hing leblos im Sicherheitsgurt. Nur der Kopf baumelte hin und her.

Ein Lied summend schlug sie die vertraute Strecke zur Lone Wolf Ranch ein.

*

Dunkle Wolken hingen am Himmel, als sich Becca auf in den Stall machte, um Billy the Kid zu füttern. Sie hatte Hank angeboten, die Fütterung des Kleinen zu übernehmen, als ihm klar geworden war, dass Lara tatsächlich weg war. Mit einem verzweifelten Blick hatte er sich in seinen Truck geschwungen und war so schnell losgefahren, dass der Kies nach links und rechts gespritzt war.

Bevor sie die Scheunentür aufstieß, warf sie einen letzten Blick über die Schulter. Irgendwie wurde sie das Gefühl von drohendem Unheil nicht los. Wenn wenigstens die anderen hier wären. Unwillig schüttelte sie sich. Was war nur mit ihr los, dass sie auf einmal so ein Feigling war? Das war ja ganz was Neues, dass sie Gesellschaft brauchte, um sich sicher zu fühlen. Fest entschlossen, die Angst nicht überhandnehmen zu lassen, stieß sie das Tor auf und ging hinein.

Der kleine Kerl muhte bereits, als sie näher kam. Hoffentlich konnten sie ihn morgen endlich auf die Weide zu seiner Mutter bringen. Wenn alles gut ging, erkannte ihn die Kuh sofort wieder und würde sich von da an selbst um ihn kümmern. Leonie, die neben ihr her ging, war ungewöhnlich angespannt. Der sonst so relaxte Hund hatte in der letzten Stunde mehrmals laut gebellt und geknurrt. Wiederholte Blicke aus dem Fenster und ein kurzer Spaziergang hatten nichts ergeben, das ein Grund für all die Aufregung gewesen wäre. Vielleicht schlichen Kojoten in der Gegend rum, mutmaßte sie. Sie würde es morgen mit Hank besprechen.

Als die Flasche leer war und Billy sich nach einer Einheit Halskraulen ins Stroh gelegt hatte, um ein Nickerchen zu machen, holte sie die Pferde rein. Zufrieden, dass für die nächsten zwei Stunden alles gemacht war, kehrte sie zum Haus zurück. Stirnrunzelnd stellte sie fest, dass Leonie nicht an der gewohnten Stelle auf sie wartete. War sie etwa noch im Stall? Es wäre nicht das erste Mal, dass sie sie aus Versehen eingeschlossen hatte. Also kehrte sie um und ging nochmals zur Scheune.

Eine Viertelstunde später hatte sich ihr ungutes Gefühl in eine beginnende Panik gewandelt. Ihre treue Hündin war nirgends zu finden. Das sah ihr gar nicht ähnlich. Ratlos ging sie zum Haus zurück. Nach einem kurzen Gespräch mit Paula, die ihr geduldig zuhörte, wie sie ihrer Sorge Ausdruck verlieh, beschlossen sie gemeinsam, dass sie erst einmal die nächsten Stunden abwarten würde. Vielleicht kam die Ausreißerin ja von selber zurück.

„Wenn sie dann nicht wieder da ist, rufst du mich an. Okay?"

„Das werde ich machen. Und danke. Ich komme mir ein wenig blöd vor, so ein Theater zu machen, wenn sich am Ende herausstellt, dass Leonie bei der Mäusejagd die Zeit vergessen hat."

„Keine Ursache. Ich weiß, wie das ist, so allein auf der Ranch. Melde dich ungeniert, wenn was ist. Betty und ich sind in zwanzig Minuten bei dir."

Becca kicherte nervös. „Na ja, eine Flinte habe ich selber."

„Aber keine Paula", scherzte Paula am anderen Ende, um die Stimmung etwas aufzulockern.

„Das nicht. Also, ich melde mich, wenn Leonie nach Hause kommen sollte."

„Mach das. Ich drück dir die Daumen."

Mit einem mulmigen Gefühl im Magen legte sie auf. Jetzt hieß es abwarten. Wohl war ihr nicht dabei.

*

Zwei Stunden später kratzte es plötzlich an der Tür. Becca sprang auf, um Leonie hereinzulassen. Doch die Hündin wollte gar nicht ins Haus. Sobald sie Becca erblickte, sprang sie die Stufen, die auf die Veranda hochführten, hinunter. Dort blieb sie stehen und warf ihr einen Blick über die Schulter zu. Fast so, als wollte sie ihr etwas zeigen.

Becca hatte keine große Lust, sich im Dunkeln irgendetwas anzuschauen. Sie nahm die Pyrenäenberghündin genauer unter die Lupe. Die Zunge hing ihr fast bis zum Boden. Offensichtlich war sie eine ganze Weile gerannt. Kletten und Blätter hatten sich in ihrem Pelz verfangen.

„Also gut, dann komme ich eben mit!"

Entnervt und ein wenig unschlüssig schaute sie sich im Flur um. Sollte sie etwas mitnehmen? Und wenn ja, was? Die Flinte, wie sie vorhin gegenüber Paula angegeben hatte? Sie ließ ein freudloses Lachen hören. Besser nicht. Bei ihrem mangelnden Training schoss sie sich wahrscheinlich noch in den Fuß. Ihr Blick fiel auf die große Taschenlampe auf dem Fensterbrett. Sie griff danach und wog das schwere Gewicht der Stablampe in der Hand. Das war die vernünftigere Idee. So sah sie wenigstens etwas, und zur Not konnte sie das Teil einem Angreifer über den Schädel ziehen. Leonie saß draußen und stand immer wieder winselnd auf. Sie drehte einen Kreis an Ort und Stelle, als könnte es nicht genug schnell gehen.

„Ich komm ja schon", murmelte Becca, während sie die Enden ihres Schals in der Jacke verstaute. Sie griff nach der Taschenlampe und zog die Tür hinter sich zu. Leonie bellte erwartungsvoll. Stopp. Eine Leine wäre nicht verkehrt. Sonst verlor sie ihre Hündin noch vor der ersten Kurve aus den Augen. Sie kehrte ins Haus zurück und kam kurz darauf mit einer Schleppleine zurück. Sie verzog das Gesicht, als ihr der Grund einfiel, wieso sie überhaupt eine so lange Leine rumliegen hatte. Eine Zeit lang hatte sie mit Adrian und seinen Bluthunden trainiert. Bevor sie alles versaut hatte. Oder er. Wie auch immer. Nichts, mit dem sie sich gerade befassen wollte. So wie es aussah, hatte sie genug Probleme im Hier und Jetzt.

Der Mond warf sein fahles Licht durch die vereinzelten Löcher in der Wolkendecke. Links und rechts von ihr ragten unheilvoll die silbern glänzenden Gipfel der Rockies auf. Bis zum heutigen Tag, oder besser gesagt bis zur heutigen Nacht, hatte sie die Anwesenheit der Berge immer als tröstlich empfunden. Schließlich war sie in ihrer direkten Nachbarschaft aufgewachsen. Nicht so heute. Sie waren nach wie vor wunderschön – auf eine schaurige Art und Weise. Ohne die Taschenlampe einzuschalten folgte sie Leonie, die unermüdlich vorwärtsdrängte. Bevor sie gegangen waren, hatte sie noch versucht, sie zu überreden, etwas Wasser zu trinken, doch die Hündin war zu aufgeregt gewesen. Also hatte sie es aufgegeben und sich mit ihr auf den Weg gemacht.

Sie hatten schon eine ganz schöne Strecke über die Hochebene zurückgelegt, als Leonie plötzlich nach links in den Wald abbog. Ihr Weg lenkte sie steil bergauf, über Stock und Stein die Bergflanke hoch. Wenn ihr Orientierungssinn sie nicht im Stich ließ, hatten sie einen großen Bogen geschlagen und würden bald auf dem Felsvorsprung oberhalb der Ranch landen. Von dort aus hatte man einen sensationellen Überblick über das ganze Tal. Was, um Himmels willen, konnte so wichtig sein, dass Leonie sie mitten in der Nacht dorthin führte? Waren etwa erneut die Kühe ausgebüxt? Hoffentlich war keines abgestürzt, dachte sie. So ein Fall war nicht zu überleben. Und selbst wenn, konnte sie allein, ohne die Hilfe eines zuverlässigen Ranchpferdes, rein gar nichts ausrichten.

Leonie wurde langsamer und suchte sich vorsichtig einen Pfad über die Steine und Felsbrocken. Unvermittelt hörte die Steigung auf. Entgegen ihrer Erwartung blieb die Hündin jedoch nicht stehen, sondern führte Becca wieder abwärts. Als ihr die ersten Steine unter den Füßen wegrollten, fluchte sie lautstark. Diese Strecke war schon bei Tageslicht mehr als gefährlich. Im Dunkeln musste man entweder lebensmüde sein oder ein echter Adrenalinjunkie. Sie gehörte in keine dieser Kategorien, außer sie bestritt gerade ein Rennen.

„Ich hoffe wirklich, du hast einen guten Grund für diesen Ausflug“, murmelte Becca ihrer Hündin erbost zu.

Endlich waren sie unterhalb der Felswand angekommen. Leonie kam zu ihr zurück und schob ihre feuchte Schnauze gegen ihre Hand.

„Hier?“

Leonie winselte leise. Becca erschauderte. Zögerlich holte sie die Taschenlampe hervor und schaltete sie ein. Der starke Lichtstrahl durchschnitt die Dunkelheit und ließ sie Einzelheiten erkennen. Eine knorrige Kiefer klammerte sich in einen Spalt an der Felswand. Geröllhaufen wechselten sich ab mit kleineren Gesteinsformationen. Als sie das Licht über die Umgebung schweifen ließ, fiel ihr eine dunkle, unförmige Stelle auf, die nicht zum Rest zu passen schien. Urplötzlich von Grauen erfüllt, richtete sie den Strahl widerstrebend darauf. Und schrie.

Dort, an den Steinen zerschellt, lag der Körper eines Menschen.

18

Rhythmisch knetete Lara den Teig, faltete ihn zusammen und startete das Kneten erneut, fügte bei Bedarf ein wenig Mehl hinzu und legte ihn auf seinen vorgesehenen Platz auf dem Blech, wenn sie fertig war. Die gleichförmige Arbeit hatte eine sehr beruhigende Wirkung auf sie. Während ihre Hände mit der heimelig nach Hefe duftenden Masse beschäftigt waren, konnte sie ihre Gedanken in Ruhe sortieren. Inzwischen war ihr klar geworden, dass ihre plötzliche Abreise in die Kategorie Übersprunghandlung gehörte. Völlig überfordert von der komplizierten Situation, der Geheimniskrämerei und nicht zuletzt den Emotionen, die Hank in ihr auslöste, hatte sie bereitwillig die erste halbwegs taugliche Ausrede ergriffen, um abzuhauen. Während sie noch nicht bereit war zu vergessen, wie Hank auf ihre Eröffnung reagiert hatte, tat es ihr ehrlich leid, dass sie sich nicht die Zeit genommen hatte, wenigstens Becca einzuweihen. Jetzt würde sie nur Hanks Seite der Geschichte hören.

Sie rollte die Schultern, um die Verspannung, die dort saß, endlich loszuwerden.

Tyler steckte den Kopf in die Küche. Überrascht schaute Lara sie an und schielte dann zu Miss Daisy, die am Herd damit beschäftigt war, verschiedene Bestellungen fertigzustellen. Miss Daisy führte ein eisernes Regime in ihrer Küche. Unerwünschter Besuch wurde nicht gerne gesehen.

Tyler wusste das anscheinend auch. Sie hielt einen Finger vor den Mund und winkte Lara mit der anderen Hand heran.

Neugierig geworden zupfte sich Lara die gröbsten Teigreste von den Fingern, wischte sie sich anschließend an dem Küchentuch, das sie sich in den Hosenbund gesteckt hatte, ab und ging zu ihr.

„Wann ist dein Sklavendienst denn zu Ende?", flüsterte Tyler, als Lara genug nahe herangekommen war.

Lara unterdrückte das Kichern, das in ihr aufstieg. „Ich bin mehr oder weniger freiwillig hier. Ich nehme an, dass ich gehen kann, wenn der letzte Teig geknetet ist."

„Und wie viele sind das noch?"

„Ungefähr drei?" Sie beäugte die große Schüssel, die das Mehl für die restlichen Portionen enthielt.

„Gut. Wenn du fertig bist, komm raus. Es ist Tanzabend, schon vergessen?"

„Tanzabend", kam Laras nun deutlich zurückhaltendere Antwort. „Ich weiß nicht. Dazu bin ich nicht wirklich in Stimmung."

„Ach was. Es gibt nichts Besseres als ein paar tanzwütige Cowboys, um dich davon abzulenken, dass ein anderer Cowboy ein Esel war. Zudem musst du nicht tanzen. Der Billardtisch und die Dartscheiben warten auch auf dich."

Miss Daisy, die Ohren haben musste wie ein Luchs, drehte sich zu ihnen um.

„Geh dich besser frisch machen. Die restlichen Brote übernehme ich."

Überrascht schaute Lara sie an. „Wirklich? Ich möchte Sie ungern im Stich lassen. Es macht mir nichts aus, meine Arbeit erst fertigzumachen."

Miss Daisy wedelte mit der Hand. „Ab mit dir. So ein paar Brote schaff ich allein, pfff."

Lara warf Tyler einen fragenden Blick zu. Diese zuckte unschuldig mit den Schultern. „Wenn ich du wäre, würde ich machen, was sie sagt. Widerworte werden nicht gerne gehört, soviel ich weiß."

Man könnte fast meinen, die beiden würden unter einer Decke stecken, dachte Lara bei sich. Andererseits: Spielte es eine Rolle? Vielleicht würde es ihr tatsächlich gut tun, für einen Abend alle Sorgen beiseitezuschieben und ein wenig harmlosen Spaß zu haben.

„Also gut. Gib mir eine Viertelstunde, dann gehöre ich ganz dir. Falls du mir in der Zwischenzeit einen alkoholhaltigen Drink organisieren könntest, wäre das toll."

„Alkohol, soso." Tyler grinste wissend.

„Ich muss doch die Tatsache ausnützen, dass ich nicht nach Hause fahren muss", witzelte Lara und hoffte gleichzeitig, dass Tyler nicht länger auf dem Thema herumreiten würde. Es war schließlich keine große Sache, ausnahmsweise die entspannende Wirkung von Alkohol auszunutzen. Vielleicht konnte sie dann das komplette Chaos, welches sie in ihrem Leben angerichtet hatte, wenigstens für ein paar Stunden vergessen.

*

Hank schob sich durch die Raucher, die vor dem Diner zusammenstanden und ihre Glimmstängel genossen. Mit großer Erleichterung hatte er Laras Mietwagen auf dem Parkplatz entdeckt. Nicht auszudenken, wenn er sie verpasst hätte. Vor allem, weil er sich Zeit gelassen hatte, hierherzukommen. Obwohl er Becca versprochen hatte, sich unverzüglich auf die Suche zu machen, war er erst zwei Stunden durch die Gegend gefahren. Er hatte vermeiden wollen, dass er in seinem aufgewühlten Zustand auf Lara traf. Inzwischen war er merklich ruhiger geworden und hoffte, ein vernünftiges Gespräch mit ihr führen zu können. So viele Fragen waren seit ihrer überraschenden Aussage aufgetaucht. Fragen, auf die er keine Antwort hatte. Das wollte er gerne ändern. Es sollte doch möglich sein, sich wie die zwei erwachsenen Personen, die sie ja waren, sachlich über alles zu unterhalten. Am besten, sie ließen alles andere, was zwischen ihnen war oder nicht war, erst einmal beiseite.

Im Inneren angekommen stöhnte er. Das hatte ihm gerade noch gefehlt. Tanznacht im Diner. Dann konnte er auch gleich wieder umdrehen. Er bezweifelte, dass Lara heute in Feierlaune war. Er wollte schon wieder umdrehen, als sein Blick auf die Person fiel, die er gesucht hatte. Ungläubig schaute er zu, wie Lara sich gut gelaunt von Luke, einem der Feuerwehrmänner von Independence, den Two-Step zeigen ließ.

Hank sah rot. Glühend heiße Eifersucht durchfuhr ihn und vernebelte sein Hirn. Vergessen war der Vorsatz, alles Persönliche für den Moment beiseitezulassen. Er stieß sich von der Wand ab, um zu Lara gelangen. Eine Hand legte sich auf seine Schulter und hielt ihn zurück. Toby, einer der Deputies vom Sheriffsbüro, maß ihn mit einem prüfenden Blick. Unwirsch schüttelte Hank die Hand ab.

„Wenn ich du wäre, würde ich mich erst einmal beruhigen“, riet er ihm. „Dein Blick verspricht Mord und Totschlag.“

Bei seinen Worten lüftete sich der rote Schleier vor seinen Augen ein wenig. Nicht viel, aber genug, dass er die Weisheit in Tobys Worten erkannte.

„Frauen“, stieß er entnervt aus und ließ sich zurück an die Wand fallen.

Toby, der ihn genau beobachtete, entspannte sich wieder, als er sah, dass die unmittelbare Gefahr vorüber war, und lachte leise. „Wem sagst du das?“, stimmte er ihm mit viel Gefühl in der Stimme zu.

Hank, der den ernsten Unterton in Tobys Stimme bemerkte, folgte seinem Blick. Aha. Melissa. Neben ihrer Arbeit als Sekretärin für Mr. Wilkinson half sie an mehreren Abenden im Diner aus. Seit die schöne Blonde durch den großen Bauskandal, in den ihr ehemaliger Chef verwickelt gewesen war, mit der Polizei in Kontakt gekommen war, versuchte Toby, sie zu einem Date zu überreden. Doch die alleinerziehende Mutter eines sechsjährigen, aufgeweckten Jungen wollte partout nichts mit ihm zu tun haben.

„Immer noch kein Glück?"

„Nein. So langsam frage ich mich, ob ich nicht besser einen Schlussstrich ziehe."

„Wenn das so einfach wäre."

„Du sagst es." Toby trank einen Schluck aus seiner Flasche.

Hank beäugte das Bier.

„Ich hole mir auch so eins. Bin gleich wieder da."

„Aber nicht vom Weg abkommen", warnte ihn Toby mit einem bedeutungsvollen Seitenblick auf Lara, die immer noch tanzte.

„Ja, ja. Ich werde mich in Geduld üben."

Toby schnaubte ungläubig.

*

Hank und Toby waren nicht die Einzigen, die auf Beobachterposten waren. Yvonne stand im Schatten und saugte an einem Strohhalm. Sie war richtig guter Laune. Der heutige Tag war locker der beste Tag der letzten zehn Jahre. Als Hank auftauchte, beschleunigte sich ihr Puls.

„Bald gehörst du ganz mir", flüsterte sie voller Vorfreude. Als sie den wütenden Blick sah, den er Lara zuwarf, lächelte sie. Ganz offensichtlich gab's Ärger im Paradies. Umso besser. Mehr Spaß für sie. Mit einem prüfenden Blick suchte sie die Menge ab. Sie ließ sich Zeit. Es bestand kein Grund, die Sache jetzt so kurz vor dem Ziel durch Eile zu vermasseln.

Ihr Blick blieb an einem der Männer hängen. Seine Augen waren glasig und er konnte seinen Blick nicht von Laras schmaler Figur reißen, als sie lebhaft mit Luke tanzte. Er war nicht von hier. Vermutlich hatte er auf der Durchreise auf der Suche nach ein wenig Spaß hier angehalten.

Perfekt. Yvonne rückte ihre dunkle Perücke zurecht und zog ihre Lippen nach. Ohne Aufsehen zu erregen, schlängelte sie sich durch die Leute, bis sie hinter ihrem Auserwählten stand.

Sie rieb ihre großen Brüste an seinem Rücken. Als er sich überrascht umdrehen wollte, griff sie ihm von hinten zwischen die Beine und nahm seine Eier in die Hand.

„Nicht so schnell, mein Junge."

Nervös schaute sich der Mann um und versuchte einen Blick auf die Frau hinter sich zu erhaschen.

„Vergiss es, ich bin nicht wichtig. Genieß einfach den Moment."

Der Mann schluckte. Wollte er ja gerne. Es passierte einem Mann schließlich nicht jeden Tag, dass sich solche Kurven an seinen Rücken pressten oder eine Hand in aller Öffentlichkeit sein bestes Stück massierte. Er hatte es beinahe geschafft, sich zu entspannen und wollte sich eben endlich umdrehen, als die Frau unmissverständlich zudrückte.

„Hey."

„Gut. Ich habe deine Aufmerksamkeit", flüsterte ihm die gesichtslose Stimme ins Ohr. Er nickte, zu besorgt um seinen Schwanz, als dass er noch einmal versucht hätte, sie anzuschauen.

„Die Frau, die du schon länger auf der Tanzfläche beobachtest?"

Er nickte. Die war auch ein geiles Stück. Das pinkfarbene Tanktop brachte ihre eher kleinen, aber wohl gerundeten Brüste gut zur Geltung. Es juckte ihn in den Fingern, ihr dieses Teil auszuziehen. Doch es schien, als wollte sie den Abend mit dem anderen Typen verbringen. Und tanzen. Was für ein Loser. Typisch.

„Sie ist meine Freundin und hat mir vorher erzählt, du seist ihr aufgefallen. Sie würde sich aber nie trauen, dich anzusprechen."

„Wieso nicht?"

„Sie traut sich nicht, bei richtigen Kerlen wie dir."

Die Worte der Unbekannten gingen ihm runter wie Öl, und er stellte sich ein wenig aufrechter hin.

Yvonne hinter ihm rollte mit den Augen. Schon erbärmlich, wie leicht die meisten Männer zu manipulieren waren. Aber ihr sollte es recht sein. Diesmal zumindest spielte es ihr direkt in die Hände. Mit ihrer freien Hand schob sie dem Mann eine Ampulle in die Hosentasche seiner zerrissenen Jeans.

„Siehst du das Glas dort drüben?"

Der Mann nickte.

„Das ist ihres. Schütte die Ampulle rein. Sobald sie getrunken hat, wird sie zur Toilette gehen." Dieser Teil basierte auf Vermutungen. Doch Lara war schon ewig nicht mehr für kleine Mädchen gewesen. Wenn ihr Stoffwechsel auch nur annähernd so wie der von anderen Frauen reagierte, würde sie spätestens in der nächsten Pause endlich aufs Klo gehen.

„Wenn sie rauskommt, fängst du sie ab. Dann gehört sie für die Nacht dir."

Als der Mann zögerte, hauchte sie ihm ins Ohr: „Und glaub mir. Sie wird sehr willig sein." Sie strich ihm nochmals über seinen Schwanz, um ihren Worten Nachdruck zu verleihen. Ein unwillkürliches Zucken lief durch seinen Körper. Die Muskeln zwischen seinen Schenkeln spannten sich an.

Das brachte den entscheidenden Durchbruch. Er nickte, zuerst zögerlich, dann eifrig. Unter ihrer Hand spürte sie, wie seine Vorfreude wuchs. Als er vorwärts schnellte, hielt sie ihn zurück.

„Nicht so schnell. Du zählst jetzt bis hundert. Erst dann gehst du los. Verstanden?"

Er nickte genervt und eindeutig ungeduldig, jetzt, wo er sich entschieden hatte, mitzumachen.

Wortlos zog sich Yvonne hinter ihm zurück und verschwand in der Menge. Braver Junge. Er hielt sich tatsächlich an ihre Anweisungen. Das kalkulierte Risiko, das sie eingegangen war, ließ das Adrenalin durch ihre Adern schießen. Erst als sie wieder auf ihrem Beobachterposten saß, atmete sie auf. Freudige Erregung breitete sich in ihr aus, als sie darauf wartete, wie sich die nächsten zehn Minuten entwickeln würden.

*

Hank hatte seinen Platz an der Wand nicht verlassen und fixierte Lara mit seinem Blick. Sie hatte ihn gesehen, doch außer einem trotzigen Blick in seine Richtung hatte sie seine Anwesenheit nicht zur Kenntnis genommen. Das passte ihm zwar gar nicht. Aber so schwer es ihm auch fiel, hatte er sich entschlossen, sich in Zurückhaltung zu üben. Eine Szene auf der Tanzfläche war das Letzte, das sie gebrauchen konnten für das Gespräch, das er sich mit ihr erhoffte. Die unter der Oberfläche brodelnde Eifersucht steckte kurz ihren Kopf aus ihrem Versteck. Verlangen durchzuckte ihn, und er fluchte leise. So viel zu dem Gespräch, das er führen wollte. Sein verräterischer Körper hatte dazu offensichtlich ganz andere Pläne. Kein Wunder, bei den Erinnerungen an die Ereignisse vor dem Streit. Oder mitten im Streit.

Er war so damit beschäftigt, Lara zu beobachten, dass ihm entging, wie ein Mann unauffällig zu einem der Tische am Rande der Tanzfläche ging und etwas in ihr Glas schüttete.

Yvonne hingegen verfolgte seine Aktion genau. Freudig rieb sie sich die Hände, als er wieder in der Menschenmenge verschwand und sich auf den Weg in Richtung Toiletten machte. Bald würde Hank ihr gehören, dieser liebeskranke Trottel. Na ja. Die Erinnerungen an die Fremde würde sie ihm schnell austreiben, dachte sie zuversichtlich.

*

Als der Song endete, machte sich Lara von Luke los.

„Timeout. Ich brauche dringend etwas zu trinken."

„In Ordnung. Soll ich dir was holen?"

„Ich habe mein Glas dort drüben."

„Okay. Das war nicht schlecht."

„Für einen Neuling, meinst du wohl." Sie grinste bei der Erinnerung daran, wie sie wiederholt über ihre eigenen Füße gestolpert und auf seinen gelandet war.

Er lachte. „Ich geh mal rüber zu Ace. Ruf einfach, wenn du Lust auf eine Tanzlektion hast."

„Werde ich machen." Sie sah dem breitschultrigen Feuerwehrmann mit den freundlichen Augen nach. Wieso hatte sie sich nicht jemanden wie ihn aussuchen können? Unkompliziert, gut aussehend, ohne in die ganze Angelegenheit mit der Erbschaft verstrickt zu sein … ein idealer Kandidat. Der sie leider völlig kalt ließ. Ihre Hormone waren instantmäßig in Winterschlaf verfallen. Zumindest, bis ihr Blick auf Hank gefallen war, der unbeteiligt an der Wand lehnte und sie mit seinen grünen Augen beobachtete. Im ersten Moment hatte sie gedacht, er würde sie auf der Tanzfläche zur Rede stellen. Doch dann hatte er es sich an der Wand bequem gemacht. Anscheinend war ihm völlig gleichgültig, mit wem sie tanzte. Vermutlich war er nur hier, um sicherzustellen, dass seiner geliebten Ranch nichts passierte, dachte sie verärgert. Sie griff nach ihrem Glas und leerte es in einem Zug. Das lauwarme Bier schmeckte fürchterlich, aber immerhin stillte es den ärgsten Durst. Vom Tanzen hatte sie erst einmal genug. Jetzt würde sie ihr Glück am Billardtisch versuchen. Als sie die vielen Leute sah, die zwischen ihr und der Spielecke standen, beschloss sie, einen Umweg zu den Toiletten zu machen. Schwindel erfasste sie, und sie hielt sich am Tisch fest. Ups. Hatte sie schon so viel getrunken? Das konnte eigentlich nicht sein. Sie holte tief Luft und atmete bewusst aus. Viel half es nicht. Trotzdem machte sie sich auf den Weg zu den Toiletten. Vielleicht gab es dort ein Fenster, das sie öffnen konnte. Frische Luft klang verlockend.

Hank, der sie immer noch mit Adleraugen beobachtete, runzelte die Stirn. Irgendetwas stimmte nicht mit ihr. War ihr etwa übel? Oder war ihr nur heiß geworden? Von einer inneren Unruhe gepackt stieß er sich von der Wand ab. Toby, der ihm entgegenkam, wollte ihn mit einer Frage stoppen.

„Später. Nicht jetzt“, wiegelte er ihn ab und schob seine freundliche Hand weg. Er konnte die Dringlichkeit selber nicht erklären. Er spürte nur, dass es keine Zeit zu verlieren galt.

*

Yvonne, die sich eben noch gefreut hatte, dass alles reibungslos zu klappen schien, runzelte die Stirn. Wieso folgte Hank Lara? Hatte er etwa Verdacht geschöpft? Nein, das war schlicht und einfach unmöglich. Trotzdem. Die Richtung, die er eingeschlagen hatte, drohte ihren ganzen Plan zu vernichten. Das ging gar nicht. Sie zog an ihrem tief ausgeschnittenen Oberteil, um ihr Dekolleté besser zur Geltung zu bringen. Dann zog sie los, ihre einzige Mission: ihn aufzuhalten.

Dreist stellte sie sich ihm in den Weg und tat so, als würde sie stolpern. Unvermittelt streckte er die Arme aus, um sie aufzufangen.

„O je, was bin ich ungeschickt. Du bist mein Retter“, sprudelte es aus ihr hervor. Sie blinzelte ihn unter ihren dichten Wimpern an und rieb absichtlich unabsichtlich ihre Brüste an seinem Brustkorb.

Was zum Teufel wollte diese Frau? Wer war sie überhaupt? Irgendwie kam sie ihm bekannt vor. Eine leise Ahnung regte sich in seinem Hinterkopf. Doch bevor die Erinnerung klar zutage trat, wischte er sie beiseite. Angewidert und sehr in Eile wegen seiner Sorge um Lara stellte er die andere Frau einfach zur Seite und setzte seinen Weg fort.

Yvonne taumelte und prallte gegen jemandes Rücken.

„Pass doch auf!“

„Entschuldigung“, nuschelte sie und drehte sich peinlich berührt weg. In ihrem Kopf hallte die Stimme ihrer Mutter wieder. *Typisch. Unnützes Gör. Zu nichts zu gebrauchen.* In ihr begann es zu brodeln. Das war alles nur Hanks Schuld. Die Wut der ganzen vergangenen Jahre, die sie unter ihrer Mutter gelitten hatte, begann an die Oberfläche zu drängen. Nur mit Mühe gelang es ihr, sie zurückzudrängen. Sie schluckte und atmete tief durch. Noch war nicht alles verloren. Jetzt galt es zu sehen, wie Lara mit ihrem neu erworbenen Lover zurechtkam. Ein fieses Lächeln stahl sich auf ihre Lippen. Von neuer Zuversicht erfüllt ging sie in Richtung Toilette.

Lara wusste nicht, was mit ihr los war. Stöhnend saß sie auf der Toilettenschüssel und hielt ihren Kopf in den Händen. Sie wollte nach Hause. Wenn sie sich nur erinnern könnte, wo das war? Sie blinzelte in einem Versuch, die Spinnweben aus ihrem Blickfeld zu vertreiben. Uugh. Schlechte Idee. Jetzt kam ihr Mageninhalt beinahe hoch. Kalter Schweiß trat ihr aus den Poren. Irgendetwas lief gerade fürchterlich falsch. Ob sie Grippe hatte? Was es auch immer war, ewig konnte sie nicht hier sitzen bleiben. Schon mehrmals hatte jemand an die Tür der einzigen Kabine in der Frauentoilette geklopft.

Um zu vermeiden, dass sie tatsächlich noch erbrechen musste, schob Lara sich langsam und bedächtig an der Wand hoch. Endlich draußen, stützte sie sich schwer atmend auf den Rand des Waschbeckens. Eine Frau steckte den Kopf rein, verschwand aber gleich wieder. Verwirrt runzelte sie die Stirn, doch es nützte nichts. Zurzeit machte einfach gar nichts Sinn. Sie spritzte sich kaltes Wasser ins Gesicht und legte sich ein mit Wasser getränktes Papierhandtuch in den Nacken. Scheißgrippe, oder was auch immer das war.

Der Mann, der draußen im Schatten der Mäntel auf seinen versprochenen Preis wartete, zog scharf die Luft ein, als Lara aus der Toilette taumelte. Der Anblick ihres käsigen Teints und die blutunterlaufenen Augen ernüchterten ihn. Plötzlich war ihm unwohl bei der ganzen Geschichte. Was, wenn er dieser Frau Schaden zugefügt hatte? Unwillkürlich zog er sich weiter in den Schatten zurück. Er wollte mit der Angelegenheit nichts mehr zu tun haben. Nichts wie weg hier.

19

Endlich erreichte Hank den Flur, wo die Toiletten waren. Genau in dem Moment, in dem Lara aus der Toilettentür stürzte. Mit zwei großen Schritten war er bei ihr.

„Lara?"

„Hank? Ich fühl mich nicht so gut."

„Das kann ich sehen." Er kauerte sich neben ihr nieder und versuchte, sie in eine sitzende Position zu ziehen.

„Bitte nicht", stöhnte sie. „Mir ist schlecht."

Feine Schweißperlen sammelten sich auf ihrer Stirn. Die Hand in seiner fühlte sich klamm an. Gleichzeitig hämmerte ihr Puls wie verrückt. Shit. Was sollte er nur tun?

„Ich bringe dich ins Krankenhaus."

„Nein. Kein Krankenhaus", stieß sie hervor. „Nur Grippe." Sie ließ den Kopf wieder zurückfallen.

„Da wär ich mir nicht so sicher", murmelte Hank. Die Symptome waren zwar ähnlich, aber irgendetwas störte ihn.

Miss Daisy kam auf dem Weg zum Bed & Breakfast-Teil des Gebäudes an ihnen vorbei.

„Oje, was ist denn hier los?"

Hank schaute hoch. „Keine Ahnung. Ihr ist plötzlich schlecht geworden." Er konzentrierte sich wieder auf Lara und strich ihr eine Haarsträhne aus dem Gesicht. Unvermittelt rollte ihr Kopf zur Seite.

„Lara? Lara! Scheiße. Sie ist ohnmächtig geworden. Wir brauchen einen Krankenwagen!"

Miss Daisy blieb ganz ruhig. „Bis der Krankenwagen hier ist, kann es ewig dauern. Besser du bringst sie nach Breckenridge in die Notaufnahme."

Zum ersten Mal in seinem Leben fühlte sich Hank überfordert. Seine Angst um Lara, die in seinem Arm lag, verhinderte jegliches klare Denken. Was war das Beste in ihrem Zustand? War ihr Puls vorher noch zu hoch und zu schnell gewesen, war er jetzt kaum mehr wahrnehmbar.

Nach einer gefühlten Ewigkeit, in der er sich nicht von der Stelle bewegt hatte, außerstande, eine Entscheidung zur treffen, berührte ihn jemand sanft am Arm. Hank schreckte hoch. Neben ihm standen Luke und Ace.

„Hey, Mann. Wir bringen sie ins Krankenhaus. Wir laden sie auf eine Tragbahre und transportieren sie mit einem unserer Geländewagen."

Wie betäubt konnte Hank nur nicken. Was, wenn sie nicht mehr aufwachte? Was …

Ace rüttelte ihn an der Schulter. „Willst du mitfahren?"

Das riss ihn endlich aus seiner Erstarrung. „Gern. Was soll ich machen?"

„Bleib einfach bei ihr und bewege sie nicht. Wir sind gleich wieder mit der Ausrüstung da."

„Okay."

Also saß Hank mit Lara am Boden vor den Toiletten im Diner und fühlte sich so hilflos wie noch nie zuvor in seinem Leben. Normalerweise konnte er mit Notfallsituationen gut umgehen. Wenn es sich um einen Reitunfall handeln würde, wüsste er wenigstens, was zu tun wäre. Aber diese plötzliche Krankheit, oder was auch immer es war, machte ihm Angst. Er blinzelte angestrengt, um die drohenden Tränen zu vertreiben.

Ace und Luke kamen mit der Tragbahre herein. Ihre Gesichter waren eine Maske grimmiger Entschlossenheit. Sofort sprangen alle Alarmsysteme in Hanks Gehirn an.

„Was ist los? Wieso schaut ihr so ernst?"

„Lass uns erst unsere Arbeit machen. Dann bringen wir dich auf den neuesten Stand", antwortete Ace kurz angebunden.

Am liebsten hätte Hank auf eine sofortige Antwort bestanden. Doch ein Blick auf Laras leblose Gestalt überzeugte ihn davon, sie behutsam auf den Boden zu legen und einen Schritt zur Seite zu treten.

Die Männer arbeiteten wie das eingespielte Team, das sie waren. Im Nu hatten sie Lara vorsichtig auf die Trage manövriert und trugen sie nach draußen zu ihrem provisorischen Rettungsfahrzeug.

„Ich kann euch nicht genug danken", murmelte Hank, als sie endlich losfuhren. Er saß hinten bei Lara und hielt ihre Hand.

Ace warf Luke einen Blick zu. Dieser zuckte mit den Schultern und fuhr von der Einfahrt des Diners auf die Hauptstraße, die sie nach Breckenridge bringen würde.

Hank lehnte sich ein wenig vor. „Also, raus mit der Sprache. Weshalb die langen Gesichter?"

„Als wir mit dem Fahrzeug der Feuerwehr zum Diner gekommen sind, hat sich uns ein Mann in den Weg gestellt."

„Ein Mann? Jemanden, den wir kennen? Und was tut das zur Sache?"

„Jetzt lass mich doch erst einmal ausreden." Ace hielt eine Ampulle hoch. „Er hat mir das hier gegeben. Laut seiner Aussage hat ihm das jemand gegeben und ihn überredet, es Lara in den Drink zu schütten."

„Was?" Hank glaubte, seinen Ohren nicht zu trauen. Er hatte so viele Fragen auf diese Aussage, dass er gar nicht wusste, welche er zuerst stellen sollte. „Wer ist dieser Mann? Und was hat er mit Lara zu schaffen? Was ist in der Ampulle?"

„Ungefähr so haben wir auch reagiert. Natürlich habe ich sofort nach seinem Namen gefragt. Er ist definitiv nicht von hier. Weder Luke noch ich haben ihn je gesehen."

„Und?"

„Seinen Namen wollte er partout nicht nennen."

„Kein Wunder."

„Ja, aber bevor er abgehauen ist, hat er noch ein paar interessante Details erzählt."

„Abgehauen?", fragte Hank und sprang beinahe von seinem Sitz.

„Jetzt beruhige dich, Mann", wies ihn Luke zurecht. „Das hilft deiner Freundin jetzt auch nicht."

Seiner Freundin? Kurzfristig abgelenkt ließ er seinen Blick zu Lara schweifen, die immer noch völlig regungslos dalag. War sie seine Freundin? Ein warmes Gefühl breitete sich in seinem Herzen aus und verursachte einen Kloß in seinem Hals. Seine Freundin durfte er sie kaum nennen, nach all den harschen Worten, die heute zwischen ihnen gefallen waren. Doch er hoffte, dass er eine Chance bekommen würde, das wieder hinzubiegen. Anscheinend hatte er sich über die letzten Wochen tatsächlich in die schöne Fremde verliebt. Er schluckte. War nur zu hoffen, dass sie das hier überlebte, sodass er es ihr auch sagen konnte. Um sich von der erschreckenden Möglichkeit abzulenken, dass sie nie mehr aufwachte, zwang er sich, tief durchzuatmen.

„Also gut. Was hat der Kerl gesagt, bevor er das Weite gesucht hat?"

„Dass ihm eine Frau diese Ampulle gegeben hat, damit er sie Lara ins Glas leert. Er behauptet, er wüsste nicht, was drin sei, dass er sich aber ernsthaft Sorgen gemacht hat, als er sah, wie schlecht sie darauf reagiert hat."

„Was du nicht sagst", antwortete Hank sarkastisch. „Aber wohl nicht genug, dass er noch länger hiergeblieben wäre."

„Das nicht", gab Ace zu. „Trotzdem wissen wir jetzt mehr als vorher. Mit diesen Informationen kann das Krankenhaus ihr viel besser helfen."

Hank ließ sich in seinen Sitz zurückfallen, ohne Laras Hand loszulassen, und rieb sich mit der anderen über das Gesicht.

„Das macht alles keinen Sinn. Lara ist noch gar nicht lange genug hier, um sich irgendwelche Feinde gemacht zu haben."

„Ich finde die Story auch höchst fragwürdig. Natürlich haben wir unverzüglich Jake verständigt. Er versucht den Kerl jetzt zu finden."

„Der ist doch bestimmt längst über alle Berge", antwortete Hank resigniert.

„Wahrscheinlich. Aber wer weiß."

Mit einem Knacken erwachte das Funkgerät, das vorne am Armaturenbrett befestigt war, zum Leben.

„Chief?", erklang Jakes Stimme über den Äther.

„Sheriff? Habt ihr den Täter?"

„Nein. Leider nicht. Es geht um etwas anderes. Ist Hank bei euch?"

Hank beugte sich vor und sprach zwischen den beiden Feuerwehrleuten hindurch. „Ich bin hier, Jake. Ace und Luke waren so freundlich, mich mitzunehmen. Wir sind auf den Weg ins Krankenhaus."

„Das dachte ich mir. Hör zu, ich weiß, du würdest gerne bei Lara bleiben. Doch vielleicht fährst du besser nach Hause."

Kaltes Grauen erfüllte Hank. „Nach Hause?", echote er.

„Es ist gerade ein Notruf hereingekommen. Von deiner Schwester."

„Was ist mit Becca?" Er hielt den Atem an, während er auf eine Antwort wartete.

„Becca geht es gut, soweit ich das beurteilen kann. Aber sie hat anscheinend eine grauenhafte Entdeckung gemacht."

„Jetzt spuck's schon aus", sagte Hank ungeduldig.

„Sie hat unterhalb der steilen Felswand hinter der Ranch eine Leiche entdeckt."

„Eine Leiche?" Die Ereignisse der letzten Stunden lagen dermaßen weit außerhalb seines Erfahrungsbereichs, dass es seinem Hirn offensichtlich schwerfiel, mitzuhalten.

„Eine Frau offenbar. Becca ist zur Ranch zurückgekehrt, nachdem sie die Tote gefunden hat, und hat sich jetzt im Haus verbarrikadiert, während sie auf uns wartet."

„Vermutlich eine Touristin, die sich verirrt hat und abgestürzt ist", mutmaßte Hank. „Trotzdem kein schöner Anblick."

„Wir fahren jetzt raus. Ich melde mich, sobald ich mehr weiß."

„Danke. Und könntest du vielleicht deine Schwester anrufen und sie fragen, ob es ihr etwas ausmachen würde, zur Lone Wolf Ranch zu fahren? Ich bin sicher, Becca wäre froh über Paulas Gesellschaft. Ich komme, sobald ich kann. Doch ich möchte erst die ersten Untersuchungsergebnisse von Lara abwarten."

„Kann ich verstehen. Ich rufe Paula gleich an. Was ich gehört habe, ist da ja auch noch ein Kalb, das regelmäßig gefüttert werden muss."

„Billy the Kid. Stimmt. Den hätte ich beinahe vergessen."

„Keine Sorge. Ich bin sicher, dass Becca sich um ihn gekümmert hat. Und sonst wird Paula das gleich nachholen. Ich halte dich auf dem Laufenden."

Erschöpft lehnte sich Hank zurück. Wenn er abergläubisch wäre, würde er spätestens jetzt die Sternenkarten befragen. Schien, als hätte das Schicksal gleich mehrere Katastrophen für ihn in petto.

„Braucht ihr Unterstützung vonseiten der Feuerwehr?", wollte Ace wissen.

„Vorerst nicht. Wir checken erst die Lage. Ich melde mich wieder."

„Okay, bis später."

*

Im Krankenhaus kümmerte sich das Notfall-Team professionell um Lara. Ace und Luke warteten draußen im Truck, während sich Hank beim Empfang um Laras Anmeldung kümmerte.

„Name?", fragte die Rezeptionistin kurz angebunden.

„Lara."

„Und weiter?"

Hank überlegte. Wusste er überhaupt ihren Nachnamen? Hatte er diesen überhaupt schon gehört? Dann fiel es ihm wieder ein. Er hatte ja Devils Papiere auf sie überschrieben.

„Bär", antwortete er endlich, als die Angestellte bereits ungeduldig mit den Fingernägeln auf die Tischplatte klopfte.

„Geburtsdatum?"

„Das weiß ich nicht. Sie ist achtundzwanzig."

„Ist sie krankenversichert?"

„Keine Ahnung." Er zog seine Kreditkarte hervor. „Sie können alles hier auf die Rechnung setzen lassen, okay?"

Die Empfangsdame runzelte zwar die Stirn, kopierte aber die Informationen der Karte.

„Hören sie, ich habe nicht viel Zeit. Könnten sie mir vielleicht sagen, wie es ihr geht? Was die Diagnose ist?"

Die Rezeptionistin setzte an zu sprechen, als eine junge Ärztin mit fliegendem Stethoskop um den Hals in den Empfangsbereich gestürmt kam. Wild sah sie sich um, bis ihr Blick an Hank hängen blieb.

„Du!"

Hank schaute kurz über seine Schulter, um sicherzugehen, dass sie mit ihm sprach, und deutete dann auf seine eigene Brust.

„Meinen Sie mich?"

Sie taxierte ihn mit schmalen Augen. „Bist du mit der dunkelhaarigen, bewusstlosen jungen Frau gekommen?"

Er nickte.

„Glaub nur nicht, dass du damit davonkommst. Ich werde das dem zuständigen Sheriff melden. Es ist strafbar, jemandem K.-o.-Tropfen einzuflößen." Bei jedem Wort stieß sie ihm den Zeigefinger in die Brust, als wolle sie ihren Worten noch mehr Gewicht verleihen.

„Waren das K.-o.-Tropfen in der Ampulle?"

„Als wenn du das nicht wüsstest." Ihr Gesichtsausdruck zeigte deutlich, wie angewidert sie von der ganzen Geschichte war.

Hank ignorierte ihre Anschuldigungen. Für ihn war nur wichtig, wie es Lara ging.

„Wird sie durchkommen?"

„Ja. Das ist aber nicht dein Verdienst. Die Dosis war viel zu hoch. Ihr Atemzentrum ist zum Stillstand gekommen. Sie hängt jetzt am Beatmungsgerät."

„Beatmungsgerät?" Das klang sehr ernst. Er war so fixiert auf die Vorstellung, wie Lara bewusstlos im Krankenhaus lag und künstlich beatmet wurde, dass er das Nächste, was die Ärztin sagte, beinahe verpasste.

„War wohl nichts mit einer willenlosen Sexpartnerin. Dafür werden dich die Cops gleich verhören."

„Moment mal! Da liegt ein Missverständnis vor. Ich habe ihr das Zeug nicht gegeben. Ich war nur derjenige, der sie gefunden hat", protestierte er.

„Das kann jeder sagen." Sie warf ihm einen unnachgiebigen Blick zu.

„Draußen auf dem Parkplatz sitzen zwei Leute aus dem Feuerwehrteam von Independence. Unter anderem der Chief. Die beiden können bezeugen, dass ich mit der Sache nichts zu tun habe. Ich bin außer mir vor Sorge um Lara und wäre froh, wenn wir uns darauf konzentrieren könnten, dass sie so schnell wie möglich wieder gesund wird." Er warf der Ärztin einen bösen Blick zu.

Schließlich gab sie nach.

„Also gut. Ich werde das überprüfen." Damit rauschte sie ab.

„Können wir jetzt hier weiter machen?" Die Angestellte hielt das Anmeldeformular hoch.

Hank rieb sich den Nacken. „Hören Sie. Hier ist meine Adresse. Lara wohnt bei mir." Dass sie heute eigentlich ausgezogen war, beschloss er für den Augenblick einfach zu ignorieren. „Ich kann all diese Fragen nicht beantworten. Das muss Lara tun. Es sollte doch reichen, dass alle Kosten gedeckt sein werden."

Die Rezeptionistin murmelte etwas, was verdächtig wie ein Protest klang. Hank ignorierte es und ließ sich auf einen der Stühle im Wartezimmer fallen. Was für ein Tag. Und jetzt hatte Becca auch noch so ein fürchterliches Erlebnis gehabt. Er war hin- und hergerissen zwischen dem Bedürfnis, nicht von Laras Seite zu weichen und dem Wunsch, nach Hause zu fahren, um nach dem Rechten zu sehen. Eigentlich hatte er gar keine andere Wahl, als mit Ace und Luke zurückzufahren. Sein Auto stand schließlich immer noch auf dem Parkplatz vor dem Gemeindehaus.

Während ihm die seltsamen Erlebnisse des heutigen Tages durch den Kopf gingen, steckte die Ärztin, die ihm eben eine Standpauke gehalten hatte, den Kopf zur Tür rein. Jetzt sah sie nicht mehr wütend aus, sondern nur sehr müde.

„Sorry wegen vorhin." Sie strich sich mit einer nervösen Geste über das Ende ihres langen Pferdeschwanzes. „Mein Name ist Christina Anderson. Ich bin seit drei Jahren Notfallärztin hier in diesem Krankenhaus und sehe solche Sachen leider viel zu oft. Und genauso oft kommen die Täter davon. Das macht mich einfach wütend."

Er streckte die Hand aus. „Hank Mirren ist mein Name. Ich nehme an, dass der Chief meine Version der Geschichte bestätigt hat."

Sie nickte.

Hank stand auf. „Wie geht es ihr überhaupt und was passiert jetzt?"

Sie hielt eine Hand hoch, die Handfläche gegen ihn gerichtet, als wollte sie ihn stoppen. Oder besänftigen. „Es tut mir leid. So wie ich das verstanden habe, bist du nicht mit ihr verwandt?"

Hanks Gedanken überschlugen sich. Verwandt? Lara hatte doch niemanden hier. Schnell sagte er: „Ich bin ihr Verlobter." Er hoffte nur, dass Lara das Spiel mitspielte, sollte sie zu Bewusstsein kommen.

Die Ärztin zog eine Augenbraue hoch. „Tatsächlich."

Unbeirrt hielt er ihrem Blick stand. Sekunden verstrichen, in denen keiner von beiden etwas sagte. Schließlich schien sie zu einem Schluss zu kommen. „Also gut. Lara geht es den Umständen entsprechend gut. Sie schläft jetzt. In etwa zwölf Stunden sollte ihr Organismus die Drogen verstoffwechselt und soweit unschädlich gemacht haben. Um dem Körper dabei zu helfen, erhält sie über die Infusion genügend Flüssigkeit. Der kritische Moment wird sein, wenn sie aufwacht. Das geht oft mit einer inneren Unruhe einher. Ich hoffe, dass wir zeitgerecht das Beatmungsgerät abschalten können, damit sie nicht in Panik verfällt. Ansonsten sind ihre Prognosen gut. In ein paar Tagen sollte sie so gut wie neu sein."

Hank zögerte mit der nächsten Frage, stellte sie aber schlussendlich trotzdem. „Wird sie sich an alles erinnern?"

Christina zuckte mit den Schultern. „Vielleicht. Vielleicht auch nicht. Es hilft sicher, dass sie nie allein war. Selbst wenn sie sich nicht erinnert, wird sie die Gewissheit haben, dass ihr nichts passiert ist in den Momenten, an die sie sich nicht erinnert."

„Kann ich zu ihr?"

„Ich schicke eine Krankenschwester, die dich kurz reinschauen lässt. Zwei Minuten, nicht länger", antwortete sie streng. „Ich empfehle dir aber, anschließend nach Hause zu gehen. Heute Nacht kannst du nichts für sie tun, glaub mir.

Zudem hat der Chief gemeint, du hättest noch eine zweite Krise, die auf dich wartet. Zu Hause."

Er nickte. „Das scheint tatsächlich der Fall zu sein."

Sie lächelte mitfühlend. „Es gibt solche Tage."

„Danke. Für alles", rief er ihr hinterher, als sie sich zum Gehen wandte. Sie nickte kurz und verschwand.

Wenig später stand er in dem dunklen Zimmer. Lara lag bleich auf dem Bett und schien fast zu verschwinden unter all den Schläuchen. Das Beatmungsgerät keuchte in der Ecke vor sich hin. Der Monitor an der Wand zeichnete ihren Herzschlag auf. Alle paar Minuten wurde automatisch ihr Blutdruck gemessen. Scheu griff er nach ihrer Hand und strich mit dem Daumen über ihren Handrücken. Um Zeit zu gewinnen, räusperte er sich. Jetzt wo er hier bei ihr war, fehlten ihm die richtigen Worte.

Schließlich sagte er nur: „Werde schnell gesund. Ich muss zurück auf die Ranch, komme dich aber so bald wie möglich besuchen." Mit Argusaugen betrachtete er die Monitore, nach einem beschleunigten Puls oder einem anderen Anzeichen Ausschau haltend, dass sie ihn gehört hatte. Doch alles blieb unverändert. Er seufzte. So etwas geschah wohl nur in Hollywood und nicht im richtigen Leben.

Die Krankenschwester, die ihn hergebracht hatte, trat ins Zimmer. „Es tut mir leid, die Zeit ist um." Er nickte und hob die Hand, in der die Nadel der Infusion steckte, an seine Lippen und drückte einen federleichten Kuss darauf.

Schweren Herzens machte er sich auf den Heimweg.

*

Yvonne schäumte vor Wut. Fassungslos hatte sie mitansehen müssen, wie dieser Schlappschwanz, den sie sich für ihren Plan ausgesucht hatte, nicht nur aufgab, sondern sogar dem Feuerwehrchef die Ampulle übergab. Was für ein Idiot. Offenbar musste man sich um alles selber kümmern. Zum

Glück hatte sie darauf geachtet, Handschuhe zu tragen, als sie die Ampulle abgefüllt hatte. Damit nicht genug, war für Lara die Kavallerie ausgerechnet in der Form von Hank eingetroffen. Anstatt einen Keil zwischen sie zu treiben, hatte sie die beiden nur noch näher zusammengebracht. Sie stieg in ihr Auto und warf die verhasste Perücke auf den Beifahrersitz. Die zweite Hälfte des Abends war definitiv ein Reinfall gewesen. Immerhin war wenigstens der erste Teil gelungen. Sie freute sich schon darauf, morgen zu hören, wie ihr Überraschungsgeschenk angekommen war. Bis dahin würde sie den Rest des Abends genießen und die Abwesenheit ihrer Mutter feiern. Bei dem Gedanken daran, dass sie nie mehr hören musste, was für ein Versager sie war, hob sich ihre Stimmung wieder. Das eben war nur eine kleine Unebenheit auf ihrem Weg zum Erfolg. Das nächste Mal war sie klüger und würde sich selber um alle Details kümmern. Wie bei ihrer Mutter. Da sprach das Resultat ja für sich.

20

Als es an der Tür klopfte, drückte Becca das Kissen, das sie umklammert hielt, enger an die Brust, bewegte sich ansonsten aber nicht von der Stelle. Erst als ihr auffiel, dass Leonie winselnd und nicht bellend oder knurrend vor dem Eingang stand, sondern wedelte, fiel die Angst ein wenig von ihr ab.

„Wer ist da?“, rief sie von der relativen Sicherheit ihres Sofas aus.

„Ich bin’s. Paula.“

Beim Klang der Stimme ihrer Freundin kam Bewegung in sie. Mit ein paar schnellen Schritten war sie bei der Tür und ließ sie rein.

„Du meine Güte, du bist ja bleich wie ein Gespenst“, stellte Paula in ihrer direkten Art unverblümt fest.

„Ja, einem Gespenst bin ich gerade begegnet.“

„Warum hast du mich denn nicht angerufen?“

„Ehrlich gesagt hat mein Hirn auf Stand-by geschaltet, nachdem ich die Polizei informiert hatte. Aber komm erst einmal rein.“ Sie führte ihren Besuch ins Wohnzimmer, bevor sie in der Küche den Wasserkocher füllte. „Willst du Tee?“

„Lieber Kaffee, wenn du hast.“

„Alles klar.“ Sie füllte die Kaffeemaschine und drückte den Knopf.

„Das nächste Mal komme ich gleich rüber, wenn du anrufst und mir erzählst, dass dein Hund sich seltsam verhält. Sieht so aus, als könnte man sich auf sie verlassen", rief Paula aus dem Wohnzimmer.

„Ja, sieht ganz so aus", gab Becca widerwillig zu, als sie sich mit Kaffee und Tee beladen zu ihr ins Wohnzimmer gesellte. „Auch wenn ich nicht weiß, weshalb sie nicht bis zum Morgen warten konnte, um mir die Tote zu zeigen. Morgen bei Tageslicht wäre weiß Gott früh genug gewesen."

Das brachte Paula zum Lachen. „Hast du gehört, Leonie? Bitte unterscheiden zwischen dringender und weniger dringender Gefahr."

Leonie legte ihren Kopf zwischen die Pfoten und schaute sie treuherzig an.

„So." Sie setzte ihre leere Kaffeetasse ab. „Jake und seine Deputies sollten gleich hier sein. Wollen wir in der Zwischenzeit Billy füttern?"

„Gern. Ich habe mich nämlich nach dem grausigen Fund nicht mehr in den Stall getraut. Der Arme ist bestimmt schon knapp vor dem Verhungern."

„Er wird es überleben. Hast du von Hank gehört?"

Becca runzelte die Stirn, während sie aufstand und die Wolldecke zusammenfaltete. „Nein. Ich bin davon ausgegangen, dass Jake ihn informiert hat."

Paula zuckte mit den Schultern. „Das hat er auch. Soviel ich weiß, hat Hank gerade eine eigene Krise durchzustehen."

Becca sah ihre Freundin verständnislos an. „Krise?"

„Oh. Du weißt es noch gar nicht?"

„Was weiß ich nicht."

„Lara liegt im Krankenhaus. So wie es aussieht, wurde sie unter Drogen gesetzt."

Fassungslos ließ sich Becca auf das Sofa fallen, von dem sie eben erst aufgestanden war. Lara? Drogen? Im Krankenhaus? Hatte sich heute etwa alles gegen sie verschworen?

„Wird sie wieder gesund?"

„Ich denke schon. Aber ich weiß es nicht. Das musst du Hank fragen, wenn er wieder zurück ist."

Becca zog ihr Handy aus der Kapuzenjacke und wählte die Nummer ihres Bruders. Prompt landete sie auf seiner Mailbox.

„Er nimmt das Telefon nicht ab."

„Dann ist er vermutlich noch bei Lara im Krankenhaus. Die sind dort ziemlich strikt, was den Gebrauch von Mobiltelefonen angeht." Sie streckte die Hand aus und zog Becca vom Sofa hoch. „Mach dir keine Sorgen. Er meldet sich bestimmt, sobald er kann."

„Erst Mrs. Fitch und dann das", murmelte Becca, während sie in ihre Cowboy-Stiefel schlüpfte.

„War sie wieder hier und hat Stunk gemacht?"

Becca hielt in der Bewegung inne und starrte sie an. „Habe ich nicht erwähnt, wer die Tote ist?"

Paula schüttelte verneinend den Kopf.

„Es ist Mrs. Fitch."

„Ach du Sch…"

„Genau. Und so unnötig. Ich meine, versteh mich nicht falsch, ich konnte die Frau nicht ausstehen, nachdem sie Hank das Leben so schwer gemacht hat. Doch den Tod habe ich ihr nicht gewünscht. Seit Lara heute diese mysteriöse Spielschuld beglichen hat, hatte sie sowieso keinen Einfluss mehr auf Hank oder die Ranch."

„Das war eine coole Aktion von Lara", bemerkte Paula, die ja live dabei gewesen war.

„Erzähl das mal meinem Bruder." Becca verdrehte die Augen. „Vor lauter männlichem Stolz ist er völlig ausgeflippt."

„Ich denke, Laras Krankenhausaufenthalt wird ihn davon weitgehend kurieren."

„Ich hoffe es. Dann würde wenigstens etwas Gutes daraus entstehen. Die Arme."

Becca hielt Paula die Tür auf. Gemeinsam traten sie in die Nacht hinaus. Scheinwerfer durchschnitten die Dunkelheit.

Beide verengten die Augen zu schmalen Schlitzen, um zu verhindern, dass sie völlig geblendet wurden.

„Sieh an, die Kavallerie."

„Dein Bruder?", fragte Becca.

„Ich denke es. Bleib du doch hier und ich kümmere mich um Billy."

Becca schenkte ihrer Freundin ein erleichtertes Lächeln. „Die Flasche findest du in der Futterkammer, eingewickelt in ein großes Handtuch. Ich hoffe, die Milch ist noch warm genug."

„Ich schaff das schon."

„Ach ja, er steht neben Devil. Das ist der große Palomino."

Paula grinste. „Laras Devil?"

Becca nickte. „Genau. Nimm dich vor seinen Zähnen in Acht. Lara ist die Einzige, die er nie beißt."

Während sich Paula auf den Weg zur Scheune machte, wartete Becca auf der Veranda, bis die beiden Autos vor dem Haus hielten. Die beiden Deputies Toby und Will sprangen aus dem einen Auto. Jake stieg aus dem anderen aus. Auf dem Beifahrersitz bewegte sich etwas. Wen er wohl noch mitgebracht hatte?

Das Rätsel löste sich, als die Beifahrertür aufging. Ein großer, langbeiniger Mann, der sich wie eine Raubkatze bewegte und es schaffte, den Pferdeschwanz, zu dem er seine halblangen Haare band, mit einer Lässigkeit zu tragen, die seine Männlichkeit unterstrich, statt sie zu vermindern. Adrian. Er maß Becca mit einem rätselhaften Blick, den sie nicht deuten konnte. Stattdessen erlebte sie eine Mini-Hitzewallung nach der anderen. Verdammter Mann. Sie verfluchte die Wirkung, die er immer noch auf sie hatte.

Sie schenkte Jake einen bösen Blick, als er näherkam.

„Was macht denn der hier?" Sie deutete mit dem Daumen in Richtung Adrian, der sich am Kofferraum des Trucks zu schaffen machte.

Der Sheriff zuckte mit den Schultern. „Ich wusste, dass er in der Nähe war. Wir wollten uns sowieso die Tage treffen. Er hat Smokey dabei. Vielleicht können die beiden uns helfen zu eruieren, woher die Tote gekommen ist."

Obwohl sie innerlich kochte, versuchte Becca krampfhaft, ruhig zu bleiben. Schließlich wusste Jake nichts über ihre und Adrians Vorgeschichte. Eigentlich lag diese inzwischen schon mehrere Jahre zurück. Genug Zeit, um endlich über den Mann hinwegzukommen. Aber anscheinend sollte das nicht sein. Er schaffte es mit seiner bloßen Anwesenheit, sie aus dem Gleichgewicht zu bringen. Immerhin freute sie sich, Smokey, seinen im Mantrailing hervorragend ausgebildeten Bluthund, wiederzusehen. Tatsächlich ignorierte Smokey Adrians Anweisungen und sprang zu Becca, um sie stürmisch zu begrüßen.

Adrian warf ihr einen intensiven Blick zu. Becca hatte keine Ahnung, wie sie diesen interpretieren sollte. War es ein Anzeichen, dass auch er noch Gefühle für sie hegte? Oder war er einfach wütend, weil sie seinen preisgekrönten Hund so mühelos korrumpierte? Sie wusste es nicht. Es war egal, redete sie sich ein. Das zwischen ihnen war so lange her, dass es schon fast nicht mehr wahr war.

„Wollt ihr Kaffee?", fragte sie Jake, nachdem sie Smokey ausgiebig begrüßt hatte.

„Nachher sicher gerne. Jetzt würden wir uns gerne die Fundstelle ansehen, wenn es dir nichts ausmacht. Sobald du uns zu der Stelle geführt hast, übernehmen wir und du kannst wieder zum Haus zurück."

Becca nickte dankbar. Sie hatte keinerlei Ambitionen, sich als Detektiv zu betätigen. Dafür ging ihr Mrs. Fitchs Tod viel zu nahe. Nicht weil sie der Frau gegenüber irgendwelche freundschaftlichen Gefühle gehegt hätte. Doch sie war so eng mit Hanks Problemen verwoben gewesen, dass ihr Mrs. Fitchs plötzliches Ableben Unbehagen bereitete.

Tapfer schritt sie voran, Leonie dicht an ihrer Seite. Die Hündin schien sich darauf zu verlassen, dass sie sich an den Weg erinnerte. Plötzlich berührte etwas ihre Hand. Erschrocken zog sie sie zurück, nur um zu entdecken, dass Adrian zu ihr aufgeschlossen hatte.

Um sich nichts von ihrer Nervosität anmerken zu lassen, die seit ihrem verhängnisvollen letzten Streit immer in ihr aufstieg, wenn sie in seiner Nähe landete, steckte sie beide Hände in ihre Jackentaschen.

„Tut mir leid, ich wollte dich nicht erschrecken."

„Kein Problem", murmelte sie und konzentrierte sich darauf, einen Fuß vor den anderen zu setzen. Leonie warf ihr von der Seite her einen besorgten Blick zu. Wahrscheinlich spürte sie ihre Anspannung. Bemüht, den Mann neben sich zu ignorieren, achtete sie nicht so genau darauf, wo sie hintrat. Prompt stolperte sie über eine Wurzel. Die Hände in den Taschen, war sie nicht schnell genug, um ihren Fall abzufangen. Sie sah sich schon mit dem Gesicht voran im Dreck landen, als Adrian sie mit sicherem Griff um ihre Taille auffing und vor dem Schlimmsten bewahrte.

„Hoppla."

„Mist. Sorry. Und danke." Was war denn das? Filterloses Absondern von unzusammenhängenden Worten? Und das, ohne sich vorher den Kopf zu stoßen? Ärgerlich mit sich selber legte sie einen Zahn zu und ließ Adrian einfach stehen. Leonie wunderte sich zwar über das plötzliche Tempo, hielt aber pflichtbewusst mit.

Schließlich erreichte sie heftig atmend die Lichtung unterhalb der Felswand. Sie wartete, bis die Polizisten und Adrian aufgeschlossen hatten. Dann leuchtete sie mit ihrer Taschenlampe zu dem Felsbrocken, wo Mrs. Fitch aufgeprallt war. Als der Lichtstrahl über die Frau glitt, zuckte sie unangenehm berührt zusammen.

„Ich nehme an, dass sie von dort oben hinuntergestürzt ist. Sprich, hier unten werdet ihr wahrscheinlich nicht viel finden. Oberhalb der Klippe kann Smokey vielleicht eine Spur aufnehmen. Von hier unten aus wird ihm das vermutlich schwerfallen, so ohne Schwalben oder Bergziegen in petto."

„Sehr witzig." Adrian klang genervt.

Ha. Sehr gut. Es freute sie, dass es ihr offenbar gelungen war, an seiner gelassenen Fassade zu rütteln.

„Braucht ihr noch etwas von mir?"

Der Sheriff schüttelte den Kopf. „Nein. Wir haben alles, was wir brauchen. Halt bitte den Kaffee für uns warm. Wenn wir fertig sind, kommen wir zu dir."

„Okay." Auch wenn eigentlich gar nichts okay war. Das Licht der verschiedenen Taschenlampen verlieh dem Teil des Gesichts, der sichtbar war, einen unheimlichen Schein. Sie erschauderte. Die vertraute Umgebung der Ranch, die bisher immer ein sicherer Hafen für sie gewesen war, schien auf einmal feindselig, ja sogar gefährlich zu sein. Sie schauderte.

Adrian berührte sie leicht am Arm.

„Komm. Du kannst mir und Smokey die Stelle zeigen, die du am vielversprechendsten findest. Dann musst du wenigstens den ersten Teil nicht allein gehen."

So gerne sie seinen Vorschlag abgelehnt hätte, schon nur aus Prinzip, brachte sie es nicht über sich. Zu froh war sie um ein wenig Gesellschaft. Obwohl sie das natürlich nie zugeben würde. So nickte sie nur und rief Leonie zu sich. Schweigend machten sie sich auf den Rückweg. Als sie auf der Anhöhe angekommen waren, leuchtete Becca mit ihrer Taschenlampe über das Felsplateau.

„Sie muss hier runtergefallen sein. Smokey sollte in der Lage sein, die genaue Stelle zu finden. Oder dich zu ihrem Auto zu führen", fügte sie hinzu.

„Vielleicht wurde sie gestoßen", gab er zu bedenken.

„Oder das“, stimmte ihm Becca zu, auch wenn sie sich nicht vorstellen konnte, wer zu solch einer Tat fähig sein sollte. Das war immerhin Independence, um Himmels willen.

„Also dann“, sagte sie. „Ich geh mal. Leonie und ich lenken euch höchstens ab.“

„Warte.“

Sie zögerte. „Was?“

„Können wir nicht wenigstens Freunde sein?“

Bei seinen Worten gefror etwas in ihr, von dem sie gar nicht gewusst hatte, dass es noch da war. Erst jetzt, als es in seinen letzten Atemzügen lag, erkannte sie es als eine nie ganz abgelegte Hoffnung, dass da doch noch etwas zwischen ihnen war, was es wert war zu erhalten. Aber Freunde zu sein gehörte nicht dazu. Sie waren so viel mehr füreinander gewesen, dass seine Freundschaft einfach nicht reichte. Früher nicht und heute nicht. Zumindest war es für sie viel mehr gewesen. Anscheinend hatte sie sich schon damals geirrt.

Harscher als beabsichtigt sagte sie: „Freunde sind füreinander da. Freunde verschwinden nicht über Nacht. Freunde sind ehrlich zueinander und erklären es, wenn sie es für nötig halten, vom Erdboden zu verschwinden. Also ist meine Antwort: Nein. Ich denke nicht, dass wir Freunde sein können.“ Und auch sonst nichts.

Adrian schloss die Augen und rieb sich die Nasenwurzel.

„Es ist kompliziert.“

„Das hat das Leben so an sich.“

An der Art, wie sich ihre Stimme bei ihren letzten Worten immer weiter entfernte, wusste Adrian, dass sie wegging. Trotzdem durchfuhr ihn ein Stich, als er die Augen wieder öffnete und ganz allein zwischen den knorrigen Kiefern stand. Nur Smokey stand geduldig neben ihm und sah ihn erwartungsvoll an.

„Das habe ich ja toll hingekriegt, was?“

Smokey wedelte leicht, unsicher, wie er die Stimmung seines Herrchens einschätzen sollte. Adrian bückte sich und strich ihm über die langen Schlappohren.

„Also komm. Wir haben einen Fall zu lösen. Je schneller wir Resultate liefern, desto schneller können wir hier wieder abhauen."

Schließlich hatte Becca ihre Gefühle mehr als deutlich gemacht.

*

Völlig ausgelaugt von den physischen und emotionalen Anstrengungen der letzten Stunden stolperte Becca in die Scheune. Paula saß mit Billy im Stroh. Devil ließ seinen großen Kopf über die Boxenwand hängen und bettelte um ein wenig Aufmerksamkeit.

Paula schaute auf, als Becca sich zu ihr ins Stroh fallen ließ. Leonie legte sich daneben und begann das Kalb von Kopf bis Fuß abzulecken.

„Und? Gibt es Neuigkeiten?"

„Eigentlich nicht. Die Polizei sichert die Spuren. Es ist tatsächlich Mrs. Fitch."

„Das wusstest du doch."

Becca zog eine Grimasse. „Ja, schon. Aber ich hatte in einem Winkel meines Gehirns gehofft, dass das meiner lebhaften Fantasie entsprungen sei."

„Kein Glück gehabt, was?"

„Nein. Fortuna war gänzlich abwesend", seufzte sie.

„War denn sonst noch was?"

„Ach, nur dass Jake es für nötig empfunden hat, mit Adrian im Schlepptau aufzukreuzen."

Paula runzelte verwirrt die Stirn. „Adrian? Ist das nicht der mit dem Bluthund? Der mitgeholfen hat, den Brandstifter zu überführen, als Paige in Gefahr war?"

Becca nickte.

„Dann ist das doch tatsächlich eine gute Idee, oder nicht?"

„Ja, klar."

„Becca, kann es sein, dass du mir etwas verschweigst?" Sie musterte ihre Freundin prüfend.

Diese hielt ihre Augen geschlossen. „Ich kenne ihn von früher. Eine Zeit lang war er gemeinsam mit mir, oder besser gesagt zur selben Zeit wie ich, auf dem Rodeo Circuit unterwegs. Dann haben wir uns aus den Augen verloren", fasste sie ihre Geschichte mit Adrian sehr unvollständig zusammen.

Paula schien das zu erahnen, denn sie sagte: „Lass mich raten. Ihr seid euch nähergekommen und das Ganze hat abrupt geendet."

Becca drehte den Kopf und sah sie durch die einen Spaltbreit geöffneten Augen schief an. „Hat dir schon mal jemand gesagt, dass du viel zu scharfsinnig bist?"

„Sehr oft." Paula grinste, offensichtlich zufrieden mit sich selbst. „Und?"

„Nichts und. Jegliche Hoffnung auf eine Versöhnung habe ich – oder er – heute sehr erfolgreich begraben." Sie zuckte mit den Schultern. „Ich bin sicher, es ist besser so."

Doch der verlorene Ausdruck in ihren Augen strafte ihre Worte Lügen. Das Klingeln ihres Mobiltelefons rettete sie vor Paulas prüfendem Blick.

„Hank? Alles gut bei dir?"

„Dasselbe könnte ich dich fragen."

„Bei mir ist alles gut. Paula leistet mir Gesellschaft mit Billy. Der Sheriff und seine Deputies kümmern sich um die Leiche."

„Wer ist es denn? Weiß man das schon?"

„Mrs. Fitch."

Stille am anderen Ende des Telefons. Dann: „Willst du mich verarschen?"

„Nein. Leider nicht. Ich habe keine Ahnung, was sie dort oben gemacht hat."

Als Hank weiterhin ins Telefon schwieg, hielt sie es nicht länger aus.

„Ich will ja nicht pietätlos sein, doch Mrs. Fitchs Tod berührt mich nicht sonderlich. Ich meine, tot ist sie ja bereits, das ist schade, aber sie wird auch nicht wieder lebendig, wenn wir länger über sie sprechen. Lara hingegen lebt noch, so hoffe ich zumindest?"

Hank seufzte. „Ja, sie lebt noch. Es geht ihr den Umständen entsprechend gut. Das ist zumindest das, was mir die Ärztin versichert hat."

„Was ist denn genau passiert? Paula hat etwas von Drogen gefaselt." Die letzte Aussage brachte ihr einen Rippenstoß von ihrer Freundin ein.

„Das weiß niemand so genau."

„Aber …"

„Ich sollte in zehn Minuten zu Hause sein", unterbrach er sie. „Dann erzähle ich dir alles."

„In Ordnung. Pass auf dich auf", fügte sie hinzu. Das Letzte, was sie heute gebrauchen konnte, war, dass er in irgendeinen Graben fuhr.

„Mach ich. Du aber auch."

Becca kicherte, plötzlich überwältigt von der Situation.

„Keine Sorge. Zwischen meinem tollen Wachhund und Paula mit Betty kann mir nichts geschehen."

Sie unterbrach die Verbindung und stopfte das Telefon zurück in die Jackentasche.

„Wollen wir zurück ins Haus? Ich habe deinem Bruder und den anderen frischen Kaffee versprochen."

„Gegen etwas Heißes zu trinken hätte ich auch nichts einzuwenden."

„Also dann, lass uns gehen. Der Kleine hier sollte für die nächsten zwei Stunden okay sein."

Billy the Kid war anderer Meinung, gemessen an dem jämmerlichen Muhen, das er ausstieß, als sie die Box verließen.

Becca kratzte ihm zum Abschied die Stirn.

„Wir kommen bald wieder."

Devil brummelte ebenfalls. Also ging sie das Risiko ein und strich ihm über den Hals. Er machte keinerlei Anstalten, sie zu beißen, sondern sah sie nur aus seinen seelenvollen Augen vertrauensvoll an.

„Wow. Lara scheint dir echt gut zu tun. So kuschelig habe ich dich noch nie erlebt."

Paula trat interessiert näher. „War er wirklich so schlimm?"

Becca nickte. „Nicht wirklich gefährlich. Einfach extrem unkooperativ. Er hat jedem deutlich zu verstehen gegeben, dass er es vorzieht, sein Leben weit weg von jeglichem menschlichen Einfluss zu leben. Und dann kam Lara." Sie schüttelte leicht den Kopf, als könnte sie die Geschichte selber nicht richtig glauben. „Es war Liebe auf den ersten Blick. Als hätten sie aufeinander gewartet."

„So ähnlich wie bei Leslie und mir. Zugegeben, bei uns hat es ein wenig länger und mehrere Blicke gedauert. Trotzdem hat es sich, für mich zumindest, so angefühlt."

Ihre Adoptivtochter Leslie hatte erst eine ganze Weile als Ausreißerin in der Scheune bei den Pferden gewohnt. Paula hatte sich sehr bemühen müssen, um das Vertrauen der Kleinen zu gewinnen. Doch es hatte sich gelohnt. Jetzt war aus den beiden, zusammen mit ihrem Mann Nate und dessen Tochter Shauna, eine richtige Familie geworden.

Deshalb sagte Becca: „Leslie und du seid ja auch eine riesige Erfolgsstory."

Paula schnaubte belustigt. „Lass uns noch einmal darüber reden, wenn die ersten Teenagerstürme durch sind."

„Glaubst du, das kommt noch?" Schließlich war Leslie inzwischen schon vierzehn.

„Wie soll ich sagen... Sie ist zeitweise immer noch so angepasst und gefangen von der Angst, etwas falsch zu machen und wieder gehen zu müssen, dass ich mir richtiggehend wünsche, sie wäre ein bisschen rebellischer. Vielleicht erinnerst du mich zu gegebener Zeit daran, wenn es dann so weit ist."

„Das mach ich gern. Also komm. Kaffee."

21

Lara erwachte, als jemand gegen ihr Bett stieß. In ihrem Kopf hämmerte es, als wäre eine Großbaustelle zugange. Nur langsam lichtete sich der Nebel in ihrem Hirn. Jemand stieß gegen ihr Bett? Abrupt setzte sie sich auf und verhedderte sich prompt in den Schläuchen an ihrer Hand. Wo war sie? Was, um Himmels willen, war mit ihr passiert? Hatte sie einen Unfall gehabt?

„Ganz ruhig", hörte sie eine besänftigende Stimme. „Du bist in Sicherheit."

Verzweifelt versuchte sie, die Watte aus ihrem Kopf zu vertreiben. Ihre Gedanken waren langsam und hatten Mühe, Anweisungen zu befolgen. Sie wusste nur, dass sie nicht hier sein wollte. Langsam kam eine Krankenschwester in den Fokus, die neben ihrem Bett stand und am Infusionsständer hantierte. Sie wollte keine Infusion. Sie wollte überhaupt nicht hier sein. Panisch versuchte sie, das Pflaster zu lösen, das die Nadel in ihrem Arm befestigte.

„Beruhige dich." Zwei Hände hielten sie fest und drückten sie zurück in die Kissen.

„Was ist denn hier los?", ertönte eine vertraute Stimme von der Tür.

Augenblicklich durchflutete sie ein Gefühl der Erleichterung. Hank war hier. Er würde wissen, was geschehen war.

Die Krankenschwester, froh, dass ihre Patientin den Kampf vorerst aufgegeben hatte, wandte sich an Hank.

„Lara ist gerade aufgewacht. Verständlicherweise ist sie sehr verwirrt. Vielleicht setzt du dich eine Weile zu ihr. Deine Anwesenheit scheint sie zu beruhigen.“ Mit einigen effizienten Handgriffen sortierte sie die Infusionsschläuche und strich die Bettdecke glatt. „Ich komme in einer halben Stunde noch einmal.“

Lara nickte benommen und registrierte kaum, dass sich Hank neben sie setzte und ihre Hand nahm.

„Wie fühlst du dich?“

„Als wäre ich in eine Stampede geraten.“ Sie versuchte sich an einem schiefen Lächeln, ließ es aber gleich wieder bleiben, als das ihre Kopfschmerzen verschlimmerte. Sprechen war ebenso eine schlechte Idee, ihr Hals schmerzte, als würde sich eine Angina ankündigen.

„Die Ärztin meint, du solltest dich bald wieder topfit fühlen. Einfach genug trinken und es für ein paar Tage ruhig angehen lassen.“

„Schön, dass sie dieser Meinung ist“, grummelte Lara, definitiv noch nicht bereit, eine positive Einstellung zu entwickeln. Wie auch, wenn sie nach wie vor nicht wusste, was sie eigentlich hier machte. „Was mache ich überhaupt hier? Hatte ich einen Unfall?“ Versuchsweise bewegte sie ihre Zehen und Finger. Die schienen alle intakt zu sein. Plötzlich fiel ihr auf, dass ihr Mund ganz trocken war. Bei näherer Begutachtung fühlte sich die Innenseite richtig pelzig an und schmeckte, als wäre ein kleines Tier vor einer Weile dort drin gestorben. Bäh. Peinlich berührt deutete sie auf den Becher, der auf dem Nachttisch stand.

„Wasser?“

Sie nickte. Besser, sie sprach nicht mehr, bis sie zumindest etwas getrunken hatte. Dankbar nahm sie den Becher entgegen und trank in kleinen Schlucken.

„Besser?“

„Besser. Du hast nicht zufällig noch ein Pfefferminz-Bonbon? Oder einen Kaugummi?“

„Leider nicht. Aber ich kann nach unten und im Kiosk nachschauen."

„Ja, bitte", murmelte sie. Es war ihr ganz recht, wenn sie fünf Minuten für sich allein hatte. So froh sie um seine Anwesenheit war, brauchte sie einen Moment, um sich zu orientieren. Und herauszufinden, weshalb zum Teufel sie im Krankenhaus lag. Das war ihr nämlich nach wie vor nicht klar. Überhaupt waren die letzten vierundzwanzig Stunden sehr nebulös.

Sobald Hank gegangen war, drückte sie den Knopf, um die Krankenschwester zu rufen. Während sie darauf wartete, dass jemand kam, der etwas Licht ins Dunkle bringen konnte, versuchte sie angestrengt, sich an gestern zu erinnern. Irgendetwas. Das Bild eines kleinen, rotbraunen Kalbs tauchte vor ihrem inneren Auge auf. Billy the Kid. Die Erinnerung zauberte ihr ein Lächeln auf die Lippen. Also, ging doch. Was hatte sie als Nächstes gemacht? Frühstück im Diner. Paula war da gewesen, mit Nate und den Mädchen. Dann war diese unangenehme Frau aufgetaucht. Ihr Name wollte ihr partout nicht mehr einfallen. Aber nachdem sie anschließend beleidigt abgezogen war, tat er vielleicht auch nichts zur Sache. Erschöpft schloss sie die Augen. Diese Reise in die jüngste Vergangenheit war anstrengender, als sie erwartet hatte. Sie dachte doch nur nach, das sollte nicht so viel Energie kosten.

Anstelle der Krankenschwester von vorhin trat eine Ärztin ins Zimmer. In der Hand hielt sie ein Klemmbrett, auf das sie einige der Daten von den Monitoren übertrug. Schließlich stellte sie sich neben das Bett und legte Lara eine Hand auf die Schulter.

„Wie fühlst du dich?"

„Wie gekaut und wieder ausgespuckt", krächzte Lara, die die unsinnige Frage, wie sie sich fühlte, langsam satthatte. Es war doch offensichtlich, dass sie sich nicht gut fühlte. Sonst würde sie kaum hier liegen.

„Das kann ich mir vorstellen. Kannst du dich erinnern, wie du hergekommen bist?"

„Nein. Ich habe sogar Mühe, mich an gestern Nachmittag zu erinnern. Bis zum Mittag bekomme ich die Ereignisse ungefähr zusammen. Dann habe ich einen Filmriss." Hilflos zuckte sie mit den Schultern.

„Das ist nicht ungewöhnlich in deiner Situation."

„Was ist denn meine Situation genau?" Lara hatte genug davon, dass sich die Leute in Rätseln ausdrückten. Warum sagte ihr niemand schlicht und einfach, was Sache war?

„Dir wurde gestern eine hohe Dosis K.-o.-Tropfen verabreicht. GHB genauer gesagt. Auch bekannt als Liquid Ecstasy."

„Drogen?" Laras Hirn weigerte sich, mitzumachen. Zumindest konnte sie sich keinen Reim auf das Gehörte machen. Doch plötzlich nahmen die verlorenen Stunden, in denen sie sich an nichts erinnern konnte, eine sehr furchteinflößende Gestalt an. „Habe ich … Wurde ich …" Sie brachte es nicht über sich, die Frage zu stellen.

Die Ärztin drückte ihr die Hand. „Keine Angst. Es ist nichts passiert. Du hattest Glück, dass du von Freunden umgeben warst. Hank hat dich unmittelbar nach der Einnahme gefunden, als dir schlecht wurde. Das ist eine häufige Nebenwirkung der Droge. Anschließend bist du ohnmächtig geworden. Dank Hanks geistesgegenwärtiger Reaktion bist du schnell hier gelandet."

Lara runzelte die Stirn. „War das überhaupt nötig? Ich meine, hätte ich nicht einfach meinen Rausch zu Hause ausschlafen können?" Sie langte nach dem Becher und trank in kleinen Schlucken. Ihr Hals war immer noch nicht besonders erfreut, wenn sie mehr als ein paar vereinzelte Wörter sprach.

„Wenn jemand das Bewusstsein verliert, ist das ein ernst zu nehmendes Symptom. Kurz nach deiner Ankunft verlangsamte sich deine Atmung so stark, dass wir dich künstlich beatmen mussten."

„Deshalb die Halsschmerzen."

Die Ärztin nickte und begann, die Klebestreifen der Infusion zu lösen. Mit geübtem Blick zog sie die große Nadel heraus und drückte ein kleineres Pflaster darauf. „Deine Werte sind so weit wieder in Ordnung. Du kannst nach Hause gehen. Versuche, dich nicht unter Druck zu setzen, was die Erinnerungen angeht. So wie ich das verstanden habe, warst du gestern die meiste Zeit in der Gegenwart von Menschen, die du kennst. Lass dir von ihnen deinen Tag erzählen. Mit der Zeit wird dir mehr einfallen. Bis auf die Stunden nach Einnahme des GHB solltest du dich eigentlich wieder an alles erinnern können. Nichtsdestotrotz kann es sein, dass es dein Hirn als gesünder empfindet, diese Erinnerungen zurückzuhalten. Das nennt man eine retrograde Amnesie, die meist nur vorübergehend ist."

Lara hatte Mühe, den wissenschaftlichen Ausführungen zu folgen. Sie war noch mit der Aussage beschäftigt, dass sie sich ja in Gegenwart von Freunden befunden hatte.

„Und trotzdem hat mir jemand so etwas angetan", sinnierte sie laut. Diese Tatsache jagte Lara eine Heidenangst ein.

„Ich bin sicher, dass wer auch immer dir die Drogen verabreicht hat, das Weite gesucht hat."

Woher willst du das wissen, dachte Lara störrisch. Medizinstudium hin oder her, allwissend machte es nicht, dachte sie. Das war vielleicht ein wenig unfair. Trotzdem. Sie fühlte sich ein wenig wie ein Kind, dem besänftigend die Hand getätschelt wurde. Kurz gesagt, nicht ernst genommen.

Die Ärztin, die die Veränderung in Laras Gesichtsausdruck sehr wohl mitbekommen hatte, ergriff ihre Hand.

„Tut mir leid. Ich wollte nicht deine Ängste kleinreden. Ich finde es schrecklich, was dir widerfahren ist. Jedes Mal, wenn mir so ein Fall unterkommt, könnte ich heulen. In deinem Fall gibt es anscheinend erste Erkenntnisse zum Täter. Die Details sind mir nicht bekannt, doch so, wie ich es verstanden habe, ist der Täter tatsächlich bereits über alle Berge.“

Verlegen wandte Lara den Blick ab. Zu ihrer Erleichterung tauchte Hank in diesem Moment auf und verhinderte, dass sie vor der Ärztin in Tränen ausbrach. Dankbar griff sie nach den Lutschbonbons und steckte sich eines in den Mund.

„Also dann, ich hoffe, wir sehen uns nicht mehr. Aber wenn du Fragen hast, kannst du mich ungeniert anrufen.“ Sie hielt ihr eine Visitenkarte mit ihren Kontaktdaten hin. Lara ergriff sie.

„Danke.“ Das war irgendwie seltsam.

„Hank, man sieht sich.“ Die Ärztin nickte Hank zu.

„Vielen Dank, Christina.“

Christina?, dachte Lara säuerlich und beobachtete die beiden. Da hatte jemand wohl keine Zeit verloren, neue Bekanntschaften zu schließen, während sie ohnmächtig im Spitalbett lag. Unauffällig nach ihren Kleidern Ausschau haltend, schaute sie sich in dem freundlich eingerichteten Krankenhauszimmer um.

Als die Ärztin gegangen war, setzte sich Hank auf Laras Bett und betrachtete sie eindringlich. „Was für eine Laus ist denn dir in den letzten zwei Minuten über die Leber gelaufen?“

„Ich brauche meine Kleider“, antwortete sie, ohne auf seine Frage einzugehen.

„Die sind im Schrank, ich hole sie dir gleich. Und sonst?“

Stur vermied sie seinen Blick.

„Bist du etwa eifersüchtig?“

Sie? Eifersüchtig? Ha! Auf gar keinen Fall. Was sie dann allerdings laut sagte, war: „Wenigstens für dich hat sich mein kurzer Trip ins Krankenhaus gelohnt. Eine neue potenzielle Freundin.“

Belustigt beugte sich Hank über sie und nahm ihren Kopf in seine Hände. Behutsam strich er ihre Wangenknochen entlang, über den Kiefer und bis zum Hals hinunter.

Lara schluckte.

„Wenn du wüsstest, was ich für eine Angst um dich ausgestanden habe in den letzten Stunden, wüsstest du, dass du dir überhaupt keine Sorgen machen musst.“

Fasziniert von den goldenen Flecken in seinen grünen Augen konnte sie den Blick nicht abwenden.

„Abgesehen davon vermisse nicht nur ich dich, auch Becca, Devil und Billy haben darauf bestanden, dass ich dich unverzüglich nach Hause bringe.“

Bei dem Ausdruck ‚nach Hause‘ schob sich ein Erinnerungsfetzen in Laras Bewusstsein. Erschrocken stieß sie ihn von sich weg.

„Was ist?“, fragte er besorgt.

„Mir ist gerade eingefallen, dass wir Streit haben. Ich bin ausgezogen. All meine Sachen sind bereits im Bed & Breakfast.“

„Ähm … nicht mehr.“

„Was meinst du mit nicht mehr?“

„Nach deinem Unfall, oder wie wir das nennen wollen, habe ich beschlossen, deine Sachen wieder zurückzuholen. Nach Hause. Wo sie hingehören.“

„Du hattest kein Recht …“

„Bitte“, sagte er leise und brachte sie damit erfolgreich zum Verstummen. „Das weiß ich durchaus. Aber tu mir den Gefallen und bleibe auf der Lone Wolf Ranch, bis es dir besser geht. Wir freuen uns alle. Wirklich“, beteuerte er, als er ihren ungläubigen Blick sah. „Wenn du immer noch streiten willst, wenn du wieder ganz fit bist, dann können wir das nachholen.“

Lara rollte ihre Augen gegen die Decke und stieß ihn mit der armseligen Kraft eines neugeborenen Kätzchens von sich weg.

„Platz da. Am besten, du wartest draußen. Ich muss mich anziehen.“

Seine Mundwinkel zuckten bei ihrem kraftlosen Schubs.

„Yes, Ma’am“, antwortete er und trat freiwillig einen Schritt zurück. Er war sehr erleichtert, dass sie so gut wie eingewilligt hatte in seinen Plan.

*

„Ist Devil eigentlich eingeritten?", fragte Lara Becca, die neben ihr auf dem Zaun des Paddocks saß. Sie schauten den Pferden beim Grasen zu. Roxie und Devil standen zusammen auf der Weide. Nachdem sich herausgestellt hatte, dass Roxie in der Tat trächtig war, eine Folge von Devils eigenmächtigem Handeln, hatten sie beschlossen, sie miteinander rauszulassen. Die beiden waren ein Herz und eine Seele und wichen einander nicht von der Seite.

Becca warf ihr einen Blick von der Seite zu.

„Sag nur, du willst dich jetzt auf den gelben Teufel setzen? Ausgerechnet heute, wo du zum ersten Mal wieder einigermaßen auf den Beinen bist?"

Lara zog ein wenig den Kopf ein. Die letzten zwei Tage, seit sie aus dem Krankenhaus gekommen war, hatte sie mehr oder weniger schlafend verbracht. Immerhin war Stück für Stück ihre Erinnerung zurückgekehrt. Sie wusste jetzt alles, bis zu ihrer Two-Step-Tanz-Lektion mit Luke. Von da an bis zum Erwachen im Krankenhaus war allerdings nach wie vor eine einzige Leerstelle. Laut Christina, der Ärztin, würde das vermutlich auch so bleiben. Sie schaute auf die Pferde, die durch irgendetwas hochgeschreckt über die Koppel jagten.

„Ich weiß, ich weiß, wohl nicht meine beste Idee. Ich frag ja nur."

„Diese Art von Fragen kenne ich nur zu gut von mir selbst", antwortete ihre Freundin amüsiert. „Soviel ich weiß, wurde er angeritten und dann verkauft. Die neuen Besitzer hatten praktisch von Anfang an nur Probleme mit ihm. Schließlich ist er bei Hank gelandet."

„Zum Glück", kommentierte Lara mit viel Gefühl in der Stimme.

„Sag mal, was läuft eigentlich zwischen dir und meinem Bruder?"

Lara legte den Kopf in den Nacken und ließ sich die Sonne ins Gesicht scheinen. „Gute Frage. Wenn ich die Antwort weiß, sag ich es dir."

Becca streckte den Arm aus und kitzelte sie. „Mit dieser Antwort machst du es dir ein bisschen einfach, findest du nicht?"

Lara setzte sich aufrecht hin und schaute sie mit ernster Miene an. „Im Gegenteil. Es ist alles so kompliziert, dass ich zurzeit keine bessere Antwort habe. Wir sollten dringend eine Familiensitzung einberufen."

„Nichts einfacher als das. Lass uns doch einfach nach dem Abendessen zusammensitzen. Apropos Abendessen. Meinst du, du bist wieder gesund genug, um zu kochen?"

Lara grinste, als sie das hoffnungsvolle Leuchten in Beccas Augen sah.

„Gib's zu, ihr habt mich vermisst."

„Klar. Drei Tage hintereinander Tiefkühlpizza machen meinen Bruder unausstehlich."

„Meinst du, Hank ist überhaupt hier heute Abend? Oder ist er noch mit dem Mordfall beschäftigt?" Die letzten zwei Tage hatte er in Zusammenarbeit mit dem Sheriffsdepartement und Adrian zu eruieren versucht, wie Mrs. Fitch zu Tode gekommen war. Nachdem sie ihr Auto nicht gefunden hatten, lag der Verdacht nahe, dass sie nicht aus freien Stücken die Felswand hinuntergestürzt war. Wer nahm schon eine Wanderung auf sich, um sich umzubringen. Ein Amerikaner auf keinen Fall, dachte Lara in einem Anflug von Galgenhumor. Momentan warteten sie auf die Resultate der Gerichtsmedizin. Zeitgleich lief die Fahndung nach dem immer noch flüchtigen Besucher des Diners, der Lara die Drogen verabreicht hatte. Allerdings waren die Chancen, ihn zu finden, verschwindend klein.

„Keine Ahnung. Aber falls ja, laden wir einfach den Sheriff und seine Deputies zum Essen ein."

„Laden wir …?"

„Also, falls das geht, für so viele zu kochen? In deiner Verfassung?“ Sie klimperte mit den Wimpern in Laras Richtung und setzte ihren besten Hündchenblick ein.

Lara lachte. „Letzteres war wohl als Herausforderung gedacht, wie?“ Becca wusste genau, dass sie die Andeutung, sie sei noch zu schwach, um zu kochen, nicht auf sich sitzen lassen konnte.

„Und? Hat's funktioniert?“

„Klar.“ Lara grinste. „Ich wäre nur froh um ein wenig Vorwarnung. Klär das doch ab. Haben wir überhaupt so viele Vorräte im Haus?“

„Ich schau nach“, antwortete Becca und sprang vom Zaun, bestrebt, alles zu erledigen, was für ein von Lara gekochtes Abendessen nötig war.

„Meinst du, Adrian kommt auch?“, wollte Lara mit Unschuldsmiene wissen.

„Glaub mir“, rief Becca über die Schulter, „diese Geschichte ist noch tausend Mal komplizierter als die zwischen dir und Hank.“

„Dann musst du sie mir unbedingt einmal erzählen.“

„Vielleicht. Irgendwann. Wenn ich betrunken genug bin.“

„In diesem Fall gehe ich heute einkaufen. Wenn ich mich richtig erinnere, ist außerhalb von Independence ein Spirituosen-Laden. Ist Tequila in Ordnung?“

„Du darfst sowieso nichts trinken, Befehl der Ärztin.“

„Ich bin ja auch nicht diejenige, die betrunken gemacht werden soll.“

Becca zeigte ihr den Finger und verschwand in Richtung Haus. Leonie hob den Kopf, ließ ihn dann aber wieder ins Gras fallen.

Lara schaute hinüber zu Devil. Es juckte sie in den Fingern, einfach auf seinen Rücken zu springen. Sie unterdrückte den Impuls. Das wäre weder ihm noch ihr selbst gegenüber fair.

Aber bald, beschloss sie. Sobald sie fit war. Also morgen. Oder spätestens übermorgen.

Mit einem zufriedenen Lächeln im Gesicht sprang sie vom Zaun und deutete Leonie an, ihr zu folgen. So wie es aussah, würde sie einkaufen fahren.

22

Lara lud die letzten Tüten in den Kofferraum ihres Wagens. Da Becca noch nicht herausgefunden hatte, wie viele Leute zum Abendessen kommen würden, hatte sie einfach von allem so viel gekauft, dass es für halb Independence reichen würde. Na ja, vielleicht nicht ganz. Aber es kam ihr zumindest so vor. Egal. Was sie heute nicht essen würden, wanderte einfach in die Kühltruhe. Sie hatte es sowieso lieber, wenn die Vorratskammer voll war. Hinter ihr knallte eine Autotür ins Schloss und sie zuckte zusammen. Sie verfluchte ihre Schreckhaftigkeit. Bereits während des ganzen Einkaufs hatte sie sich beobachtet gefühlt. Es ärgerte sie ungemein, dass sie ihrer Intuition nicht mehr trauen konnte. Sie hatte keine Ahnung, ob das ungute Gefühl berechtigt war, oder ob sie aufgrund der neuesten Ereignisse langsam, aber sicher paranoid wurde. Mit einem letzten prüfenden Blick über die Schulter stieg sie ins Auto.

Körperlich gesehen war sie so gut wie wiederhergestellt. Emotional fühlte sie sich nach wie vor sehr … wackelig, irgendwie. Nicht so belastbar, wie sie es von sich selber gewöhnt war. Die Polizei tendierte dazu, die Geschichte des Mannes, der behauptet hatte, eine Frau habe ihn zu der ganzen Aktion angestiftet, als Schutzbehauptung abzutun. Sie vermuteten, dass er Angst gekriegt hatte, als er sah, wie schlecht sie auf die Drogen reagiert hatte. Immerhin hatte er versucht, seinen Fehler wenigstens zum Teil gut zu machen, indem er den

Feuerwehrleuten die Information über die Art der Droge zukommen ließ. Als wenn das alles wieder gut machen würde, dachte sie frustriert. Jake hatte ihr natürlich versichert, dass sie weiterhin nach dem Typen fahnden würden und dass Anklage gegen ihn erhoben würde. Aber ihr war auch klar, dass die Chance, ihn zu finden, sehr gering war. Vermutlich sollte sie die ganze Geschichte einfach unter Lebenserfahrung abhaken. Nur, welche Lebenserfahrung war es denn? Nicht mehr tanzen gehen? Einen Vorkoster engagieren? Ihr Blick fiel auf die Benzinanzeige ihres Autos. Nur noch ein Viertel voll. Besser sie fuhr zehn Kilometer weiter zur nächsten Tankstelle und fütterte ihr Auto.

Während sie darauf wartete, dass das Benzin in ihr Auto gepumpt wurde, hielt an der nächsten Zapfsäule des Gas'n'Go, so hieß die Tankstelle, ein anderes Fahrzeug. Yvonne, die Tochter von Mrs. Fitch, stieg aus. In ein hautenges, schwarzes Deux-Pieces gekleidet, eine übergroße Sonnenbrille im Gesicht, sah sie aus, als käme sie direkt aus Hollywood. Lara unterdrückte die wenig schmeichelhaften Gedanken und ihre immer noch nicht ganz überwundene Eifersucht resolut. Jetzt war ein wenig Mitgefühl angebracht. Eifersucht hatte hier keinen Platz, schimpfte sie still mit sich selbst. Entschlossen, der anderen wenigstens ihr Beileid auszudrücken, ging sie zu ihr hinüber.

Yvonne ignorierte ihre ausgestreckte Hand und zog nur ihre Augenbrauen hinter der Sonnenbrille hoch.

Verlegen zog Lara die Hand wieder zurück.

„Ich wollte nur mein Beileid ausdrücken. Es muss sehr schmerzhaft sein, deine Mutter so zu verlieren." Nach wie vor kam keine Reaktion von der anderen Frau. Unbehaglich steckte Lara die Hände in die Hosentasche und wandte sich zum Gehen. Im letzten Moment sah sie, wie sich Yvonnes Mundwinkel zu einem triumphierenden Lächeln verzogen. Neugierig drehte sie sich noch einmal um. Seltsam. Sie musste sich getäuscht haben. Ihr Gesicht trug dieselbe unergründliche Maske wie vorhin.

„Danke“, antwortete Yvonne auf einmal doch. „Ich habe gehört, dass du mit eigenen Problemen zu kämpfen hattest?“

Das ungute Gefühl, das Lara schon den ganzen Nachmittag verfolgte, kehrte mit Vehemenz zurück. Sie trat einen Schritt zurück, während ihr Gehirn fieberhaft arbeitete. Was wusste die andere Frau von ihren Problemen? Misstrauisch musterte sie die andere.

„Welche Probleme?“

„Ach, wurdest du nicht von unseren Feuerwehrleuten ins Krankenhaus gebracht?“

„Ach das“, antwortete Lara erleichtert. Na klar, da sie ja im Diner zusammengeklappt war, war davon auszugehen, dass inzwischen ganz Independence darüber Bescheid wusste. Nur die Details hatte die Polizei für sich behalten. „Ja, ich hatte Probleme mit meinem Blutdruck. Das gibt's schon mal bei Flachländern wie mir“, scherzte sie.

„So, so. Und ich dachte, du hättest ein Alkohol- oder sonstiges Drogenproblem.“ Yvonne lächelte süßlich, bevor sie sich umdrehte und den Schlauch an die Zapfsäule zurückhängte. Mit einem Winken in Laras Richtung schlenderte sie in den Tankstellen-Shop.

Lara starrte ihr nach. Was, um Himmels willen, hatte hier gerade stattgefunden? Und wieso hatte sie das untrügliche Gefühl, dass Yvonne mehr über den Vorfall im Diner wusste, als sie zugab? Hatte der Mann nicht von einer Frau gesprochen? Bevor sie diesen Gedanken zu Ende verfolgen konnte, ertönte das Knacken ihrer eigenen Tanksäule. Sie hängte den Zapfhahn zurück an seinen Platz und kramte auf dem Beifahrersitz nach ihrer Geldbörse. Dabei geriet ihr der Mietvertrag für den Kleinwagen, den sie schon zum dritten Mal verlängert hatte, in die Finger. Eigentlich idiotisch. Am besten gab sie ihn endlich zurück und kaufte sich einstweilen einen praktischen 4x4. Es musste ja kein neuer sein. Und sollte sie tatsächlich in die Schweiz zurückkehren, konnte sie ihn wieder verkaufen.

*

Yvonne wartete im Schatten eines Lkws, bis Lara wieder herauskam. Sie war versucht gewesen, die Luft aus den Reifen ihres kleinen Autos zu lassen. Oder Zucker in den Tank zu schütten. Einzig die Kameras, die jeden Winkel der Tankstelle dominierten, hatten sie davon abgehalten. Was fiel der Tussi eigentlich ein, so gut auszusehen? Sie hatte gehofft, dass es ihr wenigstens ein paar Tage so richtig dreckig gehen würde, nachdem sie sowieso schon viel zu leicht davongekommen war. Sie ballte die Hände zu Fäusten. Geduld, ermahnte sie sich. Nur hatte sie leider ihr letztes Quäntchen Geduld für ihre Mutter aufgebraucht. Seither konnten ihr die Dinge nicht schnell genug gehen.

*

„Essen ist fertig", rief Becca in Richtung Büro und ließ einen lauten Pfiff folgen um sicherzugehen, dass ihre Nachricht ankam.

„Jetzt wissen es vermutlich auch alle zwei Countys weiter, dass wir essen. Ich hoffe, es stehen nicht plötzlich die Nachbarn unangemeldet vor der Tür", frotzelte Lara, als das Klingeln in ihren Ohren nachließ.

Sie waren unter sich. Anscheinend ruhte die Polizeiarbeit heute Abend. Das war Lara recht. Das Thema mit der Ranch brannte ihr unter den Nägeln, nicht zuletzt deshalb, weil Becca immer noch nicht eingeweiht war.

Hank ließ sich mit Schwung auf seinen angestammten Platz plumpsen. Leonie stand pflichtbewusst von ihrem Platz am Herd auf und begrüßte ihn, indem sie ihm ihren großen Kopf in den Schoss legte.

„Du willst ja nur deine Streicheleinheiten abholen“, murmelte Hank und kraulte sie hinter den Ohren. Sie schaute ihn aus ihren bernsteinfarbenen Augen treuherzig an und wedelte verzückt mit dem Schwanz.

„Ich kann sie verstehen“, rutschte es Lara heraus, bevor sie es verhindern konnte. Das brachte ihr einen unergründlichen Blick aus Hanks Augen ein.

Becca hingegen hielt sich die Ohren zu und begann zu singen.

Lara verdrehte die Augen.

„Sorry, aber das war definitiv mehr, als ich wissen wollte.“

„Soso, ich dachte, du wolltest mich einem Verhör unterziehen?“, bemerkte Lara, eine Augenbraue herausfordernd hochgezogen.

„Ich habe mich umentschieden. Nicht wissen ist in diesem Fall weitaus besser für meine mentale Gesundheit.“ Sie grinste frech und wackelte vielsagend mit den Augenbrauen.

Hank kniff die Augen zusammen.

„Irgendetwas, was ich wissen sollte?“

Lara und Becca sahen sich an und prusteten los.

Hank beobachtete die beiden Hühner einen Moment lang und schüttelte dann amüsiert den Kopf. Es hatte keinen Zweck, die beiden verstehen zu wollen. Wenn sie ihn einweihen wollten, würden sie das irgendwann tun. Wenn nicht, würde er es auch überleben. Er griff nach dem warmen Brot, das auf dem Tisch stand, und schnitt sich eine Scheibe ab.

„Will sonst noch wer Brot?“

Lara wischte sich eine Lachträne aus dem Augenwinkel.

„Ja, bitte.“

„Für mich auch.“

„Ich bin mir nicht sicher, ob vorlaute kleine Schwestern etwas zu essen kriegen“, zog er Becca auf. Sie streckte ihm die Zunge heraus.

„Sehr erwachsen“, kommentierte er, begleitet von einem vielsagenden Nicken.

„Hört auf, ihr zwei“, ermahnte Lara die beiden, doch sie hatte ein Lächeln auf den Lippen. Sie hob den Deckel der großen, flachen Pfanne, die sie in die Mitte des Tisches gestellt hatte. Ein Schwall aromatischen Dufts verteilte sich in der Küche.

„Das riecht ja himmlisch. Gott sei Dank bist du wieder fit“, entfuhr es Hank.

Becca zog eine Grimasse.

„Siehst du, ich hab dir doch gesagt, dass wir uns alle freuen, wenn du wieder kochst.“ Sie reckte ihre Nase in Richtung Kochtopf. „Was ist das überhaupt?“

„Hühnchen in einer Kokos-Curry-Soße“, antwortete Lara. „In der anderen Schüssel ist Reis.“ Sie schöpfte drei Teller voll und reichte sie weiter.

Becca beäugte misstrauisch die Bananen- und Ananasstücke, die sie aus dem Gericht fischte. „Und du meinst, das ist gut?“, fragte sie skeptisch.

„Jetzt iss einfach“, entfuhr es Hank. „Du weißt doch mittlerweile, dass alles, was Lara kocht, extrem lecker ist.“

„Man wird ja wohl noch fragen dürfen. Du meine Güte.“ Sie warf ihrem Bruder einen bösen Blick zu, bevor sie sich die verschmähten Fruchtstücke in den Mund steckte. Ihre Augen wurden groß. „Das ist ja der Hammer!“

Lara grinste stolz.

Dann war erst mal für eine ganze Weile Ruhe.

Als die Teller leer waren, unterhielten sie sich bei Kaffee und Schokolade, die Lara in ihrer Reisetasche gefunden hatte, über den Ermittlungsstand. Leider gab es nicht viel Neues zu berichten. Die Polizei wusste im Prinzip immer noch nicht mehr als gestern.

„Ich habe übrigens heute die Tochter getroffen. Yvonne, so hieß sie doch?“

Hanks Gesichtsausdruck verdüsterte sich. „Ach wirklich? Und?"

„Es war eine sehr seltsame Begegnung." Sie machte eine Pause, um das Gespräch in ihrem Kopf zu rekapitulieren. „Ich habe ihr mein Beileid ausgedrückt. Aber darauf ist sie gar nicht richtig eingegangen."

Becca schnaubte. „Das kann ich mir vorstellen. Mrs. Fitch hat nie auch nur ein gutes Haar an ihrer Tochter gelassen."

Hank sah sie erstaunt an. „Tatsächlich?"

Becca nickte.

„Sie ist gleich alt wie ich. Wir sind in dieselbe Klasse gegangen. Sie war schon immer gerne laut und auffällig. Außer, ihre Mutter war in der Nähe. Dann ist sie auf der Stelle zu einem stillen Mäuschen mutiert."

Ungläubig schüttelte Lara den Kopf.

„Das kann ich mir gar nicht vorstellen." Ihr Blick driftete in die Ferne, bevor sie sich wieder fing und sagte: „Aber das war nicht das Einzige, was seltsam war. Sie hat mich fast hämisch nach meiner Drogen-Episode gefragt."

„Nicht im Ernst." Entrüstet setzte sich Becca aufrechter hin und lehnte sich etwas nach vorn.

Irgendetwas nagte in Hanks Hinterkopf. Wie eine Art Flashback, doch er bekam den Gedanken einfach nicht zu fassen.

„Doch", bestätigte Lara derweil. „Es war fast ein wenig unheimlich. Als wüsste sie mehr darüber als ich." Verlegen zuckte sie mit den Schultern. „Was ja auch gut möglich ist, nachdem ich mich an nichts erinnere." Sie überlegte, ob sie den anderen erzählen sollte, dass sie sich bereits beim Einkaufen beobachtet gefühlt hatte, beschloss dann aber, darauf zu verzichten. Sonst hielten sie die beiden am Ende noch für völlig durchgeknallt. Nachdem sie die wichtige Kleinigkeit ihrer Erbschaft mit den beiden besprechen wollte, wollte sie das gerne vermeiden.

„Egal. Genug von Yvonne." Sie zog die Nase kraus und warf Hank einen schnellen Seitenblick zu. „Sie gehört nicht gerade zu meinen Lieblingsmenschen in Independence."

Hank hob abwehrend beide Hände.

„Was schaust du mich so an. Du weißt, dass ich sie nicht ausstehen kann."

„Sie hat dich geküsst", murmelte Lara und bereute es sofort.

Der Blick den Hank ihr zuwarf, brannte wie Feuer. „Aber ich habe dich geküsst, falls du dich noch erinnern kannst."

Autsch. Lara zuckte zusammen. Der Seitenhieb hatte gesessen. Becca sah es und versetzte ihrem Bruder einen Boxhieb.

„He!"

„Das war nicht nett! Und bevor dieses Gespräch in Bereiche abdriftet, bei denen ich lieber nicht anwesend wäre, würde mich interessieren, ob mein Bruder tatsächlich ein so schlechter Küsser ist, dass du gleich ausziehen wolltest?" Erwartungsvoll sah sie Lara an.

Lara stöhnte innerlich. So hatte sie sich den Anfang dieses Gespräch definitiv nicht vorgestellt. Andererseits war jeder Einstieg, der sich von allein präsentierte, fast ein perfekter Einstieg, egal, wie es ihrem Ego dabei ging, also würde sie einfach das Beste daraus machen.

Hank beobachtete sie ebenfalls, gespannt, was sie nun sagen würde. Schließlich hatte er auch nicht mehr Informationen zu diesem Thema als diesen einen Satz, den sie ihm vor ihrem fluchtartigen Abgang an den Kopf geworfen hatte. Obwohl die letzten Tage von Sorge um Laras Wohlbefinden überschattet worden waren, hatte er ihre Worte nicht vergessen können.

„Becca, erst einmal möchte ich vorausschicken, dass es mir leidtut."

„Dass es dir leidtut?" Becca verstand nur Bahnhof.

„Ja. Es tut mir leid, dass ich dir und Hank nicht von Anfang an reinen Wein eingeschenkt habe, wer ich wirklich bin."

„Du bist nicht Lara?"

Trotz des schwierigen Gesprächs musste Lara lachen. „Doch, doch. Natürlich bin ich Lara. Auch alles andere, was ich dir, euch“, korrigierte sie sich, „erzählt habe, stimmt.“

„Sie hat nur ein kleines Detail vergessen zu erwähnen“, ergänzte Hank, dem das alles zu lange dauerte. Er wollte gerne endlich auf den Punkt kommen.

„Na, was ist es denn, das so fürchterlich ist, dass du es uns nicht sagen konntest?“

„Ja, sag es“, forderte Hank Lara heraus.

Wieder zucke Lara zusammen. Sein ätzender Tonfall fand sein Ziel. Der schmerzliche Stich, der sie dabei durchfuhr, hinterließ dunkle Schatten in ihren Augen.

Hank krümmte sich innerlich. Weshalb benahm er sich so unmöglich?

Das wunderte auch Becca. „Sag mal, hast du heute eine Arschlochpille mit deinem Kaffee geschluckt?“

„Ist schon gut, Becca.“ Lara legte ihr eine Hand auf den Arm. „Er hat guten Grund dazu.“ Sie holte tief Luft. „Ich bin die Teilhaberin der Lone Wolf Ranch. Mir gehören die anderen fünfzig Prozent.“

Becca blickte von einem zum anderen. „Wow“, sagte sie schließlich. „Und was bedeutet das?“ Sie war auch nicht begeistert zu hören, dass Lara nicht ganz ehrlich gewesen war. Andererseits konnte sie es ihr nicht wirklich verdenken. Was hätte sie auch sagen sollen. Hallo, ich bin Lara, rutscht mal zur Seite, die Hälfte gehört mir? Immerhin war sie ja nun mit der Sprache rausgerückt.

„Ja, Lara. Was bedeutet das?“ Hank trommelte mit den Fingerspitzen auf die Tischplatte. „So wie du mit deinem Geld um dich wirfst, hoffst du vielleicht, mir die Ranch abkaufen zu können. Scheiße. Ich hätte wohl besser doch Mrs. Fitchs Angebot angenommen. Von ihr hätte ich wenigstens den vollen Preis bekommen, während du mir nur die Hälfte bezahlen musst.“

Langsam, aber sicher hatte Lara die Schnauze voll von Hanks selbstgerechten Tiraden. Sie war vielleicht nicht ganz ehrlich gewesen, aber sie hatte immer nur in bester Absicht gehandelt. Wenn er das nicht sah, konnte sie ihm auch nicht helfen.

„Weißt du was, das reicht jetzt. Ich hatte gehofft, heute Abend in einem konstruktiven Gespräch herauszufinden, was das für jeden Einzelnen von uns bedeutet. Ich weiß es nämlich nicht." Sie holte tief Luft. „Das war der Hauptgrund, weshalb ich nicht gleich mit der Tür ins Haus gefallen bin. Ich weiß weder, wie es dazu gekommen ist, dass mein Vater Anteile an irgendeiner Ranch mitten in der Pampa in den Rocky Mountains hat, noch, weshalb er sie mir vermacht hat. Außer der Tatsache, dass er gestorben ist, versteht sich", fügte sie in einem Anflug von Galgenhumor hinzu. „Wozu ich keine Lust habe, ist, mich deinen spitzen Bemerkungen auszusetzen und mir anzuhören, was für ein schlechter Mensch ich bin. Das bin ich nämlich nicht." Herausfordernd reckte sie das Kinn in die Höhe und starrte ihn an.

Becca bedachte ihn mit dem tödlichsten ihrer Schwesternblicke.

Hank ließ den Kopf fallen und seufzte. „Es tut mir leid", murmelte er. „Mein Benehmen war daneben."

Becca hielt eine Hand hinters Ohr und beugte sich zu ihm hin. „Kann ich das noch mal hören? Lauter? Der große Cowboy entschuldigt sich?"

„Sehr schön", freute sich Lara und strahlte die beiden an. Das war vielleicht etwas übertrieben und das Lächeln aufgesetzt, aber sie wollte endlich über wesentliche Dinge reden.

Hank strich sich übers Gesicht. „Was meinst du damit, wenn du sagst, du hättest praktisch keine Informationen?"

„Bislang ist das Einzige, was meine Aussage unterstützt, ein Brief meines Vaters. Darin steht, dass ich alles Weitere von einem hier ansässigen Anwalt erfahren würde."

„Mr. Wilkinson“, antworteten die beiden unisono.

„Genau.“

„Und wieso hast du das nicht schon längst gemacht?“ Hank starrte sie verständnislos an.

Lara warf frustriert die Hände in die Luft. „Habe ich ja versucht. Allerdings ist euer frischgebackener Bürgermeister dermaßen eingespannt mit der Arbeit für die Gemeinde, dass seine Kanzlei ins Hintertreffen geraten ist. Ich habe erst in zwei Wochen einen Termin bekommen. Genauer gesagt in einer Woche. Eine Woche ist inzwischen bereits verstrichen.“

„Aber das ist wichtig. Da muss er sich doch Zeit nehmen“, meinte Hank aufgebracht.

„Für ihn ist das nicht dringend. So wie ich das sehe, ist das ganze dreißig Jahre her. Was für einen Unterschied machen da eine oder zwei Wochen.“ Lara zuckte mit den Schultern. „Melissa hat versprochen, mich anzurufen, falls vorher unvorhergesehen ein Termin frei wird.“

Becca schaute zwischen den beiden hin und her. Sie kam sich vor wie bei einem Tennis-Match. Natürlich lag ihr die Ranch am Herzen. Sie wollte unbedingt, dass sie in der Familie blieb. Dass ihr Bruder weiterhin hierbleiben und sein Leben leben konnte. Sie sah nur nicht ein, weshalb dieses Leben nicht auch Lara beinhalten konnte. Wenn die beiden es als Paar nicht auf die Reihe kriegten, dann vielleicht als Geschäftspartner. Das Haus war schließlich groß genug. Das sagte sie den beiden auch.

Erstaunt sahen sich Lara und Hank an.

Lara erholte sich als Erste. „Du meinst, den Betrieb gemeinsam führen?“

Becca zuckte mit den Schultern. „Keine Ahnung. Es geht ja um eure Vision. Ob das schlussendlich zwei Unternehmen sind, die nichts miteinander zu tun haben, oder ob ihr gemeinsam das weiter macht, was Hank bisher gemacht hat, müsst ihr entscheiden. Meiner Meinung nach spielt es überhaupt keine Rolle. Diese Ranch hat schon immer mehr als nur einen

Betriebszweig beherbergt. Selbst jetzt haben wir Kühe, eigene Pferde und Trainingspferde."

Es fuchste Hank ein wenig, aber seine kleine Schwester hatte recht. Anstatt Lara als Bedrohung zu empfinden, wäre es doch viel sinnvoller, gemeinsam Pläne zu schmieden. Er ließ seinen Blick zu Lara und über ihre verlockende Figur schweifen. Nicht nur sinnvoller, sondern auch viel … angenehmer. Seine Augenlider senkten sich, als er an die heißen Momente zwischen ihnen dachte.

Lara schien zu einem ähnlichen Schluss zu kommen, denn sie beugte sich zu Becca hinüber, nahm sie in den Arm und küsste sie spontan auf die Wange. „Du bist ein Genie. Ich wusste, es hat einen Grund, dass ich dich mag."

Becca wurde rot. „Na ja, ich tue, was ich kann, um meine Gratis-Köchin zu behalten", überspielte sie ihre Verlegenheit und zwinkerte ihrem Bruder zu.

23

„Und was jetzt?“, fragte Lara, die an der Spüle stand und die Kaffeebecher auswusch.

Becca hatte vor einer Weile Müdigkeit vorgeschützt und war ins Bett gegangen.

„So habt ihr zwei Ruhe, um eure Zukunft zu besprechen“, hatte sie mit einem schelmischen Grinsen gemeint. Hank hatte ihr kopfschüttelnd die Haare zerzaust und sie aus der Küche gejagt.

Sie fand den Gedanken, unabhängig von irgendwelchen juristischen Implikationen einfach einmal mögliche Szenarien für die Zukunft abzugleichen, nach wie vor sehr gut. Aber jetzt, wo der Moment da war, schienen ihre Hirnzellen komplett den Geist aufgegeben zu haben. Dort, wo normalerweise Ideen sprudelten, herrschte gähnende Leere. Vage war sie sich einiger Ideen, die sie über die letzten Wochen gesammelt hatte, bewusst. Doch ganz ehrlich. Sie war Biologin. Beamtin, wenn man es genau nehmen wollte und ihre Anstellung an der Uni als Maßstab nahm. Was wusste sie schon vom Führen einer Ranch? Genau. Gar nichts. Ganz schön vermessen eigentlich, Hank irgendwelche Vorschläge zu machen.

Hank studierte Lara, wie sie an der Küchenzeile stand und buchstäblich mit den Händen rang. Oder besser gesagt mit dem Geschirrtuch. Er hatte keine Ahnung, was ihr durch den Kopf ging. Er wusste nur, dass ihm die Richtung ihrer Gedanken nicht gefiel. Von Minute zu Minute sah sie unsicherer aus. Ein ganz ungewohntes Bild. Normalerweise ruhte sie sehr in sich und verbreitete einen unaufgeregten Optimismus. Vielleicht war es an der Zeit, ein ganz anderes Thema anzugehen. Nämlich die Tatsache, dass sich jeder Raum, indem sie sich beide gleichzeitig aufhielten, auf der Stelle elektrisch auflud. Während der letzten zwei Tage hatte er sein Möglichstes getan, um seine Libido unter Kontrolle zu halten. Keine einfache Aufgabe, brachte sie sein Blut doch durch ihre bloße Anwesenheit zum Singen. Warum das so war, wusste er nicht. Er wollte es auch gar nicht so genau wissen. Aber dieser Anziehungskraft, die zwischen ihnen herrschte, konnte und wollte er sich nicht länger entziehen.

Als Hanks Stuhl über den Boden rutschte und ein quietschendes Geräusch verursachte, hörte Lara auf, das Geschirrtuch zu strangulieren, und schaute zu ihm hinüber. Hank war aufgestanden und kam mit großen Schritten auf sie zu, mit einem entschlossenen Ausdruck in seinen Augen. Ihr Bauch zog sich erwartungsvoll zusammen, während sich ihr Hirn noch fragte, ob sie nicht lieber flüchten sollte. Zum Glück konnte sich ihr Verstand nicht durchsetzen. Wie angewurzelt blieb sie stehen und beobachtete den großen Mann, der wie eine Dschungelkatze auf sie zukam. Mit den dunklen Haaren und den grünen Augen, die trotz des Dämmerlichts, das in der Küche herrschte, hell leuchteten, hatte er tatsächlich Ähnlichkeit mit einem schwarzen Panther. Wie dieser war er schlank und sehnig und bewegte sich mit einer überraschenden Eleganz. Energie und Kraft pur. All das auf sich konzentriert zu erleben, ließ ihren Puls schneller schlagen. Aber war das klug? Schließlich hatten sie nichts wirklich geklärt, oder? Vorsichtshalber machte sie einen Schritt zurück. Und noch einen. Bis sie gegen die Kante der Spüle stieß. Ihr Puls hämmerte. Das Blut rauschte in ihren Ohren. Sie schluckte, während sie mit großen Augen verfolgte, wie er sich ihr näherte.

„Sollen wir jetzt die Zukunft der Lone Wolf Ranch besprechen?“, brachte sie schließlich krächzend heraus.

Hank sah die widerstreitenden Gefühle, die abwechselnd über Laras Gesichtszüge huschten, deutlich. Er beschloss, sich nur auf das Aufblitzen der Lust in ihren Augen zu konzentrieren und den Gegenargumenten in ihrem Kopf keine Chance zu geben. Bei ihr angekommen, hielt er an. Fast ehrfürchtig hob er eine Hand und strich ihr eine der dunklen, dichten Haarsträhnen hinters Ohr. Von da aus ließ er seine Fingerspitzen über ihren Unterkiefer bis zum Mund gleiten. Er senkte den Kopf, sodass seine Lippen fast die ihren berührten.

„Die Ranch ist so ziemlich das Letzte auf meiner Prioritätenliste.“

Sein Atem strich heiß über ihre Haut. Dann küsste er sie.

Lara Herz drohte, aus ihrer Brust zu springen. Sie hatte einen stürmischen Kuss erwartet. Nein, sich sogar erhofft. Mit wild konnte sie umgehen. Sich darin verlieren. Doch diesem Ansturm von Zärtlichkeit hatte sie nichts entgegenzusetzen. Sie war vorher schon knapp davor gewesen, sich in diesen Cowboy zu verlieben. Als er seine federleichten Küsse über ihren Hals fortsetzte und seine andere Hand vertrauenserweckend und trotzdem aufregend auf ihrer Hüfte lag und leichte Kreise auf ihren Rücken zeichnete, schlug ihr Herz einen letzten Purzelbaum. Und fiel ihm praktisch vor die Füße. Sie erstarrte, als sich diese Erkenntnis in ihr breit machte.

Während Laras Hirn sich hastig um Schadensbegrenzung bemühte, spürte Hank, wie seine eiserne Kontrolle nachließ. Ihre Nähe, die samtene Weichheit ihrer Haut, ihr ganz persönlicher Duft nach Wildblumen, Pferden und Sonnenschein brachten ihn um den Verstand. Er war sich ihres Körpers überdeutlich bewusst. Jede einzelne Stelle, an der sich ihre Körper berührten, prickelte. Deshalb entging ihm auch nicht, dass sie sich plötzlich verspannte. Ein frustriertes Knurren entschlüpfte ihm, doch er riss sich zusammen und löste sich von ihr. Nicht viel, nur so, dass er ihr in die Augen schauen konnte.

„Was ist los?"

„Was?", fragte Lara überrascht. Konnte er etwa Gedanken lesen?

„Du bist auf einmal ganz angespannt." Besorgt runzelte er die Stirn.

Ach das. Daher die Frage. Vor Erleichterung hätte Lara beinahe gelacht. Es war nicht so, dass sie vorhatte, ihm zu verschweigen, dass sie sich in ihn verliebt hatte. Im Gegenteil. Wenn sich die Dinge zwischen ihnen so entwickelten, wie sie sich das wünschte, würde sie es ihm bald sagen. So große Gefühle ließen sich nicht verstecken. Sie war ziemlich sicher, dass es ihr sowieso schwerfallen würde, sich nichts anmerken zu lassen. Doch für eine kleine Weile wollte sie ihre Erkenntnis für sich behalten, sich daran gewöhnen, dass ihr Herz nicht mehr nur ihr gehörte. Einfach nur genießen. Beruhigt, dass ihr Geheimnis vorerst sicher war, ließ sie die Schultern fallen und lehnte sich gegen ihn.

Hank spürte, wie Lara sich unter seinen Händen entspannte und einen Teil von ihrem Gewicht an ihn abgab. Im Stillen einen Dank an das Schicksal, oder wer auch immer gerade seine Hände im kosmischen Spiel hatte, sendend, senkte er den Kopf wieder und machte da weiter, wo er vor einer Minute aufgehört hatte.

*

Viel später öffnete Lara die Augen und blinzelte. Sie befand sich in ihrem Zimmer. Unter ihr Hanks breite Schultern, die ihr als Kissen gedient hatten. Ein Bein hatte sie um seine Hüfte geschlungen. Ein breites Lächeln zog sich über ihr Gesicht, als sie an die Ereignisse dachte, die dazu geführt hatten, dass sie genau in dieser Position aufgewacht war. Nachdem sie in der Küche bereits einige Kleidungsstücke verteilt hatten, hatte

Hank sie irgendwann einfach kommentarlos hochgehoben und rauf in ihr Zimmer getragen. Sie musste schmunzeln, als sie an seine Worte dachte, die er gemurmelt hatte, während er sie aufs Bett legte.

„Nichts gegen die kreative Nutzung einer Küche. Aber unser erstes Mal findet in einem bequemen Bett statt. Ich habe viel vor mit dir und nicht vor, mich zu beeilen." Nachdem sie seinen Plan gut fand, hatte sie nichts einzuwenden gehabt.

Es stellte sich heraus, dass er jedes einzelne Wort ernst gemeint hatte. Was nicht anders zu erwarten gewesen war. Was Hank sagte, setzte er um. Als sie ihn einmal darauf angesprochen hatte, hatte er nur wortkarg etwas von einem Cowboy-Ehrenkodex gemurmelt. Damals hätte sie nicht gedacht, dass sich das auch aufs Schlafzimmer bezog, aber genau so war es. Zufrieden kuschelte sie sich enger an ihn und beobachtete, wie die ersten Sonnenstrahlen über die Bergspitzen kletterten. Von plötzlichem Tatendrang erfüllt atmete sie ein letztes Mal Hanks ureigenen Duft ein und machte sich dann vorsichtig von ihm los. Auf Zehenspitzen schlich sie sich durchs Zimmer und sammelte die nötigsten Kleidungsstücke ein. Ihre wattierte Stalljacke, in den Rockies waren die Morgenstunden Ende Mai immer noch sehr frisch, und ein paar Wollsocken, die ihre Füße in den Stiefeln wärmen würden, die sie unten auf der Veranda hatte stehen lassen. Die ganze Zeit hoffte sie, dass Hank nicht aufwachen würde. Sie wollte gerne den Morgen mit ihm genießen. Damit sie dafür aber genug Zeit hatten, musste sie jetzt raus zu den Tieren. Zudem gab es ihr die Gelegenheit, ihre eigenen wild durcheinander purzelnden Gedanken und Gefühle zu ordnen. Die letzten Tage hatte sie das Gefühl gehabt, dass sich ihr Leben in eine außer Kontrolle geratene Achterbahnfahrt verwandelt hatte. Die letzte Nacht bildete da keine Ausnahme. Der Kontakt mit den Pferden würde ihr helfen, ihr mentales Gleichgewicht wiederzufinden. Das tat er immer.

Sie hatte Glück und schlüpfte aus dem Zimmer, ohne dass Hank sich auch nur einen Millimeter bewegt hatte. Daran waren wohl weniger die Aktivitäten der vorigen Nacht als vielmehr die Aufregungen der letzten paar Tage schuld. Sie biss sich auf die Lippen. Erst sie, die vor seinen Füßen zusammenbrach, und dann der Fund einer Leiche auf seiner Ranch, noch dazu durch seine Schwester, und das alles innerhalb weniger Stunden, war ganz schön viel zu verkraften. In der Küche traf sie auf Leonie, die sich schläfrig auf dem Sofa aufrichtete und sie überrascht anblinzelte. Ihr Schwanz klopfte verhalten auf das Polster, als wäre sie sich nicht sicher, ob es angebracht war zu wedeln. Sprich, ob ihre Anwesenheit tatsächlich Futter bedeutete oder vielleicht doch nicht.

„Mit mir hast du nicht gerechnet, was?" Lara setzte sich neben sie hin und knuddelte sie. Schließlich stand sie auf. „Kommst du mit?"

Auf einmal hellwach wirkend, sprang Leonie vom Sofa und lief zur Tür, wo sie erwartungsvoll stehen blieb. Lara drehte den Schlüssel im Schloss und ließ die Hündin raus. In den Socken trat sie auf die Veranda und bückte sich nach ihren Stiefeln, als sie eine Bewegung hinter den Weiden wahrnahm. Sie richtete sich auf und kniff die Augen zusammen, um besser zu sehen, was sich da hinten bewegte. Durch den Nebel, der am Morgen mit den ersten Sonnenstrahlen vom Boden aufstieg, war es schwierig, etwas zu erkennen.

Hirsche! Große Wapitihirsche. Fast wäre sie in den Socken losgerannt, so begeistert war sie von ihrer Entdeckung. Im letzten Moment erinnerte sie sich. Stiefel. Flink schlüpfte sie in die Schuhe. Und rennen war vielleicht sowieso nicht die beste Idee. Also riss sie sich zusammen und schlich durch das feuchte Gras an den Paddocks entlang in Richtung Weide. Leonie folgte ihr brav, als wäre sie damit einverstanden, dass die tierischen Besucher da waren. Als sie nur noch etwa zwanzig Meter von den majestätischen Tieren trennten, blieb sie stehen und schaute ihnen ehrfürchtig beim Äsen zu. Die imposanten Tiere glichen den europäischen Rothirschen. Nur dass sie um einiges größer waren als diese. Offensichtlich waren nicht nur die Menüs bei McDonalds größer, sondern alles andere auch. Ihr dichter Pelz variierte von fast schwarz bis zu einem hellen Braun. Ihre Köpfe zierte ein imposantes Geweih. Auf einmal hob erst einer der Hirsche wachsam den Kopf, dann folgten die anderen. Darauf schien ein unsichtbares Zeichen zum Aufbruch zu folgen. In wenigen Minuten war von den herrlichen Tieren nichts mehr zu sehen.

Glücklich über die unerwartete Begegnung ging Lara summend in Richtung Pferdestall. Auf dem Weg dorthin kam sie an der abgegrenzten Weide vorbei, wo einige Kühe mit ihren Kälbern standen. Unter ihnen befand sich auch Billy the Kid mit seiner Mutter. Die Wiederzusammenführung war zu ihrer Erleichterung reibungslos vonstattengegangen. Seine Mutter war unkompliziert. Sie hatte das Kalb mit einem freudigen Brummeln begrüßt und erst einmal von Kopf bis Fuß abgeleckt. Anschließend hatte Billy the Kid seine Nase unter ihren Bauch gestreckt und ohne Probleme die Milchbar gefunden. Das hieß aber nicht, dass er seine Zieheltern vergessen hatte.

Sie blieb am Tor stehen und rief seinen Namen. Sofort hob er den Kopf und trottete weg von seiner Mutter zu ihr hinüber. Sie kraulte ihn zwischen den Augen und am Hals, dort wo er es am liebsten mochte. Seine raue Zunge wischte über die Handfläche ihrer anderen Hand. Sie gab ihm einen abschließenden, liebevollen Klaps.

„Genieß den Tag, mein Kleiner!"

Als sie nach ihren morgendlichen Umwegen endlich in der Scheune ankam, schauten ihr zehn Pferdeköpfe mit gespitzten Ohren ungeduldig entgegen.

„Ihr habt mich wohl schon lange gehört und euch gefragt, wo ich bleibe, was?"

Ohne Zeit zu verlieren brachte sie jedem Pferd Heu, bevor sie in der Futterkammer verschwand, um die individuellen Mineralfutterrationen zuzubereiten. Damit fertig, rollte sie den Futterwagen in die Gasse und stellte jedem Vierbeiner den Eimer in die Box, direkt neben das Heu.

Die beruhigenden Geräusche der kauenden Pferde um sich herum begann sie damit, die Boxen auszumisten.

Eine Stunde später hatte sie die Pferde rausgelassen und die Hälfte der Boxen gesäubert. Den Rest würde Jerome übernehmen. Jetzt musste sie nur noch duschen und zurück zu Hank ins Bett kriechen, dachte sie mit einem zufriedenen Lächeln auf den Lippen. Leonie sprang an ihr vorbei auf das Haus zu. Die freute sich auf ihr Frühstück. Doch bevor sie die Veranda erreichte, blieb sie abrupt stehen und drehte sich in Richtung Hofeinfahrt um. Tatsächlich tauchte kurz darauf ein Auto auf und fuhr über den Schotter zum Haus hoch. Lara kniff die Augen zusammen. Kannte sie dieses Auto nicht? Als ihr klar wurde, wer da in aller Herrgottsfrüh auftauchte, es war gerade erst sieben Uhr, schloss sie die Augen und stöhnte.

„Womit habe ich das verdient? Ich hätte misstrauisch werden sollen, bei so vielen tollen Erlebnissen", murmelte sie. Es hatten nur noch singende Waldtiere gefehlt, und sie hätte sich in der Mitte eines Disneyfilms befunden. Also zu schön, um wahr zu sein. Sie gab sich einen Ruck und stapfte zum Haus. Vielleicht konnte sie den unliebsamen Besuch ja abwimmeln, bevor jemand etwas mitbekam.

Leonie hatte allerdings andere Ideen. Hatte sie erst nur leise geknurrt, steigerte sich das zu einem lauten Grollen, je näher das Fahrzeug kam. Als es anhielt und die Fahrerin ausstieg, ging sie zu einem bedrohlichen Bellen über und setzte zum Sprung an. Lara trat zu der Hündin und fasste sie vorsichtshalber am Halsband. Nicht, dass sie sie tatsächlich daran hindern könnte, auf Yvonne loszugehen, wenn sie sich ernsthaft dazu entschloss. Aber vielleicht erinnerte die Hand am Hals sie an die gängigen Benimmregeln, wie zum Beispiel die Besucher-werden-nicht-gefressen-Regel. Hoffte sie zumindest. Obwohl es sehr verlockend war, den Hund einfach machen zu lassen. Diesen boshaften Gedanken konnte sie sich nicht verkneifen. Wie hieß es so schön? Die Gedanken sind frei.

Lara verkniff sich das Grinsen, das sich auf ihren Lippen auszubreiten drohte und versuchte, sich über Leonies verrücktes Gebell verständlich zu machen.

„Guten Morgen. Was bringt dich so früh hierher?" Demonstrativ schaute sie auf ihre Armbanduhr. Fünf Minuten nach sieben. Nachdem es sich bei Yvonne definitiv nicht um eine Farmersfrau handelte, die nach dem morgendlichen Melken oder Ähnlichem eine dringende Lieferung brachte, wollte ihr beim besten Willen kein plausibler Grund einfallen, der ihr Auftauchen zu dieser frühen Zeit rechtfertigte. Eines musste sie ihr allerdings lassen. Sie war komplett geschminkt und zurechtgemacht. Auch wenn die Grenze zwischen Eleganz und, na ja, billig wie immer knapp überschritten wurde, sah sie doch aus wie aus dem Ei gepellt. Im Gegensatz zu ihrer eigenen Garderobe. Lara schielte kurz an sich hinunter. Stiefel, Pyjama und eine wattierte Jacke, ja wunderbar. Genau das, was man bei einer zufälligen Begegnung mit der Nebenbuhlerin nicht tragen wollte. Vielleicht verstaucht sie sich wenigstens den Knöchel, dachte sie unfreundlich. Selber schuld, wenn sie auf so unmöglichen High Heels auf einer Ranch auftauchte.

Yvonne würdigte sie keines Blickes. Trotz des auffälligen und sehr lauten Drohverhaltens der Hündin setzte sie ihren Weg zur Veranda fort, ihr Handtäschchen eng an den Bauch gepresst. War die Frau wahnsinnig? Hatte sie den dringenden Wunsch herauszufinden, ob Pyrenäenberghunde mehr waren als nur zu groß geratene Kuscheltiere? Sie unterdrückte den Impuls, Leonie loszulassen.

„Hey, ich habe dich was gefragt!"

Hochnäsig reckte Yvonne ihre Nase in die Höhe. „Das geht nur mich und Hank was an."

„Und dafür tauchst du um sieben Uhr morgens auf?", fragte Lara ungläubig.

„Na, er wird wohl wach sein. Hart arbeitende Rancher müssen früh aus den Federn." Abschätzig ließ sie ihren Blick über Laras Aufmachung gleiten. „Nicht jeder rennt um diese Zeit noch im Schlafanzug rum."

Unvermittelt hörte Leonie auf zu bellen. Yvonne, die so damit beschäftigt war, diese Fremde endlich auf ihren Platz zu verweisen, fiel das gar nicht auf. Lara hingegen schon, weshalb sie sich auch gar nicht damit aufhielt, Yvonnes Beleidigungen zu kontern. Leonie gab nur Ruhe, wenn Hank oder Becca in der Nähe waren. Sie wartete lieber ab, was als Nächstes passieren würde, als Energie an den unerwünschten Besuch zu verschwenden. Gebannt schaute sie auf die Haustür hinter Yvonne.

Tatsächlich. Die Tür öffnete sich und Hank trat heraus. Nur mit seinen Jeans bekleidet. Laras Bauch zog sich bei der Erinnerung daran, wie sich die Muskeln seines Oberkörpers unter ihren Händen angefühlt hatten, lustvoll zusammen.

Verschlafen fuhr sich Hank durch die dunklen Haare und gähnte. „Was ist denn das für ein Lärm so früh am Morgen?"

Überrumpelt drehte sich Yvonne um und starrte ihn mit offenem Mund an.

Das konnte ihr Lara nicht einmal verdenken. Hank sah wirklich zum Fressen gut aus. Es lag ihr auf der Zunge, „Meiner" zu rufen, doch sie beherrschte sich. Knapp. Diese Frau kostete sie Nerven.

Schließlich fing sich Yvonne wieder, schmiss sich Hank an die Brust und heulte los.

Perplex warf Hank Lara einen fragenden Blick zu, während er Yvonne an den Oberarmen fasste und freundlich, aber bestimmt von sich wegschob. Lara zuckte die Schultern. Was wusste sie schon, was in dieser Frau vorging. Sie wusste nur, dass sie sie nicht in der Nähe von Hank wollte.

„Was ist denn los?“, fragte er noch einmal und schaute Yvonne in die Augen.

„Die da hat mich beleidigt.“

Entrüstet öffnete Lara den Mund zu einer scharfen Erwiderung. Unmerklich schüttelte Hank den Kopf und schickte ihr eine stille Bitte, ihm zu vertrauen. Widerwillig schloss sie den Mund. Dann war sie mal gespannt, wie er die Kuh wieder loswerden würde.

„Mir gesagt, ich hätte kein Recht, so früh aufzutauchen“, schluchzte sie. „Dabei habe ich wichtige Dinge mit dir zu besprechen.“ Sie machte einen erneuten Versuch, sich in Hanks Arme zu werfen.

Doch Hank hatte so etwas geahnt und überwand mit einem Satz die Treppenstufen der Veranda, sodass er hinter Leonie und neben Lara zu stehen kam. Dort sicher angekommen, legte er Lara demonstrativ den Arm um die Schultern. Erleichtert kuschelte sie sich an ihn.

Yvonne hingegen gefiel gar nicht, was sie sah. Die Tränen offenbar vergessen, kniff sie die Augen zusammen und bedachte das Paar mit einem bösen Blick.

„Du machst einen Fehler, Hank. Wir gehören zusammen. Das wusste sogar meine Mutter.“

„Deine Mutter?“ Hank zog eine Augenbraue hoch, nicht sicher, dass er sie richtig gehört hatte.

„Ganz genau. Ihr letzter Wunsch war, uns glücklich verheiratet zu sehen.“ Sie schlang sich den Riemen ihres Täschchens um ihre Schulter und stolzierte an ihnen vorbei. „Stoß dir ruhig die Hörner bei der fremden Schlampe ab. Am Ende wirst du trotzdem bei mir landen.“

Bei ihren abfälligen letzten Worten, spannten sich Hanks Muskeln an. Ähnlich wie vorhin Leonie wollte er sich auf Yvonne stürzen. Lara krallte ihre Finger in seinen Hosenbund.

„Lass sie", flüsterte sie ihm kaum hörbar zu. Mit kaum verhüllter Wut starrte Hank Yvonne nach, wie sie seelenruhig in ihr Auto stieg, eine Kehrtwende machte und in einer Staubwolke davonfuhr.

Hank und Lara starrten sich an, nicht sicher, ob das, was sie gerade erlebt hatten, überhaupt real war.

„Die Frau ist komplett durchgeknallt", platzte es schließlich aus Lara heraus.

„Das glaube ich allmählich auch", murmelte Hank zustimmend. Dann ließ er seinen Blick über Lara schweifen.

„Gehe ich recht in der Annahme, dass die Pferde gefüttert sind?"

„Sie stehen satt und zufrieden auf den Paddocks oder der Weide."

Ein sinnliches Lächeln breitete sich auf seinen Lippen aus. „Dann haben wir jetzt Zeit?"

Lara grinste. Die Richtung seiner Gedanken gefiel ihr.

„Viel Zeit!"

„Sehr gut."

Er nahm ihre Hand und zerrte sie die Treppe hoch. Lachend folgte Lara ihm ins Haus.

24

„Rate mal, wer mich gerade angerufen hat?“

Hank sah Lara entgegen, die praktisch die Treppe heruntergeflogen kam, so schnell, wie sie die Stufen nahm. Er grinste. Wenn sie Neuigkeiten hatte, konnte es ihr jeweils nicht schnell genug gehen.

„Keine Ahnung. Wer denn?“ Er schlang ihr einen Arm um die Taille und zog sie an sich, bevor sie ihm entwischen konnte.

„Melissa. Mr. Wilkinsons Assistentin. Heute Nachmittag ist ein Termin frei geworden. Ich muss allerdings in den nächsten Minuten zurückrufen und zusagen. Kannst du es dir einrichten?“

„Welche Zeit denn genau?“

„Um drei Uhr. Ich weiß, es ist mitten im Nachmittag …“ Sie beendete den Satz nicht, doch es war klar, dass sie hoffte, dass er es einrichten konnte.

Er musste noch ein Pferd in Evergreen abholen. Aber wenn er jetzt losfuhr, sollte er eigentlich wieder zurück sein zu dem Treffen.

„Das geht. Dann fahre ich in der nächsten halben Stunde los. Kannst du dafür mit Slate arbeiten? Nachdem du Devil gemacht hast“, fügte er hinzu.

„Klar.“ Sie schmunzelte. „Auch vorher. Devil rennt mir ja nicht davon.“ Erleichtert lächelte Lara ihn an. „Super, dass es klappt. Ich würde nämlich gerne endlich wissen, was es mit der Erbschaft auf sich hat."

Er küsste sie auf die Stirn.

„Ich doch auch. Kommt Becca auch? Hast du sie schon gefragt?"

„Noch nicht. Mach ich gleich. Wo steckt sie denn überhaupt?"

„Ich denke, sie arbeitet mit Roxie. Nate hat ihr vor ein paar Tagen das Okay gegeben, wieder mit leichtem Training anzufangen."

„Wow. Das wusste ich gar nicht."

„Ist wahrscheinlich untergegangen in all der Aufregung, die wir in der Zwischenzeit hatten." Humor tanzte in seinen grünen Augen.

„Vermutlich. Also, mein Cowboy, dann suche ich mal deine Schwester."

„Warte …" Er verstärkte seinen Griff um ihre Hüften, bevor sie ihm entwischen konnte.

„Ja?"

„Du hast etwas vergessen."

Während Lara ihn noch mit großen Augen anstarrte, senkte er den Kopf und küsste sie. Gründlich. Als er sie wieder losließ, war ihr leicht schwindlig und sie konnte sich nicht mehr genau erinnern, wo sie gerade so dringend hin gewollt hatte.

„Lara?" Ein amüsiertes Lächeln umspielte seine Mundwinkel.

„Wie?"

„Becca? Das Treffen heute Nachmittag? Rückruf an Melissa?"

„Ach das. Genau. Natürlich. Wollte ich gerade tun." Mit geröteten Wangen stolperte sie auf etwas unstabilen Beinen in Richtung Tür.

„Lara?"

Sie drehte sich auf ihren Fersen um hundertachtzig Grad. Gerade noch rechtzeitig bekam sie den Türrahmen zu fassen, sonst wäre sie vermutlich der Länge nach hingefallen.

„Was jetzt?“ Ihre Stimme war einen Ticken ungeduldig, verursacht durch ihre Verlegenheit.

Hank verbiss sich ein Lächeln. „Stiefel.“

Sie senkte den Blick auf ihre Socken.

„Oh. Stimmt. Danke.“

Als sie endlich ihre Stiefel anhatte, folgte er ihr auf die Veranda und schaute ihr nach, wie sie mit schwingenden Hüften in Richtung Stall ging.

Fünf Meter weiter drehte sie sich um und lief rückwärts weiter. „Starrst du mir etwa auf meinen Hintern?“

Offenbar hatte sie ihre Selbstsicherheit wieder gefunden, wenn er ihr sexy Lächeln richtig deutete.

„Klar, was denn sonst?“

„Hast du nicht etwas Besseres zu tun? Ein paar verirrte Kühe suchen? Ein Pferd mit dem Lasso fangen? Was weiß ich?“ Sie warf die Hände in die Luft, doch ihr verschmitzter Gesichtsausdruck erzählte eine andere Geschichte.

„Anstatt dir hinterherzuschauen? Bist du verrückt? Ich werde mir doch nicht so eine schöne Aussicht entgehen lassen.“

Er konnte und wollte das Lächeln, das sich auf seinem ganzen Gesicht ausbreiten wollte, nicht länger zurückhalten. Mit Lara zusammen zu sein war ein wunderbares Gefühl. Er mochte sich selber besser leiden, wenn er in ihrer Gegenwart war. Er war zufriedener, entspannter. All seine Sorgen schienen auf einmal leichter, wenn sie in der Nähe war. Seine Probleme waren immer noch die gleichen, doch sie erdrückten ihn nicht mehr so, wie es früher der Fall gewesen war. Klar, er wollte sie in seinem Bett. Aber es war mehr als das. Sie weckte in ihm den Wunsch nach mehr. Nach einer gemeinsamen Zukunft. Bis jetzt war das für ihn nie mehr als ein theoretisches Konzept gewesen. Klar, er wollte heiraten. Kinder kriegen. Irgendwann eben.

Doch plötzlich war da eine Dringlichkeit, das auch Wirklichkeit werden zu lassen. Er hoffte inständig, dass das Gespräch heute genug Klarheit in die ganze Situation brachte. Er wollte ihre gemeinsame Zukunft gerne unbeschwert von irgendwelchen äußeren Umständen in Angriff nehmen.

Lara drehte sich wieder um und setzte ihren Weg in Richtung Stall fort. Dieser Mann war einfach wunderbar. Noch nie hatte ihr jemand nur mit einem Blick das Gefühl vermittelt, begehrenswert zu sein. Doch es war mehr als das. Über die letzten Wochen hatte er sich als treuer Freund erwiesen. Obwohl er manchmal ein Sturkopf war, wenn es darauf ankam, war er für sie da. Sie hoffte, dass sich heute Nachmittag alle offenen Fragen klärten. Dann könnte sie endlich anfangen, Hank davon zu überzeugen, dass sie bestens zu ihm und seiner Ranch passte. Sie konnte es sich nämlich nicht mehr vorstellen, von hier, von diesem Mann weg zu gehen.

Sie warf einen Blick zurück, über die Schulter, und tatsächlich. Hank stand immer noch auf der Veranda und sah ihr nach. Sie feixte und ließ auf den letzten Metern bis zur Scheune ihre Hüften ein wenig deutlicher von einer Seite zur anderen schwingen. Sprach schließlich nichts dagegen, ihm eine kleine Show zu bieten, wenn ihr Mann die Ansicht so offensichtlich zu schätzen wusste. Ihr Mann. Sie ließ die Worte in ihrem Kopf nachhallen und lächelte. Der Klang gefiel ihr. Sogar sehr. Wer hätte das gedacht. Amüsiert schüttelte sie den Kopf über die Richtung, die ihre Gedanken nahmen, und trat in die Scheune.

*

Die gemeinsame Fahrt von der Ranch zur Anwaltskanzlei hatten sie ungewöhnlich schweigend zurückgelegt. Jeder hing seinen eigenen Gedanken und Spekulationen nach. Irgendwann fasste Becca nach Laras Hand und drückte sie beruhigend. Dankbar lächelte Lara sie an. Als Hank den Truck anhielt und keine Anstalten machte, auszusteigen, klopfte sie ihrem Bruder aufmunternd auf die Schulter.

„Komm schon. Das wird bestimmt spannend."

Hank zwang sich zu einem Lächeln.

„Ich weiß. Lass uns gehen."

Lara beobachtete ihn, während sie im Wartebereich der Kanzlei Platz nahmen. Im Gegensatz zum Morgen schien er jetzt sehr besorgt zu sein. Wahrscheinlich war ihm auf der langen Fahrt nach Evergreen klar geworden, dass jegliche Erklärung für die Erbschaft für ihn die größten Auswirkungen haben würde. Sie wollte ihm gerne sagen, dass sie nie irgendeinen Anspruch auf die Ranch erheben würde, der ihm schaden würde. Sie war sich sicher, dass sie eine gute Lösung für alle finden würden, egal, was in der nächsten Stunde herauskommen würde. Aber sie wusste ebenso, dass er ihr in diesem Moment nicht zuhören würde. Zumindest nicht wirklich hören würde, was sie ihm versuchte zu sagen. Deshalb verflocht sie nur ihre Finger mit den seinen und setzte sich näher zu ihm hin.

Endlich kam Melissa aus Mr. Wilkinsons Büro und winkte sie herbei.

„Ihr könnt jetzt reingehen."

„Danke", antwortete Hank mit rauer Stimme.

Lara nickte ihr dankbar zu. Nur Becca blieb stehen und begrüßte die andere Frau mit einer kurzen Umarmung.

Mr. Wilkinson saß hinter seinem Schreibtisch. Wie immer war er eine sehr elegante Erscheinung, mit seinen kurz geschnittenen, schlohweißen Haaren und dem untadeligen Tweed-Anzug. Er schaute über den Rand seiner Lesebrille und begrüßte den Trupp mit einem freundlichen Lächeln.

„Ihr wisst gar nicht, wie es mich freut, euch jungen Leute endlich alle zusammen in meinem Büro vorzufinden. Lange Jahre habe ich auf diesen Moment gewartet."

Lara verkniff sich die Bemerkung, dass er das bereits vor zwei Wochen hätte haben können, und zwang sich zu einem Lächeln.

„Allerdings ist mir bewusst, dass eurer gemeinsamen Anwesenheit hier zwei traurige Ereignisse vorausgehen. Mein herzliches Beileid, Lara, ich habe deinen Vater sehr gemocht."

Laras Herz schlug schneller, als ihr aufging, dass dieser Mann ihren Vater tatsächlich gekannt hatte.

Mr. Wilkinson war noch nicht fertig. An Becca und Hank gewandt meinte er: „Euer Verlust ist schon länger her, doch ich weiß, dass ihr euren Vater ebenfalls vermisst. Auch er war ein guter Freund von mir. Aber das wisst ihr ja."

Hank neigte leicht den Kopf, um anzudeuten, dass er das tatsächlich wusste. Auch Becca nickte tapfer, obwohl man ihr ansah, dass es ihr nach wie vor schwerfiel, über den Tod ihres Vaters zu sprechen. Lara konnte das gut nachvollziehen. Natürlich wurde es leichter. Die Zeit heilte tatsächlich einen Teil des Schmerzes. Aber jedes Mal, wenn man ganz konkret darauf angesprochen wurde, kam die Trauer wieder zum Vorschein. Vielleicht streckte sie nur kurz den Kopf heraus und legte sich dann wieder schlafen. Vielleicht blieb sie aber auch ein paar Tage zu Besuch. Lara hoffte, dass der heutige Besuch wenigstens alle Fragen beantworten würde, sodass sich das Wecken des schlafenden Monsters gelohnt hatte.

Mr. Wilkinson blickte von einem zum anderen. „Ich sehe, ihr wartet ungeduldig auf Antworten. Ich habe hier zwei Briefe für euch." Er hielt Becca und Hank einen hin, den anderen übergab er Lara. „Ich schlage vor, ihr lest den Inhalt. Anschließend bin ich für euch da, falls ihr Fragen habt. Ich warte so lange draußen, bis ihr fertig seid, und genehmige mir einen Kaffee. Meldet euch, wenn ihr die Briefe gelesen habt." Mit diesen Worten stand er auf und verließ leise den Raum.

Nicht sicher, was sie davon halten sollten, schauten sich die drei an. Schließlich riss Lara mit zitternden Fingern den

Umschlag auf. Papier raschelte, als die anderen ihrem Beispiel folgten.

Das Herz klopfte ihr bis zum Hals, als sie die Handschrift ihres Vaters erkannte. Sie überflog den oberen Rand des Briefes und hielt nach dem Datum Ausschau. Er war auf denselben Tag datiert, wie der andere Brief, den sie bereits von ihm erhalten hatte. Offenbar hatte er erst dann den Brief an Mr. Wilkinson geschickt.

„*Lara. Du weißt gar nicht, wie sehr ich mich freue, dass Du das hier liest. Denn das bedeutet, dass Du tatsächlich die Gelegenheit wahrgenommen hast und über den großen Teich geflogen bist, mein kleiner großer Schmetterling.*"

Lara zog die Nase hoch und ärgerte sich darüber, dass sie nicht daran gedacht hatte, wenigstens ein Taschentuch einzustecken. Etwas bewegte sich in der Peripherie ihres Gesichtsfeldes. Sie schaute auf. Becca hielt ihr mit einem traurigen Lächeln ein Tuch entgegen. Ihre Augen waren gerötet. Ansonsten sah sie okay aus.

„Danke", brachte Lara knapp heraus. Sie putzte sich geräuschvoll die Nase und setzte ihre Lektüre fort.

„*Inzwischen fragst Du Dich bestimmt, was die Lone Wolf Ranch mit mir und somit jetzt auch mit Dir zu tun hat …*"

„Komm endlich auf den Punkt, Papa", murmelte Lara halblaut und las weiter.

„*Als ich knapp dreißig war, habe ich eine Zeit lang in Colorado gelebt. Zufällig traf ich auf David Mirren. Wir verstanden uns hervorragend und beschlossen, gemeinsam den Traum einer Ranch in den Rocky Mountains zu verwirklichen. Nach langer Suche und einem ausgiebigen Roadtrip durch die Berge fanden wir schließlich in der Lone Wolf Ranch unser Traumobjekt. Natürlich sah die Ranch damals nicht so aus, wie sie es heute tut. Es war vielmehr die fast endlose Weite der Hochebene, die dazu gehörte, der Fluss, der über das Grundstück lief und die unzähligen Möglichkeiten, die dieses Land bot. Zum Zeitpunkt des Kaufs stand nur eine alte Blockhütte auf dem Grundstück. Nichts Beeindruckendes, aber genug für zwei junge Männer, die eine Vision verfolgten.*"

Lara ließ das Papier sinken und schaute aus dem Fenster, zu den immer noch schneebedeckten Gipfeln der Rockies. Sie konnte gut verstehen, dass es ihn hierher gezogen hatte. Aber wie war er denn schlussendlich wieder in der Schweiz gelandet? Sie hoffte, der Brief beantwortete auch ein paar Fragen, anstatt nur neue aufzuwerfen.

„*Ein paar Jahre arbeiteten wir hart. Mit Hilfe von Freunden bauten wir gemeinsam das große Ranchhaus. Stallungen folgten. Und dann kam Diana wie ein Wirbelwind in unser Leben.*"

Diana? Wer zum Teufel war Diana?

„*Diana war ein Hippie-Mädchen, wie sie im Buche stand. David gabelte sie auf, als sie per Autostopp durch die Rocky Mountains reiste, wie das damals noch gang und gäbe war. Für ihn war es Liebe auf den ersten Blick. Für mich auch. Aber als sie auf der Ranch ankam, gab es für sie nur einen Mann. Und das war David. Während ich mich sehr für meinen Freund und für Diana freute, wurde mir recht schnell klar, dass ich nie meine eigene große Liebe finden würde, solange ich mit den beiden auf einer Ranch wohnte. Zu sehr verglich ich jedes Mädchen, mit dem ich ausging, mit Diana (sie war wirklich eine tolle Frau!).*"

„Ja, Papa, das habe ich inzwischen verstanden …", grummelte Lara, etwas verstimmt über die Lobgesänge über eine Frau, die nicht ihre Mutter war. Sie hatte zwar keine Erinnerung an ihre Mutter, dafür war sie zu früh gestorben. Trotzdem verspürte sie eine Art Solidarität ihr gegenüber.

„*Also habe ich mich schweren Herzens dazu entschieden, meine Zelte in den USA abzubrechen und in die Schweiz zurückzugehen. David war zwar enttäuscht, doch er verstand meine Entscheidung. Nur in einem Punkt blieb er unnachgiebig. Er würde mir meinen Teil der Ranch nicht abkaufen. Er wollte, dass ich immer ein Zuhause in Colorado haben würde. Er würde die Ranch so führen, als würde sie ihm allein gehören. Aber wenn ich zurückkehren wollte, war jederzeit für mich ein Platz frei. Auf der anderen Seite des Flusses gibt es ein Grundstück, das für den Bau eines zweiten Hauses gedacht war. Das Weideland würde im Falle meiner Rückkehr gemeinsam genutzt werden."*

Das klärte wenigstens die dringendsten Fragen. Ein Lächeln stahl sich auf ihre Lippen, als ihr auffiel, dass sich die Lösung ihrer Väter ziemlich mit Beccas praktischen Vorschlägen deckte. Spannend. Sie setzte ihre Lektüre fort.

„Ich reiste also zurück in die Schweiz, was sich als die beste Entscheidung meines Lebens herausstellen sollte. Ich traf nämlich auf Sonja, Deine Mutter. Neben dem, was ich mit Sonja fand, verblasste alles, was ich je für Diana zu empfinden geglaubt hatte."

Lara fiel ein Stein vom Herzen, hatte sie doch schon befürchtet, dass ihre Mutter nicht mehr als eine Lückenbüßerin gewesen war. Dem war anscheinend nicht so.

„Den Rest der Geschichte kennst Du ja, schließlich ist sie ebenso Deine Geschichte wie meine. David und ich beschlossen, euch Kinder erst in die Angelegenheiten der Ranch zu involvieren, wenn es einen triftigen Grund dafür gab. Man könnte sagen, der Tod ist ein solcher Grund."

Lara holte tief Luft, bevor sie den Mut fand, weiterzulesen.

„Wenn Du kein Interesse an der Ranch hast, bleibt alles beim Alten. Du wirst kein Geld für Deinen Anteil erhalten. Dafür kannst Du Dein Leben weiterführen, wie Du es wünschst. Ohne jegliche Verpflichtungen. Auf der anderen Seite wird Dein Teil der Ranch immer für Dich da sein, falls Du selber irgendwann den Ruf der Rocky Mountains verspürst. Vielleicht richtest Du einfach die alte Blockhütte wieder her und verbringst ein paar schöne Sommer dort. Oder Du bleibst für immer. Lebe Dein Leben und werde glücklich. In Liebe, Dein Papa."

Jetzt konnte sie die Tränen nicht mehr zurückhalten. Hastig murmelte sie eine Entschuldigung und flüchtete aus dem Raum, durch das Vorzimmer, die Stufen hinunter vor das Gebäude. Dort, umgeben von dem Duft nach Kiefern und wildem Salbei, den der Wind zu ihr trug, ließ sie ihren Tränen freien Lauf. Sie bereute es, dass sie in den letzten Jahren so wenig Zeit mit ihrem Vater verbracht hatte. Dumpf erinnerte sie sich, dass er sie vor ein paar Jahren gefragt hatte, ob sie mit ihm eine Amerikareise machen wollte. Damals hatte sie gerade ihre Stelle an der Uni angetreten und wollte sich nicht gleich so lang freinehmen. Sie hatte gedacht, sie hätte noch unendlich viel Zeit, um mit ihrem Vater in die Ferien zu fahren. Wenn ihr klar gewesen wäre …

Starke Arme umfingen sie. Hank. Dankbar drehte sie sich zu ihm um und verbarg ihr Gesicht an seiner Brust.

„Ich wusste nicht, dass er so krank ist“, schluchzte sie.

Hank strich ihr beruhigend über den Rücken und ließ ihr Zeit. Zeit, sich auszuweinen. Zeit, endlich loszulassen. Es war für ihn schon hart genug gewesen, den Brief seines Vaters zu lesen. Er wollte sich gar nicht vorstellen, wie sich das für Lara angefühlt haben musste. Ihr Verlust war ja noch viel frischer.

Schließlich löste sie sich von ihm und putzte sich mit den jämmerlichen Überresten ihres Taschentuchs die Nase. In einem Versuch, die Stimmung aufzuheitern, sagte sie zu ihm: „Du hast dir bestimmt schon immer eine Waschbärfreundin gewünscht.“

Hank nahm ihr Gesicht zärtlich in seine Hände und strich mit beiden Daumen unter ihren Augen entlang, um die schlimmsten Spuren der Wimperntusche zu entfernen.

„Waschbären werden unterschätzt“, antwortete er mit einem Lächeln. „Bereit, wieder reinzugehen?“

Sie nickte und nahm seine Hand.

*

Eine halbe Stunde später saßen sie im Sweets. Sie brauchten alle eine Stärkung nach dem eben Erlebten. Bewusst hatten sie sich gegen das Diner entschieden. Während die Anteilnahme der Disney Sisters sowie aller anderen Einwohner im Normalfall einfach dazugehörte, wollten sie die Neuigkeiten einstweilen für sich behalten. Zumindest, bis sie sie selber etwas verdaut hatten. Das Sweets bot mehr Privatsphäre als das Diner. Nicht zu vergessen gab es dort Aileens süße Köstlichkeiten. Lara brauchte dringend irgendetwas mit viel Schokolade. Und einen anständigen Kaffee.

„Dann seid ihr tatsächlich gemeinsame Besitzer der Lone Wolf Ranch? Cool." Becca tanzte fast auf ihrem Stuhl. Sie freute sich. Jetzt hatte sie neben einem Bruder quasi plötzlich noch eine Schwester. Ansonsten änderte sich für sie ja nicht viel. Als sie beide die Ranch geerbt hatten, waren sie gemeinsam zum Schluss gekommen, dass Hank sie übernehmen sollte. Während ihrem Bruder das Rancherleben im Blut lag, hatte sie keinerlei Interesse daran, an einen Ort gebunden zu sein, auch wenn der Ort so schön war wie die Lone Wolf Ranch.

Lara drehte ihre Tasse in den Händen und blies auf die heiße Oberfläche des Getränks, während sie über den Rand Hank beobachtete. Sie wartete gespannt auf seine Reaktion. Nachdem er sie so liebevoll getröstet hatte, nahm sie zwar an, dass er vom Inhalt des Schreibens seines Vaters nicht allzu überrascht war. Trotzdem wollte sie gerne hören, was er dazu zu sagen hatte. Als er weiterhin schweigend in seinen Kaffee starrte, verflüchtigte sich ihre Zuversicht allerdings schlagartig. Hatte er vielleicht insgeheim gehofft, ihre Behauptung würde sich als ein Irrtum erweisen? Unsicher warf sie einen Blick zu Becca hinüber.

Diese hatte Mitleid mit Lara und kickte ihren Bruder unterm Tisch ans Schienbein.

„Aua! Spinnst du?"

Becca funkelte ihn an. „Das sollte ich wohl besser dich fragen. Lara sitzt hier und wartet auf irgendeine Reaktion von dir, und du sitzt da und brütest vor dich hin. Wie würdest du dich an ihrer Stelle fühlen?"

Hanks Augen schweiften zu Lara. Sie sah tatsächlich sehr besorgt aus. Wusste sie denn nicht, dass es ihm herzlich egal war, solange sie bei ihm war?

Als er immer noch nichts sagte, akzeptierte Lara schweren Herzens, dass sie wohl fälschlicherweise von ihren eigenen

Gefühlen auf seine geschlossen hatte. Anscheinend war sie für ihn nicht mehr als eine flüchtige Affäre gewesen. Jetzt, wo es den Anschein machte, dass sie permanent hierbleiben würde, überlegte er wohl, wie er sie am elegantesten loswerden konnte. Die Erkenntnis tat weh. Doch sie hatte auch ihren Stolz. Wenn er sie nicht wollte, dann konnte er die verdammte Ranch haben.

Sie setzte sich aufrecht hin und fixierte ihn.

„Schon gut, Becca. Wenn Hank mich nicht hier haben will, dann gehe ich.“ Sie stopfte den Brief ihres Vaters in ihre Handtasche und warf sie sich über ihre Schulter. „Ich bitte euch nur, mir ein paar Wochen Zeit zu geben, bis ich den Transport von Devil organisiert habe.“

„Halt. Stopp. Warte!“ Hank schlang einen Arm um ihre Taille.

„Wieso? Damit du dir einen guten Grund überlegen kannst, weshalb ich anderswo besser aufgehoben bin? Ich denke nicht.“ Sie probierte, sich loszumachen, doch vergeblich. Seine Arme gaben keinen Millimeter nach. Kurz war sie versucht, ihm ihren Ellenbogen ins Gesicht zu hauen, so wütend war sie, doch Aileens wunderschöne Einrichtung hielt sie davon ab.

Hank nickte bestätigend. „Mit deiner Vermutung liegst du gar nicht so falsch. Ich überlege mir tatsächlich fieberhaft, wie ich dich davon überzeugen kann, dass du woanders besser aufgehoben bist.“

Lara zuckte zusammen, als hätte er sie geschlagen. Er wollte sie tatsächlich loswerden?

Hank ignorierte ihre Reaktion und fuhr ungerührt fort: „Während du bereit bist, von mir gleich das Schlimmste anzunehmen, war ich auf der Suche nach Argumenten, weshalb du nicht gleich mit dem Bau deiner Ranch beginnen solltest.“

Lara starrte ihn an. „Mit dem Bau meiner Ranch?“

„Na klar. Auf der anderen Seite des Flusses. Stand davon nichts in deinem Brief?“, mischte sich Becca in das Gespräch. Spät, aber doch wurde ihr klar, worum es Hank ging.

„Doch …"

„Siehst du", führte Hank das Gespräch fort, als hätte es nie eine Unterbrechung gegeben, „da ich aber der Meinung bin, dass es bei mir mehr als genügend Platz für uns beide gibt …"

Lara machte große Augen. „Du sorgst dich, dass ich bei dir ausziehe?"

Hank nickte vielsagend. „Eigentlich sollte ich beleidigt sein, dass du sofort zum Schluss gelangt bist, dass ich dich loswerden will."

Beschämt senkte Lara den Kopf. Als sie ihn wieder hob, blitzten ihre Augen jedoch herausfordernd. „Wenn du nicht so ein Geheimnis daraus gemacht hättest, wär das nicht passiert. Was sollte ich denn denken, wenn du es vorziehst, mit deinem Kaffee intensive Zwiegespräche zu führen, anstatt mit uns zu sprechen?"

„Tut mir leid. Ich war ehrlich ein wenig geschockt von der Tatsache, dass du vielleicht bald ausziehst, auch wenn es nur ein paar Meilen den Fluss runter sind." Besitzergreifend zog er sie auf seinen Schoss und küsste sie. „Du gehörst nämlich zu mir. Jetzt, wo ich dich gefunden habe, lass ich dich nicht wieder gehen."

„Könnten wir den Teil mit der öffentlichen Knutscherei vielleicht etwas abkürzen und über praktische Dinge reden?" Becca verlor langsam die Geduld mit den beiden. Als keine Antwort kam, stand sie auf. „Ach, ignoriert mich einfach. Ich hole mir noch was zu essen."

25

Kaum drei Stunden später summte das Diner wie ein Bienenhaus. Nachdem selbst Sweets keinen privaten Konferenzraum bot, hatte natürlich trotzdem der eine oder andere ein paar Stichworte aufgeschnappt. Und wie das so war mit Stichworten, denen der Kontext fehlte, hatten sich die Gerüchte verselbstständigt.

„Lara hat sich wohl in die Ranch eingekauft."

„Bist du sicher? Ich habe gehört, die beiden wollen heiraten."

„Lara und Hank? Das ging aber schnell."

„Ach was", meinte ein anderer. „Lara hat alles gekauft und stellt Hank jetzt an."

„Und er schläft dann mit seinem Boss?" Gackerndes Gelächter folgte.

Yvonne saß wie erstarrt in einer der Nischen vor ihrem Abendessen und kam nicht umhin, all die Gesprächsfetzen mitzubekommen, die wie wild im Diner herumflogen. Sie versuchte, die Stimmen um sich herum auszublenden. Doch das Einzige, was sie damit erreichte, war, dass die Stimme ihrer Mutter, die immer wieder in ihrem Kopf herumspukte, lauter wurde.

Unnützes Gör! Taugenichts! Schon wieder versagt! Das war ja zu erwarten!

Gequält hielt sie sich mit beiden Händen die Ohren zu und wiegte sich vor und zurück. Wut stieg in ihr auf und ein roter Schleier senkte sich über ihre Augen. Mit einer enormen Willensanstrengung tauchte sie lange genug aus ihrer Pein auf, um mit zitternden Fingern ein paar Dollarscheine für ihr Essen auf den Tisch zu werfen und aus dem Lokal zu taumeln. In ihrem inneren Aufruhr verschmolzen die Wünsche ihrer Mutter und ihre eigenen zu einem großen dunklen Monster, das all ihre Gedanken beherrschte. Endlich draußen, hielt sie sich am Geländer der Treppe fest und schluckte die bittere Galle hinunter, die ihr hochgekommen war. Jetzt hatte Lara alles, wofür sie ihr Leben lang gekämpft hatte, dachte sie erbost. Es wurde höchste Zeit, sich ein für alle Mal dieser Nebenbuhlerin zu entledigen. Nur dann würde endlich auch ihre Mutter Ruhe geben.

Das Beste war, sie wusste schon, wie. Diesmal würde sie die Sache selber in die Hand nehmen. Ein selbstgefälliges Lächeln verzerrte ihr Gesicht. Mit List und Tücke würde sie leicht zum Ziel kommen. Diese Fremde konnte ihr niemals das Wasser reichen.

*

Nichts ahnend, dass Yvonne ihr baldiges Ableben plante, genoss Lara das Leben in vollen Zügen. Zum ersten Mal seit dem Tod ihres Vaters fühlte sie sich, als wäre sie endlich angekommen. Nicht nur in Hanks Armen, obwohl das natürlich einen großen Teil davon ausmachte, dachte sie errötend, sondern überhaupt. Der Tagesrhythmus der Ranch prägte ihre Tage. Harte Arbeit, viel Zeit draußen mit den Pferden, kochen für die ganze Truppe und vergnügliche Abende mit ihren neuen Freunden wechselten sich ab. Wie es mit der Ranch weitergehen sollte, war zwar noch immer nicht geklärt. Die finanzielle Situation hatte sich ja nicht über Nacht geändert. Aber sie war zuversichtlich, dass sie und Hank eine Lösung finden würden, mit der sie beide leben konnten. Fürs Erste wollte sie einfach nur den

Frieden genießen, den sie endlich gefunden hatte. Als ihr das heute Morgen bewusst geworden war, hatte sie sich vor dem Mittagessen raus auf die Weide in der Nähe des Hauses gestohlen. Sie wollte sich gerne bei jemandem bedanken. Dafür brauchte sie die Ruhe und Abgeschiedenheit der Natur. Sie ließ sich rücklings ins Gras fallen und verfolgte die Wolkenformationen, die erstaunlich schnell über den Himmel zogen.

„Sitzt du da oben, Papa?“, fragte sie laut, ohne sich an zufälligen Zuhörern zu stören. Kühe schwiegen wie ein Grab. Da musste sie sich keine Sorgen machen, dass eine sie verpetzen würde. Oder die Konversation mit ihrem Vater auf Facebook postete. Sie kicherte. Die Spekulationen und somit auch die Wetten liefen gerade heiß in Independence. Gegenstand der Wetten waren der Besitzstand der Ranch sowie das voraussichtliche Hochzeitsdatum von ihr und Hank. Sie hatten sich entschieden, vorerst keinen Kommentar dazu abzugeben. Sie waren sich einig, dass sie den Einwohnern ihren Spaß lassen wollten.

„Wir werden wahrscheinlich tatsächlich heiraten, Papa“, setzte sie die einseitige Konversation fort. „Zumindest hoffe ich das.“

Hank und sie hatten noch nichts dergleichen besprochen. Trotzdem hoffte sie, dass seine Gedanken in eine ähnliche Richtung liefen. Sie lächelte, als sie sich einen kleinen Jungen mit Hanks dunklem Haarschopf und seinen grünen Augen vorstellte. Vielleicht ein wenig voreilig. Sie biss sich auf die Unterlippe. Es schien, als sollte sie mit ihrem Cowboy doch bald einmal über konkrete Pläne sprechen.

„Ich kann mir nichts Schöneres vorstellen, als hier mit Hank eine Familie zu gründen. War es das, was du im Sinn hattest, als du mich nach Colorado geschickt hast?“

Als nach wie vor keine Antwort kam, runzelte sie die Stirn. „Dafür, dass du so viel Aufwand betrieben hast, um mich hierherzukriegen, bist du im Jenseits erstaunlich wortkarg.

Könntest du mir nicht wenigstens ein Zeichen geben? Irgendetwas? Blitz und Donner? Ein Regenbogen?“ Vielleicht musste sie die Augen zumachen? Obwohl sie sich ein wenig albern vorkam, schloss sie die Augen und lauschte dem Wind, der durch das lange Gras fuhr und es zum Flüstern brachte. Nichts geschah. Sie wollte schon frustriert aufgeben, als ihr eine raue Zunge übers Gesicht fuhr und warmer, nach Milch riechender Atem in ihre Nase geblasen wurde.

„Iiih“, rief sie und rollte sich zur Seite. Sie strich sich die Haare aus dem Gesicht und benutzte den Ärmel ihres Flanellhemdes, um sich ihre nasse Gesichtshälfte abzuwischen. Ein Blick zur Seite verriet ihr, wer der Übeltäter war. Billy the Kid stand neben ihr und sah sie aus seinen dunklen Augen treuherzig an.

„Du bist also mein himmlisches Zeichen?“ Sie streckte die Hand aus und kraulte das Kalb an der Stirn. „Wieso auch nicht? Eigentlich ziemlich treffend, auf einer Ranch.“

Unbewusst fasste sie nach der Uhr ihres Vaters und drehte sie am Handgelenk. Als sie sich dabei ertappte, warf sie einen Blick darauf und strich liebevoll über das weiche Lederarmband. Wenn sie das Mittagessen rechtzeitig auf dem Tisch haben wollte, ging sie besser zurück. Sie genoss ihre Rolle als Köchin. Becca war sowieso ein hoffnungsvoller Fall. Hank konnte zwar kochen, doch bei seinem Arbeitspensum konnte es schnell einmal halb neun werden, bis er daran dachte, etwas zu essen. Bis dahin war sie schon längst verhungert. Sie rappelte sich hoch, verabschiedete sich mit einem freundlichen Klaps auf Billys Hinterteil und machte sich auf den Rückweg.

Zurück im Haus hatte sie eben Wasser für Nudeln aufgesetzt und Zwiebeln für die Sauce gehackt, als ihr Handy klingelte. Das Display zeigte eine ihr unbekannte Nummer an. Dem schenkte sie keine große Beachtung. Sie hatte noch längst nicht alle Nummern ihrer neuen Freunde gespeichert. Telefonnummern wurden auch sehr freizügig weitergegeben, wie sie festgestellt hatte. In der engen Gemeinschaft wurden diese praktisch als Allgemeingut betrachtet. Während sie Salz zum Kochwasser hinzugab, nahm sie den Anruf entgegen.

„Yvonne?!“ Ihre Augenbrauen zogen sich zusammen, als sie versuchte, aus dem hysterischen Geschluchze der Frau am anderen Ende der Leitung schlau zu werden. Einhändig goss sie etwas Olivenöl in eine flache Pfanne und fügte die Zwiebeln hinzu.

„Du hast eine Panne? Mit deinem Auto?“

„Ja. Es springt einfach nicht an. Was soll ich nur tun?“

„Wieso um alles in der Welt rufst du mich mit dieser Frage an? Ich habe doch keine Ahnung, wie das hier läuft. Gibt es denn keinen Abschleppdienst in der Nähe?“ Wie hieß noch mal die Tankstelle? Ach ja. „Ruf doch mal beim Gas’n’Go an. Vielleicht können die helfen.“

„Die haben keine Zeit. Sie haben nur einen Abschleppwagen und der ist unterwegs“, schniefte Yvonne. „Und dabei habe ich doch heute mein wichtiges Vorstellungsgespräch.“

Mist. Das war wirklich blöd. Jeder in Independence wusste, dass Yvonne bereits eine ganze Weile einen Job suchte. Sie konnte die Frau zwar nicht ausstehen, doch sie wünschte ihr auch nichts Böses. Zumindest nicht, solange sie die Finger von Hank ließ. „Das tut mir leid. Ich weiß nur nicht, wie ich dir helfen kann.“ Sie klemmte sich das Telefon zwischen Schulter und Ohr und goss den Inhalt einer Dose mit Tomaten zu den Zwiebeln, die fröhlich vor sich hin brutzelten.

„Schon gut. Dann ruf ich Hank an, vielleicht kann er mich abholen. Ich dachte nur, das wäre dir wohl nicht recht …“

Hank anrufen? Auf keinen Fall! „Wo, sagtest du, bist du?“

„Bei Wolf Crossing. Deshalb kam ich überhaupt darauf, dich anzurufen“, erklärte ihr Yvonne, als wäre sie etwas schwer von Begriff.

Seltsam. Diese Straße führte doch nirgendwo hin? Na ja, zur Lone Wolf Ranch. Aber anschließend folgten nur unzählige Meilen an kurvigen Bergstraßen.

„Schon gut. Du bist sicher beschäftigt. Hank hat bestimmt Zeit", unterbrach Yvonne ihre Gedanken.

„Nein, nein", sagte Lara eilig. „Gib mir zehn Minuten, dann bin ich bei dir. Gemeinsam werden wir den Wagen schon wieder flottkriegen. Und wenn nicht, fahre ich dich zu deinem Termin."

„Du bist die Beste! Bis gleich", hauchte Yvonne ins Telefon.

Irritiert schaute Lara ihr Telefon an. Seit wann war sie zu Yvonnes bester Freundin mutiert? Dieses Memo hatte sie irgendwie verpasst. Sehr seltsam, das Ganze. Aber na gut. Jetzt hatte sie ihre Hilfe versprochen, also musste sie wohl oder übel dorthin fahren, wenn sie nicht wollte, dass Yvonne sich an Hank ranschmiss.

Seufzend stellte sie den Gasherd aus. Zum Glück hatte sie die Pasta noch nicht ins kochende Wasser gegeben. Sie griff nach Stift und Papier, die auf dem Küchentisch lagen, und kritzelte hastig eine Nachricht.

„Leiste Pannendienst, treffe Yvonne bei Wolf Crossing. Mittagessen etwa eine halbe Stunde später. LG Lara"

Leonie sah ihr mit großen Augen nach, als sie sich ihre Autoschlüssel schnappte. Lara zeigte mit dem Zeigefinger auf sie.

„Warte hier auf mich. Ich bin gleich wieder zurück." An der Tür drehte sie sich noch einmal um und fügte hinzu: „Und nicht die Tomatensoße klauen, verstanden?"

Leonie ließ sich wieder zur Seite fallen, als wäre sie entsetzt, dass Lara so etwas von ihr denken konnte, und setzte ihr Nickerchen fort.

*

Lara stieg in ihren Wagen. Den musste sie endlich zurückgeben. Jetzt, wo sie sich entschlossen hatte, hierzubleiben, machte es überhaupt keinen Sinn mehr, ihn noch länger zu behalten. Vielleicht hatte Hank am Wochenende Lust, mit ihr Gebrauchtwagen anzuschauen. Und wenn nicht, würde sie einfach allein gehen. Vor lauter Vorfreude wippte sie auf ihrem Sitz auf und ab. Seit sie gestern ihre Kündigung geschrieben hatte, fühlte sie sich ganz leicht. Sie hatte vorher gar nicht realisiert, wie sehr ihr Job sie belastet hatte. Es war kein schlechter Job gewesen. Eben nur sehr administrationslastig. So gar nicht das, was sie sich während ihres Biologiestudiums vorgestellt hatte. Trotzdem plante sie, mit der Universität von Colorado Kontakt aufzunehmen. Nicht wegen einer Anstellung. Doch die Idee, auf einem Teil der Ranch ein Zentrum für die Erforschung von Wildtieren, vielleicht auch einer spezifischen Art, einzurichten, ließ sie nicht mehr los.

Lara bog um eine Kurve und sah hinunter auf Wolf Crossing. Gleich nach der Kreuzung stand Yvonnes Wagen am Straßenrand. Wieder fragte sie sich, was Yvonne hier überhaupt zu suchen hatte. „Na, was wohl“, sagte sie grimmig zu sich selbst. „Wahrscheinlich wollte sie wieder Hank stalken.“ Andererseits – hätte sie dann nicht zuerst ihn angerufen? Ihr Nacken prickelte unangenehm und sie rieb über die juckende Stelle, als sie all die Ungereimtheiten bedachte. Entschlossen schüttelte sie ihre Bedenken ab. Sie musste wirklich aufhören, überall Gespenster zu sehen. Das konnte ja nicht gesund sein.

Sie fuhr dicht an Yvonnes Auto ran, sodass die beiden Fahrzeuge Schnauze an Schnauze standen. Vielleicht musste es ja nur überbrückt werden. Das würde sie immerhin schaffen. Sie hoffte nur, dass Yvonne Kabel dabeihatte. Sie bezweifelte nämlich, dass ihr Mietwagen so was in seinem Kofferraum verbarg.

„Hey“, grüßte sie die andere Frau, als sie ausgestiegen war. „Danke, dass du gekommen bist. Du weißt gar nicht, wie froh ich bin, dich zu sehen.“

Etwas überrumpelt von dieser überschwänglichen Freude der anderen, trat Lara einen Schritt zurück und sah sich um. Irgendetwas stimmte hier nicht. Nachdem sie aber in den umliegenden Grasbüscheln und der kleinen Gruppe von Espen kein Überfallkommando ausmachen konnte, entspannte sie sich wieder. Es gab keinen Grund zur Aufregung.

„Kein Problem. Hast du eine Ahnung, was deinem Wagen fehlt?"

Yvonne rang die Hände. „Nein. Die Zündung macht keinen Mucks."

„Ist denn der Motor einfach ausgegangen?"

„Nein, das nicht. Ich hatte angehalten, um einen Telefonanruf entgegenzunehmen und den Motor ausgemacht."

Lobenswert, dachte Lara. Das war in dieser Gegend nicht selbstverständlich.

„Hast du ein Überbrückungskabel?"

„Vielleicht im Kofferraum. Schaust du mal nach? Ich habe keine Ahnung, wie so etwas aussieht."

Lara konnte gerade noch ein Augenrollen unterdrücken. Sie hatte selbst auch wenig Ahnung von Autos. Alles, was über einen Reifenwechsel und das Überbrücken der Batterie hinausging, war Fremdland für sie. Aber nicht einmal zu wissen, wie so ein Kabel aussah? Unvorstellbar. Egal. Hauptsache, sie konnte das Problem schnell lösen und wieder nach Hause fahren. Sie ging zum Kofferraum der Limousine, der bereits offenstand. Immerhin hatte sie wohl schon nach dem Teil gesucht. Yvonne blieb ihr dicht auf den Fersen. Lara war versucht, ihren Ellenbogen nach hinten schnellen zu lassen, einfach, um sich ein bisschen mehr Platz zu verschaffen. Im Gegensatz zu der Arbeit mit den Pferden fiel es ihr bei Menschen immer schwer, ihren persönlichen Raum zu beanspruchen. Wie auch, nachdem der Einsatz von Ellenbogen nicht gerne gesehen wurde. Also biss sie die Zähne zusammen und bückte sich, um das darin liegende Durcheinander zu inspizieren. Eine

Leuchtweste, mehrere Zeitungen, Seile, was machte die Frau mit so vielen Seilen? Endlich erblickte sie in der hintersten Ecke etwas Rotes. Erleichtert streckte sie sich, um danach zu greifen.

Yvonne gratulierte sich zu ihrem hervorragenden Plan und holte mit der schweren Stablampe, die sie in der Hand hielt, aus. Mit einem dumpfen Plopp traf sie auf Laras Hinterkopf. Lara fiel wie ein Stein vornüber, Kopf voran in den Kofferraum. Zufrieden mit ihrer Arbeit trat Yvonne einen Schritt zurück und griff nach Laras Beinen. Ruppig hob sie sie hoch und schob sie in die dunkle Öffnung. Schwungvoll knallte sie die Klappe zu. Summend setzte sie sich ins Auto und drehte den Schlüssel im Zündschloss. Schnurrend sprang der Wagen an. Menschen waren so leichtgläubig. Jetzt konnte der Spaß losgehen. Und das Beste war, dass sie den ganzen Tag noch kein einziges Mal die Stimme ihrer Mutter gehört hatte.

*

Als Hank mit Jerome mit etwas Verspätung von einer Inspektion der Herden zurückkehrte, fand er die Küche verlassen vor. Eigentlich hatte er fest damit gerechnet, sich das Essen aufwärmen zu müssen. Doch jetzt standen zwar Soße und ein Topf mit Wasser auf dem Herd, doch beides sah kalt und unberührt aus. Leonie, die ihn bereits an der Tür abgepasst hatte, strich um seine Beine und winselte leise. Abgelenkt tätschelte er ihren Kopf.

Sein Blick fiel auf den Zettel auf dem Küchentisch. Er griff danach und las Laras Nachricht. Yvonne hatte eine Panne? Und das ausgerechnet bei Wolf Crossing?

„Becca?“, rief er laut. Seine Schwester hatte gestern erwähnt, dass sie den ganzen Tag zu Hause sein würde. Also musste sie ja irgendwo sein. Vielleicht hatte Lara mit ihr gesprochen, bevor sie gegangen war. Das würde seiner wachsenden Unruhe hoffentlich ein Ende setzen.

„Ja?“, antwortete Becca von der Treppe. „Was ist denn los?“

„Hast du mit Lara gesprochen, bevor sie gegangen ist?"

Überrascht schaute sie ihn an. „Sie ist gegangen? Wohin denn?"

Wortlos hielt ihr Hank das Blatt Papier hin und beobachtete mit zunehmender Sorge das Stirnrunzeln seiner Schwester.

„Tut mir leid, ich habe nicht einmal gehört, dass sie gegangen ist. Ich habe telefoniert. Erst mit Nate und dann mit meinen Sponsoren."

„Schon gut. Wahrscheinlich mache ich aus einer Mücke einen Elefanten. Es erscheint mir nur als seltsamer Zufall, dass Yvonne ausgerechnet in unserer unmittelbaren Umgebung eine Panne hat."

„Und anschließend Lara anruft, um Hilfe zu leisten", fügte Becca trocken hinzu.

„Eben. Erinnerst du dich an die Aussage des Mannes, der Lara diese K.-o.-Tropfen verpasst hat?"

Becca schüttelte den Kopf. „Zumindest nicht im Detail."

„Er hat steif und fest behauptet, dass eine Frau ihn dazu angestiftet und ihm die Tropfen gegeben hat", antwortete er grimmig.

Becca wurde blass. „Denkst du dasselbe wie ich?"

„Eigentlich lieber nicht. Aber wenn ich das jetzt so höre …" Hanks Telefon klingelte. „Jerome?"

„Boss? Laras Auto steht bei Wolf Crossing. Aber von ihr keine Spur. Das kam mir seltsam vor."

Das leichte Unbehagen, das Hank bis jetzt empfunden hatte, wandelte sich auf der Stelle zu ausgewachsener Angst. Das Herz schlug ihm bis zum Hals. Leonie suchte sich ausgerechnet diesen Moment aus, um ihn frontal anzuspringen. Bemüht, die vierzig Kilo fliegenden Hund aufzufangen, hielt er das Telefon Becca hin.

„Sag ihm, er soll dort bleiben. Ich rufe den Sheriff an."

Becca nickte und leitete die Botschaft an Jerome weiter. Hank wandte sich der Hündin zu. „Ist Lara in Gefahr? Ist es das, was du mir sagen willst?"

Leonie winselte wieder und stieß ihn mit der Schnauze an. Er strich ihr über den Kopf.

„Ich weiß. Ich mache mir auch Sorgen. Jetzt müssen wir erst einmal abwarten."

Die Hündin ließ sich auf seinen Füßen nieder. Ganz offensichtlich wollte sie sichergehen, dass sie nichts verpasste. Hank nahm das Telefon von seiner Schwester entgegen und wählte Jakes Nummer.

„Hank. Gut, dass du anrufst. Ich habe Neuigkeiten zu Mrs. Fitch."

„Sehr gut. Aber ich rufe wegen etwas anderem an."

„Schieß los", sagte Jake, seine Stimme sofort wachsam.

„Lara ist verschwunden. Noch nicht lange. Es ist nur …"

„Ja?"

„Anscheinend hatte Yvonne hier in der Nähe eine Panne. Lara ist hingefahren, um ihr zu helfen."

„Yvonne Fitch?" Jetzt klang er richtiggehend alarmiert.

„Ja. In Anbetracht der Tatsache, dass die beiden nicht gerade als Freundinnen bezeichnet werden können …"

„Vor allem, da ich seit heute weiß, dass Mrs. Fitch nicht bei dem Sturz ums Leben gekommen ist", unterbrach ihn der Sheriff abrupt.

„Nicht?"

„Nein. Sie wurde vergiftet."

26

Lara stöhnte, als sie zu sich kam. Es war kein allmähliches Erwachen. Mehr, als hätte erst jemand das Licht ausgemacht und ein paar Minuten später wieder angestellt. Nur dass es stockdunkel war, da, wo sie sich gerade befand. Ihr Kopf fühlte sich an, als würde eine Herde wütender Bullen darin herumtrampeln. Ihre Schläfen pochten. Ein metallischer Geschmack füllte ihren Mund. Wahrscheinlich hatte sie sich auf die Zunge gebissen. Nur wobei? Langsam, aber sicher war sie wieder klar genug im Kopf, um zu erkennen, dass sie sich in einem Kofferraum befand. Yvonnes Kofferraum. Hätte sie doch besser auf ihre Intuition gehört. Gänsehaut zog sich wie ein Lauffeuer über ihre Haut, als Panik über ihre momentane Situation hochstieg. So gesehen war das Sich-nicht-Erinnern der Episode mit den K.-o.-Tropfen ein schmaler Preis dafür, dass sie den ganzen Horror verpasst hatte, dachte sie mit einer Prise Galgenhumor.

Die Limousine schüttelte und rüttelte sie durch, dass sie meinte, ihre Knochen klappern zu hören. Wo, um Himmels willen, brachte die Frau sie hin? Und weshalb hatte sie sich nicht wenigstens einen Geländewagen besorgt, wenn sie schon vorhatte, querfeldein zu fahren? Dieser Wagen war dafür herzlich ungeeignet, dachte sie ungnädig, als bei der nächsten Bodenwelle ihr Knie schmerzhaft an ihr Kinn schlug und ihr Kopf gegen eine Kante gepresst wurde. Scheiße, tat das weh. Sie fluchte wie ein Kesselflicker und konzentrierte sich auf ihre

Atmung. Vielleicht konnte sie so vermeiden, dass sie sich übergeben musste. Vor allem ihr Kopf sandte bei jeder Unebenheit eine neue Welle der Übelkeit durch ihren Magen. Sie blinzelte und versuchte, ihre Augen dazu zu zwingen, mehr zu sehen. Egal was. Aber am liebsten einen Hebel, um den Kofferraum zu öffnen. Oder eine Fernsteuerung für den Wagen. Als ihre Augen sich weigerten, zu kooperieren – es war zu dunkel – versuchte sie, die Wände ihrer beengten Umgebung abzutasten. Vielleicht fand sie ja den Hebel. Sie meinte, einmal gelernt zu haben, dass die meisten Autos so einen im Kofferraum hatten. Aber wahrscheinlich stammte dieses Wissen aus einer der Krimishows, die es mit der Realität nicht allzu genau nahmen, folgerte sie, als sie frustriert aufgab. Sie hatte einfach zu wenig Bewegungsspielraum. Zudem hatte sie alle Hände und Füße damit zu tun, sich gegen die schlimmsten Erschütterungen zu stemmen, um nicht noch mehr Prellungen einzufangen. Also biss sie die Zähne zusammen und beschloss, sich in Geduld zu üben. Irgendwann würde sie ja wohl anhalten und sie rauslassen. Aus irgendeinem Grund hatte Yvonne ja den ganzen Aufwand betrieben. Sie hoffte inständig, dass dieser Grund nicht ein Autofriedhof war, auf dem sie sie verrotten lassen würde. Erneut flackerte Panik in ihr auf und machte sich in jeder ihrer Zellen breit. Schweiß drang ihr aus den Poren. Vielleicht konnte sie Yvonne ja zu Tode stinken. Sie lachte. Hysterisch zwar, aber wenigstens hatte sie ihren Humor noch nicht ganz verloren.

Unvermittelt verlangsamte das Auto seine Fahrt und kam schließlich komplett zum Stehen. Lara spannte alle ihre Muskeln an, als sie das Zuschlagen der Autotür hörte. Sie hatte nur eine Chance. Die würde sie nutzen. Immerhin hatte sie die letzten Wochen damit verbracht, im Stall und mit großen Tieren zu arbeiten. Da mussten doch ein paar Muskeln hängen geblieben sein. Sie hoffte, dass der Überraschungseffekt und ihre Entschlossenheit reichen würden, um Yvonne zu überwältigen.

Die andere Frau war nämlich bestimmt einen Kopf größer und sicher zehn Kilo schwerer.

Ein Klicken verriet ihr, dass Yvonne den Kofferraum aufgeschlossen hatte. Sie kniff die Augen zusammen, um ihre Augen vor dem erwarteten Lichteinfall zu schützen. Erstaunlicherweise war es draußen fast dämmerig, wie sie feststellte, als Yvonne den Deckel hob.

„Sieh an, sieh an. Jetzt bist du nicht mehr so hübsch", feixte Yvonne, während sie in den Kofferraum starrte.

War die Frau nicht ganz bei Trost? Dachte sie wirklich, sie hätte die Situation so im Griff, dass sie es sich leisten konnte, sich über sie lustig zu machen? Lara schob diese Fragen beiseite. Darüber konnte sie sich später Gedanken machen. Jetzt ging es zuerst einmal darum, von dieser Irren wegzukommen. Sie konnte sich zwar nicht vorstellen, dass diese ihr tatsächlich etwas antun würde, aber besser, sie versuchte den Wahrheitsgehalt dieser Annahme erst dann zu überprüfen, wenn sie in Sicherheit war.

„Aussteigen", befahl Yvonne jetzt und drehte ihr den Rücken zu. So sicher war sie, dass Lara ihrer Anweisung Folge leisten würde.

Während ein Teil ihres Hirns noch damit beschäftigt war, zu staunen, zu was für Gedankengängen ein Mensch in einer Extremsituation fähig war, realisierte sie mit dem verbleibenden Rest, dass das die Chance war, auf die sie gewartet hatte. Vorsichtig rappelte sie sich hoch, während sie hastig ihre Verletzungen katalogisierte. Sie hatte Kopfschmerzen, alles andere tat ihr zwar auch weh, war aber zum Glück funktionstüchtig. Nur leider war es der Kopf, der gleich noch einmal würde herhalten müssen.

„Hilf mir. Ich schaff es nicht allein", bat sie mit kläglicher Stimme. „Mein Kopf … Er tut so weh."

Genervt drehte Yvonne sich um. „Immer muss man alles selber machen. Mühsam, so was!" Trotzdem kam sie an das

Auto heran. Lara saß auf dem Hosenboden im Kofferraum und ließ ihre Beine über die Kante baumeln. Als die andere Frau näherkam, streckte sie ihr die Hände entgegen, um sich rausziehen zu lassen.

Yvonne ergriff die ausgestreckten Hände und zog tatsächlich. Lara stieß sich gleichzeitig mit den Füßen von der Stoßstange ab und zog sich an Yvonnes Händen hoch. Mit einem dumpfen Krachen kollidierte ihre Stirn mit Yvonnes Nase. Ein hässliches Knirschen ertönte. Yvonne heulte auf und hielt sich beide Hände vors Gesicht. Blut strömte über ihre Hände und tropfte auf ihr T-Shirt.

Lara taumelte und hielt sich am Wagen fest. Endlich verschwanden die Sterne, die vor ihren Augen tanzten, und sie konnte einen Blick auf ihre Umgebung werfen. Sie standen in einem Wäldchen, deshalb das Dämmerlicht, vor einer alten Blockhütte. Der Blockhütte ihres Vaters, wie sie sofort erkannte. Mr. Wilkinson hatte ihnen alte Fotos gezeigt. Dann befanden sie sich immerhin noch auf dem Land der Ranch. So wie sie es von den Plänen her im Kopf hatte, war die Ranch etwa zwei Meilen von hier. Sie drängte die hämmernden Kopfschmerzen an den Rand ihres Bewusstseins und konzentrierte sich auf das Adrenalin, das durch ihre Adern strömte. Nichts wie weg hier.

Keine Sekunde zu früh. Auch Yvonne hatte sich inzwischen gefangen und ging wie eine blutverschmierte Furie auf sie los. Lara nahm die Beine in die Hand und rannte los. Ihre Peinigerin verfolgte sie für ein paar Meter, dann drehte sie sich abrupt um. Lara wunderte sich, dass sie so leicht aufgab. Doch sie traute sich nicht, innezuhalten und sich umzudrehen, um nachzusehen, was los war. Falls sie sich getäuscht hatte, und sie immer noch hinter ihr her war, würde sie damit zu viel Zeit verlieren. Zudem hatte sie Angst, zusammenzubrechen, wenn sie jetzt innehielt.

Hinter ihr sprang der Motor eines Autos an. Jetzt war ihr auch klar, weshalb Yvonne die Verfolgung abgebrochen hatte. Sie wollte sie mit dem Auto jagen. Fieberhaft suchten Laras Augen die Umgebung ab nach einem möglichen Ausweg. Sie war zwar langsamer zu Fuß. Dafür stellten Bäume, Steine und Flüsse für sie kein Hindernis dar. Bedauernd verabschiedete sie sich von ihrem Plan, quer über die grasbewachsene Hochebene zur Ranch zurückzurennen und schlug einen Haken in Richtung Wald.

Mehrere Male zwang sie das unebene Terrain zu einer langsameren Gangart. Sie durchquerte ein Bachbett und kletterte über mehrere Felsspalten, bis sie vor einem leicht ansteigenden Geröllfeld zum Stehen kam. Ihr Atem kam in keuchenden Stößen. Sie presste sich eine Hand in die Seite, um das Seitenstechen zu lindern. Sie wusste, dass sie sich eigentlich strecken und tief einatmen sollte, um sich dann beim Ausatmen vornüber zu beugen. Aber mit ihrem Kopf konnte sie das vergessen. Bei jedem Schritt drohte ihr der Schädel zu zerspringen. Das Geröllfeld startete flach und stieg dann steil an. Musste sie überhaupt hier lang? Oder gab es eine andere, schnellere und vor allem einfachere Option? Fieberhaft ließ sie ihren Blick über die Umgebung schweifen. Doch leider brachte auch das keinen anderen Ausweg zum Vorschein. Hinter ihr lag der Wald, dort war sie hergekommen. Links fiel das Terrain steil ab zum Fluss, und rechts war blanker Fels. Falls sie also nicht umkehren und Gefahr laufen wollte, Yvonne wieder in die Fänge zu geraten, blieb ihr nur die Flucht nach vorn. Sie hoffte, dass sie sich überhaupt noch in die richtige Richtung bewegte. Das hier war nicht gerade ideales Ausreitgelände, weshalb sie sich in dieser Gegend nicht wirklich auskannte. Entschlossen setzte sie sich in Bewegung.

Nach ein paar Metern ohne Zwischenfall hatte sie das Gefühl, den rutschigen Untergrund einigermaßen im Griff zu haben, und schritt mit mehr Zuversicht voran. Anscheinend hatte sich eine Bergziege irgendwo in ihrem Stammbaum versteckt. Sie hob die Hand, um ihre Augen vor der Sonne abzuschirmen, und schaute sich um. Apropos Bergziege: Schräg gegenüber, mitten in der Felswand, standen zwei Schneeziegen mit ihrem charakteristischen weißen, wuscheligen Fell. Über dem schönen Anblick vergaß sie für eine Sekunde ihre missliche Situation. Selbst das Hämmern in ihrem Kopf wurde schwächer. Abgelenkt machte sie einen Schritt nach vorn. Prompt rollten die Steine unter ihren Füßen weg und sie verlor das Gleichgewicht. Sie schlug hart auf dem Boden auf und rutschte mehrere Meter zurück. Kiesel und Steine verselbstständigten sich und fielen in die Tiefe. Ein stechender Schmerz fuhr durch Laras Knöchel. Stöhnend rappelte sie sich auf, bis sie auf ihrer unverletzten Seite zu sitzen kam. Sie zog scharf die Luft ein, als sie das Blut sah, das ihre Hose tränkte. Ein tiefer Schnitt zog sich von ihrem Knie über das Schienbein. Doch viel schlimmer war das Sprunggelenk. Bereits jetzt, so kurz nach dem Unfall, war es stark angeschwollen. Vorsichtig zog sie sich hoch und versuchte, es zu belasten. Nach ein paar tastenden und sehr schmerzhaften Versuchen fand sie heraus, dass sie wenigstens die Zehenspitzen belasten konnte, wenn auch nicht den ganzen Fuß. Frustriert biss sie die Zähne zusammen und setzte humpelnd ihren Weg fort.

*

Ratlos stand Hank neben Laras verlassenem Auto. Was war hier wohl abgelaufen? Irgendetwas war faul. So viel war schon einmal klar. Er schaute auf. Ein Wagen näherte sich. Es war eines der Polizeifahrzeuge von Independence. Die beiden Deputies Toby und Will stiegen aus. Sie nickten ihm zur Begrüßung zu.

„Jake schickt uns. Wir waren gerade in der Gegend auf Streife. Was gibt's?“

Hank erläuterte die Situation in knappen Worten.

„Und wie lange ist das her?", wollte Will wissen, während sich Toby eifrig Notizen machte.

Ratlos zuckte Hank mit den Schultern.

„Keine Ahnung. Vielleicht etwa eine halbe Stunde? Die Küche sieht so aus, als hätte sie eben mit Kochen angefangen, als sie den Anruf gekriegt hat."

„Faul ist die Geschichte auf jeden Fall. Hätte Yvonne tatsächlich Probleme mit ihrem Wagen gehabt, stünde der jetzt noch hier."

Hank raufte sich die Haare. „Das denke ich auch." Das ungute Gefühl in seiner Magengegend verstärkte sich.

Will warf Toby einen Blick zu. Die beiden schienen stumm irgendetwas miteinander zu kommunizieren. Schließlich drehte sich Will wieder zu ihm um. „Wir haben keine Zeit zu verlieren. Aufgrund unserer neuesten Erkenntnisse vermuten wir, dass Yvonne ihre Mutter umgebracht hat."

„Gibt es dafür tatsächlich Beweise?"

„Bis jetzt sind es nur Indizien. Aber im Zusammenhang mit dem Verschwinden von Lara und ihrem auffälligen Verhalten dir gegenüber mache ich mir ernsthaft Sorgen. Ich gebe dem Sheriff Bescheid. Er kann die Feuerwehr alarmieren. Die haben uns schon einige Male mit der Suche geholfen."

„Schade, dass Adrian nicht mehr hier ist. Smokey hätte uns wenigstens sagen können, in welche Richtung sie gefahren sind", fügte Toby bedauernd hinzu.

„Ja, schade. Nur hilft uns das jetzt auch nicht weiter. Ich gehe zurück zum Haus. Vielleicht führt mich ja Leonie auf Laras Spur. Ruft mich an, wenn ihr etwas herausfindet."

„Machen wir."

Toby klopfte ihm zum Abschied auf die Schulter.

„Keine Angst. Wir finden dein Mädchen."

Das bezweifelte Hank nicht. Er hoffte nur, dass sie nicht zu spät kamen. Er stieg in seinen Truck und fuhr die kurze Strecke zur Ranch zurück. Die ganze Zeit suchte er mit seinen Augen unermüdlich die Gegend ab, in der Hoffnung, irgendeinen Hinweis auf Laras Verbleib zu entdecken. Doch er hatte kein Glück. Nirgendwo sah er einen Stofffetzen oder eine Reifenspur. Das echte Leben hatte mit Hänsel und Gretel leider nicht viel gemeinsam.

Becca wartete auf der Veranda. Ihr Gesicht war blass vor Sorge.

„Und?“, rief sie ihm entgegen. „Hast du sie gefunden?“

Hank schüttelte müde den Kopf. „Nein. Keine Spur von ihr. Von Yvonnes Auto leider auch nicht. Wir können nur hoffen, dass die beiden sich entschlossen haben, einen Kaffee zu trinken.“

„Ja, richtig. Und morgen kaufe ich mir ein Einhorn“, meinte sie sarkastisch.

Frustriert rieb er sich mit der Hand über die Bartstoppeln. Er hatte sich heute noch nicht rasiert, dachte er abwesend.

„Was machen wir jetzt?“

„*Wir* machen gar nichts“, antwortete er brüsk und ging an Becca vorbei ins Haus. Sie folgte ihm ins Büro, wo er den Waffenschrank öffnete und sein Gewehr sowie die dazugehörige Munition herausnahm.

„Was hast du vor?“, fragte sie, ihre Stimme heiser von der Anspannung und Sorge.

„Lara finden. Koste es, was es wolle“, antwortete er grimmig.

Becca nickte zustimmend.

„Mach das. Ich halte hier die Stellung.“

„Danke.“ Er bückte sich und drückte seiner Schwester einen Kuss auf die Wange. „Pass auf dich auf.“

„Immer. Und jetzt geh.“ Sie scheuchte ihn zur Tür hinaus.

Auf der Veranda hielt Hank inne. „Hast du Leonie gesehen?“

Becca schüttelte den Kopf.

„Nein. War sie nicht draußen, als du gekommen bist?“

„Mist. Dann hat sie sich wohl selbstständig auf die Suche gemacht. Ich hatte gehofft, sie würde mich zu Lara führen."

„Nachdem sie offensichtlich im Auto unterwegs sind, hätte sie dir dabei sowieso nicht helfen können", erinnerte sie ihn. „Wahrscheinlich ist sie im Stall oder bei den Kühen."

„Okay. Hoffentlich bis gleich."

„Ja."

Becca sah ihm nach, wie er sich ins Auto setzte und davonfuhr. Besorgt fragte sie sich, wo er mit seiner Suche beginnen wollte. Mit den vielen Bergen und Wäldern boten sich die Rocky Mountains geradezu an, jemanden unwiderruflich verschwinden zu lassen. Bevor die Angst überhandnehmen konnte, sagte sie sich, dass Yvonne zum Glück keine abenteuerlustige Person war. Es war unwahrscheinlich, dass sie sich hier in der Gegend sehr gut auskannte. Bestimmt fand Hank die beiden im Nu. Leider ließ sich das Grauen, das sich in ihrer Magengegend ausbreitete, von ihrer Beruhigungstaktik nicht im Geringsten beeindrucken.

*

Laras Puls hämmerte unerbittlich durch ihre Adern. Ihr Atem ging unregelmäßig. Keuchend ließ sie sich auf dem Hügel hinterm Haus auf die Knie sinken. Noch nie war der Anblick der Ranch schöner gewesen. Sie hatte es tatsächlich geschafft. Sie war in Sicherheit. Jetzt, so knapp vor dem Ziel, brach sie vor lauter Erleichterung fast zusammen. Mehrere Male war ihr schwindlig geworden und sie hatte kurz anhalten müssen. Um ihren Fuß zu schonen, hatte sie einen Stock aufgelesen, der ihr gnädigerweise den Weg versperrt hatte. Ohne diese Stütze hätte sie es nicht geschafft. Immerhin hatte sie Yvonne erfolgreich abgehängt. Seit sie den Wald hinter sich gelassen hatte und über die verdammten Felsen gekraxelt war, hatte sie das Auto nicht mehr gehört. Ein Bellen riss sie aus ihren Gedanken. Leonie saß vor der Hintertür und bellte die geschlossene Tür an. Mühsam erhob sie sich und humpelte auf die Hündin zu. Tränen stiegen ihr in die Augen, als sie die Hündin endlich erreichte und diese sich an sie drückte. Als sie keine Anstalten machte weiterzugehen, fing Leonie an zu winseln und stupste sie wiederholt mit der Nase an.

Lara brachte ein wackliges Lachen zustande und zuckte unmittelbar darauf zusammen. Ihr Kopf war nicht lachtauglich.

„Ich komm ja schon."

Mit schmerzenden Gliedern setzte sie sich wieder in Bewegung und hinkte hinter Leonie her. Sie umrundete das Haus und blieb wie erstarrt stehen. In der Einfahrt stand unübersehbar Yvonnes Auto. Verdammt. Weshalb hatte sie nicht daran gedacht, dass Yvonne hierherkommen könnte? Vielleicht, weil sie nicht mit einberechnet hatte, dass sie verrückt war? Eine Bewegung hinter einem der Fenster ließ ihr das Blut in den Adern gefrieren. Gleichzeitig packte Leonie mit den Zähnen ihr Hosenbein und zog sie zum Haus.

Sich außer Sicht der Fenster haltend, näherte sie sich zusammen mit der Hündin dem Gebäude. Vorsichtig spähte sie durch eines der Fenster. Yvonne stand mit dem Rücken zu ihr. Hinter ihr, sprich gegenüber von Yvonne, saß Becca auf dem Sofa und starrte sie mit verschränkten Armen wütend an. Was sie ihr wohl erzählte? Wut stieg in Lara auf. Wie konnte Yvonne nach dieser Schandtat einfach seelenruhig hierherkommen? Wahrscheinlich erzählte sie Becca gerade, wie die böse Lara ihr die Nase gebrochen hatte, dachte sie mit einem Anflug grimmiger Befriedigung.

Das änderte nichts an der traurigen Tatsache, dass sie es zwar bis nach Hause geschafft hatte, aber immer noch nicht in Sicherheit war. Noch schlimmer, jetzt war auch Becca in Gefahr. Langsam schob sie sich an der Wand entlang rückwärts, bis sie um die Ecke schlüpfen konnte. Hier angekommen lehnte sie sich an die Wand und atmete tief durch, während sie im Kopf ihre Optionen durchging. Sie hatte keine Ahnung, ob Yvonne bewaffnet war. Und so gerne sie Becca heldenhaft befreit hätte, war ihr auch klar, dass sie in ihrer momentanen körperlichen Verfassung keine Chance hatte, die wahnsinnig gewordene Frau zu überwältigen. Das Vernünftigste wäre, die Polizei zu rufen und sich versteckt zu halten, bis sie eintraf. Yvonne würde Becca sehr wahrscheinlich nichts tun. Schließlich war es Lara, die sie umbringen wollte. Sie hoffte zumindest, dass sie zuoberst auf Yvonnes Prioritätenliste stand. Schade nur, dass sich ihr Telefon in ihrem Auto befand. Unvermittelt fing Leonie, die ihr gefolgt war, wieder an zu bellen. Das brachte sie auf eine Idee. Bei dem ganzen Lärm, den der Hund machte, schaffte sie es vielleicht, sich durch die Hintertür ins Haus zu schleichen und vom Bürotelefon den Sheriff zu alarmieren. Dort befand sich ihres Wissens auch Hanks Waffe. Nicht, dass sie damit umgehen konnte. Aber das wusste Yvonne ja nicht.

Diesmal froh, dass Leonie unermüdlich bellte, hinkte Lara so schnell sie konnte zur Hintertür. Vorsichtig öffnete sie erst die Fliegengittertür. Sobald diese einen Spaltbreit offen stand, hörte die Hündin auf zu bellen und versuchte, an Lara vorbeizukommen. Sie griff sie am Halsband und schob sie resolut zurück.

„Du bleibst hier, meine Süße. Bell ruhig weiter."

Konsterniert sah Leonie sie an, als könnte sie nicht glauben, dass sie draußen bleiben musste.

„Tut mir leid", flüsterte sie ihr zu. Mit einem leisen Klicken öffnete sich die zweite Tür aus Holz. Sie schob sie ein Stück auf und schlüpfte hindurch. Das Fliegengitter fiel hinter ihr zu. Sie konnte es im letzten Moment noch auffangen und verhindern, dass es mit dem in dieser Region so bekannten Klacken zufiel. Behutsam ließ sie das Gitter einschnappen. Als sie mit der Holztür ebenso verfahren wollte, fing Leonie an zu winseln.

„Okay, okay, ich lass sie offen. So siehst du wenigstens, was vor sich geht. Aber sei, um Himmels willen, ruhig", zischte sie der Hündin zu. Ihr war eben aufgegangen, dass ihr Plan mit dem

Hundegebell einen großen Fehler hatte. Sobald die Tür offen war, würde auch Yvonne das Bellen deutlicher hören und eins und eins zusammenzählen.

27

Als Lara in dem Nebenraum stand, hielt sie den Atem an und lauschte. Nach ein paar Sekunden gab sie es auf. Es war unmöglich, über dem wilden Klopfen ihres Herzens und dem Rauschen des Bluts in den Ohren irgendetwas zu hören. In der Hoffnung, dass es Yvonne ähnlich erging, humpelte sie in den Flur und von dort ungesehen ins Büro. Leise zog sie die Tür hinter sich zu. Erleichtert sah sie das Telefon, das auf dem Tisch lag. Mit zitternden Händen griff sie danach und wählte die Notrufnummer.

„Sheriffdepartment von Independence, wie kann ich helfen?“

Mit gedämpfter Stimme fasste Lara die Geschehnisse im Haus so knapp wie möglich zusammen.

„Geiselnahme auf der Lone Wolf Ranch.“

„Lara? Bist das du?“, fragte Polly Miners, die ehemalige Polizistin, die aus lauter Langeweile nach ihrer Pension in den Polizeidienst zurückgekehrt war und die Schreibtischarbeit für den Sheriff erledigte.

Lara war verwirrt. Wieso fragte Polly das so, als wüsste sie, was passiert war? Egal. Jetzt gab es erst einmal Wichtigeres als ihr Wohlbefinden. Nämlich Beccas Sicherheit.

„Ja. Mir geht’s gut“, antwortete sie hastig. „Ich verstecke mich gerade im Büro. Aber Yvonne scheint Becca in ihrer Gewalt zu haben. Schick jemanden. Bitte.“ Sie merkte, wie sie kurz davor war, zusammenzubrechen. Nicht nur körperlich. Auch emotional forderte die Situation langsam, aber sicher ihren Tribut. Vermutlich hatte sie mittlerweile ihren Adrenalinvorrat aufgebraucht, dachte sie erschöpft.

„Ich informiere gleich alle Einheiten", antwortete Polly rasch, als hätte sie gemerkt, dass Lara nicht mehr viele Reserven hatte. „Und Lara … Keine Heldentaten. Halte dich bedeckt und warte ab."

„Keine Angst, das habe ich vor." Sie unterbrach die Verbindung und legte das schnurlose Telefon an die Tischkante. Müde sah sie sich in dem kleinen Raum um. Hanks Gewehr wäre ihr trotz allem sehr willkommen. Doch leider stand der Waffenschrank weit offen und vor allem leer da. Mist. Offenbar hatte jemand bereits dieselbe Idee gehabt wie sie. Sie hoffte nur, dass diese Person nicht Yvonne gewesen war. Verdammt. Völlig erledigt ließ sie sich auf den bequemen Bürostuhl sinken. Leider erwischte dabei ihr Ärmel das Telefon, das auf dem Tisch lag. Der Kontakt ließ das Plastikgehäuse über die glatte Tischplatte gleiten. Reflexartig versuchte sie, es mitten im Fall aufzufangen, doch sie war zu spät. Mit einem lauten Krachen fiel es zu Boden. Lara zuckte zusammen. Ob der Lärm bis ins Wohnzimmer gedrungen war?

Als sie im Flur Schritte hörte, hatte sie ihre Antwort. Yvonne trat in den Raum, einen Arm um Beccas Hals geschlungen, in der anderen einen silbernen Revolver, den sie an die Schläfe ihrer Geisel gepresst hielt. Sie bot einen furchterregenden Anblick mit ihrem blutverschmierten Gesicht und dem manischen Glitzern in ihren geröteten Augen.

Becca warf ihr aus angstgeweiteten Augen einen hilflosen Blick zu.

Verzweifelt schüttelte Lara den Kopf. Das durfte nicht wahr sein. Nicht so. Nicht jetzt.

„Lass sie gehen", befahl sie ihrer Gegnerin harsch.

Yvonne legte den Kopf in den Nacken und lachte. Ein unheimliches, dämonisches Lachen, das nicht von dieser Welt zu stammen schien. Lara und Becca warfen sich einen furchtsamen Blick zu. Beide hatten keine Ahnung, was sie als Nächstes erwarten würde.

*

Hank wusste nicht, wo er noch suchen sollte. Seiner Intuition folgend war er zu Wolf Crossing zurückgekehrt und von da aus zu Fuß weitergegangen. Anfangs hatte er sogar zwei vielversprechende Reifenspuren gefunden. Aber ab da nichts mehr. Es schien fast so, als hätten sich das Auto und die Frauen in Luft aufgelöst. Natürlich wusste er, dass das nicht sein konnte. Doch das seit Tagen warme Wetter und der ständige Wind hatten den Boden so ausgetrocknet, dass es ein Ding der Unmöglichkeit war, Spuren zu finden.

In Ermangelung weiterer Anhaltspunkte beschloss er, einen Bogen zur Ranch zu schlagen. Der Weg zum Haus war von hier aus praktisch gleich weit wie zu Wolf Crossing. Seinen Truck konnte er auch später noch holen. Zuerst wollte er jedoch sichergehen, dass Lara nicht zu Becca auf die Ranch zurückgekehrt war. Er wusste, das war reines Wunschdenken. Trotzdem schlugen seine Füße wie von selbst den Weg zur Lone Wolf Ranch ein.

Er war nur noch wenige hundert Meter von dem Haus entfernt, als das Telefon in seiner Hosentasche vibrierte. Ungeduldig zog er es aus der Hosentasche und schaute auf den Bildschirm. Der Sheriff.

„Jake? Hast du sie gefunden?"

„Sozusagen. Lara hat sich bei Polly gemeldet."

„Das ist ja großartig."

„Warte. Ich habe noch mehr Informationen. Versprich mir, dass du mir zuhörst und nicht gleich wie ein Irrer losstürmst."

Hanks Besorgnis kehrte auf einen Schlag zurück. Das Herz schlug ihm bis zum Hals.

„Jetzt sag schon, was los ist!“, herrschte er den Sheriff an.

„Es war ein Notruf.“

„Wieso? Was ist passiert?“

„Anscheinend hält Yvonne deine Schwester in Geiselhaft.“

„Hat sie eine Waffe?“

„Gut möglich. Aber noch mal: Tu nichts Unüberlegtes. Ich dachte nur, ich gebe dir Bescheid, weil du näher bist. Am besten, du beobachtest die Situation aus der Entfernung und lässt uns die Sache regeln.“

„Ich sehe, was sich machen lässt“, antwortete er knapp, nicht bereit, Versprechen abzugeben, die er nicht einzuhalten gedachte.

„Hank …“

Resolut unterbrach er die Verbindung und verfiel in einen leichten Trab.

*

In der Zwischenzeit hatte Leonie, die sich nicht damit abfinden wollte, zurückgelassen zu werden, es geschafft, das Gitter der Fliegengittertür einzudrücken. Durch die entstandene Öffnung stürzte sie ins Haus. Ganz der Wachhund, der sie war, galoppierte sie in großen Sätzen über den Flur zum Büro. Durch das Poltern der Pfoten alarmiert drehte sich Yvonne um und schoss. Zwei ohrenbetäubende Explosionen hallten durch den Raum. Leonie wurde in der Luft getroffen und fiel zu Boden. Zwei rote Flecken breiteten sich auf ihrem weißen Fell auf.

„Nein“, schrien Becca und Lara fast gleichzeitig. Mit einem Satz war Lara bei der Hündin. Sie wollte sich eben neben sie hinknien, da wurde sie von dem Gefühl kalten Stahls an ihrer Schläfe gestoppt. Hilflos schaute sie in Leonies Augen. Die Hündin hechelte zwar noch, doch der Blick in ihren Augen schien bereits aus weiter Ferne zu kommen.

„Aufstehen“, befahl Yvonne barsch und zog sie grob an den Haaren hoch. Erneut tanzten unzählige Sterne vor Laras Gesichtsfeld. Tränen strömten über ihre Wangen, als sie unsanft neben Becca gegen den Tisch gestoßen wurde.

„Bist du okay?“, fragte Becca, indem sie lautlos die Worte formte.

Lara nickte, obwohl sie weit entfernt von okay war.

„Hört auf, miteinander zu reden! Hier redet nur eine, und das bin ich!“, herrschte Yvonne sie an und gestikulierte mit dem Revolver wild um sich. Beide zuckten zusammen und zogen die Köpfe ein.

„Lass doch wenigstens Becca gehen“, versuchte Lara noch mal an Yvonne zu appellieren. „Du hast ja mit mir ein Problem. Nicht mit ihr.“

„Das ist allein deine Schuld. Wenn du nicht solche Schwierigkeiten gemacht hättest, wärst du schon längst Geschichte. Jetzt werde ich mich eben um euch beide kümmern müssen.“ Ein irres Licht leuchtete in Yvonnes Augen. Sie lächelte furchterregend. „Aber im Grunde genommen ist es so fast noch besser. Zwei für einen. Sonst hätte ich mir Becca zu einem späteren Zeitpunkt vorknöpfen müssen. Wenn ihr beide weg seid, steht meiner Zukunft auf dieser Ranch nichts mehr im Weg.“

Während Yvonne sie über ihr Schicksal aufklärte, bewegte sich hinter ihr die Tür unmerklich. Ein doppelter Gewehrlauf schob sich durch den Spalt. Beinahe wäre Becca begeistert aufgesprungen. Endlich. Die Kavallerie. Unmerklich stupste sie Lara an. An der Anspannung ihrer Muskeln merkte sie, dass Lara es auch entdeckt hatte. Jetzt blieb nur zu hoffen, dass Yvonne nichts davon mitbekam.

Lara schien denselben Gedanken gehabt zu haben.

„Deiner Zukunft auf der Ranch? Etwa mit Hank?“, fragte sie so ungläubig wie möglich.

Yvonne warf ihr einen bösen Blick zu. „Klar. Bezweifelst du das etwa?“

Lara zuckte möglichst nonchalant mit den Schultern, obwohl dabei Schmerzen wie Pfeile ihr Genick hinauf in ihren Kopf schossen. „Keine Ahnung. Er scheint nicht so begeistert zu sein von dir. Wahrscheinlich steht er einfach nicht auf so viel“, sie ließ ihren Blick provozierend über Yvonnes Körper gleiten, „Unechtes.“

„Was bildest du dir eigentlich ein“, kreischte Yvonne und stürzte vorwärts, die Hand wie zum Schlag erhoben.

Hank, der hinter der Tür ungeduldig auf eine günstige Gelegenheit wartete, die es ihm erlaubte, möglichst gefahrlos einzugreifen, sah rot, als Yvonne sich auf die beiden wichtigsten Frauen in seinem Leben stürzte. Seinen Hund hatte sie bereits auf dem Gewissen. Er würde sicher nicht tatenlos danebenstehen und zusehen, wie Becca und Lara dasselbe Schicksal ereilte. Mit einem Satz war er durch die Tür und presste Yvonne den Lauf seines Jagdgewehrs in den Rücken.

„Waffe fallen lassen!“

Yvonne stoppte mitten in der Bewegung und starrte ihn mit großen Augen an. Das sollte nicht passieren. Er durfte doch nicht wissen, dass sie hinter der großen Aufräumaktion steckte. Prompt meldete sich die Stimme ihrer Mutter wieder zu Wort.

„Was hast du denn gedacht? Dass du auf einmal etwas zustande bringst? Nicht du! Du bist ein Nichtsnutz! Zu nichts zu gebrauchen! Verliererin! Ein Fehler! Mein Leben hast du zerstört!“

Jedes Wort traf sie wie ein Peitschenhieb. Wimmernd brach sie zusammen, die blutigen Hände fest auf die Ohren gepresst.

Becca verlor keine Zeit und griff nach dem schweren Briefbeschwerer auf dem Schreibtisch. Mit Schwung ließ sie ihn gegen Yvonnes Schläfe krachen. Wie ein gefällter Baum kippte sie zur Seite.

Angewidert ließ Becca den Briefbeschwerer auf den Fußboden fallen, als hätte sie sich verbrannt. Lara kickte den Revolver, der zu Boden gefallen war, außer Reichweite.

Gebannt starrten Lara und Becca auf die Frau zu ihren Füßen.

„Habe ich sie umgebracht?“, fragte Becca entsetzt.

„Ich glaube nicht“, beruhigte Lara sie. Sie hatte keine Ahnung, ob das stimmte. Sie wusste nur, dass sie das Grauen in Beccas Stimme nicht aushielt.

Einzig Hank schien sich an dem Anblick nicht zu stören und wand ihr gekonnt die Hände auf den Rücken. Yvonne stöhnte, wachte aber nicht auf. Beruhigt, dass sie noch lebte, griff er in seine Gesäßtasche und holte das Telefon hervor.

„Sheriff? Wir haben sie.“ Kurz hörte er Jake zu, dann ergänzte er: „Wir brauchen einen Notfallwagen für Lara, sie sieht ziemlich schlimm aus. Yvonne braucht ebenso medizinische Versorgung. Sie ist bewusstlos. Und meine Hündin Leonie wurde angeschossen, informierst du Nate?“ Er lauschte wieder den Erwiderungen und sagte dann: „Gut. Bis gleich.“

Er sah Lara an, die verloren dastand und so aussah, als wäre sie kurz davor, umzukippen. Ein Auge war beinahe zugeschwollen. Auch ihre Arme und Beine waren mit Kratzern übersät.

„Becca?“

Seine Schwester schaute ihn fragend an. Stumm hielt er ihr das Gewehr hin und deutete auf Yvonne. „Jake kommt gleich. Du passt auf, dass sie nicht entwischt?“

„Mit Vergnügen. Ich wünsche mir beinahe, dass sie versucht zu flüchten“, antwortete sie grimmig und nahm die Waffe entgegen.

Hank nickte ihr dankbar zu und wandte sich zu Lara. Abwehrend hielt sie die Hände vor sich.

„Sieh erst nach Leonie. Bitte“, fügte sie hinzu, als er protestieren wollte.

Also setzte er sich neben seine treue Hündin und suchte in dem dichten Pelz an ihren Pfoten nach einem Pulsschlag. Er wollte bereits aufgeben, als es schwach unter seinen

Fingerkuppen pochte. Erleichtert hob er den Kopf und schaute Lara an.

„Sie lebt?“, fragte sie hoffnungsvoll.

Er nickte. „Gerade noch so. Warte hier. Ich hole Verbandszeug für einen Druckverband. Sie hat schon viel zu viel Blut verloren.“

Lara nickte. Mit schmerzverzerrtem Gesicht stand sie auf und humpelte zu Leonie hinüber. Dort ließ sie sich mühsam neben ihr nieder und legte sich ihren großen Kopf in den Schoß. Während sie ihr über die samtenen Ohren strich, flüsterte sie beruhigend auf sie ein.

„Nate kommt gleich. Der flickt dich wieder zusammen. Bald rennst du wieder mit den Pferden um die Wette.“ Sie strich sich mit dem Handrücken die Tränen aus dem Gesicht.

*

„Du hast eine Gehirnerschütterung, ein verstauchtes Sprunggelenk, eine Zerrung am äußeren Knieband und mehrere Prellungen im Gesicht, an der Hüfte und an verschiedenen anderen Stellen.“

Lara, die in einem dieser unmöglichen Krankenhausnachthemden auf einer Liege saß, zog eine Grimasse. Hank stand neben ihr und hielt ihre Hand.

„So wie es sich anfühlt, so ziemlich überall. Können wir jetzt gehen?“ Sie konnte es nicht erwarten herauszufinden, wie es Leonie ging. Ob es Nate geschafft hatte, sie zu retten? Ein Leben auf der Ranch ohne die treue Hündin erschien ihr unvorstellbar. Klar, irgendwann würde sie alt werden und sterben. Doch so plötzlich aus dem Leben gerissen zu werden, hatte sie nicht verdient. Sie wollte sich gar nicht vorstellen, wie sich Hank und Becca fühlen mussten, die Leonie ja seit ihren Welpentagen kannten.

Christina, die nette Ärztin, die sie bereits letztes Mal behandelt hatte, schaute überrascht von ihrem Klemmbrett auf.

„Gehen? Du gehst heute nirgendwo hin. So eine Gehirnerschütterung ist eine ernste Sache. Du brauchst ständige Überwachung."

Hilfe suchend schaute sich Lara nach Hank um. Der hob bedauernd die Schultern.

„Christina hat recht. Mit einer Gehirnerschütterung ist nicht zu spaßen."

Unvermittelt spürte Lara, wie die Wände um sie herum näherzukommen schienen, bis sie fast keine Luft mehr bekam. Sie hasste Krankenhäuser. Vor allem, seit sie die letzten Tage ihres Vaters miterlebt hatte. Der Geruch nach Desinfektionsmittel, die über allem liegende Traurigkeit und das Piepen der verschiedenen Maschinen transportierten sie direkt zurück in diese Zeit. In der Überzeugung, gleich gehen zu können, hatte sie es bis jetzt einigermaßen ausgehalten. Doch eine ganze Nacht hier würde sie auf keinen Fall überstehen. Beim letzten Aufenthalt war es anders gewesen. Da war sie ja nicht bei Bewusstsein gewesen und erst bei Tageslicht wieder erwacht. Und auch da war sie sehr erleichtert gewesen, dass sie ein paar Stunden nach dem Aufwachen nach Hause hatte gehen können.

Fast panisch wandte sie sich an die Ärztin.

„Kann nicht Hank auf mich aufpassen? Ich kann nicht hierbleiben. Mein Vater …" Sie brach ab und suchte wieder Hanks Blick. Verständnis blitzte in seinen Augen auf.

„Sie hat vor kurzer Zeit ihren Vater verloren. Krebs. Krankenhäuser machen ihr Angst. In Anbetracht der Tatsache, dass sie gerade ein traumatisches Erlebnis hinter sich gebracht hat, ist es vielleicht besser, wenn sie mit mir nach Hause kommt."

Dankbar drückte Lara seine Hand.

Die Ärztin schaute ihn prüfend an. Schließlich nickte sie widerstrebend. „Also gut. Du musst sie alle paar Stunden wecken. Ich gebe dir genaue Anweisungen mit. Aber du musst mir versprechen, sie sofort wieder ins Krankenhaus zu bringen, wenn ihr Zustand sich verschlechtert."

Hank schwor feierlich, alles streng nach Lehrbuch zu machen. Anschließend musste Lara eine Erklärung unterschreiben, womit sie bestätigte, dass sie das Krankenhaus entgegen den Empfehlungen der Ärzte verließ. Erleichtert reichte sie das Papier zurück an die zuständige Krankenschwester.

So schnell das mit ihren verschiedenen Blessuren möglich war, zog sie sich wieder an und humpelte zu Hank, der mit dem obligatorischen Rollstuhl bereitstand. Dankbar ließ sie sich hineinfallen. Nicht, dass sie es zugegeben hätte, aber sie war ziemlich fertig. Ihr tat alles weh. Vor allem ihr Kopf protestierte heftig gegen die Behandlung, die ihm heute widerfahren war.

Hank schaute auf seine zu allem entschlossene Freundin hinunter. Jetzt hätte er sie beinahe zum zweiten Mal verloren. Dieser Tendenz musste er unbedingt ein Ende setzen. Vielleicht sollte er sie einfach auf der Ranch einsperren. Ein Glucksen entschlüpfte ihm, als er sich vorstellte, was Lara von diesem Vorschlag halten würde.

„Darf ich mitlachen?", fragte sie mit geschlossenen Augen.

„Ach, ich plane nur gerade deine Gummizelle auf der Ranch. Ich dachte, direkt neben Devil wäre es am besten. So hast du wenigstens Gesellschaft."

Lara schielte von unten zu ihm hoch und sah den Humor in seinen grünen Augen tanzen.

„Hm. Ist die Gummizelle groß genug für zwei?"

„Vielleicht. Hattest du an jemand Bestimmten gedacht?"

„Billy the Kid fühlt sich sonst ausgeschlossen." Ihre Mundwinkel zuckten.

„Autsch. Ausgestochen von einem Kalb."

Sie lachte, hörte aber sofort wieder auf und verzog das Gesicht, als die Schmerzen gleich doppelt so schlimm in ihrem Schädel wüteten.

Mit schlechtem Gewissen stoppte Hank den Rollstuhl neben seinem Truck und hockte sich besorgt vor sie hin.

„Tut mir leid. Ich hatte nicht nachgedacht. Besser, wir heben uns die Scherze für später auf. Komm. Ich hebe dich ins Auto."

Lara überlegte kurz, ob sie auf ihre Unabhängigkeit pochen und stur selber aufstehen und zum Wagen gehen sollte, doch dann entschied sie sich dagegen. Erstens tat ihr tatsächlich von Kopf bis Fuß alles weh und zweitens fühlte es sich gut an, wenn Hank sich so fürsorglich um sie kümmerte. Also schlang sie ihm ihre Arme um den Hals und kuschelte sich dicht an seine Brust. Sein ureigener Duft nach Pferden, Heu und einfach Hank hüllte sie ein wie eine Decke. Mit einem tiefen Seufzer entspannte sie sich zum ersten Mal seit Stunden ein wenig.

Vorsichtig hob Hank seine kostbare Fracht hoch und setzte sie behutsam ins Auto. Lara war für gewöhnlich so unternehmungslustig und immer bereit, überall mit anzupacken, dass er manchmal vergaß, wie klein und zierlich sie eigentlich war.

„Auf geht's, nach Hause."

Lara öffnete die Augen und warf ihm einen wilden Blick zu.

„Wir fahren jetzt nicht nach Hause. Wir fahren zu Nate. Ich muss wissen, wie es Leonie geht."

„Um das zu erfahren, genügt ein Telefonanruf", antwortete er streng.

„Bitte." Ihre dunklen Augen sahen ihn flehend an und Hank spürte, wie er weich wurde.

„Also gut. Aber du musst mir versprechen, dass wir anschließend nach Hause gehen."

Erleichtert schloss sie die Augen wieder und nickte. „Versprochen."

Kaum hatte sie das Wort ausgesprochen, als ihr Kopf auch schon auf seine Schulter sackte. Sekunden später war sie eingeschlafen.

28

Lara stand im Roundpen neben Devil, eine Satteldecke in der Hand, einen Westernsattel zu ihren Füßen im Sand. Das Pferd war völlig entspannt, ein Hinterbein entlastet, den Hals tief, nur die Ohren spielten vor und zurück und passten auf, was sie als Nächstes machen würde.

Shauna und Leslie saßen zusammen mit Becca auf dem Zaun und schauten zu. Lara hatte Paula angerufen, und sie gefragt, ob sie die beiden Mädchen nicht vorbeibringen könnte. Schließlich brauchte sie Zeugen für ihren ersten Reitversuch. Dafür waren die beiden filmbegeisterten Mädchen die idealen Kandidatinnen.

„Fang an zu filmen", forderte Shauna ihre Schwester ungeduldig auf.

„Bin ja schon dabei."

„Seid ruhig, ihr zwei. Ihr lenkt sonst das Pferd ab", zischte Becca.

„Als wenn wir das könnten. Die beiden sind in ihrer eigenen Seifenblase, die nehmen uns gar nicht wahr", bemerkte Leslie völlig richtig und erstaunlich tiefsinnig für eine knapp Vierzehnjährige.

In der Mitte des Roundpens hatte Lara Devil inzwischen fertig gesattelt. Der Hengst war immer noch völlig ruhig und zeigte keinerlei Anzeichen von Stress. Sie ließ ihn in der Mitte stehen und holte den Hocker, den sie beim Eingang bereitgestellt hatte.

Diesen platzierte sie neben Devil und stellte sich darauf. Aus der erhöhten Position begann sie, den Sattel sanft abzuklopfen und am Sattel zu rütteln. Schließlich drehte Devil seinen langen Hals und schubste sie sanft am Bein.

Shauna lachte.

„Er will, dass du endlich aufsteigst."

„Sieht ganz so aus", gab Lara belustigt zu. „Also dann, auf geht's." Sie stellte einen Fuß in den Steigbügel und schwang sich gekonnt auf seinen Rücken. Devil schnaubte zufrieden. Amüsiert klopfte sie ihm den Hals. Dann beugte sie sich ein wenig vor und angelte sich die Zügel, die an einem Bosal befestigt waren. Sie mochte diese gebisslose Zäumung, die ihren Ursprung in der altkalifornischen Reitweise hatte. Mit einem leichten Anspannen ihrer Wadenmuskulatur signalisierte sie Devil, dass er vorwärtsgehen sollte. Ohne Zögern ging er im Schritt los. Ein strahlendes Lächeln zog sich über Laras Gesicht.

Selbst Becca konnte sich nicht mehr zurückhalten und rief: „Juhu! Ich wusste es. Ihr seid einfach ein Dream-Team."

„Ich dachte, wir sollten ruhig sein?", meckerte Shauna leise, doch Leslie brachte sie mit einem Stirnrunzeln zum Schweigen.

Hank, der mit Leonie an seiner Seite langsam zu ihnen hinüberschlenderte, schüttelte bewundernd den Kopf.

„Du kannst wohl die nächste Gehirnerschütterung nicht abwarten, was?", rief er Lara zu.

Diese grinste nur stolz. „Sei ruhig. Du siehst ja, dass Devil gut auf mich aufpasst."

„Sieht ganz so aus."

Leslie, die gesehen hatte, wie die beiden näherkamen, übergab ihr Handy an Shauna.

„Film du weiter. Ich schau mal nach unserem Patienten."

Ihre Schwester übernahm bereitwillig die Verpflichtung als Kamerafrau, während Lara Devil antraben ließ.

Leslie kletterte vom Zaun, darauf bedacht, keine abrupten Bewegungen zu machen, die das Pferd erschrecken könnten, und kauerte sich neben Leonie ins Gras. Wie durch ein Wunder hatte die Hündin überlebt. Ein paar Tage lang hatte es gar nicht gut ausgesehen. Doch nachdem Nate sowie seine beiden Mädchen Rundumbetreuung geleistet hatten, war sie eines Morgens aufgewacht und hatte ihre Pfleger mit einem vorsichtigen Schwanzwedeln begrüßt. Sie würde wahrscheinlich ein leichtes Hinken zurückbehalten. Ansonsten sollte sie aber in wenigen Wochen wieder ganz die Alte sein. Fachmännisch kontrollierte Leslie die Nähte unter den Bandagen.

„Das sieht sehr gut aus", beschied sie Leonie. „Lass weiterhin deine Zähne und die Zunge aus dem Spiel, dann ersparst du dir den Plastikkragen." Bis jetzt war sie eine vorbildliche Patientin gewesen, sodass sie darauf verzichtet hatten. Mit dem Fortschreiten des Heilungsprozesses und dem Zurückkehren ihrer Energie würde sich der Juckreiz verstärken, weshalb sie aufpassen mussten, dass sie nicht irgendwann doch damit anfing. Leonie hechelte und ließ sich auf Hanks Füße fallen. Seit dem Vorfall wich sie ihm nicht mehr von der Seite. Jedes Mal, wenn er ausritt, mussten Lara oder Becca die Hündin einsperren, was sie gar nicht schätzte. Aber bis sie wieder kilometerweit laufen konnte, würde es noch eine ganze Weile dauern.

Leslie hob den Kopf, als sie hörte, wie Devil angaloppierte. Seine lange, blonde Mähne flatterte im Wind. Lara saß auf ihm und strahlte nach wie vor übers ganze Gesicht.

„Du hast mir eben meinen Wettgewinn gesichert", rief Becca ihr zu.

„Wie denn das? Ich bin doch gar nicht runtergefallen?"

„Eben. Darauf habe ich ja gewettet. Mit enormen Quoten zu meinen Ungunsten. Das heißt, viel Geld für die Kasse."

„Das war eine verdammt gute Idee", murmelte Hank, der sich gerade ärgerte, dass er nicht auf diese Idee gekommen war.

„Du solltest öfter auf deine Schwester hören", zog Becca ihn auf.

„Sieht ganz so aus“, brummte er gutmütig.

Auch Shauna sprang vom Zaun, ein zufriedenes Grinsen im Gesicht. „Ich glaube, wir haben genug. Das wird ein Hit auf der Facebook-Seite.“

„Das glaube ich auch“, stimmte ihr Leslie zu. „Darf ich Devil Hallo sagen?“, rief sie Lara zu.

„Klar. Komm rein.“

Leslie zwängte sich beim Eingang durch die Latten und ging zu dem großen gelben Pferd hin.

„Er ist wunderschön.“

„Das ist er. Wenn ich ihn ein bisschen besser kenne und ihn öfter geritten habe, darfst du ihn auch einmal reiten.“

„Echt jetzt?“ Mit großen Augen starrte Leslie sie an.

„Klar. Nur noch nicht heute. Das wäre vielleicht ein bisschen viel auf einmal für den armen Kerl.“

Hank dachte bei sich, dass das dem armen Kerl wahrscheinlich gar nichts ausmachen würde, so entspannt, wie er da in der Mitte stand. Aber er mischte sich nicht ein, nachdem Laras Weg mit dem Pferd so offensichtlich zum Erfolg geführt hatte.

„Wir sollten dann mal los, wenn wir nicht zu spät zur Gemeindeversammlung kommen wollen“, bemerkte er.

Lara warf einen Blick auf die Uhr ihres Vaters. „Ui. Schon so spät. In Ordnung. Ich sattle nur noch Devil ab und bringe ihn zu Roxie auf die Weide. In zehn Minuten beim Auto?“

„Alles klar.“

Leslie kehrte zu Shauna zurück. Zusammen rannten sie zur Veranda, um dort im Schatten ihr eben gedrehtes Filmmaterial zu bearbeiten.

Becca eilte hinter Lara und Devil her.

„Und? Wie geht es deinem Kopf?“

Lara verzog das Gesicht. „Sagen wir’s mal so: Schritt wäre total ausreichend gewesen. Trab und Galopp waren eher ungünstig.“

Sie hatte den Horrortrip mit Yvonne einigermaßen überwunden, nur die Gehirnerschütterung hatte sehr mühsame und anhaltende Kopfschmerzen hinterlassen. Bei der kleinsten Belastung kehrten sie mit aller Wucht zurück. Die Ärztin hatte gemeint, das sei ganz normal und sie solle sich fürs Erste nicht anstrengen.

Eigentlich ganz einfach. Wenn es nur nicht so viel geben würde, was sie gerne in Angriff nehmen würde. Aber sie hatte sich die meiste Zeit zusammengerissen und nicht viel mehr gemacht als rumgelegen, gelesen und gekocht. Nur heute hatte sie es nicht mehr ausgehalten. Der Wunsch, endlich ihr Pferd zu reiten, war zu stark gewesen. Sie grinste Becca an.

„Weißt du was? Es hat sich total gelohnt. Das Erlebnis, endlich auf Devils Rücken zu sitzen, ist das bisschen Schmerzen auf jeden Fall wert."

„Das glaube ich gern. Dann lass es aber wenigstens den Rest des Tages ruhig angehen", ermahnte Becca sie besorgt.

Lara zog eine Augenbraue hoch. „So, wie du mir diese sogenannten Gemeindeversammlungen beschrieben hast, geht es dort jeweils hoch her. Dabei soll ich mich entspannen?"

Becca zuckte mit den Achseln. „Klar. Wenn du etwas Wichtiges zu sagen hast, lass es einfach mich oder Hank wissen, dann kümmern wir uns darum. Delegieren ist das Zauberwort."

Lara wusste, dass das stimmte. Die beiden hielten ihr zu jeder Zeit den Rücken frei. Sie hatte nicht nur einen eigenen Cowboy gefunden, sondern auch gleich noch eine neue Schwester dazu gewonnen. Sie konnte sich wirklich glücklich schätzen. Noch mehr freute sie die Tatsache, dass Yvonne in eine geschlossene Anstalt für psychisch Kranke eingeliefert worden war. Inzwischen war klar, dass sie diejenige gewesen war, die dem Typen die K.-o.-Tropfen ausgehändigt hatte. Zudem stand sie unter Mordverdacht. Sie wurde verdächtigt, ihre Mutter umgebracht zu haben. Also würde sie wohl für sehr lange Zeit in der Anstalt bleiben oder, wenn es ihr besser ging, ins

Gefängnis wandern. Lara wusste, dass sie für die offensichtlich psychisch gestörte Frau Mitgefühl aufbringen sollte. Doch das schaffte sie beim besten Willen nicht. Zu frisch waren die Erinnerungen daran, dass sie selbst auf der Liste dieser Irren gestanden hatte.

Mit einem freundlichen Klaps auf den Hals entließ sie Devil auf die Weide. Sofort trabte er zu Roxie und begrüßte sie mit einem Brummeln. Roxie ließ sich nicht beim Grasen stören und ignorierte ihn. Gerne hätte sie sich für ein Weilchen zu den beiden ins Gras gesetzt, doch die anderen warteten.

„Lass uns gehen", meinte sie zu Becca, die sie besorgt anschaute.

„Ja, gute Idee. Dann setzt du dich zumindest endlich hin", war ihre trockene Antwort.

*

„Findet die Gemeindeversammlung nicht im Gemeindehaus statt?", fragte Lara erstaunt.

Hank schüttelte den Kopf.

„Im Gemeindehaus befinden sich nur ein paar Büros sowie das Archiv. Nicht genug Platz für all die Leute."

„Kommen etwa alle tausend-und-ein-paar-mehr Einwohner von Independence?"

„Nein, wo denkst du hin. Da müssten wir sie ja im Park halten. In der Regel ist es ein sogenannter fester Kern. Sprich, die meisten Geschäftsinhaber, die Disney Sisters, die Schulleiterin, die gesamte Carter-Familie. Dagobert ist lustigerweise auch immer dabei."

„Oh." Staunend nahm Lara die vielen Leute zur Kenntnis, die ins Diner strömten.

„Komm. So wie es aussieht, warten die anderen bereits."

„Wir gehen zu Mom und Dad", informierte Leslie sie und zog Shauna an der Hand hinter sich her.

Becca war schon ins Diner vorausgeeilt und stand vor den Disney Sisters, um sich ihren Gewinn bestätigen zu lassen. Als Lara und Hank dazustießen, war eine hitzige Diskussion im Gange. Esther, die Besitzerin des Mini-Markts, und Becca standen sich wie zwei Kampfhähne gegenüber.

„Wie meinst du das, du hast gewonnen? Laut Video auf Facebook ist Lara gar nicht runtergefallen."

„Eben", triumphierte Becca. „Das war meine Wette."

„Aber du kannst doch nicht auf das Nicht-Eintreffen eines Ereignisses wetten!", entrüstete sich die ältere Frau.

Becca warf ihr einen bösen Blick zu. „Kann ich wohl. Und sonst formulier ich meine Wette einfach um."

„Hinterher die Wette umformulieren ist gegen die Regeln."

„Nicht, wenn der Sinn derselbe bleibt. Wenn ich das Nicht-runterfallen in Obenbleiben ändere, kann ich das sehr wohl."

„Aufhören, alle beide", bellte Kurt, der hinter der Bar hervorgekommen war.

Beide Frauen wichen erschrocken einen Schritt zurück, als der hünenhafte Biker seine Stimme erhob. Wie immer trug er seine speckige Lederweste mit den vielen Abzeichen drauf, ein Bandana um die Stirn geschlungen und an den Füßen seine schweren Motorradstiefel. Wenn Lara raten müsste, hätte sie gesagt, dass er auch in dieser Kleidung schlief. Die Biker-Kleidung stand in starkem Kontrast zu dem weiß-blauen Geschirrtuch, das er sich nachlässig über die Schulter geworfen hatte.

„Becca hat die Wette gewonnen. Daran besteht kein Zweifel und damit ist die Diskussion beendet."

„Ich liebe es, wenn er so entschlossen auftritt. Das macht mich immer total heiß", schwärmte Miss Daisy.

Lara warf Hank einen fragenden Blick zu. Hatte sie das eben richtig gehört?

„Ich hab's auch gehört. Definitiv nichts, was wir hören sollten. Oder wissen müssten. Ein gutes Beispiel für ein Zuviel an Informationen.“ Hank verzog unangenehm berührt das Gesicht. Sie stimmte ihm aus ganzem Herzen zu. Miss Daisy und Kurt waren ein niedliches Paar, auf eine großelterliche Art und Weise. Jeglicher Hinweis darauf, wie ihre Beziehung in der Praxis aussah, war völlig überflüssig.

Miss Minnie grunzte. „Na ja, jedem das Seine. Ich stehe ja mehr auf den distinguierten erfolgreichen Typ.“ Ihre Augen schweiften zu Mr. Wilkinson, der gerade das Mikrofon auf seinem provisorisch installierten Podium testete.

Entrüstet stemmte Miss Daisy die Hände in die Hüften und stellte sich kampfbereit vor ihre Schwester hin. „Willst du etwa sagen, mein Mann sei weniger erfolgreich als deiner?“

„Du musst zugeben, dass meiner als Bürgermeister eine gute Figur macht.“

„Pah. Immerhin ist mein Mann tatsächlich meiner und ich muss ihn nicht mit der Hälfte der weiblichen Bevölkerung von Independence teilen.“

Lara zuckte unmerklich zusammen, als sie Miss Daisys Seitenhieb hörte. Autsch. Leider war ihre Aussage sehr akkurat. Während Kurt nur Augen für seine Daisy hatte, war Mr. Wilkinson so etwas wie ein Casanova. Auch das war eine Tatsache, die Lara geflissentlich zu ignorieren versuchte.

Kurt, dem der Streit zu dumm wurde, fasste Miss Daisys Schürze und zog sie zu sich heran. Als sie protestieren wollte, brachte er sie mit einem feurigen Kuss zum Verstummen. Lara musste zugeben, dass er eine einzigartige und sehr effektive Art hatte, mit Miss Daisy umzugehen.

Miss Minnie hatte sich abgewandt und tat so, als würde sie das alles nichts angehen.

„Die beiden sind schon richtige Originale“, flüsterte sie Hank ins Ohr. Er lachte leise. „Das stimmt. Und etwas beängstigend.“

„Ach, ich weiß nicht. Wenn ich groß bin, wäre ich gerne ein wenig so wie sie.“

„Das sind ja besorgniserregende Aussichten", scherzte Hank und zog sie näher an sich heran. „Vielleicht baust du dir doch besser dein eigenes Haus unten am Fluss."

Spielerisch boxte sie ihm in den Bauch.

„He, das ist unfair. Du bist immer noch verletzt, ich darf mich ja gar nicht wehren."

„Pech. Und überhaupt, vergiss das mit dem eigenen Haus. Mich wirst du so leicht nicht mehr los. Für das Grundstück habe ich ganz andere Ideen."

„Echt?", fragte er. Seine Augen leuchteten interessiert auf. „Da musst du mir mehr darüber erzählen."

„Werde ich auch. Wir haben sowieso ganz viel zu besprechen. Aber nicht jetzt." Sie deutete auf Mr. Wilkinson, der auf dem Podium stand und so aussah, als würde er bald anfangen zu sprechen.

Jemand drängelte sich von hinten durch die Menge und stieß mit ihnen zusammen. Hank schaute zur Seite und wollte sich schon beschweren, als er die Frau erkannte, die da neben ihm stand.

„Quinn! Was machst du denn hier? Ich dachte, du seist in Alaska bei den Bären?"

Interessiert sah Lara zu, wie die groß gewachsene Frau mit den kurzen blonden Locken einen wuchtigen Rucksack von den Schultern gleiten ließ.

„War ich auch. Ich bin vor ein paar Stunden in Denver gelandet. Eigentlich wollte ich auf dem direkten Weg nach Hause und ins Bett, mit dem festen Plan, selber einen kleinen Winterschlaf zu halten. Doch dann sah ich die Menschenmenge hier. Das wollte ich mir nicht entgehen lassen."

„Lara, das ist Quinn. Quinn ist unsere persönliche Bärenforscherin. Sie hat so lange mit ihnen gelebt, dass sie selbst ein halber Bär ist."

„Glaub ihm nicht alles." Quinn grinste vergnügt. „Ich bin studierte Ethologin, Wildhüterin und Jägerin. Meine Spezialität ist die Erforschung der natürlichen Verhaltensweisen von Wildtieren."

„Großen Wildtieren. Mit niedlichen Hasen hält sich Quinn nicht auf", warf Hank ein.

„Stimmt", antwortete Quinn selbstbewusst. „Vor allem die Raubtiere haben es mir angetan, wie der Berglöwe, Schwarzbären, Grizzlys, Kojoten, Wölfe, alles, was Zähne hat."

„Ich habe vor ein paar Tagen auf unserer Ranch Wapitis beobachtet. Keine Zähne, aber dafür große Geweihe", steuerte Lara bei.

„Wie schön. Die meisten Rancher verjagen sie."

„Oh." Schuldbewusst schielte Lara zu Hank hoch.

„Keine Angst. Ich gehöre nicht zu ihnen. Bei uns ist für alle Platz."

„Wäre schön, wenn mehr Leute so denken würden wie du." Sie wandte sich an Lara. „Kennen wir uns?"

„Tut mir leid. Diesen Teil der Vorstellung habe ich unterschlagen. Das ist Lara. Meine Freundin, und wie sich herausgestellt hat auch Teilhaberin der Lone Wolf Ranch."

„Klingt nach einer spannenden Geschichte."

Lara lachte. „Das könnte man wohl sagen. Ich erzähl sie dir gerne in ein paar Tagen, nach deinem Winterschlaf. Ich habe nämlich einige Ideen für die Ranch, wo ich deinen Input gebrauchen könnte."

Interessiert neigte Quinn den Kopf. „Gerne. Ich melde mich. Jetzt, wo ich wieder hier bin, kann ich ein neues Projekt gut gebrauchen."

„Heißt das, du bist tatsächlich zurück und nicht nur zu Besuch?"

Ihr Gesichtsausdruck verfinsterte sich. „Jep", antwortete sie knapp und wandte sich zum Gehen. „Bis bald einmal. Ich muss noch andere Leute begrüßen. Meine Eltern zum Beispiel."

Lara sah ihr nach, als sie sich mitsamt ihrem sperrigen Rucksack durch die Menge schob. „Ihre knappe Antwort am Schluss war sehr vielsagend."

Hank nickte. Bevor er etwas sagen konnte, kreischte das Mikrofon. Alle Leute verstummten und wandten sich Mr. Wilkinson zu.

*

Adrian stand zuhinterst an die Wand gelehnt. Sein Blick war auf die einzige Frau gerichtet, die er sich nicht aus dem Kopf schlagen konnte, so sehr er es auch versuchte. Eben lachte sie wegen etwas, was eine Freundin zu ihr gesagt hatte. Ihre kastanienbraunen Haare glänzten im Sonnenlicht, das durch die großen Scheiben des Diners hereinfiel. Der Klang ihres Lachens traf ihn mitten ins Herz. Wie sie wohl reagieren würde, wenn sie erfuhr, dass er hierherziehen würde? Ihn jagen, fangen, teeren und federn und anschließend aus der Stadt jagen, wenn er an ihre letzte Begegnung zurückdachte. Er presste grimmig seine Lippen zusammen. Natürlich konnte er verstehen, dass sie wütend darüber war, wie es damals zwischen ihnen geendet hatte. Gut, wie er die Sache beendet hatte. Doch das war inzwischen Jahre her! War es da zu viel verlangt, wenn er sich wünschte, dass sie zumindest Freunde sein könnten? Dann könnte er ihr seine Entscheidung von damals wenigstens erklären. Unvermittelt trafen sich ihre Blicke über die Menschenmenge hinweg. Eine gefühlte Ewigkeit bewegte sich keiner von ihnen. Dann runzelte sie die Stirn und er konnte richtig zusehen, wie es in ihrem schlauen Kopf zu arbeiten begann. Diese Kombination aus Hirn und Sinnlichkeit hatte ihn schon früher angezogen. Als er bemerkte, in welche Richtung seine Gedanken wanderten, stöhnte er innerlich. So viel zum Thema Freunde sein. Da machte er sich wohl selber etwas vor.

„Dad?" Sein neunjähriger Sohn wählte diesen Moment, um an seiner Hand zu zupfen.

„Was ist denn, Jonas?"

Jonas deutete auf die zwei Mädchen hinter sich. Shauna und Leslie standen da, jede mit einem Hund an der Leine. Wenn er sich richtig erinnerte, hieß der Königspudel Rambo und der andere, der ehemalige Polizeihund, war Ranger.

„Kann ich mit ihnen rausgehen zum Spielen? Bitte. Mir ist hier so langweilig."

Wieso nicht. Umso besser, wenn er bereits jetzt erste Freundschaften schloss. Der Umzug würde hart genug für ihn werden.

„Klar. Bleibt einfach in Sichtweite des Diners und behaltet den Verkehr im Auge."

Die beiden Mädchen kamen näher.

„Wir wollten eigentlich mit den Hunden in den Park. Ich passe gut auf die beiden auf", erklärte ihm Leslie ernsthaft.

„He, ich brauche keinen Babysitter", entrüstete sich Shauna. Leslie warf ihr einen bedeutungsvollen Blick zu, der aus einem Augenrollen, einer hochgezogenen Augenbraue und einem Schielen in seine Richtung bestand.

„Oh", beeilte Shauna sich zu sagen. „Sie passt wirklich hervorragend auf uns auf, versprochen." Mit weit geöffneten Augen nickte sie gewichtig.

Adrian verkniff sich ein Lachen. Ganz schön gewieft, die beiden. Was von Paulas Töchtern auch nicht anders zu erwarten war.

„Gut. Dann ab mit euch. Aber wenn das Meeting beendet ist, seid ihr wieder hier."

„Kein Problem." Leslie hielt das Handy hoch. „Mom ruft mich an, wenn es Essen gibt."

Jonas Augen leuchteten auf. „Cool. Danke, Dad."

Shauna zog ihn am Ärmel. „Los, komm."

Essen gab es wohl nach der Gemeindeversammlung. Das machte Sinn. Nachdenklich schaute er dem Trio nach, als sie mehr oder weniger aus dem Lokal stürmten. Die Hunde mussten richtiggehend zusehen, dass sie den Anschluss nicht verpassten. Schließlich gestattete er sich ein Lächeln. Zum ersten Mal seit Wochen hatte sein Sohn glücklich gewirkt. Vielleicht, nur vielleicht war sein Entschluss, hierherzuziehen, doch richtig gewesen. Erneut hörte er aus dem Stimmengemurmel der Menge Beccas Lachen heraus. Sein Magen zog sich zusammen. Interessant werden würde es auf jeden Fall.

29

„Liebe Einwohner von Independence. Schön, dass ihr so zahlreich erschienen seid", erscholl Mr. Wilkinsons Stimme aus dem Mikrofon.

Es war plötzlich ruhig in dem vollgestopften Lokal. Eigentlich erstaunlich, dachte Lara. Bis vor einer Minute waren ringsum alle in lebhafte Gespräche vertieft gewesen.

„Wie ihr wisst, bin ich ziemlich überraschend zu meinem Amt als Bürgermeister gekommen."

Das löste ein zustimmendes Raunen in der Menge aus. Die Geschichte mit dem betrügerischen Bürgermeister, dessen krumme Geschäfte mit einem Mitglied der Baumafia Paige fast das Leben gekostet hätten, würde niemand so schnell vergessen. Selbst Lara kannte die Geschichte.

„Das heißt nicht, dass ich die Chance nicht freudig ergriffen hätte. Schließlich hatte ich schon lange Pläne für unsere schöne Stadt."

Gelächter erscholl im Saal. Inoffiziell hatte er, zusammen mit ein paar anderen einflussreichen Einwohnern wie den Disney Sisters und der Schulleiterin Nadine, schon lange als Quasi-Oberhaupt der Gemeinde gegolten. Gemeinsam hatten sie oft Projekte möglich gemacht, die sonst nicht zustande gekommen wären.

„Wie ihr euch vorstellen könnt, haben diese Pläne seit meiner Ernennung nicht ab-, sondern zugenommen. Doch für ihre Verwirklichung brauche ich eure Hilfe.“

Die Spannung im Saal stieg. Stimmengemurmel wurde laut. Während alle auf die Ideen des Bürgermeisters gespannt waren, gab es einige, die Veränderungen eher skeptisch gegenüberstanden. Vor allem, wenn sie ihre Mitarbeit erforderten.

„Ruhe, bitte.“ Als sich Mr. Wilkinson der Aufmerksamkeit seiner Zuhörer wieder sicher war, fuhr er fort: „Wir alle sind uns einig, dass Independence ein großartiger Ort ist. Damit es das auch bleibt und weiterhin blüht und gedeiht, möchte ich unserer kleinen Stadt mehr Leben einhauchen.“

Sofort brachen links und rechts Spekulationen aus, was er damit wohl meinen könnte.

„Es wäre schön, wenn er endlich auf den Punkt kommen würde“, murmelte Lara, deren Kopfschmerzen in der stickigen Luft wieder stärker wurden.

Hank zog sie näher an sich, sodass sie sich an ihn lehnen konnte. „Nur Geduld.“

„Was Independence fehlt, sind Unternehmen. Jobs. Abwechslung für die Touristen.“

„Will er jetzt ein Einkaufszentrum bauen?“, rief jemand.

„Soweit kommt’s noch!“

Mr. Wilkinson stieß einen Pfiff aus, der allen in den Ohren gellte. Lara zuckte zusammen und hielt sich ihren schmerzenden Kopf.

„Natürlich wird es kein riesiges Einkaufszentrum geben. Ich sagte doch, ich will mehr Lebensqualität für Independence. Damit meine ich Dinge wie eine Galerie, ein Sportgeschäft, eine Bar, ein Schreibwarengeschäft, eine Eisdiele …“

„Schuhe!“, rief eine Frau begeistert dazwischen.

Mr. Wilkinson nickte ihr bestätigend zu. „Genau. Zum Beispiel ein Schuhgeschäft … Einfach alles, was das tägliche Leben erleichtert und unsere Stadt bereichert. Oder seid ihr alle so erpicht darauf, zwei Stunden bis nach Denver zu fahren, um eure Einkäufe zu erledigen, die über das Sortiment des Mini-Markts hinausgehen?“ Er nickte Esther vom Mini-Markt beruhigend zu. Die Frau sandte ihm ihre Version von tödlichen Blicken. „Keine Angst. Es geht nicht darum, mit dem Mini-Markt zu konkurrieren.“

„Hörte sich aber gerade so an“, antwortete sie beleidigt.

„Ich stehe später selbstverständlich für Fragen zur Verfügung. Ich nehme eure Bedenken ernst.“

„Hmpf.“ Esther war nicht überzeugt von seinen beschwichtigenden Worten.

„Um herauszufinden, was überhaupt gewünscht wird, können einen Monat lang Vorschläge eingereicht werden. Diese werden dann via Internet ausgeschrieben, sodass sich Leute von überallher dafür bewerben können. Ein von mir gebildetes Komitee wird die Auswahl treffen.“

„Von überallher? Und was ist mit uns?“, wollte jemand wissen.

„Ortsansässige Bewerber werden auf jeden Fall bevorzugt behandelt, vorausgesetzt sie reichen ein ebenbürtiges Projekt ein.“

„Also geht es um Geld? Wie bei einer Offerte?“, fragte ein Mann verwirrt.

„Nein, überhaupt nicht. Während es für jedes neue Unternehmen einen Start-up-Bonus geben wird, dazu später mehr, müssen die Unternehmen selbstständig wirtschaften. Damit hat die Gemeinde nichts zu tun. Mit einem ebenbürtigen Projekt meine ich, dass der Nutzen für Independence gleich groß sein muss.“

„Ich will aber nicht, dass meine Steuergelder einem Start-up in den Rachen geworfen werden“, meckerte Esther weiter.

Mr. Wilkinson senkte seine Handflächen beschwichtigend nach unten. „Selbstverständlich sollen diese Anschub-Gelder nicht zulasten der Steuerzahler gehen.“

„Anders ist das doch nicht zu schaffen“, wandte jemand ein.

Auch Lara wunderte sich, wie er das Geld auftreiben wollte. Wenn nicht über Steuern, wie dann?

„Um dieses ganze Projekt zu finanzieren, haben wir eine große Benefiz-Veranstaltung geplant.“

„Spenden? Aber ich dachte, die kämen dem Safe Haven zugute. Für die Hunde.“

„Das hat damit nichts zu tun“, rief Kat, der das Tierheim gehörte, eilig dazwischen.

„Ein paar Handzettel mit Vorab-Informationen wären keine schlechte Idee gewesen“, flüsterte Lara Hank zu.

„Dann wäre er gar nicht zum Reden gekommen“, gab Hank zu bedenken. „Vielleicht verteilen sie später noch etwas.“

„Möglich.“ Sie hoffte es. Weil das, was hier ablief, war in erster Linie ein großes Durcheinander und stiftete mehr Verwirrung als sonst was.

Mr. Wilkinson erhob seine Stimme, um trotz der Aufregung gehört zu werden.

„Eine Benefiz-Veranstaltung in Form eines Rodeos.“

Augenblicklich war Lara hellwach. Ein Rodeo? Mitten in den Rockies? War das überhaupt machbar? Sie schaute sich suchend nach Becca um. Die stand erstarrt da und schaute geschockt in Mr. Wilkinsons Richtung.

„Natürlich können wir nicht mit den großen Anlässen des offiziellen Rodeo-Circuits mithalten. Aber wir haben einen Heimvorteil: Becca Mirren, mehrfache Weltmeisterin im Barrel-Racing, wird mit ihrer preisgekrönten Stute Roxie dabei sein.“

Pfiffe und Hochrufe ertönten, es wurde geklatscht und gejohlt. Auch die Skeptiker unter den Anwesenden waren stolz auf ihren lokalen Star und konnten es nicht erwarten, sie zu feiern. Alle waren begeistert. Alle außer Becca.

Adrian hatte Becca genau im Blickfeld. Er fluchte leise, als er sah, wie sie blass wurde und einen Schritt rückwärts stolperte. Es war offensichtlich, dass die Ankündigung sie komplett unerwartet getroffen hatte. Er unterdrückte den Impuls, zu ihr hinzulaufen und sie beschützend in den Arm zu nehmen. Dazu hatte er leider kein Recht, wenngleich er sich wünschte, dass die Dinge zwischen ihnen anders liegen würden.

Auch Lara machte sich Sorgen um Becca, als sie ihre Reaktion sah.

„Hast du davon gewusst?“, fragte sie Hank.

Er schüttelte den Kopf, den Mund zu einer grimmigen Linie verzogen.

„Nein. Sie anscheinend auch nicht, so wie's aussieht.“

Lara stimmte ihm zu. Aber wie kam denn Mr. Wilkinson dazu, so eine Ankündigung zu machen, wenn er es nicht mit Becca abgesprochen hatte?

„Sollen wir zu ihr hingehen?“

„Da kommen wir nie durch“, antwortete er und deutete auf die Menschenmasse, die zwischen ihnen und Becca stand.

Die anderen Leute bekamen von all dem nichts mit. Alle freuten sich über die Aussicht, Independence zu mehr Glanz zu verhelfen, ohne mehr bezahlen zu müssen. Klar, so ein Rodeo bedeutete viel Arbeit. Doch die meisten verdrängten das fürs Erste und konzentrierten sich darauf, dass so eine Veranstaltung einen Grund zum Feiern bot.

*

Becca war fuchsteufelswild. Was dachte sich Mr. Wilkinson dabei, einfach ihre Kooperation vorauszusetzen? Dass sie hier aufgewachsen war, gab ihm nicht das Recht, einfach über ihr Leben zu verfügen. Ganz egal, wie viel Unterstützung sie über die Jahre von allen erfahren hatte oder wie viele Schleifen sie gewonnen hatte. Sie ballte ihre Hände an den Seiten zu Fäusten. Dieses Jahr sollte ihre Auszeit von dem ganzen Wettbewerbszirkus sein. Zugegeben, Roxies Verletzung hatte zwangsläufig eine Pause zur Folge gehabt. Aber während sie sich um ihr krankes Pferd kümmerte, hatte sie gemerkt, wie sehr sie diese

Unterbrechung selber brauchte. Zum ersten Mal seit Jahren hatte sie genug Zeit und Muße gehabt, einen kritischen Blick auf ihr Leben zu werfen. Was sie entdeckt hatte, hatte ihr gar nicht gefallen. Es musste doch mehr geben, als in weniger als 13 Sekunden um drei Fässer zu rennen. Sie machte sich nichts vor. Der Sport machte ihr Spaß. Auch Roxie spitzte vor jedem Start die Ohren und war bereit, ihr Bestes zu geben. Was sie zuverlässig tat. Trotzdem war der Sport extrem hart. Die Vorstellung, nur noch ab und zu und nur, wenn sie Lust hatte, zu starten, war extrem verlockend. Den Rest der Zeit könnte sie einer sinnvollen Beschäftigung nachgehen. Sie trug sich mit dem Gedanken, zurück zur Schule zu gehen.

Und jetzt wurde ihre Auszeit, während der sie ihr Leben auf die Reihe kriegen wollte, jäh unterbrochen. Aber das würde sie Mr. Wilkinson nicht durchgehen lassen. Musste er sich eben einen anderen Star suchen. Vielleicht konnte Tyler ja eine Tanzaufführung ins Leben rufen. Irgendetwas halt. Entschlossen kämpfte sie sich durch die Menge nach vorn in Richtung Podium, den Rest der Ansprache ignorierend.

Stolz sah Adrian zu, wie sich Becca ihren Weg zu Mr. Wilkinson bahnte. Go Becca!, feuerte er sie im Stillen an. Die Eigenschaft, den sprichwörtlichen Stier bei den Hörnern zu packen und für ihre Sache einzustehen, hatte er schon immer sehr bewundert. Er wechselte sein Gewicht von einem Bein aufs andere. Es war allerdings gut möglich, dass ihm genau dieser Charakterzug zum Verhängnis werden würde. Nämlich dann, wenn sie ein für alle Mal beschloss, bereits alles über seinen Nicht-Abschied damals zu wissen.

*

Lara sah, wie Jasmine ihnen quer über den Raum zuwinkte. Sie stupste Hank an.

„Wollen wir zu den anderen hinübergehen?“

Hank warf einen letzten Blick zu seiner Schwester, die gerade in eine hitzige Diskussion mit Mr. Wilkinson verstrickt war. Becca schien die Sache im Griff zu haben. Er machte sich gedanklich eine Notiz, die nächsten Tage Zeit zu finden, mit ihr zu sprechen. Bei all der Aufregung um die Ranch und über die Vorfälle mit Lara hatte er sie ein wenig vernachlässigt. Das wollte er wieder gut machen. Es war ihm schon klar, dass seine Schwester eine erwachsene Frau war und ihre eigenen Entscheidungen traf. Doch seit dem Tod ihres Vaters und dem Wegzug ihrer Mutter waren sie noch näher zusammengerückt, als sie es vorher bereits waren. Einander in schwierigen Situationen beizustehen, war ihnen zur zweiten Natur geworden. Und er hatte das Gefühl, dass hinter ihrer Auszeit vom Leistungssport doch mehr steckte als nur Roxies Sehnenverletzung. Aber jetzt war weder der richtige Zeitpunkt noch der richtige Ort, um das zu besprechen.

Also nickte er Lara bestätigend zu und folgte ihr zu ihren gemeinsamen Freunden.

„Eine tolle Idee von Mr. Wilkinson, nicht?"

Jaz' Augen leuchteten begeistert, während sie sprach. Cammie drehte sich in ihren Armen wie ein Wurm und streckte die Arme nach Lara aus. Lachend nahm sie das kleine Energiebündel entgegen. „Sie hält euch wohl ganz schön auf Trab?"

„Das kannst du laut sagen. Vielleicht bekommen wir mit all den neuen Geschäftsleuten ja endlich eine anständige Kinderkrippe. Ich kann sie zwar ins Yogastudio mitnehmen oder Jakes Mutter Brenda passt auf sie auf, doch Cammie würden ein paar Stunden in der Gesellschaft von Gleichaltrigen gut tun."

Hank lachte. „Du meinst, wenn sie andere Kinder zum Toben hat, seid ihr nicht so erschöpft." Ein warmes Gefühl breitete sich in ihm aus, als er Lara mit der Kleinen beobachtete. Ob sie Kinder wollte? Plötzlich störte es ihn, dass er die Antwort auf diese Frage nicht kannte. Anscheinend hatten sie noch mehr zu besprechen als die Expansionspläne für die Ranch.

„Ungefähr so", stimmte Jaz ihm zu und riss ihn so aus seinen Überlegungen.

„Ich finde Mr. Wilkinsons Plan auch toll", warf Lara ein. „Stell dir vor, wie es wäre, wenn wir nicht mehr nur an zwei Orten Kaffee trinken könnten."

„Oder ich das Bastelmaterial für meinen Zwerg vor Ort kaufen könnte."

Ungläubig beäugte Lara das Kleinkind in ihren Armen. „Basteln? Jetzt schon?"

Jaz lachte. „Natürlich nicht jetzt schon. Aber bald."

Lara schauderte. „Sollte ich mal Kinder haben, schicke ich sie zum Basteln zu dir. Das gehört definitiv nicht zu meinen Stärken."

Sieh an, sieh an, dachte Hank. Offenbar hatte sich Lara auch bereits Gedanken über potenziellen Nachwuchs gemacht. Während die Frauen die zukünftigen Einkaufsmöglichkeiten besprachen, ließ Hank seine Gedanken wandern. Wenn er schon dabei war, ihr gemeinsames Leben zu planen, dann sollte er Lara vielleicht die Gelegenheit geben, auch den Rest kennen zu lernen.

Ace und Paige stießen zu ihnen. Der Feuerwehrchef hatte locker einen Arm um seine Freundin geschlungen und schaute stolz auf sie hinunter.

„Gratuliere", meinte Avery, die sich eben noch mit Paula unterhalten hatte.

Paige wurde rot. Sie zog den Kopf etwas ein und lächelte scheu.

„Danke. Ich freue mich. Ein Projekt, in das ich mich verbeißen kann." Mr. Wilkinson hatte Paige als die offizielle PR-Frau der ganzen Aktion vorgestellt. „Zudem hat es den zusätzlichen Bonus, dass die neuen Geschäfte automatisch potenzielle Kunden für mich bringen." Sie grinste. „Eine Win-win-Situation für alle, so wie ich das sehe."

„Außer für Becca", stellte Avery besorgt fest. Sachte strich sie über Miss Marples Köpfchen, das im Ausschnitt ihrer Jacke auftauchte. Sie begegnete Hanks anklagendem Blick ruhig. „Du kannst aufhören, mir böse Blicke zuzuwerfen. Du weißt genau, dass ich nicht in die Pläne meines Großvaters eingeweiht bin. Solche Dinge hat er schon früher für sich behalten. Und seit ich mit Cole verheiratet bin und nicht mehr unter dem gleichen Dach wohne …" Etwas ratlos zuckte sie mit den Schultern.

Hank hatte den Anstand, zerknirscht drein zu schauen. „Sorry. Es hat mich nur grad so wütend gemacht, als ich gesehen habe, dass Becca die Ankündigung aus heiterem Himmel getroffen hat. Ich hätte angenommen, dein Großvater würde das mit ihr vorab besprechen? So rücksichtslos kenne ich ihn gar nicht."

„Ich auch nicht. Keine Ahnung, was da läuft. Ich gehe mal besser zu ihr."

„Mach das."

„Soll ich mitkommen?", fragte Lara besorgt.

„Du bleibst hier bei mir. Wir zwei haben Pläne", verkündete er geheimnisvoll und schnappte sich ihre Hand.

„Haben wir?", fragte sie verdutzt und sah dabei absolut bezaubernd aus.

Kurz und hart küsste er ihren Mund. Er konnte einfach nicht widerstehen. Dann hob er den Kopf und grinste. „Ja. Haben wir", antwortete er, den Kopf voll schöner Momente, die sie gemeinsam schaffen würden.

Epilog

„Und du bist sicher, dass mein Outfit in Ordnung ist?"

Zum x-ten Mal zupfte sie am Saum ihres hellgelben Sommerkleids. Die letzten Tage waren außergewöhnlich warm gewesen, über zwanzig Grad. Auch heute schien die Sonne von einem strahlend blauen Himmel. Sie waren auf dem Weg nach Lakewood, einer Stadt am Rande von Denver, wo Hanks Mutter seit dem Tod ihres Mannes wohnte. Bill, ihr neuer Partner, würde auch da sein. Sie war unglaublich nervös und wusste eigentlich gar nicht, weshalb. Es war ihr doch sonst herzlich egal, was die Leute von ihr dachten. Nur handelte es sich diesmal nicht um irgendwelche Leute, sondern um die Mutter des Mannes, den sie heiraten wollte. Irgendwann, fügte sie hastig in Gedanken hinzu. Falls er sie überhaupt fragte.

Hank legte ihr beruhigend die Hand auf den Oberschenkel.

„Du siehst fantastisch aus. Glaube mir, meine Mutter ist entzückt, dich endlich kennen zu lernen. Sie hatte die Hoffnung auf Enkelkinder bereits aufgegeben, zumindest was mich angeht."

„Äh, ein Enkelkind habe ich nicht dabei. Ich habe ihr einen Kuchen gebacken."

Amüsiert beugte sich Hank hinüber und drückte ihr einen schnellen Kuss auf die Wange.

„Ich weiß. Aber was nicht ist, kann ja noch werden." Er wackelte vielsagend mit den Augenbrauen.

Lara spürte, wie ihr das Blut in die Wangen stieg. Großartig. Jetzt verwandelte sie sich in ein errötendes Schulmädchen. Um sich abzulenken, schaute sie aus dem Fenster. Seit einer Stunde waren sie bereits unterwegs. Vor Kurzem hatten sie die Berge hinter sich gelassen. Vor ihnen erstreckte sich die Graslandschaft auf dem Hochplateau, welches auch Denver beherbergte. Die Stadt war nicht umsonst als Mile High City bekannt, lag sie doch tatsächlich eine Meile über dem Meeresspiegel.

Hank beobachtete Lara aus dem Augenwinkel. Es war ganz ungewohnt für ihn, Lara so nervös zu sehen. Sie machte sonst immer so einen selbstsicheren Eindruck. Doch er musste zugeben, dass es ihm wahrscheinlich nicht anders ergangen wäre, wenn er bei ihrem Vater hätte vorstellig werden müssen. Das blieb ihm zwar erspart. Aber anstatt sich erleichtert zu fühlen, verspürte er nur ein leises Bedauern, dass er den Mann, der eine so großartige Tochter großgezogen hatte, nie kennen lernen würde. Einen Mann, der mit seinem Vater so gut befreundet gewesen war, dass er ihm auf seiner Ranch ein lebenslanges Wohnrecht eingeräumt hatte. War es etwa das, was Lara so stresste?

„Bist du aufgeregt, weil sie deinen Vater gekannt hat?"

Lara zuckte erst mit den Schultern, dann nickte sie.

„Das kann gut sein. Die Eltern seines Partners kennen zu lernen ist schon nervenaufreibend genug. Aber zu wissen, dass sie lange vor meiner Zeit meinen Vater gekannt hat, gehört nochmals in eine ganz andere Kategorie." Sie runzelte die Stirn. „Es klingt lächerlich, wenn ich es laut ausspreche. Doch ich habe Sorge, ihren Erwartungen nicht zu genügen. Nicht die Tochter zu sein, die sie sich für meinen Vater vorgestellt hat. Arrgh." Mit einem dumpfen Knall ließ sie ihren Kopf gegen die Scheibe fallen.

„He, pass auf deinen Kopf auf. Der hat in letzter Zeit genügend einstecken müssen."

„Kein Wunder, dass ich auf so seltsame Ideen komme. Überraschender Hirnzellenverlust kann schon mal zu merkwürdigem Verhalten führen", machte sie sich über sich selber lustig.

„Du hast keine allzu hohe Meinung von mir, nicht wahr?"

Erstaunt drehte sie den Kopf in seine Richtung. „Von dir? Ich habe von mir gesprochen."

Er hielt das Auto an, schaltete den Motor aus und nahm ihr Gesicht in beide Hände. „Ich weiß. Das bedeutet aber gleichzeitig, dass ich mir eine Frau ausgesucht habe, die offensichtlich nicht gut genug ist. Damit bin ich ganz und gar nicht einverstanden."

„So habe ich das nicht gemeint." Sie verdrehte die Augen.

Hank seufzte. „Sieht ganz so aus, als müsste ich tiefer in die Trickkiste greifen. Umgekehrte Psychologie scheint heute nicht zu funktionieren."

„Aber ..." Weiter kam sie nicht, denn er küsste sie. Ausgiebig. So lange, bis jemand ans Fenster klopfte. Mit hochrotem Kopf machte sie sich los und starrte direkt in das Gesicht von Hanks Mutter. Sie hielt beide Hände vor die Augen und stöhnte: „Na toll. Kann mich bitte jemand erschießen?"

Hank stieg lachend aus dem Auto und umarmte seine Mutter. Sie strahlte wie ein Honigkuchenpferd.

„Hallo, Mom. Schön, dich zu sehen. Gut siehst du aus."

„Danke. Es freut mich auch, dich endlich wieder einmal zu sehen."

Lara kam ums Auto herum und streckte nervös die Hand aus. Doch Hanks Mutter ignorierte diese und schloss sie stattdessen in ihre Arme. Erst wusste Lara nicht, wohin mit ihren Händen, dann legte sie vorsichtig die Arme um die andere Frau.

„Du musst Lara sein. Ich bin dir schon jetzt auf ewig dankbar."

Verdutzt starrte Lara sie an. Dankbar? Sie war versucht, über ihre Schulter zu schauen, ob der Storch in der Zwischenzeit aus

Versehen ein Baby fallen gelassen hatte. Ihre Verwirrung musste ihr deutlich anzusehen gewesen sein.

„Dankbar, weil du meinen Sohn dazu gebracht hast, mich endlich wieder einmal zu besuchen. Das letzte Mal ist er hier gewesen, als er mir beim Umzug geholfen hat“, schalt sie ihn liebevoll.

Hank schaute schuldbewusst zur Seite. Es war wahr. Immer hatte er die Arbeit auf der Ranch vorgeschoben, um sie nicht besuchen zu müssen. Ab und zu war sie nach Independence hochgefahren. Doch sie sah nicht mehr so gut wie früher und fuhr nicht mehr gerne Auto, sodass die Besuche seltener geworden waren. Das lag bestimmt auch daran, dass er lange Zeit große Mühe mit ihrem neuen Partner Bill gehabt hatte. Er war ein guter Mann, freundlich und sehr verliebt in seine Mutter. Perfekt, wenn man so wollte. Irgendwie hatte er es trotzdem als Verrat an seinem toten Vater empfunden, das war ihm in der letzten Zeit klar geworden. Seine Mutter hatte das gemerkt und war immer allein gekommen. Das wollte er jetzt ändern.

Er straffte seine Schultern.

„Tut mir leid, Mom. Ich verspreche, mich zu bessern. Und wenn du das nächste Mal nach Independence kommst, bring doch bitte Bill mit.“

„Wirklich?“ Ihre Augen leuchteten hoffnungsvoll.

Er nickte. „Wirklich.“

Seine Mutter hakte sich bei Lara ein und flüsterte in verschwörerischem Tonfall: „Was hast du mit meinem Sohn angestellt? Eine Entführung durch Außerirdische organisiert?“ Während Lara noch überlegte, ob sie das ernst meinte, fügte sie im Plauderton hinzu: „Ich bin übrigens Diana.“

Hank verdrehte die Augen himmelwärts. Das hätte er sich ja denken können, dass die beiden Frauen sich gegen ihn verbünden würden. Doch er schmunzelte dabei zufrieden.

Lara konnte sich nicht mehr zurückhalten und lachte laut heraus. Hanks Mutter war einfach zu witzig. Im Nu war ihre ganze Nervosität verflogen. Sie konnte es kaum erwarten, von ihr alle Missetaten aus Hanks Kindheit zu hören.

Später saßen sie bei einem großen Glas kühlem Eistee auf der Terrasse hinter dem kleinen Haus.

Diana hatte ein Fotoalbum auf dem Schoß und zeigte Hank und Lara Bilder aus der Entstehungszeit der Ranch. Die alten Fotos von ihrem Vater weckten allerlei nostalgische Gefühle in Lara. Doch erstaunlicherweise blieb die alles vereinnahmende Traurigkeit aus. Im Gegenteil, es war schön, die Erinnerung an ihren Vater mit jemandem zu teilen, der ihn gekannt hatte, wenn auch vor langer Zeit.

Als der Kuchen, den Lara mitgebracht hatte, gegessen war, hob Diana eine Augenbraue und sah ihren Sohn herausfordernd an.

„Und? Wann wird geheiratet?“

Hank verschluckte sich prompt an seinem Eistee und hustete. Lara klopfte ihm fürsorglich auf den Rücken, während sie gespannt auf seine Antwort wartete. Das wollte sie nämlich auch gerne wissen.

„Mom! Ich habe sie noch gar nicht gefragt!“

„Na, auf was wartest du denn?“

Er schenkte ihr einen bösen Blick, doch sie schaute ungerührt zurück. Schließlich hatte sie genügend Übung, solche Blicke zu ignorieren. Sie hatte ihn aufgezogen und kannte alle seine Tricks.

„Vielleicht auf einen romantischen Augenblick mit weniger neugierigem Publikum?“

Diana gab sich geschlagen. „Okay, okay. Das ist ein Argument.“

Sie zeigte mit dem Zeigefinger auf Lara.

„Du gibst mir Bescheid, wenn es so weit ist, ja?“

Lara lachte. Sie fühlte sich extrem gut angenommen von Hanks Mutter und nach dem Gespräch über ihren Vater herrlich befreit.

„Klar. Das werde ich."

Hoffentlich bald, dachte sie und schielte zu Hank hinüber. Seine grünen Augen funkelten, und er lächelte sie wissend an.

„Keine Angst", versicherte er ihr. „Ich lasse dich nicht mehr lange warten."

Sie verengte die Augen.

„Du bist dir wohl sehr sicher, was meine Antwort sein wird?"

Hank zog sie auf seinen Schoß.

„Ziemlich sicher."

Kopfschüttelnd beobachtete Diana das gutmütige Geplänkel der beiden. Wenn sie noch in Independence wohnen würde, wäre sie jetzt bereits auf dem Weg ins Diner, um ihre Wette abzugeben. Die beiden würden noch dieses Jahr heiraten. Davon war sie überzeugt.

*

Liebe Leserin, lieber Leser

Falls Dir das Buch gefallen hat, würde ich mich sehr freuen, wenn Du Dir die Zeit nimmst, eine kurze Rezension auf Amazon zu schreiben und all Deinen Freunden davon erzählst. So hilfst Du mir und diesem Buch, ein wenig sichtbarer zu werden.

Vielen, vielen Dank für Deine Unterstützung!
Liebe Grüße, Virginia

Anmerkungen der Autorin

Liebe Leserinnen und Leser. Dank eurer Begeisterung für die Rocky Mountain-Serie fiel mir das Weiterschreiben der Serie sehr leicht. Wahnsinn. Jetzt sind es bereits sieben Bände, der achte ist in Vorbereitung. Ich hoffe, dass euch das Lesen ebenso viel Spaß gemacht hat wie mir das Schreiben. Ohne eure Unterstützung hätte ich das nie geschafft.

Ein paar Hintergründe zur Serie für diejenigen unter euch, die neu dabei sind: Mit der Rocky Mountain-Serie kehre ich in eine Gegend zurück, in der ich während meiner Teenagerjahre eine erlebnisreiche Zeit verbracht habe. Der amerikanische Bundesstaat Colorado besticht durch seine abwechslungsreichen und atemberaubenden Landschaften. Von steppenähnlichen Gegenden bis hin zu den beeindruckenden Gipfeln der Rockies, die selbst auf knapp dreitausend Metern ü. M. bewaldet sind, ist alles dabei. Kein Wunder, dass Colorado für sein riesiges Angebot an Outdoor-Aktivitäten bekannt ist.

Independence ist eine fiktive Kleinstadt in der Nähe der bekannten Skiorte Breckenrigde, Aspen und Vail und liegt ungefähr 2.900 Meter ü. M. Es hat großen Spaß gemacht, die Kleinstadt zu bevölkern. Ich bin sicher, die Einwohner werden uns noch lange gut unterhalten.

Mit Lara begegnet euch eine Nebendarstellerin aus meinen Drachenschwestern-Büchern. Sie hat mich nie ganz losgelassen und jetzt weiß ich auch, warum. Sie hatte noch eine Geschichte zu erzählen. Im Prinzip lebt Lara meinen Traum, zusammen mit Pferden, Rindern und Hunden in den Weiten der Rocky

Mountains zu wohnen. Kein Wunder, dass es mir großen Spaß gemacht hat, dieses Buch zu schreiben.

Mein Dank geht an meine Familie und an meine Freunde, die mich selbst dann unterstützen, wenn ich wieder einmal gedanklich für Stunden in den Rockies verloren gehe. Meine Mutter war wie immer meine erste Betaleserin und strengste Kritikerin. Meine unglaublich tolle PR-Frau Tanja Rörsch kümmerte sich um alles, was mein Schriftstellerleben leichter macht, während Juliane Schneeweiss für das wunderschöne Coverdesign verantwortlich war. Mit der Hilfe meiner Lektorinnen Monika Popp und Stefanie Rick konnte ich den Fehlerteufel in seine Schranken verweisen. Nicht zu vergessen mein wunderbarer Mann, der vollstes Verständnis für meine Deadlines hat und mich selbst in unseren Ferien unterstützt, wenn ich meine Zeit vor dem Computer anstatt am Strand verbringe. Vielen Dank euch allen.

Aber mein allergrößter Dank geht an euch, meine Leserinnen und Leser. Ihr seid meine tägliche Motivation zum Schreiben. Über eine Rezension auf Amazon würde ich mich sehr freuen. Mit einer Rezension unterstützt ihr aktiv mein Schreiben und meine Bücher, da es für mich als Indieautorin eine der wenigen Möglichkeiten ist, auf die Bücher aufmerksam zu machen. Mitglieder meines Rezensenten-Teams erhalten zudem kostenlose Rezensionsexemplare. Alle Infos zur Bewerbung findet ihr auf meiner Webseite.

Den persönlichen Kontakt zu meinen Lesern schätze ich sehr. Besucht mich auf Facebook oder schreibt mir direkt eine E-Mail – ich freue mich!

http://virginiafox.com

mail@virginiafox.com

http://www.facebook.com/authorvirginiafox

Weiter geht es mit Band 8, *Rocky Mountain Race*, der Geschichte von Becca und Adrian (bestellbar auf Amazon).

Ich wünsche euch viel Spaß beim Lesen des Previews von *Rocky Mountain Race*, Band 8 der Rocky Mountain-Serie.

Im Anhang findet ihr wieder einige Rezepte aus Independence.

*

Ihr kennt meine Drachenromane noch nicht? Alle Bände sind auf Amazon erhältlich. Am Ende dieses Buches findet ihr das erste Kapitel von Band 1, einer Geschichte über moderne Frauen und magische Drachen: *Die Drachenschwestern*, Band 1

*

Miss Daisys Rezepte

Die Rezepte sind jeweils für vier Personen berechnet, außer es ist anders vermerkt. Neben Miss Daisy haben diesmal auch Lara und Paula Rezepte beigesteuert.

Miss Daisys Brotrezept

1 kg Mehl (Weizen, Dinkel, hell, dunkel, was immer ihr wollt)

3 TL Salz (bei Dinkelmehl ca. das 1,5-fache)

1 TL Trockenhefe

800 ml Wasser

Alle trockenen Zutaten vermischen. Wasser hinzufügen. Alles zusammen locker verrühren, bis ein pampiger Teig entsteht. Im Gegensatz zum Brotteig in der Geschichte wird dieser hier nicht geknetet!
Abdecken und bei Zimmertemperatur für 24 Stunden gehen lassen.
Am nächsten Tag Ofen und einen großen Topf (z.B. Auflaufform mit Deckel oder Bräter) auf 250 Grad vorheizen.
Teig kurz einmal gründlich durchkneten. Topf aus dem vorgeheizten Ofen nehmen und den Teig in den heißen Topf geben. Deckel drauf und für 60 Minuten bei 250 Grad backen.
Das Rezept kann beliebig verfeinert werden. Nüsse, Leinsamen, Sonnenblumenkerne, Trockenfrüchte, Gewürze wie z.B. Kümmel können in den Teig eingearbeitet werden. Gewürze zusammen mit dem Salz, grobe Sachen am besten beim Durchkneten am nächsten Tag. Durch den Deckel kann die Feuchtigkeit

nicht entweichen und es entsteht ein sehr feuchtes Brot mit einer wunderschönen Kruste.

Paulas Kartoffelsuppe

Das ist ein fantastisches, wärmendes Winteressen, oder eben auch im Frühling, falls es unverhofft nochmals schneit. Das Rezept ist für 4 – 6 hungrige Mäuler gedacht.

2,5 kg weichkochende Kartoffeln, geschält und in Stücke geschnitten

2 Karotten, geschält und gewürfelt

2 Pastinaken, in kleine Stücke geschnitten

½ Knollensellerie, geschält und gewürfelt

Petersilie

1 Stange Lauch, geputzt und in Scheiben geschnitten

1 Zwiebel, gehackt

3 EL Olivenöl

Gemüsebrühe

Milch oder Sahne

Salz

Cayennepfeffer

1 Zwiebel, gehackt (diese nicht zur Suppe geben)

Speck vom Bio-Schwein, in kleine Streifen geschnitten.

Zwiebeln andünsten, bis sie glasig sind. Gemüse dazugeben, 5 Minuten weiterdünsten. Die Kartoffeln hinzugeben und mit so viel Gemüsebrühe ablöschen, dass alles Gemüse bedeckt ist. Bei mittlerer Temperatur köcheln lassen, bis die Kartoffeln ganz weich sind (Dauer: ca. eine halbe Stunde).
In der Zwischenzeit die Speckstreifen und die Zwiebeln miteinander auf kleiner Flamme anbraten (Die Zwiebeln werden im ausgelassenen Fett des Specks gedünstet).

Anschließend das Gemüse pürieren oder stampfen, wie man es lieber mag. Mit Salz, Cayennepfeffer und Milch oder Sahne abschmecken.
Die Speck-Zwiebel-Mischung darüber streuen und servieren.
Je nachdem, ob man Suppe lieber dünn oder dickflüssiger mag, entweder mehr oder weniger Gemüsebrühe verwenden.

Wenn es schnell gehen muss:

Man kann das Gemüse auch im Dampfkochtopf weich kochen und erst anschließend die Gemüsebrühe hinzugeben und pürieren. So verkürzt sich die Kochzeit um etwa die Hälfte.

Vegane Varianten:

Sahne durch Hafercreme oder Mandelmilch ersetzen. Anstelle des Specks z.B. Pinienkerne rösten oder zusammen mit den Zwiebeln Pilze in einem EL Olivenöl und etwas Salz dünsten. Beides eignet sich hervorragend, um das Gericht etwas aufzupeppen.
Das Rezept stammt von meiner lieben Elfenschwester, Inga Klaer. Vielen, herzlichen Dank dafür! Diese Suppe hat uns schon mehr als einmal nach einem Tag im Schnee mit den Pferden aufgewärmt.

Laras Riz Casimir – Ein fruchtig-mildes Curry

Dieses Rezept kommt bei Groß und Klein gut an und ist für 4 Personen gerechnet.

500 g Bio-Hühnchenbrust, in ca. 2 – 3 cm große Würfel geschnitten

3 EL Olivenöl

2 TL Mehl oder Maisstärke (dann ist das Rezept glutenfrei)

1 Zwiebel, gehackt

1 Knoblauchzehe, gepresst

1 dl Weißwein

1 dl Ananassaft (ich nehme den aus der Ananasscheiben-Dose, siehe unten)

1 Apfel, fein gerieben

2,5 dl Gemüsebrühe

1 Dose Ananasscheiben, in kleine Stücke geschnitten

2 – 3 reife Bananen, in Scheiben geschnitten

1 – 2 dl Schlagsahne, steif geschlagen

Salz

Curry Madras, mild oder scharf

Die Fleischwürfel mit einem Küchenpapier trocken tupfen. Mit Curry, Cayennepfeffer und Salz würzen und mit Mehl bestäuben. Im Olivenöl kurz (ca. 2 Minuten, sonst wird das Fleisch zu trocken) rundherum anbraten. Herausnehmen, in Alufolie wickeln und beiseite stellen.

Bei Bedarf noch etwas Olivenöl hinzugeben, um die Zwiebeln und den Knoblauch zu dünsten. Curry hinzugeben und mit dem Öl vermischen. Mit dem Weißwein ablöschen und anschließend zu 2/3 einkochen lassen. Den Ananassaft, die Gemüsebrühe

und den geriebenen Apfel hinzugeben. Für 10 Minuten auf kleiner Flamme köcheln lassen.
Die geschlagene Sahne unter die Soße ziehen. Früchte und Fleisch hinzugeben und fertig. Zusammen mit Reis servieren.

500 g Reis (Parfümreis, Basmati- oder auch Langkornreis)

6 dl Wasser

Salz

Zusammen aufkochen, Deckel drauf und Temperatur reduzieren (oder auch den Herd ganz ausschalten, falls die Herdplatte länger warm bleibt). 12 Minuten quellen lassen.

Vegane Varianten:

Selbstverständlich kann man anstelle des Fleischs auch z.B. Tofu verwenden. Ich persönlich bin allerdings kein großer Freund von Fleischersatz. Bei diesem Rezept würde ich eher ein paar weiche Kartoffeln oder Okras mitkochen und die Menge an Früchten erhöhen und das Fleisch weglassen, um ein veganes Gericht zu erhalten. Die Schlagsahne einfach durch ein entsprechendes veganes Produkt aus dem Naturkostladen ersetzen.

Laras Rhabarber-Kuchen

Dieses Gericht ist eine schweizerische Spezialität und hat so viele verschiedene Namen, wie es Regionen und Dialekte gibt. Aus diesem Grund habe ich mich für die deutsche Bezeichnung Kuchen entschieden, obwohl es eigentlich nicht ganz korrekt ist.

500 – 700 g Rhabarber, geputzt und in 1 cm große Stücke geschnitten

1 Packung Blätterteig oder Kuchenteig, rund

5 – 6 EL Zucker

4 – 5 EL Mehl

1 Ei

2 dl Sahne

2 dl Milch

Salz

Mandeln, gerieben

Rhabarberstangen putzen und in 1 cm große Stücke schneiden. In eine Schüssel geben und 1 EL Zucker darüber streuen. Alles gut miteinander vermengen. Eine Stunde stehen lassen und ab und zu gut umrühren. So verliert der Rhabarber seine aggressive Säure.

Ofen vorheizen auf 200 Grad.

Milch, Sahne, Ei, Zucker und Mehl und Salz verquirlen. Macht man es mit dem Schwingbesen, bildet das Mehl oft Klümpchen. Wer sich daran stört, nimmt einfach den Mixer. Aber eigentlich ist es nicht nötig, denn nach dem Backen ist von den Mehlklümpchen nichts mehr zu spüren.

Den Teig in ein rundes Blech legen. Mit einer Gabel einstechen. Den Boden hauchdünn mit den geriebenen Mandeln bestreuen.

Saft gut abtropfen lassen (kann für eine Limonade verwendet werden) und die Rhabarberstücke gleichmäßig auf dem Teig verteilen.
Nun den Guss vorsichtig über die Rhabarberstücke leeren und in den Ofen schieben. Bei 200 Grad 30 – 35 Minuten backen.
Wenn die Oberseite schön hellbraun ist, den Kuchen herausnehmen. Einen Hauch Zucker darüber streuen, solange er noch heiß ist. Vor dem Servieren 5 – 10 Minuten auskühlen lassen. Einfach so essen oder mit Eis nach Wahl und/oder Schlagsahne servieren.

Preview
Rocky Mountain Race

(Band 8 der Rocky Mountain-Serie)

Kapitel 1

„Und? Gewinnst du das Rennen?“

Becca Mirren, die im Diner an der Bar vor einer großen Portion Hühnchen-Curry saß, das Miss Daisy für das heutige Mittagessen gezaubert hatte, warf Melissa einen bösen Blick zu, als diese eine neue Cola vor sie hinstellte. Vielleicht würde sie ja weggehen, wenn sie sie ignorierte und konzentriert weiterkaute. Leider hatte sie kein solches Glück.

„Jetzt sag schon. Ich muss doch wissen, wie ich meine Wetten setzen soll.“ Ihre Augen funkelten amüsiert.

Becca rollte mit den Augen. Sie konnte Melissa einfach nicht böse sein. Die zierliche Blonde war alleinerziehend und hatte zwei Jobs gleichzeitig, um sich und ihren kleinen Sohn Benny über Wasser zu halten. Trotzdem war sie immer gut drauf und verbreitete im Diner gute Laune, wenn sie ihre Schicht hatte.

„Keine Ahnung. Befrag die Sterne. Nicht mich“, grummelte sie und fasste ihre kastanienbraune Lockenmähne zu einem Pferdeschwanz zusammen, um sie sich lose auf den Rücken zu legen. Curry am Hühnchen war lecker. In den Haaren weniger.

„Ich habe vollstes Vertrauen in dich“, meinte Melissa, ohne sich von Beccas Brummigkeit beeindrucken zu lassen. Freundlich tätschelte sie ihr die Schulter, bevor sie sich auf die

Suche nach Miss Minnie und ihrem schwarzen Wettbüchlein machte.

Miss Minnie, die zweite Hälfte des Geschwister-Duos, die Disney Sisters, denen das Diner und das dazugehörige Bed & Breakfast in Independence gehörte, war für die Wetten zuständig.

Die Wetten waren ein Bestandteil des hiesigen Soziallebens, seit sich Becca erinnern konnte. Der Gewinner bekam jeweils seinen Einsatz zurück und ein Essen im Diner spendiert. Der Rest wanderte in einen Fonds, der vom Bürgermeister verwaltet wurde. Das Geld wurde für soziale Zwecke wie Stipendien eingesetzt oder für die Bezahlung von medizinischen Behandlungen verwendet, wenn die Betroffenen keinen genügenden Versicherungsschutz hatten. Kurzum: für sämtliche Notsituationen. Zudem bot es großartige Unterhaltung. Eigentlich eine Win-win-Situation für alle Beteiligten, wie Becca bisher gedacht hatte. Allerdings war sie auch noch nie von den Wetten betroffen gewesen. Glaubte sie zumindest. Natürlich war es möglich, dass die Leute schon früher auf ihren Erfolg in einem Rennen gewettet hatten. Nur war sie da nicht vor Ort gewesen und hatte es deshalb nicht mitbekommen.

Seit sich der Bürgermeister, Mr. Wilkinson, vor zwei Monaten in den Kopf gesetzt hatte, Independence mit zusätzlichen Geschäften zu beleben und diese in der Start-up-Phase finanziell zu unterstützen, spielten die Leute verrückt. Jeder fühlte sich plötzlich zum Unternehmer berufen. Ganz egal, was für einen Hintergrund er oder sie hatte.

An sich könnte ihr das ja egal sein. Wäre da nicht die wahnwitzige Idee von Mr. Wilkinson, das Ganze durch die Veranstaltung eines Benefiz-Rodeos zu finanzieren. Mit ihr als Ehrengast. Mit ihrer Stute Roxie hatte sie die letzten Jahre auf dem Rodeo-Circuit in der Kategorie Barrel-Racing einen Preis nach dem anderen abgeräumt. Und war so etwas wie eine

Berühmtheit in der kleinen Rodeo-Welt. Sie hatte gehofft, dass sich das in der Zwischenzeit gelegt hatte, nachdem sie das letzte Jahr wegen einer Sehnenverletzung ihrer Stute ausgesetzt hatte.

Leider war dem nicht so. Independence war eine typische, amerikanische Kleinstadt, in der die Bewohner auf ihre lokalen Helden stolz waren. Sie seufzte, als sie sich an die große Gemeindeversammlung erinnerte, bei der sie zeitgleich mit allen anderen erfahren hatte, welche Rolle ihr der Bürgermeister in seinen großartigen Plänen zugedacht hatte. Sie war fuchsteufelswild geworden und hatte von ihm verlangt, seine Ankündigung zu revidieren. Er war sehr verwundert gewesen über ihre negative Reaktion. Anscheinend hatte er sich direkt an ihr Management gewendet und von dieser Stelle eine Zusage bekommen. Kein Wunder, ihre Sponsoren waren mehr als erfreut gewesen über die Aussicht, endlich wieder Kapital aus ihrer Investition zu schlagen. So erfreut, dass sie es geflissentlich vergessen hatten, sie um ihre Meinung zu fragen. Natürlich hatte sie versucht, aus der Sache herauszukommen, doch vergeblich. Offenkundig ließen ihre Verträge zu, dass ihre Sponsoren solche Dinge für sie entschieden.

Das würde sie lehren, erst zu lesen und dann zu unterschreiben, falls sie irgendwann wieder einmal in die Lage kommen sollte, Verträge zu unterschreiben, dachte sie selbstkritisch. Immerhin liefen ihre Verträge diesen Herbst aus, und sie und Roxie würden endlich frei sein. Sie war nicht undankbar für die Zeit, die sie als professionelle Sportlerin verbracht hatte. Es war eine schöne, abenteuerliche Zeit gewesen, in der sie viel Geld verdient hatte. Weniger durch ihre Gewinne als mehr mit den damit einhergehenden Modelverträgen. Anscheinend verkauften sich Cowboystiefel und Gürtelschnallen um einiges besser, wenn sie sie trug. Wahrscheinlich hofften die Käufer darauf, dass etwas von ihrem Glück und ihrem Pferdeverstand abfärbte, überlegte sie nicht ohne Selbstironie. Sie wusste genau, dass viele Leute dachten, sie hätte einfach Glück gehabt. Dass hinter ihrem Erfolg eine Menge harter Arbeit und eine tiefe Beziehung zu ihrem Pferd steckten, sahen die meisten nicht. Aber die Wahrnehmung der anderen konnte sie nicht ändern. Sie schob sich den letzten Bissen des leckeren Mittagessens in den Mund und wischte den Rest der Soße mit einem Stück Brot aus.

„Hat's geschmeckt?", wollte Miss Minnie wissen, die den Teller abräumen wollte.

„War wie immer hervorragend. Ohne euch würde ich verhungern."

„Na, na. Ich dachte, Lara würde dich bekochen?"

Mit schlechtem Gewissen dachte Becca an ihre neu gefundene Quasi-Schwester, die Freundin ihres Bruders und überraschende Mitbesitzerin der Lone Wolf Ranch.

„Das stimmt. Sie kocht fantastisch und ich bin auch jederzeit herzlich eingeladen. Es ist nur …"

„… dass du dich manchmal wie das dritte Rad am Wagen fühlst."

Ertappt zog Becca den Kopf ein. Waren ihre Gedanken so leicht zu erraten?

Miss Minnie, die sich vorstellen konnte, was Becca gerade dachte, schmunzelte. „Keine Angst, dein Geheimnis ist bei mir sicher."

„Danke. Ich gönne den beiden Frischverliebten ihre gemeinsame Zeit. Aber manchmal ist es ganz schön schwer zum Aushalten neben den beiden."

„Wird Zeit, dass du deinen eigenen Mann findest", informierte sie Miss Minnie.

„Ich?", fragte Becca verdutzt. Dann winkte sie ab. „Ich kann momentan keinen Mann gebrauchen. Dafür lassen meine Pläne keinen Platz."

Das stimmte. Erst musste sie dieses Turnier hinter sich bringen, danach ihre Vertragszeit mit den Sponsoren beenden und sich an diversen Schulen bewerben. Sie hoffte, in Denver oder Ft. Collins angenommen zu werden. So wäre sie näher bei Hank und ihren Freunden. Wenn nötig, würde sie die Ausbildung zum Pferdephysiotherapeuten auch in einem anderen Staat machen. Dazu war sie fest entschlossen.

Miss Minnie blinzelte ihr zu. „Na, dann plan mal schön weiter. Aber vergiss nicht, die Liebe fragt nicht erst nach deinen Plänen. Eines Tages ist sie einfach da."

Becca schnaubte. Sie bezweifelte stark, dass dem so war. Immerhin hatte sich die Liebe in den letzten Jahren herzlich rargemacht. Sie würde wohl nicht ausgerechnet jetzt auftauchen, wenn sie es am wenigsten gebrauchen konnte.

Sie schaute auf, als ein Schatten über sie fiel. Jake, der Sheriff, stand neben ihr, den Mund zu einer grimmigen Linie verzogen. Nachdem erst vor Kurzem ein Mordanschlag auf Lara verübt worden war, setzte ihr Herz bei seinem Anblick einen Moment aus. Sie stieß sich von ihrem Barhocker ab.

„Ist etwas passiert? Hank? Lara?"

Er musste ihr die Panik angesehen haben, denn er beruhigte sie sofort. „Keine Angst. Es geht allen gut."

Erleichtert ließ sie sich zurück auf ihren Stuhl sinken.

„Puh. Du hast mir eben ganz schön Angst eingejagt."

„Sorry. Das war nicht meine Absicht. Aber ich habe die Meldung gekriegt, dass jemand deinen Truck verunstaltet hat und wollte dich fragen, ob du gleich mitkommen willst, um dir den Schaden anzusehen."

Alles Blut wich aus Beccas Gesicht. Das durfte doch nicht wahr sein. Nicht schon wieder. Sie hatte geglaubt, diese Erlebnisse hinter sich gelassen zu haben. Genervt stand sie auf und schob sich ihre Tasche über die Schulter. Besser, sie brachte es gleich hinter sich.

„Schreibst du es auf meine Rechnung?", rief sie Miss Minnie zu. Diese nickte. Zu Jake meinte sie: „Also gut, lass uns gehen."

„Sehr gut. Warte draußen auf mich. Ich muss noch meinen Deputy einsammeln.“

Trotz ihres Ärgers musste Becca grinsen. Toby versuchte seit einem guten halben Jahr, Melissa dazu zu bringen, mit ihm auszugehen. Sie hoffte, dass Melissa sich bald erweichen ließ. Toby war einer der Guten.

*

Toby stand mit verschränkten Armen an die Wand gelehnt, während Melissa einen Tisch abräumte. Er konnte ihr stundenlang einfach zusehen. Wenn sie sich so wie jetzt nach vorne beugte und mit effizienten Bewegungen die Tischplatte abwischte, war die Aussicht umso besser. Doch sein Interesse ging tiefer als bis zu ihrem Aussehen, auch wenn ihm das ohne Zweifel sehr gut gefiel. Er bewunderte, wie sie ihr Leben meisterte. Meistens gut gelaunt, mit einer endlosen Geduld gegenüber ihrem Sohn ausgestattet und loyal zu ihren Freunden, zog es ihn zu ihr hin wie eine Motte ans Licht.

„Und?“, fragte er hartnäckig. „Hast du es dir überlegt?“

Verärgert richtete sich Melissa auf und strich sich eine Haarsträhne, die sich aus ihrem Zopf gelöst hatte, aus dem Gesicht.

„Gibst du eigentlich nie auf?“

Toby schaute sie so eindringlich an, dass ihr ganz heiß wurde unter seinem Blick. Wie es wohl wäre, diese ganze Intensität in einer anderen Situation auf sich gerichtet zu haben? Wundervoll, gestand sie sich sehnsüchtig ein. Doch sie musste vernünftig sein. In ihrem Leben war kein Platz für kurzweilige Affären. Und sie bezweifelte, dass der freundliche Deputy mehr als das suchte.

„Nein“, erwiderte er schlicht. „Nicht, wenn ich davon überzeugt bin, dass sich das Ziel lohnt.“

Er bemerkte Jake, der ihm von der Tür her winkte.

„Ich muss los. Die Arbeit ruft.“ Frustriert betrachtete er Melissa, die ihr Bestes gab, ihn zu ignorieren. Heute ließ er es darauf ankommen und beugte sich vor, um ihr einen Kuss auf die Wange zu drücken.

Mit weit aufgerissenen Augen starrte ihm Melissa nach. Die Stelle, an der er sie geküsst hatte, prickelte. Zugegeben, es war ein rein freundschaftlicher Kuss gewesen. Doch wenn bereits dieser eine solche Wirkung hatte, wie würde es dann sein, ihn richtig zu küssen?

„Denk nicht einmal daran“, ermahnte sie sich selber laut und konzentrierte sich darauf, die nächste Tischplatte vehement zu schrubben.

„Es ist nicht verboten, das Leben zu genießen, Herzchen.“

Perplex starrte Melissa Miss Minnie hinterher, die bereits weitergegangen war. Dann seufzte sie. Miss Minnie hatte gut reden. Sie hatte ja keinen kleinen Sohn, an den sie denken musste. Außer, sie beschränkte die ganze Geschichte auf eine Nacht. Für eine Nacht konnte sie einen Babysitter finden. Beflügelt von der Idee fing sie an zu summen. Diese Möglichkeit war tatsächlich weitere Überlegungen wert.

*

Beccas Grauen wuchs mit jedem Schritt, den sie in Richtung Park machten. Das Rodeo würde im Park stattfinden, dort, wo jeden Herbst auch das bekannte Indie-Rock-Festival abgehalten wurde. Nachdem sie zusätzlich den Job übernommen hatte, die Vorbereitung für das Rodeo zu beaufsichtigen, hatte sie ihren Truck heute Morgen auf dem Rodeo-Gelände geparkt und war am Mittag zu Fuß zum Diner hinübergegangen. Für die paar Meter den Wagen zu nehmen war ihr übertrieben erschienen. Jetzt wünschte sie sich, sie hätte es trotzdem getan. Vielleicht wäre dann nichts passiert. Doch im Prinzip wusste sie, dass sie sich damit nur selbst belog. Wer auch immer solche Dinge tat, ließ sich nicht von ihrer Parkplatzwahl davon abhalten.

Jake, der bemerkte, wie schweigsam Becca war, warf ihr einen besorgten Blick zu.

„Ist alles in Ordnung?"

„Woher soll ich das wissen?", gab sie irritiert zurück. „Ich habe den Schaden ja noch nicht einmal gesehen! Aber grundsätzlich finde ich es prinzipiell nicht in Ordnung, wenn jemand meinen Truck beschädigt."

„Wow. Sorry." Jake zog die Augenbrauen hoch und hielt besänftigend die Hände vor sich hin. „Du hast natürlich völlig recht. Ich dachte nur, ich hätte von dir so was wie eine Nicht-schon-wieder-Schwingung aufgenommen. Ist so etwas schon mal vorgekommen?"

Verdammt. Weshalb musste Jake auch nur so scharfsinnig sein? Aber es half ja alles nichts. Sie nickte ergeben. „Keine Ahnung, ob es derselbe Täter war. Dazu muss ich erst den Schaden begutachten. Aber ja, ich hatte schon einmal solche Probleme. Letztes Jahr. In New Mexico das erste Mal."

Der Sheriff horchte auf. „Das erste Mal? Willst du damit sagen, dass das öfter vorgekommen ist?"

Becca nickte. „Ja. Leider."

„Und was hast du unternommen?"

Sie warf die Hände frustriert in die Luft. „Was wohl. Nach dem zweiten Mal habe ich Anzeige erstattet. Gegen unbekannt. Passiert ist gar nichts."

„Hattest du einen Verdacht, wer dahinterstecken könnte?"

„Ja. Aber du weißt so gut wie ich, dass das niemanden interessiert, solange keine stichhaltigen Beweise vorliegen." Sie schwang ihre langen, rotbraunen Locken über die Schulter und ging mit langen Schritten voran.

Jake konnte ihre Frustration verstehen. Es war leider tatsächlich so, dass das Rechtssystem in solchen Fällen keine großartige Hilfe war. Er hoffte, dass es sich diesmal nicht um denselben Täter handelte. Das Letzte, was er diesen Sommer gebrauchen konnte, war ein durchgedrehter Stalker. Seiner Meinung nach hatte Independence für dieses Jahr bereits seinen gerechten Anteil an Psychos gehabt.

*

Nachdem Jake mit Toby die Spuren gesichert und ihre Aussage aufgenommen hatte, blieb Becca alleine bei ihrem Auto zurück. Mit hängenden Schultern stand sie daneben und ließ ihren Blick erneut über den Schaden gleiten. Jemand hatte seiner destruktiven Kreativität freien Lauf gelassen und großzügig Schimpfwörter über die ganze Karosserie gesprüht. „Schlampe" war noch das harmloseste Wort. „Tierquälerin" störte sie viel mehr. Dabei musste sie eigentlich froh sein. Wenigstens hatten die Übeltäter diesmal keine Scheibe eingeschlagen. Das war letztes Jahr vorgekommen.

Die rote Farbe glänzte in der Sonne, die hinter ein paar Wolken hervorblinzelte. Versuchsweise berührte sie mit der Fingerspitze einen der Buchstaben. Noch nass, stellte sie überrascht fest, als sie den Finger wieder zurückzog. Das hieß, die Täter waren ziemlich dreist. Wenn es sich um eine Nacht- und Nebelaktion gehandelt hätte, wäre die Farbe schon längst trocken. Sie rümpfte die Nase. Zumindest würde sie nicht mehr an ihren Fingern kleben bleiben. Andererseits hatte sie so vielleicht die Chance, die Farbe abzuwaschen? Von neuem Tatendrang erfüllt machte sie sich auf die Suche nach Eimer, Wasser, Seife und einem Schwamm.

Eine Viertelstunde später war von ihrem Enthusiasmus allerdings nicht mehr viel übrig. Einzig die Stellen mit sehr viel Farbe waren noch feucht und ließen sich einigermaßen abwischen. Oder besser gesagt, verteilen, wie die hellroten Striemen auf dem schwarzen Lack ihres Autos bewiesen. Alle anderen Buchstaben widersetzten sich ihren

Reinigungsversuchen hartnäckig. Erschöpft lehnte sie ihre Stirn gegen das Fenster auf der Fahrerseite und fing an, alle Fluchworte und Verwünschungen, die ihr durch den Kopf schossen, alphabetisch zu sortieren.

So fand Adrian Lopez sie vor, als er auf seinem Spaziergang mit seinem Bloodhound Smokey an dem sich im Aufbau befindenden Rodeo-Gelände vorbeikam. Wie jedes Mal, wenn er Becca begegnete, raubte ihr Anblick ihm den Atem. Groß und schlank, mit rötlich schimmernden, langen Haaren, die ihr bis zur Mitte des Rückens fielen, grünen Augen, die viel zu scharfsichtig waren; ein heller Verstand und Rundungen, die ihn um den Verstand brachten. Das war Becca. Vor Jahren hatten sie sich auf dem Rodeo-Circuit kennengelernt und eine sehr schöne Zeit miteinander verbracht. Leider war ihnen das Leben dazwischengekommen, und ihre Wege hatten sich getrennt. Doch vergessen hatte er sie nie.

Becca schien es allerdings darauf angelegt zu haben, ihn zu vergessen. Nachdem er nun seit Kurzem in Independence wohnte, wollte er das ändern. Nun musste er nur noch Becca davon überzeugen. Seine Schritte wurden zögerlicher, als ihm einfiel, dass ihre letzte Begegnung alles andere als vielversprechend verlaufen war. Damals hatte sie ihm deutlich zu verstehen gegeben, dass sie keinerlei Interesse daran hatte, die Vergangenheit wieder aufleben zu lassen.

Als Becca hörte, dass sich jemand näherte, hob sie den Kopf. Und stöhnte. War ja klar, dass sie an einem Tag wie heute ausgerechnet dem Mann über den Weg laufen musste, den sie am liebsten nie wieder sehen würde. Wie immer sah Adrian verboten gut aus. Seine spanische Mutter hatte ihm einen olivfarbenen Teint und dunkelbraune Haare vermacht, die er, wie früher schon, schulterlang trug und im Nacken zu einem Pferdeschwanz gebunden hatte. Von wem er die überraschend hellen Augen in einem eisigen Blau hatte, wusste sie nicht. Also, von seinem Vater vermutlich. Soviel wusste selbst sie über

Vererbungslehre. Aber im Gegensatz zu seiner Mutter hatte sie seinen Vater nie kennengelernt. Von ihm hatte er anscheinend auch seinen hochgewachsenen, schlanken Körperbau. Wenn sie ihn in Bewegung sah, fühlte sie sich immer an einen Panther erinnert. Wunderschön – und leider tödlich. Zumindest für ihr Herz.

Es hatte eine Zeit gegeben, da war er alles für sie gewesen. Bis er aus heiterem Himmel beschlossen hatte, dass ihre gemeinsame Zeit um war. Einfach so. Ohne weitere Erklärungen, rief sie sich streng in Erinnerung, als sie das unvermeidliche Kribbeln in ihrer Wirbelsäule spürte, das stets auftrat, sobald sie in seiner Nähe war. Solchermaßen gestählt verscheuchte sie die unerwünschten Ameisen resolut aus ihrem Körper und straffte die Schultern.

„Adrian? Was machst du denn hier?", rief sie anklagend.

Adrian starrte sie fassungslos an. Blut lief ihr aus einer Platzwunde an der Stirn übers Gesicht. In wenigen Schritten hatte er sie erreicht und nahm ihr Gesicht in beide Hände.

„Was, um Himmels willen, ist mit dir passiert?", herrschte er sie an.

„Was?" Völlig perplex starrte Becca ihn an.

„Überall ist Blut. Du musst dringend ins Krankenhaus."

Blut? Krankenhaus?

„Halluzinierst du?", blaffte sie ihn an, als sie es endlich schaffte, sich der betäubenden Wirkung seiner unmittelbaren Nähe zu entziehen. Entschlossen, sich nichts anmerken zu lassen, versuchte sie, ihn von sich wegzuschieben. Das war ungefähr ähnlich effizient, wie an einem Felsen zu rütteln.

Schock, beschloss Adrian. Wahrscheinlich stand sie unter Schock. Behutsam fasste er an ihr Kinn, das einigermaßen unversehrt schien, und drehte ihren Kopf in Richtung Seitenspiegel. Erst dabei fiel ihm auf, dass das Auto ähnlich wie Becca aussah.

„Oh. Ist das etwa Farbe in deinem Gesicht?“, fragte er.

Becca rollte mit den Augen und versuchte krampfhaft zu ignorieren, wie ihr Puls als Folge seiner Berührung raste. Verflixte Hormone.

„Du bist heute ein richtiger Blitzmerker“, überspielte sie ihre körperliche Reaktion mit Schlagfertigkeit. „Und jetzt nimm deine Pfoten von mir.“

Widerwillig ließ Adrian sie los. Mit erhobenen Händen trat er einen Schritt zurück. „Sorry. Ich dachte wirklich, du seist verletzt.“

„Wie du sehen kannst, geht es mir gut“, antwortete sie kurz angebunden. Nach einem raschen Seitenblick auf ihn fügte sie hinzu: „Aber danke trotzdem.“ Sie war nicht so verbittert, dass sie es nicht zu schätzen wusste, wenn sich jemand um sie Sorgen machte.

Seine Mundwinkel zuckten. „Sehen kann ich das zwar immer noch nicht, doch nachdem dein Auto genauso aussieht wie du, gehe ich jetzt einfach mal davon aus, dass es sich um einen neuen Modetrend handelt.“

Seine Worte erstickten jegliche eben erwachten, freundlichen Gefühle ihm gegenüber. „Haha. Sehr witzig. Und jetzt entschuldige mich. Wie du siehst, habe ich zu tun.“ Demonstrativ drehte sie sich zu ihrem Truck um. Smokey, der bis jetzt geduldig im Hintergrund gewartet hatte, drängelte sich an Adrian vorbei und schob seine Schnauze an Beccas Bein.

„Ja hallo, mein Schöner. Musst du wieder einen Fall lösen? Oder hilfst du mir, die Deppen zu finden, die dafür verantwortlich sind?“, fragte sie ihn mit einer Handbewegung in Richtung Auto.

Adrian, der genau zugehört hatte, wie überaus freundlich sie seinen Hund begrüßte, runzelte alarmiert die Stirn.

„Vandalen?“, wollte er wissen.

„Nein, nein“, erwiderte Becca zuckersüß. „Das ist nur der neueste Make-up-Trend.“

Sie beugte sich wieder zu Smokey und strich ihm über das seidige Fell an den langen Ohren. „Dein Herrchen ist manchmal schwer von Begriff", erklärte sie dem Hund im Plauderton.

Frustriert und nicht daran gewöhnt, dass ihn Frauen ignorierten, wippte Adrian auf den Fersen. „Diese schnippische Antwort habe ich wohl verdient. Aber jetzt im Ernst. Brauchst du Hilfe?"

Becca richtete sich auf. „Wieso sollte ich deine Hilfe brauchen? Ich bin die letzten sechs Jahre auch ohne ausgekommen."

Adrian zuckte zusammen. Gut so, dachte Becca grimmig. Wieso sollte sie die Einzige sein, die die Begegnung als unangenehm empfand.

„Was machst du überhaupt in Independence?", wiederholte sie ihre Frage vom Anfang.

Er schaute zur Seite und wieder zu ihr hin, als überlegte er sich, wie er die Frage beantworten sollte. Seltsam. Schließlich zuckte Becca mit den Schultern. „Dann sag es mir halt nicht, wenn es denn so geheim ist."

Adrian konnte kaum glauben, dass Becca noch nichts davon wusste, dass er nach Independence gezogen war. Normalerweise wussten hier alle innerhalb von Minuten Bescheid, wenn es Neuigkeiten gab. Fast wünschte er sich, sie hätte es über das Buschtelefon erfahren. Das hätte diese Situation um einiges vereinfacht. Aber anscheinend hatte das Schicksal nicht vor, ihm irgendetwas einfach zu machen. Das wäre ja auch ganz was Neues. Also holte er tief Luft und sagte: „Ich wohne seit zwei Monaten hier. Jonas und ich. Avery und Cole haben den Auftrag, ein Suchteam aufzubauen, welches auch Such- und Katastrophenhunde beinhalten soll, und ich helfe ihnen beim Training der Hunde."

Wie vom Donner gerührt starrte Becca ihn an.

„Du wohnst hier? In Independence?"

Adrian nickte, unsicher, wie er ihre Reaktion einschätzen sollte.

Das wusste Becca selber nicht. Abgesehen davon, dass sie ihre beste Freundin Avery umbringen würde, weil sie sie nicht gewarnt hatte. Was Adrian anbelangte, stritten in ihrem Inneren widersprüchliche Gefühle um Aufmerksamkeit. Ihr war heiß und kalt zugleich. In Ermangelung einer schlagfertigen Erwiderung stürzte sie sich schließlich auf die Information, die sie am meisten verwirrte.

„Wer ist Jonas?“

„Mein neunjähriger Sohn.“

*

Preview
Die Drachenschwestern

(Band 1 der Drachenromane)

Kapitel 1

„Mist, verdammter!", rief Kaja aus und trat zornig das Gaspedal durch. Doch es half alles nichts. Mit einem letzten Röcheln kam der kleine graue Peugeot zum Stehen und machte keinen Mucks mehr. Aufgeregt kläffte Zorro, Kajas dreijähriger Husky-Schäfermischling.

„Sei still, Zorro! Ich kann jetzt nicht auch noch dein Gebell brauchen, ich habe auch so schon keine Nerven mehr…", schimpfte Kaja entnervt. Was war bloß mit Zorro los? schoss es Kaja durch den Kopf. Seit ihrem überstürzten Aufbruch von zu Hause war der Hund nicht zu beruhigen und hatte auf der ganzen Fahrt aufgeregt gewinselt. Kaja konnte sich keinen Reim darauf machen. Klar, sie war selbst angespannt und erschöpft, doch Zorro begleitete sie überall hin und war an ihr chaotisches Leben gewöhnt – das konnte es also nicht sein. Müde lehnte sie sich im Sitz zurück und versuchte, sich die Anspannung aus dem Gesicht zu reiben. Prompt schob Zorro aufgeregt seine nasse Schnauze in ihr Ohr und versuchte, Kajas Aufmerksamkeit zu bekommen. „Was ist denn mein Großer? Willst du ein Stück von meinem Müsliriegel?" Automatisch hatte sie zu ihrer Notfallverpflegung, einem Müsli-Schokoladeriegel, gegriffen – sie war der festen Überzeugung, dass Schokolade weniger ungesund sei in Kombination mit Getreide – und biss heißhungrig ein Stück ab. Gleichzeitig bot sie ihrem tierischen Gefährten etwas davon an. Doch zu ihrer Überraschung ignorierte der Hund diesen sonst so heißgeliebten Leckerbissen und fing wieder an zu fiepen. Ratlos beobachtete Kaja Zorro und begann, sich ernsthaft Sorgen zu machen, dass mit dem Hund etwas nicht stimmt. Unmittelbar danach fiel ihr allerdings wieder ein, in welcher Situation sie sich befand und ihre Gedanken schweiften ab.

„Du brauchst dich nicht aufzuregen, du kleines Fellbündel, sie sieht mich nicht. Auch wenn ich hoffe, dass sich das bald ändert."

Zorro ließ sich von dieser Aussage jedoch nicht beruhigen und fing an zu knurren: „Was soll das heißen, sie sieht dich nicht! Mich sieht sie doch auch. Verstehen tut sie mich auch die meiste Zeit!"

„Aber jetzt hört sie dir ja auch nicht zu. Sie hat zu viele andere Dinge im Kopf. Deshalb hört und sieht sie nicht richtig hin." Der Drache schien das ganze Auto auszufüllen. Zorro heulte nochmals auf, in dem verzweifelten Versuch, Kaja auf das Ungetüm aufmerksam zu machen und rollte sich dann resigniert ganz nah bei der Tür zusammen, möglichst weit weg von den glänzenden blauen Schuppen.

Kaja versuchte inzwischen, möglichst nüchtern ihre Situation zu analysieren, um nicht laut los zu schreien. Sie saß hier mitten in der Pampas in Südfrankreich fest, mit nur noch drei Müsliriegeln und einem Hund, der offensichtlich seinen Verstand verloren hatte. Die gute Nachricht war, dass es nur noch ca. 5 km bis zum Dorf ihrer Oma waren. Die schlechte Nachricht allerdings war, dass sie nach der durchwachten Nacht und der langen Autofahrt wirklich keine Lust hatte, eine Wandertour zu unternehmen. Dazu kam, dass unterdessen ein für diese Region typischer Nieselregen eingesetzt hatte und die grauen Wolken nicht unbedingt dazu beitrugen, ihre Stimmung zu verbessern. Aber es half alles nichts. Im Auto herumzusitzen brachte sie auch nicht weiter. Kaja stopfte den Rest ihrer Notfallration in ihre ausgebeulte Reisetasche, die sie heute Morgen in aller Hast völlig kopflos gepackt hatte. Sie hatte keine Ahnung, ob sie einen Regenschutz mitgenommen hatte. Sie vermutete, eher nicht. Das einzige, was sie mit Bestimmtheit sagen konnte, war, dass Zorros Futter, sein Fressnapf und seine Schlafdecke mit dabei waren. „Naja, wenigstens dem Hund fehlt es an nichts“, musste sie innerlich schmunzeln. Sie zog sich die Kapuze ihres Pullovers über den Kopf und zog sich ihre Jacke über. Schließlich öffnete sie die Autotür, stieg aus und zerrte die Tasche vom Beifahrersitz. Zorro flitzte wie der Blitz über die Mittelkonsole zur offenen Tür hinaus und Kaja knallte, ihrer Stimmung entsprechend, die Autotür des klapprigen Peugeots heftig zu.

„Autsch!“

Kajas Kopf schnellte herum: „Was war das denn? Zorro? Alles in Ordnung mit dir?“ Aufgeregt begann der Hund an ihr hochzuspringen, in der festen Überzeugung, Kaja hätte den blinden Passagier endlich entdeckt – doch Fehlanzeige. Kaja kraulte nur sein Ohr und meinte: „Ich muss wirklich übermüdet sein – jetzt dachte ich schon, ich hätte dich sprechen gehört.“ Geistesabwesend packte sie ihre schwere Tasche auf die Motorhaube und begann, das Durcheinander darin nach einem Regenschutz zu durchsuchen.

Der Drache grinste Zorro an, der ihn wütend anblickte. „Ich hab’s dir doch gesagt, Kleiner – das dauert noch ein Weilchen, bis sie mich sieht.“

Zorro knurrte zurück: „Nenn mich nicht Kleiner. Und überhaupt, was schreist du dann ‚Aua’, wenn du weißt, dass sie dich nicht hören kann!“

„Na hör mal, sie hat meinen Schwanz in der Tür eingeklemmt! Auch wir Drachen schätzen es, wenn man uns die Tür aufhält“, entrüstete sich der Drache.

„Scheint ja überflüssig zu sein“, meinte der Hund, „schließlich bist du jetzt trotzdem draußen.“

„Klar, ich als höhere Energieform brauche keine Türen – aber bequemer ist es allemal. Und überhaupt, wenn ich mich darauf einstelle, durch eine Tür zu gehen und die dann plötzlich zu ist, ist das sehr unangenehm“, lamentierte der Drache und fing an zu schmollen. Zorro wurde es jetzt definitiv zu blöd, mit diesem schillernden, blauen Etwas zu diskutieren und beschloss, es Kaja gleichzutun und den Drachen erst mal zu ignorieren.

Kaja hatte inzwischen ihre Tasche fertig inspiziert, leider wenig erfolgreich. Der Regen war stärker geworden und so schloss sie ihre Windjacke bis zum Hals und versuchte sich einzureden, dass Regen ja bekanntlich schön machen soll. „Wer sich das ausgedacht hat, muss zu dieser unausstehlichen, ewigen Positiv-Denker-Vereinigung gehören“, schimpfte sie leise vor sich hin. „Ich würde gerade liebend gern hässlich und dafür trocken bleiben“, regte sie sich weiter auf und musste dann plötzlich trotz allem grinsen. Wenn sie es genau betrachtete, ging es ihr in diesem Moment besser als all die Wochen zuvor in Zürich. Sie hatte keinen Stress, niemand war da, der ihr sagte, sie müsse sich beeilen und bitte an die nächste Deadline denken. Die Luft roch nach feuchter Erde und sommerlich nach frischen, nassen Kräutern und Gras und Zorro schien sich auch beruhigt zu haben. In eindeutig gehobener Stimmung schulterte sie ihre schwere, alte Tasche und pfiff Zorro zu sich, der keine Zeit verloren hatte, auf der Spur einer der zahlreichen Feldmäuse, die Wiese am Straßenrand umzugraben.

„Los, Zorro, wir machen uns auf den Weg zu Mémé. Dort warten schon die Mäuse im Garten auf dich“, rief Kaja und fing an, die Straße entlang zu laufen. Der Name ‚Mémé‘ für ihre Oma stammte aus ihrer Kindheit. Sie hatte als kleines Mädchen ‚Grandmère‘ einfach nicht hingekriegt, und so war es bis heute bei Mémé geblieben. Zorro warf einen letzten wehmütigen Blick auf sein aktuelles Mauseloch und beeilte sich dann, sein

Frauchen einzuholen. Allerdings nicht ohne im Vorbeirennen noch schnell den verhassten Drachen anzuknurren, der sich ebenfalls anschickte, mit ihnen mitzugehen. Offensichtlich plante der Drache, ein Weilchen zu bleiben.

*

Bei Dragonbooks von Virginia Fox auch erhältlich:

Die Rocky Mountain Serie:

(Genre: Liebesroman/Spannung)

Band 1 – Rocky Mountain Yoga
Band 2 – Rocky Mountain Star
Band 3 – Rocky Mountain Dogs
Band 4 – Rocky Mountain Kid
Band 5 – Rocky Mountain Secrets
Band 6 – Rocky Mountain Fire
Band 7 – Rocky Mountain Life
Band 8 – Rocky Mountain Race
Band 9 – Rocky Mountain Lion
Band 10 - Rocky Mountain Gold
Band 11 - Rocky Mountain Crime
Band 12 - Rocky Mountain Heat
Band 13 - Rocky Mountain Snow
Band 14 - Rocky Mountain Horses
Band 15 – Rocky Mountain Kiss (Juni 2018)
Band 16 – Rocky Mountain Games (September 2018)
Band 17 – Rocky Mountain Love (Dezember 2018)

Drachenromane:

Die Drachenschwestern Trilogie

(Genre: Frauenromane mit einem Hauch Fantasy)

Band 1 - Die Drachenschwestern
Band 2 - Das Drachenkind
Band 3 - Das Drachenpferd

Das Drachenmädchen

(Genre: Jugend-/Fantasy)

Band 4 - Das Zeichen des Drachen
Band 5 - Die Drachen der Neuen Welt

Alle Neuerscheinungen und Preisaktionen werden unter virginiafox.com oder auf FB (authorvirginiafox) angekündigt.